LA FIN DES SECRETS

ANNIE : TUÉE
LACEY : fille de Annie
CLAY : frère de Lacey
TOM : Père de Lacey
ALEC O'NEIL : Père adoptif de Lacey
GINA : EPOUSE DE Clay
RANI : Fille adoptive de Gina
OLIVIA : 2e épouse de ALEC

JUDY :
EDA :
FAYE : RDV. AU. JIM PRICE
IM : ami de FAYE
RICK : Nouvel ami de Lacey
JESSICA : Ami de Lacey
LOLA : amie de "
MACKENZIE : fiel de JESSICA
BOBY ASHER : PERE de MACKENZIE

DU MÊME AUTEUR
CHEZ LE MÊME ÉDITEUR

Vies secrètes
Le Faiseur de pluie
Désirs secrets
Etranges secrets
Le Fil du passé
L'Enfant de l'été
L'Enfant des bois
Les Falaises de Carmel
Que la lumière soit
Retour à Kiss River

Diane Chamberlain

LA FIN
DES SECRETS

Roman

Traduit de l'anglais (Etats-Unis) par Francine Siety

Titre original : *Her Mother's Shadow*

Le Code de la propriété intellectuelle n'autorisant, aux termes de l'article L. 122-5, 2° et 3° a), d'une part, que les « copies ou reproductions strictement réservées à l'usage privé du copiste et non destinées à une utilisation collective » et, d'autre part, que les analyses et les courtes citations dans un but d'exemple et d'illustration, « toute représentation ou reproduction intégrale ou partielle faite sans le consentement de l'auteur ou de ses ayants droit ou ayants cause est illicite » (art. L. 122-4).
Cette représentation ou reproduction, par quelque procédé que ce soit, constituerait donc une contrefaçon, sanctionnée par les articles L. 335-2 et suivants du Code de la propriété intellectuelle.

© Diane Chamberlain, 2004
© Presses de la Cité, un département de 2006, pour la présente édition
ISBN 2-258-06781-2

En souvenir de Nan Chamberlain Lopresti

L'OMBRE DE SA MÈRE

La fille dans la cuisine
a les yeux de sa mère,
de la couleur d'un jean neuf
ou de saphirs anciens.

Les cheveux de sa mère,
pourpres et terre de Sienne.
Les lèvres de sa mère
et des mains légères comme des plumes.

Mais...

Dès qu'elle tourne la tête
un instant,
l'indigo de ses yeux
est moucheté d'ambre.
Et ses cheveux
sont striés d'or.

Elle n'est plus du tout
sa mère.

Paul Macelli

PROLOGUE

Noël 1990

La joie régnait dans la maison, au cœur de Manteo. Pourtant, de l'extérieur, rien n'attirait l'attention sur la grande bâtisse à étage, charpentée de bois, qui faisait office de foyer pour femmes battues. Ni ampoules lumineuses suspendues à l'avant-toit ni guirlande sur la porte, comme si les responsables de la maison tenaient à la discrétion. Cela allait de soi pour Lacey, car des femmes et des enfants s'y étaient réfugiés par la faute d'hommes cruels — d'un genre dont elle n'avait aucune expérience et qu'elle avait du mal à imaginer. Elle lisait l'angoisse de ces femmes sur leur visage. Si de tels hommes existaient, elle n'avait aucune envie d'en savoir davantage à leur sujet.

A l'intérieur, c'était une tout autre histoire ! Des guirlandes de fleurs fraîches ornaient la rampe de l'escalier menant aux chambres, et des branches de houx couraient sur le manteau de l'imposante cheminée ancienne. L'odeur de pin était si forte que les narines de Lacey en avaient été agressées à son entrée. Un sapin immense, dressé dans un coin du séjour, était décoré d'ampoules lumineuses et de boules de verre coloré ; à son sommet brillait l'un des anges en vitrail de sa mère. Lacey savait que cet arbre vivant était aussi l'une de ses initiatives : Annie O'Neill avait toujours eu une préférence pour les arbres *vivants*. Comme celui qu'ils avaient chez eux, il serait replanté après Noël à l'intérieur des terres, loin du sol sablonneux des Outer Banks.

Ce soir-là, Lacey aurait préféré rester à la maison pour écouter ses nouveaux CD et essayer son jean tout neuf, clouté sur les côtés. Elle aurait aimé bavarder au téléphone avec sa meilleure amie, Jessica, pour comparer leurs cadeaux respectifs et décider quel film elles verraient le lendemain, mais sa mère avait insisté.

« Tu es terriblement gâtée », lui avait-elle dit, une semaine plus tôt. « Avant de venir, tu auras le temps d'ouvrir tes cadeaux et de dîner avec papa, Clay et moi. Ces femmes et leurs enfants n'auront rien pour Noël, à part l'angoisse, Lacey. » (Sa mère parlait avec emphase, selon son habitude.) « Elles sont issues de familles déchirées... Leur servir à dîner et chanter quelques cantiques de Noël en leur compagnie est la moindre des choses, tu ne crois pas ? »

Debout derrière les longues tables, Lacey ne regrettait plus d'être venue. A treize ans, c'était certainement la plus jeune des bénévoles, et elle se sentait fière de sa bonté et de sa générosité. Elle se sentait comme sa mère, dont les autres femmes attendaient les directives. Annie O'Neill, la personne la plus importante de la pièce ! Sans Annie, il n'y aurait probablement pas eu de sapin de Noël dans un coin, et les tables du buffet auraient été chargées de moitié moins de victuailles. Peut-être même que le foyer lui-même n'aurait pas existé... Lacey ne pouvait l'affirmer, mais cela lui paraissait vraisemblable.

Elle sourit aux femmes en leur servant des haricots verts. Six femmes — certaines portaient encore les ecchymoses qui les avaient amenées là — et plus d'une dizaine d'enfants défilaient le long des tables, tenant en équilibre des assiettes en véritable porcelaine. Sa mère avait insisté pour que toutes les bénévoles apportent leur belle vaisselle en cette occasion. « On ne peut pas fêter Noël dans des assiettes en carton », l'avait-elle entendue leur dire quelques semaines auparavant. Cette remarque lui avait paru stupide, mais elle réalisait maintenant ce que les jolies assiettes, les serviettes en tissu et les lumières scintillantes représentaient ce jour-là. Chaque atome de beauté et de chaleur avait son importance.

Dehors, l'averse tambourinait régulièrement contre le revêtement de bois et les fenêtres. Une pluie glacée était tombée toute la journée ; sa mère et elle avaient dérapé plusieurs fois en roulant vers Manteo.

« Souviens-toi comme il neigeait l'année dernière ! avait répliqué Annie, lorsqu'elle s'était plainte du mauvais temps. Faisons comme si c'était de la neige... »

Douée d'une grande force de persuasion, sa mère pouvait rendre n'importe quelle situation excitante en la présentant d'une certaine manière. Lacey était trop grande pour ce genre de jeu, mais elle finissait toujours par se laisser charmer. Pendant le trajet, elles avaient donc commenté le paysage recouvert de neige, les toits blanchis et, sur leur gauche, les moutons de l'océan, mélange glacé de neige et d'écume. Les dunes de Jockey Ridge étaient à peine visibles à travers la pluie ; sa mère avait déclaré qu'elles ressemblaient à de douces collines blanches, surgissant du sol. A force de prétendre que la pluie qui frappait le pare-brise était en réalité des flocons de neige, les doigts dans ses oreilles, Lacey avait fini par ne plus entendre son martèlement ; elle avait même eu l'impression que les essuie-glace balayaient la neige sur le pare-brise et la projetaient dans les airs — où elle voletait devant la place du passager comme des bouffées de plumes blanches.

— *The first Noel...* entonnait maintenant Annie, en disposant des crudités sur l'assiette d'une petite fille, à l'aide de couverts à salade.

Les autres bénévoles se joignirent à elle. Il fallut une ou deux minutes à Lacey pour oser suivre leur exemple (et plus longtemps encore aux pauvres victimes alignées devant le buffet), mais presque tout le monde finit par chanter. Devant leurs sourires parfois gênés et réticents, parfois débordants de gratitude, elle eut du mal à refouler ses larmes.

De l'autre côté de la table, une grande jeune femme lui sourit, en poussant son fils du coude pour qu'il lui tende son assiette. Cette femme chantait « Mon beau sapin » avec le groupe, mais son fils aux yeux de biche gardait le silence, les lèvres pincées comme si plus jamais aucun son ne devait en sortir. Il était plus petit que Lacey, bien qu'il eût vraisemblablement son âge ; elle lui sourit en lui servant des haricots verts. Il l'observa un instant, puis son regard fut attiré par quelque chose derrière elle, et il resta bouche bée. De surprise ou d'effroi, elle n'aurait su le dire.

La mère avait cessé de chanter elle aussi. Son assiette de fine porcelaine, emplie de dinde et de purée de pomme de terre, se fracassa sur le sol, tandis que son regard se fixait, au-delà des bénévoles, sur la porte d'entrée. Lacey n'osait pas se retourner pour voir ce qui avait allumé une telle lueur de panique dans ses yeux. Successivement, femmes, enfants et bénévoles se retournèrent pourtant, et les voix se turent. Quand elle-même osa enfin regarder vers la porte, on n'entendait plus, dans la salle, que le martèlement de la pluie sur les fenêtres.

Un colosse, lui sembla-t-il, se tenait sur le seuil. Sans être gros, il occupait entièrement l'espace entre les deux montants. Son imperméable kaki dégoulinait, ses cheveux bruns étaient plaqués sur son front, et ses yeux semblaient vitreux sous d'épais sourcils. Entre ses deux mains épaisses et tremblantes, il tenait un revolver.

Personne ne cria, comme si ces femmes n'en avaient plus la force, mais il y eut des chuchotements («Oh, mon Dieu!» et «Qui est-ce?»), et elles empoignèrent leurs enfants pour les pousser sous les tables ou vers le couloir. Tétanisée, Lacey laissa sa cuillère pleine de haricots verts en suspens. La grande jeune femme dont l'assiette s'était brisée semblait paralysée elle aussi. L'enfant aux yeux de biche murmura «Papa!» et fit mine de s'approcher de l'intrus; elle le retint en l'agrippant par l'épaule, avec tant de force que ses articulations blêmirent contre le tee-shirt bleu marine du gamin.

Annie arracha la cuillère des mains de Lacey et la poussa avec brusquerie :

— File dans le couloir!

Elle recula de quelques pas, mais voyant que sa mère restait sur place, elle la tira par la manche de son chemisier.

— Viens avec moi! murmura-t-elle, en essayant vainement de paraître sereine.

Annie lui prit la main et la dégagea de sa manche.

— Vite! dit-elle d'un ton sec.

Elle recula lentement, incapable de détacher son regard de l'intrus.

Dans le couloir, une femme passa son bras autour de ses épaules et l'attira vers elle. De l'endroit où elle était, une partie de la salle était encore visible : sa mère, la grande jeune femme et son fils étaient restés près des tables, les yeux rivés sur le seuil qu'elle-même ne distinguait plus. Derrière son dos, une femme parlait d'une voix pressante au téléphone :

— Venez immédiatement ! disait-elle. Il a un revolver.

L'homme avança de quelques pas et entra dans le champ visuel de Lacey. La jeune femme empoigna le gamin aux yeux de biche, qu'elle poussa derrière elle.

— Zachary ! Zachary... pardonne-nous d'être partis... S'il te plaît, ne nous fais pas de mal...

Sa voix tremblait, bien qu'elle cherchât à garder son calme.

— Pute ! rugit-il pour toute réponse, les bras tendus en avant.

Son revolver tressautait entre ses mains crispées.

— Salope !

Annie vint se placer devant la femme et l'enfant, les bras sur les côtés comme si elle pouvait faire écran de manière plus efficace ainsi.

— Je vous en prie, monsieur, posez cette arme ! C'est Noël...

Malgré sa tranquillité apparente, sa voix vibrait d'une manière inhabituelle, remarqua Lacey qui connaissait bien sa mère.

— Garce ! gronda l'homme en visant, le doigt sur la détente.

Une bruyante détonation déchira le silence et les femmes se mirent à crier. Lacey regardait sa mère qui semblait simplement surprise, ses grands yeux bleus écarquillés et sa bouche grande ouverte comme si elle allait parler. Une infime tache de sang apparut sur le tissu blanc de son chemisier, juste au-dessus du sein gauche. Enfin, elle s'affaissa lentement comme si elle était en train de fondre.

L'homme s'écroula lui aussi, lâcha son arme et se mit à sangloter, son visage entre ses mains. L'une des bénévoles se précipita dans la pièce pour ramasser le revolver et le pointa sur lui, mais le colosse, épuisé et trempé, ne semblait plus du tout menaçant.

Lacey échappa à la femme qui la retenait et courut s'agenouiller auprès de sa mère. Les yeux fermés et inconsciente, Annie n'était pas morte. Certainement pas... La balle l'avait sans doute à peine effleurée, car il n'y avait pas plus de sang sur son chemisier que lorsqu'on se pique le doigt avec une épine.

Elle tenta de la ranimer.

— M'man ! M'man !

Puis elle s'adressa à l'homme, toujours effondré à terre.

— Pourquoi avez-vous fait ça ?

Il ne leva même pas la tête pour lui répondre. Des femmes entourèrent sa mère. L'une d'elles s'agenouilla et prit son pouls.

— Elle est vivante...

— Bien sûr qu'elle est vivante ! rugit Lacey, furieuse que l'on ait pu en douter.

Le vrombissement des sirènes se mêlait au martèlement de la pluie.

— Son corps a besoin de repos, après cette grande frayeur, reprit-elle.

C'était exactement le genre de remarque qu'aurait pu faire Annie O'Neill...

Pendant ce temps, la femme à qui était destinée la balle, recroquevillée dans un coin de la salle, serrait son fils dans ses bras.

— Pardon ! Pardon ! psalmodiait-elle dans la salle imprégnée d'une odeur de pin.

— Tu n'es pas coupable, lui souffla une autre. Tu as bien fait de te réfugier ici.

Bien sûr qu'elle était coupable, pensa Lacey. Sans elle, ce fou ne serait pas venu et n'aurait pas tiré sur sa mère.

La salle s'emplit soudain d'hommes et de femmes en uniforme. Leur silhouette défilait devant les yeux de Lacey, et leurs voix résonnaient comme des aboiements. Quelqu'un tenta de l'éloigner, mais elle resta à genoux. Un homme arracha le chemisier de sa mère et découpa son soutien-gorge, découvrant à tout le monde son sein gauche. Il y avait juste une petite tache de sang et comme une fossette ; Lacey reprit espoir, car elle s'était souvent blessée plus profondément en tombant de sa bicyclette.

Elle se releva pour mieux voir. La femme qui avait tenté de l'éloigner se plaça derrière elle en l'entourant de ses deux bras, comme si elle craignait qu'elle ne se précipite sur Annie. C'était exactement ce qu'elle souhaitait faire, mais le choc la paralysait autant que les deux bras robustes croisés autour de sa poitrine.

Des hommes en uniforme déposèrent sa mère sur une civière qu'ils emportèrent hors de la salle. La police avait déjà emmené le criminel, mais elle n'avait rien vu.

— Je veux accompagner ma mère, marmonna-t-elle en cherchant à se dégager des bras de la femme.

— Tu ne peux pas, répliqua celle-ci. Je t'emmène en voiture, nous suivrons l'ambulance...

— Je *veux* y aller ! protesta Lacey.

Elle dut céder, et la femme la mena jusqu'à la porte de la maison. Tandis que l'on chargeait Annie dans l'ambulance, quelque chose de frais effleura son nez, ses joues et ses lèvres. Alors seulement, elle réalisa qu'il neigeait.

1

Juin 2003

Au bout du chemin gravillonné, la chaîne pendait au poteau ; Lacey fut reconnaissante à Clay de s'être souvenu qu'elle dînait avec Tom et d'avoir laissé l'entrée ouverte pour eux.

— Tu mettras la chaîne, après m'avoir déposée ? lui demanda-t-elle.

— Aucun problème.

Il passa entre les poteaux, puis roula trop vite sur les bosses et les ornières du chemin, à travers la forêt.

Lacey plaqua une main sur le tableau de bord pour garder l'équilibre. Au crépuscule, le chemin bordé d'arbres, menant au phare de Kiss River, était déjà plongé dans les ténèbres.

— Tu ferais bien de ralentir, suggéra-t-elle. J'ai failli écraser un opossum sur cette route, hier soir.

Docilement, Tom leva le pied de l'accélérateur. Il prit ensuite le ton paternaliste qu'il réservait parfois à Lacey depuis qu'il avait appris, une dizaine d'années plus tôt, qu'il était son père biologique.

— J'apprécie que tu ne vives pas seule ici. Si c'était le cas, je me ferais un sang d'encre à ton sujet...

— Eh bien, je n'y suis plus pour longtemps, soupira Lacey.

La gendarmerie maritime avait décidé de transformer en

musée la maison du gardien de phare, pratiquement restaurée — une décision qu'elle avait toujours appréhendée.

— Tu regrettes ?

— Un peu...

Sans comprendre pourquoi, elle se sentait vraiment paniquée. L'isolement que lui procurait cette maison avait été pour elle plus qu'un bienfait, une nécessité, surtout au cours de cette année difficile.

— Ils ont tout restauré, reprit-elle, sauf le séjour et la véranda.

Elle partageait un atelier avec Tom, à Kill Devil Hills, mais elle avait transformé la véranda en atelier secondaire, de manière à pouvoir travailler sur place à ses vitraux.

— Ils restaureront la véranda après mon départ, et le séjour deviendra une petite boutique avec un espace d'accueil.

— Quand dois-tu vider les lieux ? s'enquit Tom.

Ils arrivaient au bout du chemin. Une lumière un peu glauque, filtrant à travers les arbres, lui fit entrevoir des fils d'argent dans le catogan de Tom et la lueur du petit anneau d'or qu'il portait à l'oreille.

— Vers le 1er janvier, dit-elle.

— Où iras-tu ? Oh, bon Dieu !

Tom était sorti du chemin pour se garer dans le parking, et la maison de gardien de phare venait d'apparaître dans la nuit. En haut de presque toutes les fenêtres brillaient des vitraux créés par Lacey.

— Depuis un an et demi que je vis ici, c'est la première fois que tu vois la maison la nuit, s'étonna-t-elle.

Tom arrêta la voiture au milieu du parking, et un sourire flotta sur ses lèvres. En penchant la tête, il attira Lacey vers lui pour l'embrasser sur le sommet du crâne, dans des effluves de tabac. Elle l'avait persuadé de ne plus boire, mais il n'avait toujours pas renoncé à fumer.

— Exactement comme ta mère, Lace, dit-il. Elle était capable elle aussi de transformer l'endroit où elle vivait en un lieu magique...

Lacey faillit protester, car elle s'était donné beaucoup de mal cette année-là pour se libérer de l'ombre de sa mère. Apparemment, elle n'était pas arrivée à ses fins ! Mais comment faire si l'on ne possède pas une personnalité suffisante pour remplacer celle dont on souhaite se débarrasser ?

Elle eut la surprise de voir la camionnette de son père garée dans le parking, à côté de la Jeep de Tom.

— Papa est là, fit-elle. Bizarre...
— Il ne vient pas souvent te voir ?

Lacey perçut un soupçon d'envie dans la voix de Tom. Ce dernier manifestait souvent une discrète jalousie à l'égard d'Alec O'Neill, qui avait eu le privilège de l'élever.

— Il est vraiment toqué de Rani, dit-elle en éludant sa question. C'est un bonheur pour lui d'avoir une petite-fille.

Tom rit de bon cœur.

— Quelle famille compliquée !
— C'est vrai, admit Lacey en détachant sa ceinture de sécurité.

La petite unité familiale dans laquelle elle avait grandi s'était enrichie et appauvrie de tant d'individus qu'elle avait parfois du mal à faire le point. Pour compliquer encore les choses, elle travaillait avec ses deux pères : le matin à la clinique vétérinaire dirigée par celui qui l'avait élevée, l'après-midi à l'atelier d'artiste où œuvrait son géniteur.

Tom pointa un doigt vers un grand enclos, à la lisière de la forêt.

— Un chenil ? Clay dresse de nouveau des chiens ?
— Oui, oui, depuis quelques mois.

Depuis que Gina et Rani étaient entrées dans son univers, son frère avait changé du tout au tout. Mari fidèle, il avait fait preuve, du jour au lendemain, d'une sollicitude paternelle qui l'avait vivement surprise. Mais quand elle l'avait vu rouler des blocs de bois et de ciment dans la forêt — des obstacles destinés aux chiens qu'il dressait pour la recherche et le sauvetage —, elle avait compris qu'il avait vraiment retrouvé la paix de l'esprit.

Tom avait arrêté sa Jeep au centre du parking.

— Gare-toi et entre un moment, dit-elle.

Tom secoua la tête.

— Non, je préfère rentrer chez moi.
— Tu es toujours le bienvenu...
— Je sais, mon ange, mais je ne me sens pas très à l'aise en présence d'Alec.
— Tom, fit Lacey en souriant, j'ai bientôt vingt-six ans...

Ce qui s'est passé entre ma mère et toi est une vieille histoire, et tu sais que mon père s'en est remis depuis longtemps.

— Une autre fois...

— Bien, fit Lacey en ouvrant la portière. A demain !

Elle lui adressa un signe de la main tandis qu'il faisait demi-tour pour reprendre le chemin gravillonné. Elle se débarrassa de ses sandales et les tint du bout des doigts en marchant sur le sable vers la maison. L'air était imprégné de sel, et le clapotis régulier des vagues sur le rivage se perdait presque dans la stridulation des cigales.

Devait-elle ou non dire la vérité à Tom au sujet de sa mère ? Il croyait manifestement qu'il avait été son unique aventure extraconjugale, comme si lui seul avait été assez irrésistible pour détourner du droit chemin une femme aussi vertueuse qu'Annie O'Neill. Autant qu'elle sache, il ne sortait avec personne, car son fantôme le hantait toujours, et il avait renoncé à rencontrer une femme capable de prendre sa place. Malgré tout, Lacey n'osait toujours pas le blesser en le privant de ses illusions.

A l'intérieur de la maison, Sasha, le labrador noir de Clay, fonça dans la cuisine pour l'accueillir ; elle laissa tomber ses sandales à terre et se baissa pour le gratter entre les oreilles. Dans la pièce flottait l'odeur des plats préparés par Gina : cardamome, curcuma, noix de coco et gingembre. Des voix lui parvenaient.

— Qui est là, Sasha ? fit-elle, comme si elle ne le savait pas. Allons voir !

La queue frétillante, Sasha traversa la cuisine et prit la direction du séjour. Lacey s'arrêta sur le seuil pour ne pas interrompre la scène qui se déroulait sous ses yeux. Gina souriait, allongée sur le canapé et les bras repliés derrière la tête, regardant Clay et Alec jouer par terre avec Rani et ses poupées. Clay faisait marcher la Barbie indienne, parée d'un sari rose, vers la maison de poupées en plastique.

— Allons dans la maison de Rani ! dit-il d'une voix haut perchée.

Alec promenait un baigneur à la peau brune — et aux formes arrondies, comparé à la Barbie mince et galbée — sur le tapis.

— Non, je veux aller à la pêche !

Alarmée, Rani prit le baigneur.

— Non, non et non! déclara-t-elle en écarquillant ses immenses yeux noirs dans son visage caramel, tout le monde vient dans *ma* maison.

Lacey éclata de rire. A deux ans et demi, Rani voulait à tout prix faire la loi. Elle en avait eu si peu l'occasion au cours de ses deux premières années qu'elle cherchait à rattraper le temps perdu. En entendant le rire de sa tante, elle leva les yeux et bondit comme un ressort.

— Lacey! s'écria-t-elle en courant à sa rencontre, je t'aime!

Lacey se pencha pour prendre dans ses bras ce petit bout de chou minuscule, mais débordant d'une telle vitalité et si désiré.

— Bonjour, mon bébé, murmura-t-elle. Je t'aime, moi aussi!

Gina s'était battue pour adopter Rani. Après être tombé amoureux d'elle, Clay avait participé avec enthousiasme à ce combat.

L'année précédente, ils avaient séjourné en Inde de juillet à septembre, et ils avaient affronté les autorités en place pour obtenir l'autorisation d'adopter Rani. La petite fille avait désespérément besoin d'une intervention chirurgicale au cœur; mais son adoption rencontrait tant d'obstacles que Gina redoutait que la fillette ne meure entre-temps. Dès qu'ils avaient reçu l'autorisation de l'emmener, ils s'étaient empressés de partir, avant que des opposants à l'adoption par des étrangers n'interviennent. Le cœur de Rani était alors si faible qu'elle pouvait à peine lever la tête. Gina avait déjà pris contact avec un chirurgien de Seattle, qui était parvenu à la sauver. Elles étaient demeurées dans cette ville jusqu'au rétablissement complet de Rani. Clay, ne pensant qu'à la femme et au bébé qu'il aimait, tournait en rond dans la maison du gardien de phare. Gina et lui se parlaient pendant des heures au téléphone — à tel point que Lacey avait insisté pour qu'il se fasse installer une ligne individuelle. En février, Gina et Rani s'étaient envolées vers les Outer Banks, et Gina et Clay s'étaient mariés dès le lendemain de leur arrivée. Rani, timide et chétive à son arrivée, s'était miraculeusement transformée en un moulin à paroles, véritable centre de l'univers. C'était une enfant gâtée, ce dont personne ne se plaignait. Comment ne pas gâter une fillette qui a passé ses deux premières années dans la crasse et les privations ?

Lacey déposa Rani sur le canapé et s'assit à côté des pieds nus de Gina, puis elle regarda son père, installé sur le tapis avec le baigneur sur ses genoux.

— Que fais-tu ici, papa ?

Alec posa la poupée sur le tapis et se redressa, en appui sur ses deux mains.

— Je voulais vous parler, à Clay et toi.

Alarmée par le sérieux de son intonation, Lacey tourna les yeux vers son frère, qui haussa les épaules, apparemment perplexe lui aussi. Les deux hommes se ressemblaient tant : un long corps dégingandé et des yeux bleus translucides. Les rides qui marquaient le visage d'Alec et ses cheveux grisonnants étaient la seule différence entre eux. Il suffisait à Clay d'un regard à Alec O'Neill pour savoir exactement de quoi il aurait l'air dans une vingtaine d'années.

Gina se releva et tendit les bras à Rani.

— Je vais la coucher, annonça-t-elle, avec le pressentiment que cette conversation concernait Alec et ses enfants plutôt qu'elle-même.

— Bonsoir, mon bébé !

Lacey planta un baiser sur la joue de Rani avant de rendre l'enfant à sa mère.

Alec se leva dès que Gina sortit de la pièce.

— Allons dehors ! dit-il.

Ses deux enfants le suivirent à travers la cuisine, descendirent les marches du porche et parvinrent sur le sable, dont ils sentirent la fraîcheur sous leurs pieds. D'ici à quelques semaines, il garderait, même de nuit, la chaleur accumulée au cours de la journée. Presque machinalement, ils se dirigèrent de concert vers les ruines du phare. Illuminés par une demi-lune, leurs contours se découpaient sur le ciel nocturne. Une brise s'était levée pendant les quelques instants que Lacey avait passés à l'intérieur. Si elle s'était doutée de ce changement, elle aurait noué sa longue chevelure indomptable en arrière avant de sortir. Les gens lui trouvaient des cheveux exceptionnels ; elle les jugeait exceptionnellement gênants.

— Qu'y a-t-il, papa ? murmura Clay.

Se souvenait-il lui aussi de la dernière fois où leur père avait demandé à leur parler de cette manière ? se demanda Lacey. C'était le jour où il leur avait appris que leur mère lui avait été infidèle.

— J'ai reçu une lettre aujourd'hui, déclara Alec. J'ai oublié de l'apporter pour vous la lire, mais il est question de mettre Zacharie Pointer en liberté conditionnelle dès septembre prochain.

Clay se figea et tourna son visage ébahi vers son père.

— En liberté conditionnelle ? Il n'est en prison que depuis... douze ans ?

— Apparemment, cela suffit...

Lacey empoigna ses cheveux à pleines mains et se mit à les tresser dans son dos, en se concentrant sur sa tâche. Elle n'avait aucune envie de penser à Zacharie Pointer ou de revivre cette nuit tragique au cours de laquelle il avait tué sa mère, mais, à la simple mention de son nom, ses souvenirs ne manquaient pas d'affluer. Elle revoyait son visage et son regard dément. Elle entendait encore les paroles vulgaires et haineuses qu'il avait proférées à l'intention de sa femme et d'Annie, lorsqu'elle s'était interposée courageusement pour la protéger.

A l'époque, elle avait refusé d'assister au procès : elle n'avait qu'une idée en tête, survivre à la perte irrémédiable de sa mère. Mais il lui était arrivé, par hasard, d'apercevoir Pointer à la télévision, sans avoir le temps de détourner la tête. Le colosse sortait du tribunal, en compagnie de son avocat. Fascinée, elle l'avait vu pleurer quand il parlait aux journalistes. Elle avait été frappée par l'humanité de son visage ; par le remords, le chagrin et la honte qu'elle y lisait. Elle l'imaginait croupissant maintenant en prison, seul avec ses remords. C'était un malade mental, elle n'en doutait pas ; mais le jury s'était prononcé catégoriquement contre l'irresponsabilité. Clay, son père et elle feraient peut-être bien, après tout, d'écouter les arguments en faveur d'une libération conditionnelle. Douze ans, ce n'était pas rien...

Assez ! se dit-elle. Elle avait les gènes de sa mère, qu'elle le veuille ou non, et elle était vouée à s'apitoyer sur tout le monde.

— On aurait dû le passer à la chaise électrique, marmonna-t-elle.

Des mots si inhabituels dans sa bouche que son frère et son père tournèrent en même temps la tête pour la dévisager.

— Eh bien, nous sommes d'accord, conclut Alec au bout d'un moment. Nous nous opposerons à sa libération. Je vais engager un avocat pour connaître la marche à suivre.

Plus tard, cette nuit-là, Lacey ouvrit grand ses fenêtres, pour laisser une forte brise fouetter les simples rideaux couleur d'écume de sa chambre. Assise au bord de son lit, elle entendait des rires provenant de la chambre de Clay et Gina. Elle les aimait, et c'était un bonheur pour elle de les savoir ensemble, mais leurs rires avivèrent le sentiment de solitude qui s'insinuait souvent en elle le soir.

Ce sentiment atteindrait son paroxysme lorsqu'elle serait couchée dans son lit, en compagnie de ses seules pensées. Elle avait déjà ressenti ce vide au moment de la mort de sa mère, car elle avait cru perdre en même temps son père, fou de chagrin. Ensuite, il s'était mis à fréquenter Olivia — la femme qu'il avait finalement épousée —, et il lui avait consacré toute son attention. Bien qu'Olivia se montrât très affectueuse, elle l'avait considérée comme une amie plutôt qu'une mère, d'autant plus qu'elle était absorbée par sa grossesse et son amour croissant pour Alec.

Au cours de cette même année, Lacey avait réalisé qu'elle pouvait combler ce vide, du moins temporairement, en s'intéressant aux garçons. Elle était devenue une femme, et les garçons des hommes, mais ce vide béant et insatiable demeurait ; elle avait continué à le combler de la même manière. Ses amoureux (moins nombreux que ne l'imaginait Clay quand il blâmait son « immoralité ») étaient tous coulés dans le même moule : de mauvais garçons, sexy et provocants, qui ne demandaient qu'à passer une nuit dans son lit. En cela, elle excellait. Peut-être uniquement en cela...

Elle n'avait pas cherché consciemment à imiter sa mère après sa mort ; son seul désir avait été de devenir le genre de personne qu'Annie aurait souhaité qu'elle fût. Elle faisait du bénévolat, donnait des cours particuliers à des enfants, tenait compagnie aux personnes âgées de la maison de retraite et offrait son sang le plus souvent possible. Mais sa mère n'aurait sûrement pas apprécié qu'elle fréquente ce genre d'individus ! Comment Lacey aurait-elle pu se douter qu'elle suivait son exemple dans ce domaine aussi ? Elle avait été bouleversée le jour où elle avait appris que la sainteté d'Annie O'Neill n'était qu'une imposture.

Depuis qu'elle savait la vérité sur les infidélités de sa mère, elle avait renoncé à avoir des amants, et même à sortir. Méfiante à l'égard de son propre jugement, elle fuyait tous les hommes. Comme Tom qui savait qu'une seule défaillance risquait de réveiller son besoin d'alcool, elle s'imposait une totale abstinence.

Elle s'était débarrassée en même temps de toutes les autres caractéristiques qu'elle croyait tenir de sa mère. Le bénévolat ne l'intéressait plus, et elle vivait repliée sur elle-même. Clay et Gina l'avaient persuadée de consulter une psychologue, dont la perspicacité l'avait impressionnée. Elle s'était présentée à elle comme une « dépravée » : cette étiquette simpliste la rassurait et elle espérait s'en tirer avec un programme en dix étapes, comme Tom dans sa lutte contre l'alcoolisme. « Vous êtes certainement dépressive et vous avez été blessée dans votre amour-propre, avait déclaré la psy, mais je ne vois pas en quoi vous seriez *dépravée*. » Elle l'avait incitée à se pencher sur certains aspects de son comportement qu'elle refusait d'examiner de près. « Vous vous dévouez toujours comme si vous ne pouviez rien vous accorder, avait-elle conclu. En vous focalisant sur les souffrances d'autrui, vous évitez de ressentir les vôtres. Tant que vous n'aurez pas accepté de les ressentir, Lacey, vous ne pourrez pas les surmonter. »

Eh bien ! se dit-elle en se glissant dans son lit, maintenant elle les ressentait pleinement.

2

Du dehors, l'atelier de vitraux de Kill Devil Hills semblait le même qu'à l'époque où Annie y travaillait. Situé à quelques mètres de Croatan Highway, il avait de hautes fenêtres décorées de panneaux en vitrail, mais un œil averti aurait constaté une différence. Au fil des ans, les créations de Tom étaient devenues plus géométriques, moins nombreuses aussi : la photographie l'attirait de plus en plus. Les panneaux de Lacey étaient suspendus parmi ceux de son père. Selon elle, ses œuvres n'égalaient pas celles de sa mère, car elle n'avait jamais pu imiter certaines « touches » d'Annie, qui étaient plus une question de sentiment que le résultat d'une technique spécifique. Son travail était apprécié, néanmoins. Elle avait son style propre, et les motifs floraux ou animaliers l'attiraient plus que les étonnantes femmes, vêtues de longues robes, qui avaient fait la renommée d'Annie.

Lacey travaillait à la même table que sa mère, placée depuis toujours à côté de celle de Tom. Elle utilisait les outils de sa mère, et elle avait longtemps porté ses lunettes protectrices, bien qu'elles soient usées et rayées. L'année précédente, elle avait tout de même fini par s'en acheter une nouvelle paire. Ses créations et son environnement lui étaient brusquement apparus avec une clarté incroyable.

Deux femmes — des touristes — déambulaient dans l'atelier en poussant des « oh ! » et des « ah ! ». Bien que Tom soit allé déjeuner, une troisième visiteuse, debout près de sa table de travail, semblait fascinée par une œuvre en cours.

Du coin de l'œil, Lacey vit l'une des femmes passer un doigt le long d'un vitrail représentant une aigrette, suspendu à la fenêtre. Elle allait certainement l'acheter! Lacey avait appris à déchiffrer les pensées des gens qui pénétraient dans l'atelier. Ceux qui venaient pour passer le temps gardaient les bras croisés sur leur poitrine en faisant le tour de la pièce et regardaient sans voir. D'autres, comme cette femme qui avait effleuré l'aigrette, restaient en contemplation devant un vitrail particulier, l'observaient sous toutes les coutures, l'effleuraient doucement, en imaginant l'effet produit par ses couleurs une fois qu'il serait chez eux. Ils amenaient parfois l'une de leurs connaissances voir l'objet. Celle-ci approuvait alors d'un signe de tête. Marché conclu!

Comme de juste, la femme intéressée par l'aigrette s'approcha de Lacey, un sourire aux lèvres.

— J'aimerais l'acheter... Etes-vous l'artiste?

Lacey posa son cutter et fit glisser ses lunettes protectrices, avant de se lever.

— Oui, c'est moi. Je suis contente que vous ayez choisi cette aigrette — une de mes préférées...

Il ne s'agissait ni d'un mensonge ni d'une ruse pour flatter sa cliente. Elle adorait les teintes vertes qu'elle avait trouvées pour les hautes herbes entourant l'immense oiseau. Elle referait une autre pièce du même style, maintenant qu'elle l'avait vendue, mais sûrement pas identique. Chacun de ses vitraux était unique en son genre, ce dont elle se flattait.

Tandis que son acheteuse et ses amies sortaient de l'atelier avec le vitrail à l'aigrette soigneusement emballé, un homme entra par la porte principale. Son regard se posa un instant sur Lacey, puis sur la grande photo en noir et blanc accrochée à un panneau mobile, au milieu de la pièce. Cette photo avait toujours été là, aussi loin qu'elle s'en souvînt.

L'homme s'immobilisa. Les mains dans les poches, il fixa la photo, puis Lacey une fois encore.

— Quel beau cliché de vous!
— Ce n'est pas moi! C'est ma mère...
— Oh!

L'homme tressaillit et parut troublé par son erreur.

— La ressemblance est frappante.
— Les gens se trompent toujours.

Un an plus tôt, Lacey avait failli décrocher la photo,

mais Tom en était l'auteur ; elle n'aurait pas su lui faire comprendre pourquoi une photo qu'elle avait aimée finissait par la déranger.

— C'est vous qui l'avez prise ?
— Non, je n'avais que dix ans à l'époque.
— Oui, bien sûr !

L'inconnu s'approcha de la table d'exposition, près de la fenêtre, et prit délicatement l'un de ses kaléidoscopes.

— Que c'est beau ! dit-il en soulevant le lourd tube de verre.
— Regardez à travers !

Debout face à la fenêtre, il porta le kaléidoscope à son œil gauche et répéta « Que c'est beau ! » en tournant le disque. Elle savait ce qu'il voyait : des triangles formés de perles de verre aux couleurs vives et d'éclats de miroir.

— L'une de vos œuvres ? demanda-t-il, après avoir reposé l'objet.
— Oui, oui.

Il ressemblait à ces types guindés qui posent pour les magazines de mode. Cheveux châtain coupés court, yeux sombres et longs cils visibles depuis l'autre extrémité de la pièce. Sa tenue (un pantalon kaki et une chemise de sport écossaise) n'était guère adaptée à la plage. La plupart des femmes l'auraient trouvé irrésistible, se dit Lacey, mais il n'était pas son style ; ce qui la soulagea, car elle l'intéressait manifestement. Pas de danger qu'elle se laisse tenter ! Elle avait un faible pour les types plus nature — débraillés, aux traits moins réguliers, au sourire sarcastique et au regard dévastateur. Par chance, son visiteur ne répondait à aucun de ces critères.

— Comment vous appelez-vous ? demanda-t-il.
— Lacey O'Neill.

Il se dirigea vers les fenêtres.

— Vous avez réalisé tous ces vitraux ?
— La plupart... Certains sont des œuvres de Tom Nestor.

Elle indiqua, d'un signe de tête, la table de travail inoccupée.

— Il est allé déjeuner. C'est lui qui a pris toutes les photos.

L'homme se tourna vers le grand portrait en noir et blanc de sa mère.

— Y compris celle-ci, précisa-t-elle.

Il s'approcha de sa table de travail et plaça le kaléidoscope dans sa main gauche pour lui tendre la droite.

— Rick Tenley, dit-il.

— Vous passez une semaine ici ? fit Lacey en lui serrant la main.

La plupart des touristes se contentaient de séjourner une semaine dans les Outer Banks, mais ce n'était pas le cas de Rick.

Il reprit le kaléidoscope qu'il fit tourner légèrement.

— J'habite la maison d'un ami pour travailler à un livre, déclara-t-il. Il voyage en Europe et j'avais besoin de calme.

Elle ébaucha un rire.

— La région n'est pas spécialement calme en été...

Rick abaissa le kaléidoscope en souriant.

— Je suis beaucoup moins souvent dérangé que chez moi.

Lacey aperçut Tom, gravissant les marches de l'entrée ; Rick suivit son regard.

— Voici Tom Nestor, l'autre artiste, annonça-t-elle. Tom, je te présente Rick...

— Rick Tenley, fit Rick en serrant la main de Tom. Beau travail !

— Merci.

Un silence embarrassant plana un moment. Lacey ne put déchiffrer la question qu'elle lisait dans les yeux de Rick, mais elle comprit aussitôt qu'il attendait d'elle plus qu'un simple vitrail.

— Rick passe l'été ici. Il écrit un roman, dit-elle pour détendre l'atmosphère.

— Pas un roman, objecta Rick. Rien à voir avec de la fiction !

Tom alla se verser un café de l'autre côté de la pièce et porta la tasse à ses lèvres, tout en observant Rick.

— D'où êtes-vous ?

— De Chapel Hill ; j'enseigne à Duke.

Lacey se sentit impressionnée malgré elle : Rick lui paraissait bien jeune pour enseigner dans un lycée, et, à plus forte raison, dans une université.

— Qu'enseignez-vous ?
— Le droit.
— Oh ! C'est intéressant...

Tom s'assit à sa table, prit ses lunettes protectrices et se remit au travail, sans doute pour ne pas perdre de temps avec cette banale conversation.

Rick s'adressa à Lacey.

— Depuis combien de temps vivez-vous ici ?
— Depuis ma naissance.

Il lui tendit le kaléidoscope.

— Je souhaiterais vous acheter ceci.
— C'est un bon choix.

Appréciait-il vraiment cet objet ou cherchait-il à s'attirer ses bonnes grâces ? Lacey prit le kaléidoscope qu'il lui tendait et se mit à l'envelopper dans un papier de soie. Le regard de Rick se fit de plus en plus insistant.

Ne me regarde pas comme ça, pensa-t-elle. Du coin de l'œil, elle remarqua qu'il les observait à tour de rôle, Tom et elle, comme pour deviner s'ils étaient en couple. Quel couple étrange ! Une jeune femme de vingt ans et quelque et un ex-hippie d'une cinquantaine d'années, avec un catogan. Il parvint apparemment à une conclusion négative.

— Vous accepteriez de dîner avec moi ce soir ? lui demanda-t-il. Je suis sûr que vous connaissez d'excellents restaurants...

— Non, je regrette, répondit-elle du tac au tac car elle s'attendait à cette invitation.

Elle aurait pu ajouter qu'elle allait au gymnase, ce qui était la pure vérité, mais il lui proposerait peut-être de l'y rejoindre.

— Mais j'ai de bonnes adresses à vous recommander, reprit-elle en glissant le kaléidoscope emballé dans un sac en plastique.

— Etes-vous... engagée ?

Rick regretta son indiscrétion.

— Oh, pardon ! Cela ne me regarde pas...

Lacey songea à lui mentir, mais Tom écoutait leur conversation.

— Pas vraiment engagée... murmura-t-elle, mais je suis prise, ce soir.

Rick parut se satisfaire de cette réponse.

— Eh bien, une autre fois !

Il tint le sac en l'air, comme s'il ébauchait un salut.

— Et merci pour le kaléidoscope !

— Je vous en prie...

Lacey le regarda sortir de l'atelier, traverser le petit parking, et monter dans une BMW assortie à son pantalon. Elle sentit peser sur elle le regard de Tom ; elle aurait juré qu'il souriait.

— Il reviendra, dit-il en se levant pour se verser une autre tasse de café. Un type comme ça ne reste pas sur un échec.

3

Le cottage se nichait sur l'île, du côté du bras de mer, tout au fond des bois ; mais lorsque Rick s'asseyait sur la plate-forme moisissante, il pouvait apercevoir des taches d'eau ensoleillées entre les branches des pins. Son kaléidoscope braqué sur ces taches argentées, il regardait les perles de verre former des motifs, tandis qu'il tournait le disque.

Le cottage n'appartenait pas à l'un de ses amis, contrairement à ce qu'il avait dit à Lacey O'Neill. Pourquoi avait-il prétendu cela ? Peut-être s'entraînait-il simplement en vue de ses futurs mensonges. En fait, il louait cette habitation. Deux chambres minuscules ; une de plus que nécessaire. Ni télévision pour le distraire de son travail ni air conditionné (il pouvait supporter la chaleur !). Une ligne de téléphone le reliait à Internet et à son courrier électronique ; l'électricité lui permettait d'utiliser son ordinateur. Il n'en demandait pas plus.

Lorsqu'il avait respiré pour la première fois l'odeur de renfermé du cottage, quatre jours plus tôt, il s'était dit que rien n'avait dû changer au cours de ses quelque soixante-dix ans d'existence. Vraisemblablement, pas un meuble n'avait été renouvelé. Les touristes venant passer l'été dans les Outer Banks devaient mépriser ce genre de location : ils exigeaient de vastes demeures accueillant dix personnes, une télévision dans chaque pièce, des jacuzzis, des piscines et des vues panoramiques. Voilà pourquoi il avait pu louer ce cottage délabré pour une bouchée de pain. Il en était ravi.

Un court chemin envahi de broussailles courait, à travers

bois, de la plate-forme jusqu'à un espace sablonneux en bordure du bras de mer. Chaque jour, depuis son arrivée, il avait emporté un transat au bord de l'eau pour lire, travailler ou simplement regarder les bateaux depuis son poste d'observation semi-clandestin. La nuit précédente, ayant trop chaud pour dormir, il avait marché à travers bois jusqu'au bord de l'eau, muni d'une lampe-torche, et il avait nagé paisiblement vers la baie. Il comptait faire de ce bain nocturne une habitude. Des herbes aquatiques l'avaient gêné tandis qu'il s'éloignait du rivage, mais au-delà de ces vrilles tentaculaires, il s'était laissé porter par l'eau sombre et fraîche qui caressait sa peau. Allongé sur le dos, il pensait à Lacey O'Neill, à ses cheveux roux, à la chaleur de ses yeux bleus. C'était une femme de cœur — on pouvait s'en douter avant même qu'elle ouvre la bouche. Il tenterait à nouveau sa chance, car il n'était pas du genre à se laisser décourager par un refus. On ne fait pas des études de droit quand on est un perdant...

Il n'avait exercé qu'un an avant d'opter pour l'enseignement. Les autorités universitaires avaient jugé l'excellent niveau de ses connaissances plus important que son manque d'expérience ; il leur en était reconnaissant. Il préférait l'enseignement du droit à sa pratique. Ruser avec la vérité pour les besoins de ses clients — ce qui était parfois indispensable — ne lui avait jamais plu. Il ne pouvait mentir sans se souvenir d'une remarque de son père. A huit ou neuf ans, il l'avait entendu dire à une tante âgée que sa nouvelle robe lui allait bien, alors qu'elle avait l'air d'une vieille sorcière cherchant à se rajeunir. Comme il lui demandait discrètement s'il était sincère, son père lui avait répondu qu'un mensonge peut parfois être un cadeau. Il avait retenu ce conseil et cherchait à le mettre en pratique dans sa vie : il ne mentait que s'il avait la conviction d'agir pour une bonne cause.

Il attendit deux jours avant de retourner à l'atelier des vitraux, où il eut la satisfaction de trouver Lacey toute seule. L'homme d'un certain âge, au catogan, l'avait mis mal à l'aise : il semblait beaucoup trop intéressé par sa conversation avec Lacey.

Debout sur un escabeau, elle accrochait un panneau de vitrail à une fenêtre quand il entra.

— Salut, Lacey.

Quand elle baissa les yeux vers lui, il vit avec plaisir qu'elle lui souriait.

— Salut, Rick.

Elle glissa le fil de fer attaché à son panneau sur un crochet au-dessus de la fenêtre.

— Aurais-tu besoin d'aide?

— J'ai l'habitude... dit-elle en descendant de son perchoir.

Il s'empara de l'escabeau, qu'il replia.

— Je ne voudrais pas te harceler, dit-il, mais j'ai beaucoup pensé à toi. Chaque fois que je regarde dans le kaléidoscope, je pense à ta chevelure rousse et... J'aimerais beaucoup t'inviter à dîner... quand tu voudras... A toi de choisir!

Elle soupira en lui souriant. Il comprit qu'elle cherchait à lui opposer un refus aimable.

— Désolée... mais je ne sors plus depuis quelque temps.

— Oh, je comprends!

Rick la sentait sincère, ce qui accrut son embarras.

— J'ai fait la même tentative une ou deux fois. Tu cherches à oublier une expérience malheureuse, n'est-ce pas?

— Plus ou moins...

Elle reprit l'escabeau, qu'elle alla déposer contre le mur, de l'autre côté de l'atelier.

— Et si ce n'était pas une «sortie»? On ne s'habille pas, je ne viens même pas te chercher, on se retrouve dans un lieu totalement public... Et pas question de s'amuser!

— Très bien, dit-elle en riant de bon cœur. Tu as gagné!

Ils se mirent d'accord pour le soir suivant, et il quitta l'atelier bien plus détendu qu'à son arrivée. Puis il alla reprendre sa voiture dans le parking. Eh bien! se dit-il en tournant la clef de contact, j'ai effectivement gagné...

4

Faye Collier entra dans le gymnase de l'hôpital et grimpa sur son vélo elliptique préféré : il était placé pile en face des parois vitrées — de sorte qu'elle pouvait admirer la vue panoramique de San Diego tout en s'entraînant. Judy et Leda, les deux physiothérapeutes de son unité spécialisée dans les douleurs chroniques, prirent un vélo de chaque côté. Faye se demanda un instant à quoi elles ressemblaient toutes les trois, vues de dos. En tant qu'infirmière diplômée, elle était responsable de Judy et Leda, de jolies brunes de vingt-cinq ans ses cadettes. Pour ce qui était de l'arrière de leurs cuisses, les deux physiothérapeutes avaient certainement l'avantage sur elle.

— Que penses-tu de notre nouveau patient ?

Judy pressa un bouton et donna à ses bras et ses jambes un mouvement ample et souple.

— Le jeune homme avec un cancer des os ? demanda Faye. Je pense qu'il lui faudrait...

— Bonjour, Faye.

Jim Price avait brusquement surgi entre son vélo et celui de Leda. Elle sourit à sa vue, en espérant ne pas rougir, et ralentit son rythme.

— Bonjour ! Je ne savais pas que vous travailliez même à l'heure du déjeuner.

— Je ne travaille pas ! Je viens de terminer le texte que vous m'avez donné à lire et je voulais vous complimenter. C'est excellent.

— Ravie que cela vous ait plu !

Faye sentit des gouttes de transpiration ruisseler sur sa gorge et entre ses seins : la conséquence de ses efforts et d'une bouffée de chaleur intempestive. Elle s'essuya le front du revers de la main.

— J'ai noté quelques remarques, ajouta Jim. Je vous les montrerai ce soir, si vous voulez.

Faye rougit pour de bon. Judy et Leda se taisaient et avaient ralenti leur rythme elles aussi, pour mettre en sourdine le ronronnement du vélo ; elles ne perdaient sûrement pas un mot de sa conversation avec Jim.

— Volontiers ! dit-elle.

A la lumière du vitrage, elle remarqua pour la première fois que ses yeux prenaient la délicate couleur du bronze.

Il s'approcha, et elle sentit la douceur de son souffle contre sa peau quand il lui murmura à l'oreille :

— Vous êtes splendide...

— Merci ! fit-elle en se redressant.

Il s'éloigna. Judy et Leda eurent la délicatesse de garder le silence jusqu'à ce qu'il soit trop loin pour les entendre.

— Alors ? s'enquit Judy. A quand ton prochain rendez-vous avec lui ?

— Ce soir !

Bien que Faye ait modéré ses efforts d'une façon significative, son rythme cardiaque, affiché sur l'écran, avait atteint son plus haut niveau depuis le début de son entraînement. Un homme pouvait-il produire un pareil effet sur elle ?

— Tu as de la chance, marmonna Leda.

Faye savait qu'un bon nombre de femmes — et quelques hommes — employées à l'hôpital avaient le béguin pour Jim Price. Même les toutes jeunes filles s'intéressaient à lui... Veuf depuis deux ans, il avait interrompu sa pratique chirurgicale pour veiller sur sa femme pendant les deux derniers mois de son existence ; tout le monde admirait cette marque de dévouement et d'amour. Il avait de l'argent, un physique exceptionnel pour un homme de cinquante-cinq ans, et il faisait preuve d'une grande humanité à l'égard de ses patients et du personnel. Elle le connaissait depuis des années, car il envoyait souvent des patients dans l'unité qu'elle avait créée. Quelques semaines plus tôt, à la suite de la parution de son livre sur la prise en charge des douleurs chroniques, il avait semblé la remarquer pour la première fois. Quelqu'un avait dû lui apprendre qu'elle était veuve, et cette information avait piqué sa curiosité. Dès leur première conversation, ils s'étaient découvert un autre point commun : ils étaient tous les deux originaires de Caroline du Nord. Ce fait avait scellé le destin de deux individus appelés à mieux se connaître.

— Ça devient sérieux? demanda Leda.
— Très sérieux...
— As-tu couché avec lui?
— Bien sûr que non! D'ailleurs, ça ne te regarde pas.
— C'est la troisième fois que vous sortez ensemble, non?
— Et alors?
Leda pouffa de rire.
— Tu ferais bien de te raser les jambes.
— Pourquoi?
Faye se sentait larguée. Vieille et larguée. En plus, elle était légèrement essoufflée, alors que Leda et Judy ne semblaient avoir aucun mal à parler tout en pédalant.
— C'est à la troisième fois qu'on fait l'amour, déclara Leda.
— Qui l'a dit? s'étonna Faye en riant.
— C'est la règle du jeu, aujourd'hui.
Faye prit sa bouteille d'eau sur le support, à côté du vélo, et but quelques gorgées.
— Je suppose qu'il ne connaît pas cette règle plus que moi.

Etant leur supérieur hiérarchique, elle n'aurait pas dû parler de sa vie sentimentale avec Judy et Leda, mais ces deux jeunes femmes en savaient plus qu'elle dans ce domaine, et leur contribution pouvait lui être utile.

— Nous avons abordé ce sujet, reprit-elle, en espérant que personne n'avait informé Jim de cette «règle de la troisième fois». Enfin, nous avons parlé du fait que nous avions tous les deux cessé de sortir...
— En réalité, observa Judy, ça dépend de vos deux premiers rendez-vous.

Elle lâcha le guidon pour retirer le chouchou qui retenait ses cheveux bruns et le fourrer dans la poche de son short.

— Où êtes-vous allés?

— Chez Starbucks la première fois, et nous avons dîné ensemble la fois suivante.

Leur premier rendez-vous avait été un événement impromptu : ils s'étaient croisés dans un couloir de l'hôpital et Jim, se disant intéressé par son nouveau livre, lui avait proposé d'aller boire un verre ce soir-là, après le travail. Leur rencontre avait eu lieu chez Starbucks plutôt que dans un bar, et leur pause-café avait duré quatre heures. Il avait parlé presque tout le temps, ce qu'elle avait apprécié. En fait, elle lui avait posé d'innombrables questions pour éviter qu'il l'interroge. Elle ne tenait pas à lui raconter sa vie, alors qu'il s'était confié sans réticence au sujet de la sienne — son enfance en Caroline du Nord, son mariage, ses deux filles. Il était si franc qu'elle s'était reproché sa réserve, mais il ne semblait pas s'en être formalisé. Il avait envie de s'épancher, et elle ne demandait qu'à l'écouter.

Judy but une gorgée de sa bouteille d'eau.

— Starbucks ne compte pas vraiment.

— Ça a duré combien de temps ? demanda Leda.

— Quatre heures.

Ils seraient probablement restés plus longtemps si Starbucks n'avait pas fermé.

— Oh ! firent les deux jeunes femmes d'une seule voix.

— Dans ce cas, ça compte pour un premier rendez-vous, déclara Leda.

— Vous vous parlez beaucoup au téléphone ? demanda Judy.

— Pas vraiment.

Faye avait reçu un ou deux coups de fil de Jim, et autant d'e-mails, mais rien de significatif.

— De nombreux coups de téléphone comptent pour un rendez-vous, déclara Judy.

Faye éclata de rire.

— Je dirais même qu'une conversation téléphonique de quatre heures équivaut à un rendez-vous, reprit Judy.

Faye écarquilla les yeux, trop éberluée pour répondre. Ses cuisses devenaient brûlantes.

— Où a eu lieu votre second rendez-vous ? demanda Leda.

— Au Sky Room...

Là aussi, il avait été le plus bavard. En fin de soirée, elle avait réalisé qu'il ne lui avait pas posé une seule question — sauf au moment de choisir le menu. Une autre femme aurait été déçue ; pour sa part, elle était enchantée.

— Très bien ! approuva Judy. C'est lui qui a payé ?

— Oui... mais je me suis sentie un peu gênée. Tu penses que j'aurais dû payer ?

— Non. Une femme se laisse toujours inviter, intervint Leda.

— Pas d'accord ! fit Judy. Il faut au moins proposer de payer sa part, ou prendre l'addition la fois suivante. Ce soir, tu pourras payer.

Leda objecta qu'elle ne payerait pour rien au monde, surtout avec un type aussi riche que le Dr Price.

— Où t'emmène-t-il aujourd'hui ? demanda Judy.

Faye hésita : elle en disait vraiment trop. Elle pressa un bouton pour diminuer la résistance de l'appareil.

— A une soirée chez des amis.

— Et vous prendrez ensuite un verre chez toi ?

— Je ne me suis pas encore posé cette question.

— Ma vieille, c'est pour ce soir ! ricana Leda. Je t'en donne ma parole !

Faye prit un air suffisant.

— Je le connais à peine... Ou plutôt, il me connaît à peine !

— Qu'est-ce que tu lui as raconté pendant les heures que vous avez passées chez Starbucks et au restaurant ?

— Il a parlé presque tout le temps.

Leda, écœurée, hocha la tête.

— Ça ne m'étonne pas. Tout ce qu'*ils* veulent, c'est qu'on les écoute !

— Arrange-toi pour lui parler avant de coucher avec lui, déclara Judy ; il faut qu'il te connaisse en tant que personne...

Elle lâcha le guidon pour avaler une nouvelle gorgée d'eau.

— Sinon, tu te sentiras manipulée... Il pourra se dire qu'il a fait l'amour avec cette infirmière sexy, sans même se donner la peine de l'écouter se plaindre de ses malheurs.

Faye garda le silence, appréciant que Judy l'ait qualifiée de « sexy ».

— Ça fait combien de temps pour toi ? demanda Leda.

— Hé ! marmonna Faye, souviens-toi que je suis ton supérieur hiérarchique !

Leda prit un air de conspiratrice.

— Cette conversation appartient au domaine privé. Tu as besoin d'aide, comprends-tu ?

Faye poussa un soupir : effectivement, elle avait besoin d'aide.

— Mon mari a été le premier et le seul homme de ma vie.

— Oh, mon Dieu !

Judy s'arrêta net de pédaler.

— Et il est mort... il est décédé... il y a dix ans ?

Faye sourit : à l'hôpital, on se passait habituellement d'euphémismes, et Judy n'utilisait jamais le terme « décédé », mais tout le monde avait appris à prendre des gants quand il était question de son défunt mari.

— Bientôt treize, murmura-t-elle.

— Ma parole, Faye, tu dois te sentir comme une jeune vierge !

Faye resta pensive : la remarque de Leda était parfaitement juste. Elle se sentait effarouchée à l'idée de se dénuder devant un homme. Que devrait-elle faire ? Qu'attendrait-il d'elle ? Sans être grosse (du moins l'espérait-elle), elle s'était alourdie comme toutes les femmes entre deux âges, même si elles font de l'exercice et surveillent leur régime. Sa taille s'était empâtée, et ses cuisses étaient confortablement rembourrées. Quand elle s'allongeait sur le côté dans son lit, elle sentait le poids de son ventre et de ses seins. Quel homme pourrait l'enlacer dans cette position ? Elle s'était posé cette question récemment, et elle s'était même imaginée en train de faire l'amour avec Jim Price.

Judy lui effleura le bras avec compassion.

— Tout ira bien. Il est certainement le genre de type à utiliser un préservatif et à faire en sorte de... enfin tu sais bien... de te contenter...

— On pourra se passer de préservatif ! Il n'a pas eu de relations sexuelles depuis la mort de sa femme, et je suis ménopausée.

— Bon Dieu ! pouffa Leda. Tu ferais bien de prendre un tube de vaseline à la pharmacie de l'hôpital !

— Vraiment, ça suffit !

Faye, les joues en feu, mais riant à demi, arrêta son vélo, descendit précipitamment, et crut sentir le sol moquetté bouger sous ses pieds.

— Je suis vannée, souffla-t-elle. On se retrouve en bas.

Jim, très séduisant, vint la chercher à dix-neuf heures trente précises ; ses cheveux poivre et sel contrastaient avec son costume noir et sa cravate. Il l'amenait à une réception mondaine — une sorte de gala de bienfaisance. Etait-elle assez élégante dans sa robe bordeaux mi-longue, qui mettait ses chevilles en valeur ? Elle avait de fines chevilles qu'elle pouvait montrer sans crainte. Les yeux de Jim brillèrent quand elle ouvrit la porte. Un bon signe !

Au cours du trajet, il lui parut bavard, comme à l'accoutumée, mais la conversation tourna autour de l'article qu'elle avait écrit sur le rôle de la méditation dans la prise en charge des douleurs chroniques. Elle voulait connaître ses impressions avant de le publier. Ses commentaires étaient extrêmement pertinents, et ce sujet semblait lui tenir à cœur autant qu'à elle. Mais pensait-il aux souffrances de ses patients ou à celles de sa femme, quand il lui suggéra d'effectuer certaines modifications dans son article ?

La réception avait lieu au douzième étage d'un hôtel du centre-ville, dans un immense loft, avec une vue grandiose sur les lumières de la ville et le pont de la baie de Coronado. Parmi les invités, plutôt guindés, figuraient surtout des médecins, des politiciens et leurs épouses. Les femmes étincelaient de bijoux ; elle se demanda si l'on pouvait deviner que ses boucles d'oreilles étaient en zircon et qu'elle avait acheté sa robe chez JC Penney's.

Jim saisit son bras et le garda serré sous le sien, comme s'il cherchait à l'encourager. Elle reconnut plusieurs médecins ; certains haussèrent les sourcils pour manifester leur surprise en la voyant si fermement ancrée à Jim Price. Un photographe du *San Diego Magazine* prit des photos des invités dans le vaste salon. Peut-être verrait-elle son visage dans la rubrique mondaine.

Bien qu'elle n'ait jamais été attirée par les fastes de la fortune, elle était impressionnée par tout ce beau monde et par le simple fait d'être là. Combien Jim avait-il payé leurs places ? Elle se souvint que c'était un gala au profit de la lutte contre le cancer. Cette maladie ayant été fatale à sa femme, il ne ratait certainement aucune occasion de se montrer généreux pour cette cause. Il ne lui avait pas demandé de quoi était mort son mari, ce dont elle lui était reconnaissante.

La conversation fut plus facile qu'elle n'aurait cru. Plusieurs personnes savaient qui elle était, et quelques médecins avaient même entendu parler de son livre. Jim avait l'art de faire les présentations : il lui donnait quelques éléments sur les personnes qu'elle rencontrait et faisait de même à son sujet. De toute évidence, il avait l'habitude de ce genre de gala.

Au cours de la soirée, tandis qu'un invité avait pris Jim à part pour parler affaires, une femme entraîna Faye dans le vestiaire des dames. Une brune séduisante, aux cheveux tirés en chignon sur la nuque, et à la peau sans défaut bien qu'elle approchât la soixantaine.

— Je tenais à vous dire que nous sommes tous ravis de voir Jim en bonne compagnie. Il porte le deuil de sa femme depuis si longtemps...

Faye ne put s'empêcher de prendre la défense de Jim.

— Merci... cependant, je pense que le temps du deuil n'est pas programmable.

— Certainement ! approuva la femme brune avec un léger accent — peut-être italien. Je voulais dire que Jim a l'air heureux ce soir — pour la première fois depuis des années... Nous redoutions qu'il s'éprenne de l'une des jeunes infirmières avec qui il travaille. Les hommes d'un certain âge ont de plus en plus tendance à quitter la compagne de leur vie pour une minette !

Faye trouva ce compliment quelque peu ambigu.

— Donc pour une fois, je peux me féliciter de paraître mon âge, fit-elle en riant.

Consciente de sa gaffe, son interlocutrice rit à son tour et serra sa main dans la sienne.

— Oh, pardon ! Je ne voulais pas dire que vous paraissez âgée. Simplement, je...

D'un sourire, Faye lui accorda son pardon.

— Je comprends ce que vous avez voulu dire !

— Votre maturité est... rafraîchissante, reprit la femme

brune. Mon mari est cancérologue à Escondido ; il a lu votre livre et en dit le plus grand bien.

— J'en suis ravie! s'exclama Faye, avec une sincérité qui la surprit elle-même.

— A propos, je m'appelle Rosa Stein...

— Enchantée !

— Alors, c'est sérieux entre vous deux? reprit Rosa, curieuse.

— Pas encore.

Rosa lui effleura l'épaule.

— Eh bien! j'espère que ça va le devenir.

— Moi aussi !

En sortant du vestiaire, Faye aperçut Jim de l'autre côté de la pièce, près de la fenêtre. Il était en grande conversation avec un couple. Son cœur s'emplit d'allégresse à sa vue. Bon Dieu, qu'il lui plaisait !

— Merci d'être venue, lui dit Jim un peu plus tard, en la raccompagnant chez elle. Ces réceptions sont parfois un peu pénibles, mais c'est pour la bonne cause...

— C'était un plaisir pour moi, répondit-elle spontanément.

La suite de la soirée la préoccupait, car sa discussion avec Judy et Leda, au sujet de la « troisième fois », résonnait encore dans son esprit.

Après s'être garé dans l'allée de sa modeste maison à un seul niveau, Jim arrêta le moteur. Il se tourna vers elle et effleura doucement les quelques cheveux épars sur sa nuque. Elle sentit son cœur battre plus vite à ce contact, mais aussi parce qu'elle se demandait comment réagir.

— Si je vous invite à entrer, dit-elle enfin, aurai-je l'air de vous proposer plus qu'un café et une conversation ?

Il lui prit la main avec un léger rire.

— J'adore votre franchise! Vous ne trichez jamais. Je serais ravi de boire un café avec vous et de poursuivre notre conversation, mais je ne me sens pas encore prêt à...

Contrairement à son habitude, il cherchait ses mots. Elle comprit aussitôt.

— Je ne suis pas prête moi non plus, dit-elle.

Il l'accompagna jusqu'à sa porte, puis il se pencha pour déposer un baiser sur ses lèvres.

— Comment ai-je pu travailler si longtemps avec vous sans même vous remarquer? s'étonna-t-il en prenant du recul pour l'observer.

— Vous pensiez à vos patients et à votre femme.

Il hocha la tête, songeur.

— C'est une des choses qui m'ont attiré vers vous...

Il chassa doucement une mèche de cheveux du front de Faye.

— Le fait que vous soyez veuve... Vous savez ce que c'est.

— Oui, souffla-t-elle.

En fait, elle n'en savait rien; elle faisait semblant.

5

Lacey partit à dix-huit heures trente sans parler à Clay et Gina de son rendez-vous avec Rick. Elle leur annonça simplement qu'elle dînait avec quelqu'un ; ils croiraient qu'il s'agissait d'une amie, puisqu'elle ne sortait plus avec des hommes. Ils étaient fiers de ses bonnes résolutions. Tout le monde l'était, comme si elle avait réussi à vaincre ses démons — ce qui était pratiquement le cas ; mais elle ne se sentait pas encore tout à fait à l'abri de la tentation.

Au moins, une soirée avec Rick Tenley ne risquait pas de remettre en cause la promesse qu'elle s'était faite de mener une vie rangée. Si la plupart des femmes tombaient en pâmoison devant ce genre d'homme, elle-même n'était pas du tout attirée par son style bon chic bon genre. Son intention était de dîner amicalement avec un garçon sympathique. Elle avait d'ailleurs une autre raison de le rencontrer : en tant que juriste, il pourrait la conseiller sur la manière de réagir à l'éventuelle libération conditionnelle de Zachary Pointer.

Après mûre réflexion, elle avait décidé de lui donner rendez-vous au Blue Point Grill, à Duck. Elle aurait préféré un restaurant moins touristique, mais elle ne pouvait imaginer Rick chez Shorty's, où elle allait habituellement. En outre, tout le monde la connaissait dans cet établissement, et les langues ne tarderaient pas à aller bon train. Si les gens s'étonnaient qu'elle ne sorte plus ces derniers temps, ils s'abstenaient de tout commentaire, ce dont elle leur était reconnaissante. Pour ne pas éveiller leur curiosité, il était préférable que Rick et elle se fondent dans le flot des touristes.

Il l'attendait déjà quand elle se gara sur le parking du Blue Point. Accoudé à la balustrade, sur la terrasse du petit restaurant, vêtu d'une veste de sport et d'un pantalon au pli impeccable, il regardait la mer. Sa description du lieu l'avait-elle induit en erreur ? N'avait-il pas compris qu'il était au bord de la mer et que tout le monde s'habillait de façon décontractée, surtout par cette chaleur ?

Elle sortit une large barrette de son sac et retint en arrière tous les cheveux qu'elle put glisser dans le fermoir ; les autres restèrent dénoués sur ses épaules. Sa longue robe bain de soleil flottait autour de ses pieds chaussés de sandales, tandis qu'elle se dirigeait vers la terrasse. C'était une robe ample, mais qui ne faisait pas trop matrone ; du moins l'espérait-elle. Après s'être débarrassée de ses vêtements les plus sexy, elle avait fait quelques achats plutôt déprimants pour remplir ses placards presque vides. Au point où elle en était, elle n'avait plus qu'à laisser le piercing de son nombril se refermer.

Comme elle montait la dernière marche de la terrasse, Rick se retourna, un sourire chaleureux aux lèvres.

— Excellent choix, Lacey ! Les spécialités de la maison ont l'air fantastiques.

— Je savais que ça te plairait. Tout ce qu'ils servent est délicieux.

Le temps qu'une table se libère, ils s'accoudèrent à la balustrade pour regarder les bateaux à voile sur le bras de mer.

— Nous aurons un beau coucher de soleil, dit Rick en désignant les nuages à l'horizon.

Lacey acquiesça.

— J'ai passé mon enfance sur le bras de mer...

— Je suppose que c'était merveilleux.

Il tendit un doigt vers le sud.

— J'habite un cottage à environ un kilomètre et demi dans cette direction ; au bord de l'eau, mais la vue n'est pas comparable à celle-ci. C'est une minuscule maisonnette enfouie dans les bois, et à peine visible à moins d'avoir le nez dessus. Mais il y a un chemin menant au bras de mer...

— Parfait pour quelqu'un qui écrit un livre !

— Effectivement...

L'hôtesse vint les chercher, et Rick posa une main sur le dos de Lacey en entrant dans la salle de restaurant agréablement climatisée. Par chance, on leur donna une table près de la fenêtre ; Rick tint la chaise de sa compagne pendant qu'elle prenait place.

— As-tu écrit aujourd'hui ? lui demanda-t-elle en s'asseyant face à lui.

— Pas autant que je l'aurais souhaité... Il faisait si beau que je suis allé jouer au golf.

— Ah ! tu y joues souvent ?

— Le plus souvent possible.

Rick sourit à la serveuse qui leur apportait une carafe d'eau ; la jeune femme tomba littéralement sous le charme de ses longs cils sombres et de ses dents blanches.

Ils parcoururent le menu quelques minutes et optèrent tous les deux pour des crevettes et des coquilles Saint-Jacques. Quand la serveuse eut pris la commande, Rick reposa son regard sur Lacey.

— Eh bien ! dit-il en posant sa serviette sur ses genoux, si tu me parlais de ta déception ?

Elle crut entendre « dépression » et resta stupéfaite. Ce n'était pas le mot qui convenait à son état d'âme après avoir appris les infidélités de sa mère ; mais surtout, comment pouvait-il être au courant ?

— Quelle dépression ? fit-elle.

— Je voulais parler de cette déception qui t'incite à refuser de sortir.

— Ah, je vois !

Elle aurait pu répondre que c'était une épreuve pénible et qu'elle allait mieux, mais elle avait toujours eu du mal à mentir, même enfant.

— Je me suis promis de renoncer aux hommes pendant quelque temps.

— Quelqu'un t'a blessée ?

Elle lui sourit timidement.

— Je suis seule responsable de mes décisions et de mes actes ! J'ai tendance à être trop impulsive. Je ne réfléchis pas et je fais de mauvais choix...

A quoi bon lui donner plus de détails ? A cet instant, la

serveuse vint emplir leurs verres; ils gardèrent le silence en attendant qu'elle s'éloigne.

— Qu'entends-tu par «mauvais choix»? fit Rick.
— Eh bien...

Elle essaya d'éluder.

— Je choisis des hommes pas du tout dans ton genre.

Voyant Rick hausser les sourcils, elle réalisa que sa réponse risquait de l'induire en erreur.

— Je voulais dire que je ne me sens pas du tout en danger avec toi.

Rick éclata de rire, son verre de vin en suspens devant ses lèvres.

— C'est un peu insultant pour moi, non?
— Oh non! Du moins, ce n'était pas mon intention.

Il but une gorgée de vin et reposa son verre sur la table, avant de se pencher en avant.

— Ne t'inquiète pas à mon sujet, Lacey. Tu m'as dit clairement que tu ne voulais pas de liaison amoureuse. Je respecterai ta volonté.

— Merci, Rick.

Elle lui était reconnaissante de sa compréhension. En outre, il avait un charme fou: elle pourrait lui présenter plusieurs de ses amies, qui l'apprécieraient à sa juste valeur.

— Et maintenant, fit-il, dis-moi tout ce que je peux savoir à ton sujet.

— Tout?
— Tu as grandi sur le bras de mer. Une enfant du sable et de l'eau.

— Exactement.
— Ta famille est restée dans les parages?
— Mon père et ma belle-mère habitent tout près, à Sanderling. Mon frère, sa femme et leur petite fille vivent avec moi dans l'ancienne maison du gardien de phare de Kiss River.

— Sans blague? Tu habites la maison du gardien de phare?

Lacey hocha la tête.

— Comment as-tu fait?
— Un coup de chance... Nous avons participé, mon frère et moi, à la restauration de la maison. On va la transformer en musée l'année prochaine, et nous devrons partir, hélas!

Il avala encore une gorgée de vin.

— Tu ne m'as pas parlé de ta mère, cette belle femme dont j'ai vu la photo à ton atelier. Tu as ses fossettes... Elle vit dans les environs elle aussi ?

— Non. Elle est morte quand j'avais treize ans.

— Désolé, fit Rick d'un air gêné.

Ne sachant comment le mettre à l'aise, elle murmura :

— C'était il y a bien longtemps.

— Ça doit être dur de perdre sa mère, surtout pour une petite fille de cet âge-là. Elle était malade depuis longtemps ?

— Elle n'était pas malade. On l'a assassinée.

— Oh, mon Dieu ! Que s'est-il passé ?

D'un geste, il lui fit signe de ne pas répondre.

— Désolé, Lacey, nous ne sommes pas obligés d'en parler si ça t'ennuie...

— A vrai dire, je ne demande qu'à t'en parler ! En tant qu'avocat, tu pourrais m'apporter tes lumières, si tu veux bien.

— De quoi s'agit-il ?

Il s'adossa à son siège, tandis que la serveuse déposait devant eux leurs assiettes de crevettes et de coquilles Saint-Jacques. Lacey prit une tranche de pain dans la corbeille et attendit qu'elle s'éloignât.

— Eh bien ! dit-elle en beurrant son pain, nous venons d'apprendre, ma famille et moi, que l'assassin pourrait bénéficier d'une libération conditionnelle. Nous souhaitons empêcher cela. Mon père va prendre contact avec un avocat, mais je me demandais si tu pourrais me donner ton avis...

Elle mordit dans son pain en le regardant réfléchir.

— Je crains que cela ne soit pas du tout de mon ressort, fit Rick en soupirant. Je suis avocat fiscaliste ! Mais je pourrais, en cas de besoin, questionner certains de mes amis...

— Non, non, c'est inutile ! protesta Lacey, se sentant soudain fautive.

— Ça s'est passé comment... pour ta mère ?

Entre deux bouchées, elle lui parla du foyer des femmes battues et de la manière dont sa mère avait sauvé la vie de la femme de Zacharie Pointer. Rick l'écoutait avec une attention rare de la part d'un homme, touchant à peine à sa nourriture pendant qu'elle parlait.

— Navrant... murmura-t-il. J'ai l'impression que c'était une femme exceptionnelle. Je regrette vraiment...

Il tendit la main au-dessus de la table et elle lui abandonna la sienne. Son attitude était amicale, presque fraternelle. Elle eut même l'impression qu'il avait les larmes aux yeux, mais elle n'aurait pu le jurer. Du moins, elle avait la certitude d'être en sécurité avec ce garçon; peut-être deviendrait-il un véritable ami.

Cependant, elle retira doucement sa main au bout d'un moment.

— Quel est ton but ? demanda-t-il. Je veux dire, par rapport au système juridique... Ce que tu veux, c'est prolonger la punition d'un criminel ou bien le garder sous les verrous de peur qu'il recommence à nuire ?

— Eh bien ! nous estimons — mon père, mon frère et moi, ainsi que tous les gens du coin qui ont aimé ma mère — que douze années ne suffisent pas. Il est en bonne santé, et si on le remet en liberté, il pourra mener une vie agréable, alors que ma mère ne reviendra plus jamais !

— Je vais étudier le problème, déclara Rick avec une détermination soudaine. Je vais m'adresser à des gens mieux informés que moi dans ce domaine.

— C'est très gentil de ta part !

— J'ai tout de même une question à te poser.

Lacey, intriguée, plaça sa fourchette au bord de son assiette.

— Je crains de te paraître indiscret... mais as-tu pensé à ce que vous coûtera une procédure ?

Elle ouvrait la bouche pour répondre quand il l'interrompit.

— Je ne parle pas du coût financier. Je me place sur le plan affectif ! Cette démarche peut se révéler longue et épuisante... Réfléchissez bien avant de l'entreprendre, ta famille et toi. Etes-vous réellement prêts à vivre cette épreuve ?

— J'estime que nous n'avons pas le choix.

Il déplaça une coquille Saint-Jacques dans son assiette.

— Je me fais l'avocat du diable, en quelque sorte. J'imagine ce que l'on ressent quand on a perdu sa mère... Mais as-tu songé à la possibilité de tirer un trait ? De cesser de regarder en arrière ? Et même de franchir un pas de plus en pardonnant à l'auteur du crime ?

Lacey dut se crisper, car il ajouta précipitamment :

— Je ne voudrais pas anticiper... bien que je croie sincèrement au pouvoir du pardon. Le pardon est une source de paix pour la personne qui l'accorde, mais je comprends que ce soit trop difficile pour toi... Disons qu'à défaut de pardonner, tu pourrais te contenter de ne pas t'opposer à la libération conditionnelle du coupable et de ne pas gaspiller ton énergie dans cette affaire. Si la commission d'application des peines estime que cet homme n'est plus dangereux pour autrui et s'il s'est sincèrement amendé, pourquoi ne pas laisser tomber ?

— Non, fit Lacey en hochant la tête.

Rick la scruta de ses yeux sombres.

— Lacey, je ne te suggère pas de baisser les bras dans son intérêt à lui, mais dans le tien. Si tu t'acharnes, tu seras obligée de revivre tout cela !

— Je n'ai jamais cessé de revivre ces événements, répliqua Lacey, sincèrement émue.

Rick était un homme de cœur, et ses paroles ne manquaient pas de sagesse.

— J'ai l'impression que tu as traversé une épreuve du même ordre...

Rick secoua la tête.

— Non, fit-il, pas vraiment.

Sa serviette de table pressée contre ses lèvres, il lui sourit.

— Je te connais depuis peu de temps, mais vu ton comportement avec les visiteurs de l'atelier et ta délicatesse avec moi, j'ai l'impression que tu es une personne généreuse. Je parie que d'ordinaire tu accordes ton pardon sans hésiter.

— Bizarrement, ma mère aurait été la première à lui pardonner, soupira Lacey.

Elle piqua sa fourchette dans une coquille Saint-Jacques.

— Mais je ne suis pas du tout comme elle...

6

Les mains enfouies dans l'épaisse fourrure noire d'un bouvier bernois, Lacey était debout près de la table d'examen, tandis que son père retirait les points de suture du flanc de l'animal, rasé en plusieurs endroits.
— Brave toutou! souffla-t-elle à son oreille.
Le bouvier bernois, qui devait peser près de cinquante kilos, haletait bruyamment. Sa fourrure n'était certainement pas adaptée aux chaleurs de l'été en Caroline du Nord.
— Très bonne cicatrisation, constata Alec.
De son poste d'observation, Lacey avait une vue affligeante sur les cheveux grisonnants de son père, qui avaient jadis été si noirs...
— Ne cherche plus à t'enfuir, dit-elle au chien, qui sembla l'ignorer.
Le regard tourné vers le mur, il supportait stoïquement son sort, en attendant de rejoindre son maître bien-aimé dans la salle d'attente. Il appartenait à une famille séjournant dans une maison en front de mer; impatient de se rafraîchir dans l'océan, il avait foncé à travers une clôture en bois le jour de son arrivée.
Suzy, la réceptionniste, ouvrit brusquement la porte et passa la tête à l'intérieur.
— On vient de livrer un vase empli de magnifiques roses jaunes pour toi, Lacey.
— Ah oui? De la part de qui? fit-elle, en connaissant d'avance la réponse.
Suzy lui montra une petite enveloppe.

— Tu es occupée. Veux-tu que je l'ouvre ?

Lacey acquiesça d'un signe de tête, puis, une main toujours enfouie dans la fourrure de l'animal, elle parcourut des yeux le message manuscrit que lui tendait Suzy : « Tu es mon bonheur de l'été... Affectueusement, Rick. »

— Alors ? fit Suzy, intriguée.

— Un ami...

Lacey glissa la carte dans la poche de sa blouse de travail.

— Merci de m'avoir prévenue.

Suzy s'éclipsa, et elle sentit le regard de son père peser sur elle.

— Des roses, Lacey ?

Derrière ces trois petits mots se cachaient tant d'inquiétude : « Que fais-tu ? Es-tu assez prudente ? Retomberais-tu dans tes anciennes habitudes ? »

— Cette personne ne compte pas pour moi, papa, dit-elle.

Alec se concentra en silence sur les points de suture, mais sachant que c'était plus fort que lui, elle ne s'étonna guère quand il reprit la parole.

— C'était justement ton problème, non ? Tu n'as jamais eu de préférence... Si tu avais pu t'attacher à quelqu'un, tu n'aurais pas...

— Papa !

Lacey adorait son père, mais il devenait parfois intenable.

— Je n'ai aucune envie d'en parler aujourd'hui. Ces roses m'ont été offertes par un garçon sérieux avec qui je suis sortie récemment. Une relation platonique, et ce sont des roses *jaunes*, pas rouges ! Gina et Clay l'ont rencontré ; ils le trouvent sympathique.

Rick et elle étaient sortis trois fois ensemble, et la veille, elle avait fini par l'autoriser à venir la chercher à la maison de gardien. L'idée de le présenter à son frère et à sa belle-sœur ne l'enchantait guère, mais ils avaient tout de suite compris que Rick était différent des hommes qu'elle fréquentait autrefois. La maison était bondée au moment de son arrivée, et elle avait craint qu'il ne soit débordé. Henry, le grand-père de la première femme de Clay, et Walter, le grand-père de Gina, venaient souvent leur rendre visite, surtout depuis l'arrivée de Rani. A la mort de leur vieil ami,

Brian Cass, au cours de l'hiver, ils avaient perdu un peu de leur joie de vivre — que Rani leur avait rendue.

Rick avait passé avec succès l'épreuve des présentations ; le matin même, au petit déjeuner, Clay et Gina avaient émis un avis favorable.

Alec retira un dernier point de suture avant de se redresser.

— Désolé, ma chérie, marmonna-t-il, en prenant une friandise pour chien dans le bol posé sur le comptoir.

— Je me sens comme une gamine qui obtient un A - pour un devoir et à qui l'on reproche de ne pas avoir un A+.

Alec sourit de cette remarque.

— Tu t'es donné beaucoup de mal pour changer, Lace. J'admire tes efforts et je te fais confiance... Je me suis énervé trop vite.

— Ce n'est rien, dit Lacey, impressionnée par la vitesse à laquelle il avait fait machine arrière.

Elle aida son père à soulever le chien et à le reposer à terre. Celui-ci fila aussitôt vers la porte, en donnant des coups de patte pour qu'on le laisse sortir ; elle rattacha sa laisse à son collier, et Alec s'en empara.

— Je vais le sortir moi-même. Ta matinée de travail est pratiquement terminée.

— Merci. A demain !

Les roses, dans un vase en verre posé sur le comptoir de la réception, étaient superbes et sur le point de s'épanouir.

Elle faisait d'habitude une pause au restaurant (le plus souvent Sam and Omie's) entre son activité du matin et son après-midi à l'atelier. Mais les roses, qu'elle voulait rapporter chez elle, risquaient de cuire à l'arrière de la voiture pendant qu'elle prendrait son repas. Elle préféra donc s'acheter un sandwich au coin de la rue et le manger en lisant dans la petite cuisine de la clinique.

Le livre dans lequel elle était plongée — *Comment faire le bon choix : Guide des relations de couple à l'usage des femmes* — comptait parmi la demi-douzaine d'ouvrages recommandés par sa psychologue. Ce livre l'intéressait, contrairement aux autres qu'elle considérait comme du «blabla psy».

Elle se reconnaissait dans les anecdotes racontées par l'auteur pour illustrer son point de vue : se tourner vers l'avenir, au lieu de se focaliser sur le passé. Elle-même ne souhaitait pas analyser les raisons pour lesquelles elle avait mené une vie dépravée comme sa mère, sans être au courant de la conduite de celle-ci. Elle voulait surtout se reprendre en main, et il était écrit, noir sur blanc, qu'on renonce beaucoup plus facilement à un ancien comportement quand on en a un autre à lui substituer. L'auteur préconisait des relations amicales, impliquant une communication profonde et sincère, et ne menant pas trop vite à des rapports sexuels. L'homme sélectionné pour ces relations devait avoir une personnalité différente de celles qui attiraient habituellement la personne concernée. Il ne devait pas déclencher d'anciens réflexes ; Rick répondait donc à tous ces critères.

Il l'avait embrassée pour la première fois la veille au soir. Un premier baiser après trois rendez-vous ! Elle doutait d'être sortie trois fois avec le même homme sans faire l'amour avec lui. Le chaste baiser de la veille, bouche close, lui avait convenu à la perfection. Que pouvait-elle souhaiter de plus ? Elle redoutait un peu que sa libido se soit définitivement évanouie, mais ce n'était sans doute pas une mauvaise chose. L'apparition de Rick à ce moment précis de son existence aurait dû la ravir. Rick, un homme sérieux, capable d'admettre qu'elle voulait prendre son temps, et sans exigences à son égard ! C'était un don du ciel, comme si une puissance supérieure lui avait dit : « Tu as été sage une année entière, Lacey ; tu mérites bien de rencontrer cet être vraiment intègre. » Et pourtant, quelque chose lui manquait.

Elle lisait maintenant un chapitre qu'elle jugeait essentiel : Découvrir une attirance quand il n'y en a pas. « Souvent, écrivait l'auteur, les femmes sont attirées par des "mauvais garçons", des rebelles, voire des instables. Elles trouvent les "bons garçons" fades et sans attrait. Si vous rencontrez un homme "bien", qui ne vous excite pas physiquement, cessez de vous focaliser sur ce point. Attachez-vous au contraire à ses qualités, et je vous assure que ce qui doit arriver arrivera... »

Tout était donc programmé, se dit Lacey. Elle avait découvert l'homme de la situation : un garçon « bien » et même charmant. *Les sentiments naissent de l'action.* Elle se leva et décrocha le combiné mural : elle allait lui téléphoner pour le remercier de lui avoir envoyé ce bouquet de roses.

7

En se garant sur le parking, devant l'atelier, Rick put apercevoir ses roses à travers les larges fenêtres de façade. Lacey les avait rapportées de la clinique vétérinaire. Elles signifiaient donc quelque chose à ses yeux, mais était-ce de bon ou de mauvais augure ?

Il hésitait sur la conduite à tenir avec Lacey ; du moins comprenait-il la nécessité de ne rien précipiter. Les femmes lui faisaient d'ordinaire les yeux doux : il était beau, il exerçait la profession d'avocat, et il conduisait une BMW. Paradoxalement, ces signes extérieurs semblaient la laisser indifférente, et elle ne semblait pas attendre grand-chose de lui pour l'instant.

Il coupa le contact et prit, sur le siège du passager, un livre qu'il posa sur ses genoux. Le fait de passer la voir après lui avoir envoyé des roses, de lui avoir parlé au téléphone à peine une demi-heure plus tôt et de lui offrir maintenant un nouveau cadeau risquait-il de tourner à son désavantage ? Finalement, il décida de courir ce risque : les roses visibles derrière la fenêtre lui donnaient du courage.

Il s'efforçait de programmer ses visites à l'atelier lorsque Tom Nestor était absent. Il avait appris avec soulagement que Tom était le père biologique de Lacey ; ce qui expliquait l'intérêt évident de cet artiste pour tout ce qui la concernait. Cependant, il préférait venir la voir quand elle était seule.

Il entra, son livre à la main. Elle le surprit agréablement en lui tendant les bras.

— Je suis contente de te voir, dit-elle.
— Moi aussi !

Un tel accueil était inhabituel de la part de Lacey. Il avait dû marquer un point en lui envoyant des fleurs. Le vase reposait sur la table, à côté des kaléidoscopes, et le soleil de l'après-midi brillait à travers leurs fragiles pétales.

— Tu as choisi l'emplacement idéal pour ces roses, observa-t-il. On dirait presque qu'elles sont taillées dans un vitrail.

— Je suis tout à fait de ton avis...

Lacey reprit place derrière sa table de travail. Elle était si jolie, avec son teint pâle et ses taches de rousseur ; si délicate... Il craignit de la blesser.

— Je m'en sens inspirée, reprit-elle. Mon prochain panneau représentera des roses jaunes...

Il s'assit sur une chaise, près de la sienne.

— Ravi d'avoir titillé ton sens artistique ! On dirait que tu n'as pas l'habitude de recevoir des fleurs.

— Je pense que c'est la première fois... en tout cas, de la part d'un homme, à l'exception de mon père ou de Tom.

— J'ai du mal à te croire... Une femme comme toi mérite des fleurs !

Effarouchée par ce compliment, elle haussa les épaules. Rick craignit d'avoir poussé un peu trop loin son avantage.

Deux clients, un homme et une femme, entrèrent dans l'atelier et se mirent à déambuler parmi les vitraux et les photos. Rick baissa le ton pour ne pas troubler le calme de l'atelier.

— Ecoute, dit-il, je voulais te dire que j'ai parlé à l'un de mes amis, plus familier que moi du droit pénal. Il a des suggestions à te faire sur la manière de t'opposer à la libération conditionnelle de ce type.

— Que me suggère-t-il ? fit Lacey, tout ouïe.

— De prendre contact avec les membres de la commission d'application des peines. Ce sont eux qui décideront si cet homme... Rappelle-moi son nom !

— Zacharie Pointer.

— Ils décideront si Zacharie Pointer doit ou non être libéré. Ils tiendront compte de son casier judiciaire et de sa conduite en prison. As-tu des éléments à ce sujet ?

Lacey scruta un instant les deux visiteurs, qui discutaient des couleurs d'un vitrail.

— Je pense qu'il avait un casier judiciaire vierge, dit-elle comme à regret. Et je ne sais absolument pas comment il s'est comporté en prison.

— Voilà en quoi tu peux exercer une influence. La commission doit tenir compte de toutes les informations provenant de toi et des autres personnes qui ont connu ta mère et ont été affectées par sa mort. Il faudra que tu rédiges ce qu'on appelle une « déclaration d'impact », faisant état des répercussions de ce crime sur ta vie. Chacun des membres de ta famille pourra en faire autant. Tu es sans doute la mieux placée dans ce domaine, car tu as été affectée à la fois par la mort de ta mère et par le fait que tu as assisté à son... à ce qui est arrivé.

Le regard perdu dans le vague, Lacey prit le temps de réfléchir.

— Oui, dit-elle, je peux faire cela.

Les deux clients se dirigèrent vers la porte, et la femme lui fit signe en souriant.

— Nous reviendrons plus tard... Je voudrais offrir à ma sœur ce vitrail représentant un coq.

— Alors, à bientôt !

Rick attendit que Lacey lui accordât à nouveau son attention.

— Tu devrais te pencher, reprit-il, sur toutes les déclarations faites par le coupable après son arrestation et au cours du procès. Toi ou ton avocat, du moins ! L'absence de remords, le fait qu'il continue à se prétendre innocent... Tout ce qui prouve qu'il faut prolonger son incarcération.

— Très bien.

Rick hésita, vaguement anxieux à l'idée du point qu'il allait aborder ensuite.

— Ceci dit, j'ai quelque chose pour toi.

Il lui tendit un livre, dont elle lut le titre : *Le Pardon*.

— Tu es hyper-religieux ou quelque chose dans ce genre ? fit-elle d'un air narquois.

— Pas du tout ! Je ne suis qu'un presbytérien moyen, à peine pratiquant, mais j'ai beaucoup réfléchi à mes priorités. A mes objectifs dans la vie et à ce qui mérite que j'y consacre mes efforts, mon énergie, mon temps et...

Une étincelle brilla au fond des yeux bleus de Lacey.

— Il a tué ma mère, Rick!

— Je comprends... Ou plutôt je comprends que je ne peux pas me mettre à ta place... Je regrette!

Un tintement de verre attira leur attention. Rick se retourna et vit une femme pousser la porte de l'atelier avec une telle force que les petits capteurs de soleil qui y étaient suspendus faillirent se briser. Cette femme, très bronzée, aux cheveux blond platine relevés sur la nuque, portait un tailleur bleu marine, avec une petite broche en or sur le revers. Evidemment, il ne s'agissait pas d'une cliente! Elle avait les yeux rouges et barbouillés de mascara.

Lacey se leva d'un bond.

— Nola! Que se passe-t-il?

— Oh, Lacey, je suis effondrée!

Debout au milieu de la pièce, Nola semblait au bord des larmes. Elle serra sa tête entre ses mains, et les lourds bracelets d'or, autour de ses poignets, émirent un son métallique. Ses doigts étaient chargés de bagues.

Lacey la prit par le bras et la guida vers la table de travail de Tom Nestor.

— Prends le siège de Tom! Jessica et Mackenzie vont bien?

— Je pense... Enfin, je pense que ça va aller... Je suis en route pour l'Arizona et je voulais te mettre au courant avant de partir... Jessica et Mackenzie ont eu un accident de voiture...

— Mon Dieu! s'écria Lacey, une main plaquée sur sa bouche.

Elle s'accroupit devant Nola, dans sa longue robe qui s'étala gracieusement autour d'elle, et posa une main sur celles de la visiteuse.

— Un accident grave?

— Mackenzie va bien, d'après ce qu'on m'a dit. Mais, reprit-elle en comptant sur ses doigts, Jessica a des côtes cassées, un poumon enfoncé, le bassin fracturé, et je ne sais quoi encore...

— Quelle horreur!

Lacey se tourna vers Rick.

— Jessica, la fille de Nola, est une amie d'enfance. Raconte-moi tout! reprit-elle à l'intention de celle-ci.

— Un chauffard saoul... Je n'en sais pas plus. J'y vais pour m'occuper de Mackenzie pendant que Jessica est à l'hôpital. Pour l'instant, une voisine l'a accueillie.

— Tu te sentiras mieux quand tu auras vu Jess et constaté qu'elle est en de bonnes mains, murmura Lacey.

Devant ses yeux noyés de larmes, Rick se sentit indiscret.

— Ma pauvre enfant, fit Nola, en hochant la tête d'un air absent.

Lacey se releva pour l'enlacer, mais Nola, raide comme un piquet, resta impassible. Quel âge pouvait-elle bien avoir? Ne voyant pas une seule ride sur son visage bronzé, Rick en conclut qu'elle avait dû avoir recours plus d'une fois à un plasticien.

— Tu sais quel mal elle se donne, fit Nola, moitié peinée, moitié en colère. Elle élève Mackenzie toute seule, elle a un emploi stressant et elle suit des cours du soir.

— Je sais, dit Lacey. Je devrais peut-être t'accompagner.

— Non, non! protesta Nola.

Elle ouvrit son grand sac de cuir fauve, dont elle tira un mouchoir en papier; puis elle se leva en se tamponnant les yeux.

— Je t'appelle dès que j'aurai vu dans quel état elle se trouve.

Lacey la serra à nouveau dans ses bras.

— Je t'en prie, appelle-moi dès ton arrivée!

Nola hocha la tête et sortit. Les capteurs de soleil tintèrent encore une fois contre la vitre.

— C'est incroyable... Pauvre Jessica! murmura Lacey, affalée sur son siège, derrière sa table de travail.

— Vous êtes très intimes? fit Rick.

— Nous sommes amies d'enfance...

Lacey gardait les yeux rivés sur la porte, qu'elle semblait à peine voir.

— Elle a été ma meilleure amie depuis le jardin d'enfants jusqu'au lycée... mais elle est tombée enceinte à quinze ans. Nola l'a envoyée chez une cousine en Arizona, et elle y est restée. Nous avons un peu perdu contact, bien que nous ayons tous les ans quelques formidables conversations téléphoniques. Je n'ai pas vu Mackenzie, sa fille, depuis leur dernier séjour dans les Outer Banks, il y a environ trois ans.

Sur ces mots, Lacey se leva brusquement.

— Je rentre chez moi pour l'appeler. Je veux qu'elle me raconte elle-même ce qui lui est arrivé.

— Bien sûr, dit Rick en se levant à son tour.

— Je vais demander à Tom de revenir à l'atelier, mais pourrais-tu rester ici jusqu'à son arrivée, au cas où ce couple réapparaîtrait ? A moins que je ferme en laissant un mot sur la porte...

— Non, je reste ! Ça me donnera l'impression de me rendre utile.

Lacey lui décocha un sourire absent.

— Merci, dit-elle en prenant son sac et son agenda. On se reparlera plus tard.

Il la regarda sortir : elle manipula doucement la porte, et les capteurs de soleil tintèrent à peine contre la vitre. D'un coup d'œil à sa table de travail, il constata que le livre sur le pardon y était toujours posé. Sur le point de courir pour le lui remettre en main propre, il s'en abstint, car elle l'avait déjà soupçonné d'être une sorte de mystique. Pas question de l'effaroucher !

8

Sans les encombrements du bord de mer, Lacey aurait foncé jusqu'à Kiss River malgré les limitations de vitesse ; mais elle se trouva coincée dans une file interminable de voitures roulant vers le nord depuis Kill Devil Hills.

Elle voulait appeler l'hôpital pour avoir directement des nouvelles de Jessica, entendre si possible la voix de sa vieille copine, s'assurer que Mackenzie serait prise en charge pendant sa convalescence. Elle songea encore une fois à attraper son sac de voyage et à s'envoler avec Nola vers l'Arizona. Elles pourraient ainsi s'occuper à tour de rôle de la petite Mackenzie, âgée de onze ans, et se relayer au chevet de Jessica.

Mais bien qu'elle connût Nola depuis toujours, elle ne s'était jamais sentie parfaitement à l'aise en sa compagnie. Nola était parfois difficile à supporter : divorcée depuis de nombreuses années, elle ne s'était jamais remariée et n'avait pas de liaison notoire, ce qui ne l'avait pas empêchée d'avoir des vues sur son père en d'autres temps. Grâce au ciel, Olivia était arrivée au bon moment. Sinon, la mère de Jessica aurait peut-être fini par devenir sa belle-mère ! Il lui arrivait d'avoir la chair de poule, simplement en lui parlant au téléphone.

Nola avait été une mère permissive. Sa propre mère s'était montrée tolérante elle aussi, mais son laxisme était équilibré par son profond amour pour ses enfants. Malgré certaines critiques à l'égard des O'Neill, Jessica lui avait avoué, quelques années plus tôt, qu'elle avait souvent envié l'ambiance chaleureuse qui régnait dans sa famille.

La circulation était démente ! Elle traversait Duck en se traînant si lamentablement qu'elle redouta une panne de la climatisation. Pour éviter ce genre d'ennui, qui lui était déjà arrivé, elle arrêta celle-ci et baissa sa vitre. Elle connaissait tous les raccourcis des Outer Banks, mais l'île était si étroite qu'il y avait une seule route nord-sud, celle sur laquelle elle roulait. Elle avisa son téléphone portable sur le siège du passager. Mais à quel hôpital joindre Jessica ? Elle n'avait pas le courage d'effectuer une recherche maintenant, d'autant plus que la connexion était douteuse.

Ses pensées se tournèrent vers Mackenzie. Comment s'était déroulé l'accident ? Indemne d'après Nola, la fillette avait-elle eu clairement conscience de ce qui se produisait ? Avait-elle vu le corps de sa mère coincé derrière le volant ? A moins que la voiture ne se soit retournée...

Comme chaque fois qu'elle pensait à Mackenzie, Lacey se demanda ensuite ce qu'était devenu son père. Il y avait depuis des années un sujet sensible entre son amie et elle. Bobby Asher, le père de Mackenzie, était l'un des nombreux garçons que Jessica et elle avaient fréquentés l'été de leurs quatorze ans. Elle se souviendrait toujours de ce garçon de dix-sept ans, fumeur, buveur, amateur de drogue, et diablement sexy avec ses cheveux blonds tombant sur ses épaules et ses yeux bleu pâle qu'elle retrouvait sur toutes les photos de Mackenzie. Elle avait perdu sa virginité dans ses bras, de même que Jessica... la nuit suivante. La préférence de Bobby pour sa copine l'avait blessée : en effet, Jess était plus cool. Bien qu'elle se soit pas mal déchaînée cet été-là, la petite fille effarouchée qu'elle était encore était une évidence pour quiconque savait observer. Au contraire, Jessica n'avait peur de rien, ce que Bobby avait certainement apprécié.

A la fin de l'été, il était reparti chez lui à Richmond, en Virginie, et ni l'une ni l'autre ne l'avaient revu. Après avoir réalisé qu'elle était enceinte, Jessica avait refusé de révéler, même à sa mère, l'identité du géniteur. Seule Lacey savait. Après le départ de Bobby, Jessica (et elle aussi d'ailleurs) avait eu d'autres amants — dans la mesure où ce terme s'applique aux fréquentations d'une gamine de quatorze ans —, mais la date de conception coïncidait exactement avec la période où elle avait connu Bobby.

Au début, Lacey s'était dit que Jessica avait eu raison de garder l'identité du père secrète. Ce garçon était irresponsable ; il lui aurait certainement conseillé d'avorter dans l'espoir de se simplifier la vie. Nola avait eu la même réaction. Pour sa part, elle avait incité son amie à garder l'enfant : comme elle venait de perdre sa mère, l'idée qu'une petite vie, aussi minuscule et informe fût-elle, soit arrachée à l'existence la révoltait. Jessica, qui avait alors fêté ses quinze ans, s'était laissé convaincre, et un avortement n'était pas envisageable sans son consentement.

Nola avait donc envoyé sa fille chez une tante habitant loin des Outer Banks, à Phoenix, où son ventre en expansion ne serait pas une source de commérages préjudiciables à sa carrière dans l'immobilier.

A seize ans, Lacey avait appris que Tom était son père biologique ; elle avait alors vu d'un autre œil le fait que Jessica dissimule l'identité du père de Mackenzie. Un enfant doit savoir qui est son père, même si le fait d'apprendre la vérité est souvent une source de problèmes plutôt qu'une solution. Un homme aussi doit savoir qu'il est le géniteur d'un enfant. Jessica et elle avaient failli se disputer à ce sujet. A l'occasion du onzième anniversaire de Mackenzie, en avril, Lacey avait évoqué ce point une fois de plus. « Tu devrais avertir Bobby Asher, avait-elle dit à Jessica ; ta fille a l'âge de savoir. » Comme de juste, son amie lui avait opposé un refus catégorique.

Jessica avait expliqué à Mackenzie que son père était un homme qu'elle avait fréquenté brièvement et dont elle avait perdu la trace. C'était exact, mais elle aurait pu le retrouver. On peut retrouver tout le monde... Lacey essaya de s'imaginer Bobby Asher tel qu'il était maintenant. Il devait approcher la trentaine comme Clay, mais la seule image qui lui vînt à l'esprit fut celle d'un homme à longs cheveux, n'ayant pas pris de bain depuis longtemps. Debout à l'angle d'une rue animée de Richmond, il présentait une écuelle aux conducteurs, à côté d'un écriteau mentionnant : « Sans logis ; aidez-moi s'il vous plaît ! » C'était sûrement la voie qu'il avait suivie.

Arrivée à Kiss River, Lacey vit avec plaisir que la chaîne

barrant le chemin était déjà décrochée et qu'elle n'aurait pas à descendre de sa voiture. Elle prit cette voie ombragée et fonça sur les ornières en projetant des graviers derrière elle, avec une seule idée en tête : téléphoner.

La Jeep de Clay était garée sur le parking, à côté du pick-up de Gina : le jeune homme était soit dans les bois pour faire travailler l'un de ses chiens, soit à la maison en train d'attendre un client. Elle sauta de sa voiture et courut à travers le sable.

Après avoir ouvert la porte écran, elle trouva Clay et Gina dans la cuisine ; Gina mit un doigt sur ses lèvres.

— Chut ! Je viens de *la* coucher pour sa sieste...

Clay, qui balayait le sol de la cuisine, toujours ensablé, leva les yeux.

— Ça ne va pas, Lacey ?

Elle comprit que son inquiétude se lisait sur son visage.

— Jessica et Mackenzie ont été victimes d'un accident de voiture. Mackenzie est indemne, mais Jessica est à l'hôpital.

Elle énuméra ses blessures au mieux de ses souvenirs.

— Je vais essayer de la joindre.

— Sait-on ce qui a provoqué l'accident ? fit Clay, comme si cela avait une quelconque importance.

— Un ivrogne !

Lacey posa son sac sur la table et prit le téléphone sans fil pour appeler les renseignements.

— Qui est Jessica ? demanda Gina à Clay.

— Une vieille copine de Lacey... Un peu cinglée autrefois ! Elle est tombée enceinte à quatorze ans, et je suppose qu'elle a goûté à toutes les drogues possibles cet été-là.

— Elle n'est plus du tout la même ! protesta Lacey.

Les yeux brûlants de larmes, elle attendait qu'une voix se manifeste au bout du fil. Elle ignorait le nom des hôpitaux de Phoenix, et *a fortiori* de celui où se trouvait Jessica.

— D'ailleurs, reprit-elle, contrariée par le jugement sans indulgence de Clay, tu n'étais pas particulièrement irréprochable toi non plus.

Gina enlaça son mari et planta un baiser sur sa joue.

— Aurais-tu été un mauvais garçon en ce temps-là, mon chéri ?

— Ma sœur était si horrible qu'elle ne peut pas savoir ce que je faisais !

Pourtant, Lacey *savait*. Au cours de certaines soirées, elle avait vu son frère s'enivrer comme beaucoup d'autres élèves de terminale. Du moins ne s'intéressait-il qu'à l'alcool, avait-elle supposé, alors qu'elle et ses copains prenaient de la marijuana et parfois même du LSD. Les plus excités fumaient du crack ! Mais Clay s'était montré suffisamment adulte et responsable, tandis qu'elle-même et Jessica étaient franchement déchaînées.

Finalement, une voix masculine se fit entendre au téléphone et lui donna les numéros de trois hôpitaux différents. Elle les nota sur un papier que Gina lui glissa sur le comptoir.

— Je vais l'appeler de l'atelier, annonça-t-elle en sortant de la cuisine le papier en main.

— Bonne chance ! lui lança Gina, qu'elle entendit sermonner Clay au sujet de son insensibilité.

La lumière du soleil inondait le petit atelier des couleurs de tous les vitraux accrochés aux fenêtres. Située derrière la maison, cette pièce tournait le dos à l'océan et au phare. Elle donnait sur une étendue de sable, prolongée au loin par des broussailles. Il y avait deux tables de travail : l'une pour les croquis sur papier, l'autre sur laquelle Lacey découpait le verre. Assise à la seconde, elle prit le combiné et composa l'un des trois numéros de sa liste.

— Elle est aux soins intensifs, lui apprit l'opératrice de l'hôpital quand elle lui eut donné le nom de Jessica. Là-haut, il n'y a pas de téléphone dans les chambres.

L'unité de soins intensifs... Lacey imagina des appareils avec des tubes, des respirateurs et des électrocardiographes. Pauvre Jessica !

Comme elle souhaitait en savoir plus, la standardiste, apparemment excédée, lui passa l'unité de soins intensifs. Une voix plus chaleureuse lui répondit ; elle demanda aussitôt des nouvelles de Jessica Dillard.

— Vous êtes un membre de sa famille ? fit l'infirmière.

— Presque...

— Son état, jugé critique, est maintenant considéré comme simplement sérieux.

— Critique ! Je ne me doutais pas qu'elle allait si mal.

— Elle va beaucoup mieux. En principe, elle doit quitter les soins intensifs dans l'après-midi. Souhaitez-vous lui parler ? Je peux lui apporter le téléphone sans fil dans sa chambre.

— Oh oui ! s'il vous plaît, murmura Lacey.

Grâce au ciel, Jessica était en état de lui parler ! Quelques instants s'écoulèrent, et elle entendit un bruissement, suivi de la voix faible mais familière de son amie.

— Jess, ici Lacey.

— Lacey...

Jessica semblait lasse ; peut-être à demi endormie.

— Tu es si gentille de m'appeler !

— Comment te sens-tu ? Souffres-tu beaucoup ?

Jessica prit son temps pour répondre.

— Je suppose que je souffrirais si je n'étais pas bourrée de médicaments... Mais comment sais-tu que je suis ici ? Maman t'a appelée ?

— Elle est venue me prévenir à l'atelier et me dire qu'elle vient te rejoindre pour s'occuper de Mackenzie.

— Pauvre Mackenzie ! Je pense que c'est pire pour elle que pour moi : j'ai perdu conscience au moment de l'accident, et je n'en garde aucun souvenir.

— Veux-tu que je vienne te voir ? Papa est suffisamment aidé pour pouvoir se passer de ma présence quelques jours...

— Non, ça va aller, fit Jessica ; mais promets-moi de me rendre visite quand je serai rétablie. Tu n'es pas venue me voir une seule fois depuis que je vis à Phoenix !

Lacey sourit machinalement. Malgré son état, Jessica était encore capable de jouer sur son sentiment de culpabilité. A juste titre, d'ailleurs, car cela faisait déjà douze ans qu'elle lui annonçait sa visite sans mettre son projet à exécution.

— Je viendrai, lui dit-elle. C'est promis !

Jessica soupira.

— J'ai eu une chance folle. On m'a dit ce matin que j'ai frôlé la mort... Maintenant, je vais savourer chaque instant de mon existence. Toi aussi, n'est-ce pas ?

— Que tu es forte ! s'émerveilla Lacey. Comment fais-tu ?

Lacey eut un rire étouffé.

— C'est la maternité... Ça vous donne des forces, ou alors on y laisse sa peau.

— Je t'aime, Jessica.

— Je t'aime, Lace. Ne t'inquiète pas pour moi. D'accord ?

— D'accord.

Lacey raccrocha, soulagée par cette conversation, mais perplexe : comment se rendre utile à des milliers de kilomètres de distance ? Envoyer des fleurs peut-être, mais Jessica ne devait pas en manquer. Lui offrir des livres et des magazines qui la distrairaient pendant sa convalescence ? Un sentiment d'impuissance l'envahit à l'idée de ne pas en faire plus.

Elle ne se doutait pas de tout ce qu'on allait bientôt lui demander.

9

Leda et Judy s'étaient trompées au sujet de la règle des trois fois : Faye ne fit pas l'amour avec Jim avant leur sixième rendez-vous. Elle se sentait alors suffisamment en confiance pour ne plus se soucier de son physique ni de ses performances. Il lui avait avoué ses propres inquiétudes — en raison de certains problèmes de prostate, quelques années plus tôt —, et elle en avait profité pour lui exposer ses craintes au sujet de son poids, de sa peau flétrie, de ses rides. Il avait ri comme si tout cela était le dernier de ses soucis.

Ce cap franchi, ils passèrent évidemment plus de temps au lit qu'au restaurant ou au cinéma. La troisième fois, il ne firent même pas semblant de sortir : elle alla le rejoindre directement chez lui, après avoir dirigé un séminaire d'une journée entière à l'intention de spécialistes des douleurs chroniques. Elle se sentait à la fois satisfaite de son enseignement et vannée; mais dans sa voiture, elle retrouva un peu d'énergie en prévision de la soirée avec Jim.

C'était la première fois qu'elle allait chez lui. Il lui fit visiter rapidement sa maison avant de l'emmener dans la chambre à coucher. Elle avait beau le savoir fortuné, le luxe du décor la déconcerta dès son entrée dans le grand hall. Manifestement, chaque centimètre carré avait été décoré par un professionnel, et elle se demanda un instant si les rideaux sophistiqués et les papiers d'ameublement fleuris reflétaient le goût de Jim ou celui de sa défunte épouse.

De la chambre à coucher — comme de presque toutes les

pièces —, la vue était spectaculaire. La maison se dressait à flanc de coteau et, à la lumière du soir, La Jolla s'étendait en contrebas comme une couette. Au-dessus de la mer, le soleil couchant prenait une teinte corail. Faye contempla un moment le paysage, en s'efforçant d'ignorer le fait qu'elle allait bientôt s'étendre sur le lit antique d'Alice Price. Que ressentait Jim ? Ne trouvait-il pas étrange d'amener une autre femme dans cette chambre ?

Les pensées de Faye prirent un autre cours quand il commença à la déshabiller. Ils firent l'amour avec une douce lenteur. Judy avait vu juste en lui disant qu'elle serait comblée ; mais ses deux stagiaires n'en sauraient rien, car elle avait cessé de se confier à elles. Ce qui les décevait quelque peu.

Après l'amour, quand l'obscurité eut envahi la pièce, Jim la serra dans ses bras avec un long soupir — de satisfaction, apparemment. Elle nicha sa tête contre son épaule.

— Je pense beaucoup à toi depuis quelques jours, dit-il, en caressant son épaule nue.

— Ah oui ?

— Je tiens à te dire combien j'ai apprécié ton écoute attentive. Il y a longtemps que je n'avais pas parlé comme cela. Peut-être est-ce la première fois...

— Je suis contente de t'en avoir donné l'occasion !

Emue, elle laissa reposer sa paume sur le torse de Jim.

— Néanmoins, reprit-il, j'ai réalisé que tu ne m'avais pas beaucoup parlé de toi. Tu me fais part de tes sentiments, ce que j'apprécie beaucoup, et tu vas droit au but, mais...

— Mais ?

— J'ignore tout de ton passé.

— Ah ! fit-elle, sentant que son silence ne pouvait plus durer.

— Voici ce que je sais. Fille unique, tu es originaire de Caroline du Nord comme moi... Tes parents sont morts, tu n'as pas d'enfant... Tu as été mariée ; ton mari est décédé depuis longtemps et tu n'as pas fréquenté d'autres hommes depuis... Mais tu ne m'as rien dit de ton enfance ni de ce que faisaient tes parents, et c'est ma faute car je ne t'ai pas posé de questions. Pardonne-moi !

— Ce n'est rien.

— J'ignore absolument tout de ta vie conjugale.

Jim joua d'une main avec les cheveux épars sur sa nuque.

— Tu ne me parles jamais de ton mari, alors que tu sais tout au sujet d'Alice. Je suppose que je t'ai un peu trop parlé d'elle.

Il rit d'un air embarrassé et elle s'empressa de le rassurer.

— En fait, conclut-il, je regrette d'avoir attendu si longtemps pour te questionner ! J'aurais dû te donner l'occasion de me parler. J'espère que tu n'as pas pris cela pour de l'indifférence. Au fond... (Il s'interrompit en riant.) J'étais tout simplement égoïste. J'avais besoin de te faire partager tous mes problèmes, mais maintenant c'est ton tour.

Comme elle se taisait, il insista.

— Allons, Faye, parle-moi !
— C'est difficile...
— Pourquoi ?

Elle sentit s'ouvrir devant elle un gouffre de silence qu'elle devrait combler.

— Certaines choses sont difficiles à dire, mais je tiens à te parler. Je souhaite que tout soit clair entre nous et je sais qu'on ne peut pas construire une relation sur des mensonges.

— M'as-tu menti ? demanda Jim, sans paraître totalement surpris.

— Oui... mais surtout par omission.
— Tu peux tout me raconter.

Il ne se doutait pas de ce qui l'attendait, songea Faye.

— Je peux compter sur ta discrétion, n'est-ce pas ? Ce que je vais te dire doit rester entre nous...

— Bien sûr.

Comme elle réfléchissait en silence, il intervint avant qu'elle prît la parole.

— Tu as eu un enfant ?

Cet aveu était loin d'arriver en tête de liste pour Faye.

— Oui, dit-elle, mais comment le sais-tu ?
— Ton corps t'a trahie.
— Mes vergetures ?
— Tu as si peu confiance en toi... Je n'ai pas remarqué la moindre vergeture ! Mais la couleur de tes mamelons est révélatrice. L'aréole est sombre.

— Ça m'apprendra à coucher avec un médecin !
— As-tu perdu cet enfant ?

La paume toujours posée sur le torse de Jim, elle amorça une réponse.

— Oui, je l'ai perdu, mais pas comme tu crois.

Elle baissa les yeux.

— Mon mari n'est pas mort et je ne suis pas vraiment veuve...

Sentant le torse de Jim se contracter sous sa paume, elle ajouta précipitamment :

— Je regrette du fond du cœur de t'avoir laissé croire que j'étais veuve, car je sais que ça a contribué à t'attirer. Tu pensais que c'était un point commun entre nous...

— Es-tu toujours mariée ?

— Non, je suis divorcée ; mais à mon arrivée ici — en Californie — il y a huit ans, je n'ai pas supporté de dire toute la vérité à des inconnus. C'était plus simple de prétendre que mon mari était mort. Je voulais éviter qu'on me pose des questions au sujet de mon ex ! En ce qui me concerne, je le considère comme mort ; ce mensonge ne m'a pas trop pesé jusqu'à maintenant. Jusqu'à toi...

— C'était donc un divorce orageux.

Jim paraissait troublé. Comment aurait-elle pu l'en blâmer ?

— Je t'assure que je suis une femme honnête, reprit-elle. Foncièrement honnête ! Ce gros mensonge ne correspond en rien à ma véritable personnalité.

— Explique-toi !

— Mon ex-mari est en prison pour meurtre.

Elle s'était souvent répété ces mots-là, mais elle les prononçait à haute voix pour la première fois. Ils résonnèrent dans l'immense pièce.

— Mon Dieu ! Que s'est-il passé ?

Elle roula de côté pour allumer la lampe Tiffany posée sur la table. Des images insoutenables la submergeaient ; dans ces cas-là, elle ne supportait pas l'obscurité.

— Ça va ? fit-il.

La tête abandonnée sur son épaule, elle se força à déglutir pour combattre sa nausée.

— Je peux m'arrêter pour l'instant ? La vérité me donne encore des cauchemars, et j'aimerais autant dormir paisiblement cette nuit...

Comment lui parler du minable mobile-home où elle

avait vécu en Caroline du Nord — et du foyer pour femmes battues —, alors qu'elle était maintenant allongée à La Jolla, sur ce lit en merisier qui avait coûté au moins 3 000 dollars, et qu'elle fréquentait des gens dont elle ne soupçonnait même pas l'existence à l'époque ?

— Dis-moi au moins une chose, murmura Jim. Il n'a pas tué votre enfant ?

— Non. Rien à voir avec ça !

— Tu as un fils ou une fille ?

— Un garçon... qui est devenu un homme maintenant. Il s'appelle Freddy. Fred... Nous nous sommes... perdus de vue. Il me reprochait la conduite de son père, comme si c'était moi qui l'avais poussé à devenir un criminel ! Après l'événement, nous avons quitté la Caroline du Nord, Freddy et moi, et nous nous sommes installés à Los Angeles. Une vieille copine, datant de l'époque où je faisais mes études d'infirmière, nous a hébergés, et j'ai obtenu mon diplôme supérieur. Mon fils était très difficile à vivre ; ce n'était pas un mauvais garçon, mais il m'en voulait terriblement. Le jour de ses dix-huit ans, il est parti. J'ai vu une psychologue qui m'a conseillé d'être ferme... Elle m'a dit de le laisser se débrouiller par ses propres moyens.

Faye s'exprimait d'un ton presque neutre : si elle cédait à son chagrin, elle risquait de craquer, et il n'en était pas question devant Jim — ou en présence de qui que ce soit, d'ailleurs.

— Tu n'as plus jamais eu de nouvelles de lui ?

— J'ignore où il vit, et il n'a jamais cherché à me revoir.

Jim soupira en lui massant l'épaule.

— J'ai eu un problème du même ordre avec mes filles...

— Ah oui ?

Bien qu'elle n'ait pas encore rencontré les deux filles jumelles de Jim, elle avait vu leurs photos ce soir-là, dans la bibliothèque du bureau, quand elle avait visité la maison. Deux blondes aux yeux bleus, à différents âges. Il y avait, dans cette même bibliothèque, des photos d'Alice, exactement telle qu'elle l'imaginait : bien coiffée, élégante et étincelante de bijoux. Son antithèse, du moins en apparence.

— Elles ne m'ont pas adressé la parole pendant un an, après la mort d'Alice, expliqua Jim.

— Pourquoi ?

— Elles m'ont reproché la mort de leur mère.

Jim parut hésiter à son tour.

— Je l'avais inscrite à un programme expérimental. A mon avis, c'était sa seule chance ; j'espère qu'elle l'avait compris... Malgré tout, mes filles ont été furieuses contre moi. Elles ont prétendu qu'Alice m'avait servi de cobaye, etc., etc.

Il soupira, et Faye imagina ce qu'il avait enduré. Supporter simultanément la mort de sa femme et l'hostilité de ses filles avait dû être une rude épreuve.

— Il me semble qu'elles ont été cruelles de te tourner le dos, observa-t-elle.

— Leur chagrin les aveuglait, mais elles ont fini par admettre que j'avais agi uniquement dans l'intérêt d'Alice. Un jour ou l'autre, Fred te reviendra sans doute...

— Si seulement tu disais vrai !

Faye s'efforça de tenir son chagrin à distance.

— Chaque fois que je vois un jeune en consultation, je pense à lui.

Les personnes blessées par balles déchaînaient surtout ses émotions, car, sans Annie O'Neill, Fred aurait pu figurer dans cette catégorie.

— Je préfère ne plus en parler, dit-elle en passant sa main devant son visage, dans l'espoir de chasser cette pensée.

Elle leva la tête pour scruter les traits de Jim. A la lumière de la lampe Tiffany, elle remarqua la patte-d'oie au coin de ses yeux, et les plis profonds entre son nez et son menton. Les mêmes ravages du temps se lisaient-ils sur son visage ? Elle décida d'éteindre cette lampe, mais, sans lui laisser le temps de se tourner, il effleura du bout du doigt sa joue et les rides qui devaient s'y trouver.

— Je suis à ta disposition quand tu voudras m'en dire plus, murmura-t-il en souriant.

10

La maison du gardien de phare était d'un calme absolu, tandis que Lacey et Rick, assis à la table de cuisine, emballaient des cadeaux pour Jessica. Sasha dormait près de la porte et ouvrait un œil de temps à autre, au cas où Clay, Gina ou Rani marcherait sur le sable en direction de la maison. Clay avait une longue journée de travail, et Gina avait emmené Rani à sa leçon de natation pour les tout-petits.

— N'est-elle pas un peu jeune pour apprendre à nager? s'était étonné Rick quand Lacey lui avait dit où était sa nièce.

— On essaye surtout de la familiariser avec l'eau; à son arrivée, elle en avait très peur. Elle ne pouvait même pas regarder une baignoire pleine ou la cuvette des toilettes sans se mettre à pleurer! lui avait expliqué Lacey.

Pour des raisons qu'elle seule pouvait connaître, Rani hurlait à l'approche d'une simple serviette humide. Gina supposait qu'elle avait été soumise à de rudes shampoings avec des savons décapants, pour éliminer les poux et les lentes qui s'attaquaient à tous les enfants de l'orphelinat. Mais sa phobie s'atténuait: elle acceptait de se baigner dans une grande bassine et, la semaine précédente, elle avait laissé Gina l'emmener à la piscine.

En ces instants où l'on n'entendait dans la maison que le grondement de l'océan et les stridulations des cigales, Lacey mesurait à quel point Rani était bavarde et débordante de vitalité. Quelques mois plus tôt, Gina avait craint qu'elle n'ait un problème car elle ne parlait pas; mais, un beau matin, l'enfant s'était révélée un véritable moulin à paroles.

Non seulement elle semblait connaître le mot juste pour presque tous les objets environnants, mais elle était capable de composer des phrases. Si elle n'avait rien dit jusque-là, du moins avait-elle écouté. Elle avait foncé dans la cuisine et déclaré à Clay : «Papa, je veux que tu joues avec moi *maintenant*!» Gina et Lacey s'étaient regardées en riant; Clay avait fondu en larmes. Il avait changé du tout au tout depuis que Rani était apparue dans sa vie. Lacey découvrait en lui une douceur surprenante...

Rick saisit les trois stylos feutres qu'ils avaient achetés pour Jessica.

— Je les enveloppe séparément?

— Bien sûr, fit Lacey. Ça l'amusera plus d'avoir un tas de paquets à ouvrir.

Rick et elle avaient fait du shopping tout l'après-midi pour choisir de menus cadeaux destinés à Jessica. Stylos, magazines, puzzles, auxquels elle avait joint l'un de ses kaléidoscopes, l'aideraient à passer le temps dans sa chambre d'hôpital. Elle comptait lui expédier le tout dans un grand carton. Rick avait eu la gentillesse de l'accompagner, et il semblait s'être pris au jeu, car il avait lui-même trouvé des broutilles à son intention. L'idée d'ajouter un kaléidoscope était de lui.

Une portière claqua sur le parking. Sasha alla immédiatement presser ses naseaux contre la porte écran, et sa queue se mit à frétiller. Il était trop tôt pour que Clay ou Gina soient de retour; Lacey se leva et se dirigea vers la porte.

Son père avançait à grands pas vers la maison, tête baissée et mains dans les poches. Il avait une démarche rapide, comme Clay. Elle frissonna en le voyant ainsi.

— Papa? dit-elle, debout sur le porche.

Il cessa de regarder fixement le sable pour lui dire bonjour de la main.

— Ça ne va pas?

— Entrons! dit-il en s'approchant.

Après avoir posé une main sur le loquet de la porte écran, il lui fit signe de passer.

Dans la cuisine, Rick se leva aussitôt.

— Papa, je te présente Rick Tenley. Rick, annonça Lacey, voici mon père, Alec O'Neill.

— Enchanté, Dr O'Neill, fit Rick.

Ils se serrèrent la main. Une expression de curiosité apparut un instant sur le visage d'Alec, qui reprit rapidement un air sombre.

— Ça ne va pas ? demanda à nouveau Lacey.

Son cœur battait à se rompre. Elle eut une pensée pour le petit cœur de Rani, récemment réparé et si fragile.

— Il n'est rien arrivé à Rani, au moins ?

— Rani va bien.

Son père effleura son épaule.

— Assieds-toi, je t'en prie !

Elle s'affala sur une chaise qu'avait approchée Rick.

— Nola vient de m'appeler, articula Alec. Elle essayait de te joindre, mais elle n'avait pas ton numéro ici.

Brusquement, Lacey comprit.

— Jessica !

Accoudé au comptoir de la cuisine, son père hocha la tête.

— Elle est morte ce matin, ma chérie. Je suis navré...

Lacey bondit avec une telle rapidité que Sasha se mit à aboyer.

— Oh non, papa ! Comment est-ce possible ? Elle allait si bien quand je lui ai parlé hier au téléphone.

— Il s'agirait d'une embolie, à la suite de l'intervention chirurgicale. Ça s'est passé très vite. Vraisemblablement, elle n'a même pas eu le temps de se rendre compte...

On avait dit la même chose au sujet de sa mère, mais sa mère avait su... Lacey n'oublierait jamais son air effaré, à l'instant fatal.

— Mon Dieu, je n'arrive pas à y croire !

Elle se rassit, un coude sur la table et un poing contre sa bouche. Quand des larmes ruisselèrent sur ses doigts serrés, elle prit conscience qu'elle pleurait. Rick posa une main sur son dos pour l'apaiser ; son contact lui parut une intrusion plutôt qu'un réconfort.

— Toutes les dispositions ne sont pas encore prises, mais le service funéraire aurait lieu lundi, lui dit son père.

— J'irai. Je dois y aller !

Elle se tourna vers Alec, qui paraissait à bout de force. La famille O'Neill avait une certaine expérience de ces deuils inattendus...

— Comment réagit Nola ? reprit Lacey.

— Tu peux imaginer son chagrin... Elle pleurait tant que j'ai eu du mal à la comprendre.

Alec sortit un papier de sa poche.

— Elle m'a laissé ce numéro au cas où tu souhaiterais l'appeler.

Lacey contempla le papier d'un air hébété.

— Je dois retourner à la clinique, ma chérie, reprit Alec. J'ai encore des rendez-vous aujourd'hui, mais je ne voulais pas t'annoncer cette nouvelle par téléphone.

Après qu'elle l'eut remercié d'avoir bouleversé son emploi du temps pour venir jusqu'à Kiss River, il fixa toute son attention sur Rick.

— Rick, comment connaissez-vous Lacey? lui demanda-t-il.

— Nous nous sommes rencontrés à son atelier.

— Eh bien, je suis content que vous soyez ici!

Cette remarque surprit Lacey.

— Je n'aimerais pas savoir ma fille toute seule en ce moment.

Après le départ d'Alec, Rick se mit à déballer les broutilles qu'ils avaient achetées.

— Je vais rapporter tout cela.

Elle regarda les puzzles et les stylos sans même les voir.

— Ce n'est pas la peine.

— J'y tiens... d'autant plus que je ne peux pas faire grand-chose pour toi à part ça.

Il se leva et alla fouiller dans la poubelle, sous l'évier, à la recherche des tickets de caisse.

— J'aimerais t'accompagner en Arizona, reprit-il.

— Non, merci!

Lacey ne voulait pas de lui à ses côtés : il serait un souci de plus pour elle.

— Je vais aller appeler Nola dans ma chambre, dit-elle, le papier donné par son père à la main. Inutile de rester, Rick.

Il cessa un instant de fouiller dans la poubelle.

— Ton père craignait de te laisser seule.

— Ne t'inquiète pas! Gina et Clay vont bientôt rentrer. Je n'ai qu'une envie : me coucher, la tête sous les couvertures.

Rick se rembrunit.

— Il est à peine quatre heures et demie...

Lacey ferma les yeux, trop épuisée pour justifier son besoin de solitude.

— Laisse-moi me mettre au lit, dit-elle d'une voix presque suppliante.

— Très bien.

Il remit la poubelle sous l'évier et s'approcha d'elle pour l'enlacer. Qu'attendait-il pour s'en aller et la laisser s'effondrer en paix ?

Une fois seule, elle emporta le téléphone sans fil dans sa chambre, et, toujours vêtue de son tee-shirt bleu et de son corsaire rayé, elle se glissa dans son lit. La brise gonflait les voilages, mais la chaleur était telle qu'un simple drap lui suffisait. Elle sortit sa boîte de mouchoirs en papier de la table de nuit et, les bras serrés contre sa poitrine, elle se demanda si elle appellerait Nola avant ou après s'être abandonnée à son chagrin.

Elle composa machinalement le numéro inscrit sur le papier.

— Je souhaiterais parler à Nola Dillard, murmura-t-elle quand une femme lui répondit d'une voix neutre. Ici Lacey O'Neill.

— Nola se repose... Peut-elle vous joindre quand elle se lèvera ?

— Oui. J'appelle de la côte Est, mais dites-lui de me téléphoner quand elle voudra, sans tenir compte du décalage horaire !

Lacey donna à sa correspondante son numéro, qu'elle lui fit répéter. Pour la première fois de sa vie, elle souhaitait parler à Nola Dillard — une personne qui aimait Jessica elle aussi.

Après avoir raccroché, elle fondit en larmes. Elle croyait en avoir fini avec celles-ci, quand elle revit le sourire de Jessica. A la pensée de l'horrible épreuve endurée par Mackenzie, elle se remit à sangloter.

Depuis bien longtemps, elle avait renoncé à s'interroger sur la cause de telles tragédies. Sa mère avait été tuée par une balle destinée à une autre. Terri, la première femme de Clay, était morte au cours d'une opération de sauvetage. Tous ces deuils insensés lui semblaient l'effet du hasard, bien qu'elle se soit demandé une fois, l'année précédente, si la mort de sa mère était destinée à la punir de ses innombrables infidélités. Si Dieu existait, pouvait-il procéder ainsi ?

Elle aurait aimé se réfugier dans son sommeil, mais elle

avait le nez bouché à force de pleurer ; brusquement, ses souvenirs la submergèrent. Quand elles étaient petites, Jessica et elle avaient fait du scoutisme ensemble, sous la direction de sa mère adorée. Combien de fois, au fil des ans, avaient-elles partagé des milk-shakes et des frites au MacDonald, ou dormi chez l'une ou l'autre ? Au collège, son amie avait bizarrement changé : elle s'était dévergondée d'une manière qui l'avait surprise, non sans lui faire envie. Mais, après la naissance de Mackenzie, elle était redevenue elle-même.

Lacey entendit Gina et Rani rentrer, suivies une demi-heure après par Clay ; elle n'eut pas la force de se lever pour leur parler. La seule personne à qui elle aurait voulu s'adresser était Jessica. Justement la seule avec qui toute conversation était désormais impossible ! Pourquoi n'était-elle jamais allée la voir en Arizona, au cours des douze dernières années ? Pour elle, leur amitié allait de soi. Quelle erreur ! Elle irait à Phoenix, juste un peu trop tard...

Quelqu'un frappa discrètement à sa porte.

— Tu es réveillée, Lacey ? fit Clay.

— Oui.

— Papa m'a appelé pour me prévenir... Je peux entrer ?

— Je préfère être seule.

Il hésita un moment.

— Je suis navré, tu sais... dit-il finalement. Et je regrette ce que j'ai dit hier au sujet de Jessica.

— Très bien...

Lacey se tamponna les yeux avec un mouchoir en papier déjà bien imbibé.

— Clay ?

— Oui ?

— Je t'aime. Je t'en prie, reste vivant !

Elle entendit son rire à travers la porte.

— Je t'aime moi aussi, Lacey, dit-il en se gardant de lui faire la moindre promesse.

Elle ne ferma pas l'œil de la nuit et ne parvint même pas à somnoler. La boîte de mouchoirs posée sur l'oreiller et les mains agrippées au téléphone, elle guettait l'appel de Nola. Mais elle attendit en vain, et ce ne fut que le lendemain, peu avant midi, qu'elle comprit pourquoi.

11

Lacey n'alla pas travailler à la clinique vétérinaire le lendemain. Le samedi matin était un moment de grande affluence, mais son père comprendrait certainement.

Assise chez elle, dans son atelier, elle essayait de joindre Nola, sans obtenir de réponse à ses appels ; il n'y avait même pas de répondeur. Elle examina le papier sur lequel son père avait inscrit un numéro de téléphone. Le numéro de qui ? Probablement celui d'une amie de Jessica, car elle s'était fait, à Phoenix, plusieurs bonnes copines dont elle lui parlait souvent. Au cours de leurs conversations, elle éprouvait un mélange bizarre de satisfaction et de jalousie, à l'idée que ces femmes avaient pris sa place.

Entre ses appels, elle essayait de découper du verre pour un panneau en cours, mais elle n'avait pas le cœur à l'ouvrage. On ne devrait jamais travailler le verre quand on n'est pas en état de se concentrer ! Finalement, elle retira ses lunettes protectrices pour regarder par la fenêtre. Clay était en compagnie de l'un de ses clients, un homme de grande taille, propriétaire d'un golden retriever maigrichon. Elle ne distinguait pas nettement ce qu'ils faisaient, mais le chien avait du mal à garder son calme. Elle ne put s'empêcher de sourire en voyant la danse de joyeuse excitation qu'il exécutait devant son maître.

Elle aurait voulu appeler une agence de voyage pour réserver sa place d'avion, mais elle ne voulait pas occuper la ligne, au cas où Nola chercherait à la joindre. Elle se risqua tout de même à contacter une amie d'Olivia, qui travaillait dans une agence. Le prix d'un voyage à Phoenix était exorbitant quand on s'y prenait à la dernière minute, et bien qu'elle ait songé à la possibilité de demander un rabais, puisqu'il s'agissait de se rendre aux obsèques d'une amie, elle n'osa pas évoquer ce motif. Après avoir donné son numéro de carte de crédit, elle nota son numéro de vol et raccrocha.

Le téléphone sonna alors; elle s'empressa de répondre.
— Nola?
Un temps d'hésitation au bout de la ligne.
— Non, ici Charles Rodriguez. Vous êtes bien Lacey O'Neill?
Sans doute une enquête téléphonique!
— Oui, mais j'attends un appel important, donc...
— Madame O'Neill, je suis le notaire de Jessica Dillard.
Lacey fronça les sourcils.
— Son notaire?
— Permettez-moi de vous présenter d'abord mes condoléances.
— Je vous remercie.
— En tant que notaire, j'ai été chargé par Jessica de rédiger son testament et d'autres documents juridiques. C'était une jeune femme très responsable... Je m'étonne encore qu'à son âge elle ait été si prévoyante... Elle m'avait même donné ses instructions en cas de décès, qui se sont malheureusement révélées inutiles... Cependant, il est toujours préférable d'avoir...
— Excusez-moi, monsieur Rodriguez... Pourriez-vous m'expliquer la raison de votre appel? J'attends un coup de fil de la mère de Jessica, et je ne voudrais pas bloquer ma ligne.
Nouveau temps d'hésitation.
— Jessica vous en a-t-elle parlé?
— De quoi?
— De la garde de sa fille Mackenzie.
Lacey se plongea dans ses souvenirs. Pourquoi Jessica aurait-elle abordé un tel problème? Elle n'avait que vingt-sept ans.
— Non, je n'en ai pas souvenir.
— J'espérais que vous étiez au courant, soupira le notaire. Il y a longtemps qu'elle devait vous en parler... car elle sou-

haitait que vous soyez la tutrice de Mackenzie, au cas où elle viendrait à mourir.

— Sa tutrice ? Vous voulez dire... que je prenne des décisions au sujet de...

— Elle souhaitait que vous vous chargiez de son éducation.

— *Moi ?* s'écria Lacey, paniquée. Je vis en Caroline du Nord et nous ne sommes même pas parentes. Mackenzie a une grand-mère, et Jessica avait de très bonnes copines à Phoenix... Et puis, je n'ai pas vu Mackenzie depuis trois ans. Je l'ai à peine rencontrée trois ou quatre fois en tout !

— Je comprends... Mme Dillard, la mère de Jessica, a été très choquée, hier soir, quand je l'ai informée. Elle engagera peut-être une bataille juridique, mais je doute fort qu'elle ait gain de cause, car Jessica tenait absolument à ce que vous soyez la tutrice de sa fille. Elle a déclaré clairement, dans ce document, qu'elle ne souhaitait pas confier la garde de Mackenzie à sa mère !

Lacey tressaillit : Nola avait dû être bouleversée par la décision de sa fille. Voilà pourquoi elle ne l'avait pas rappelée !

— De quand date ce testament ? demanda-t-elle. S'il date de plusieurs années, nous étions beaucoup plus intimes alors...

— Jessica a fait cette démarche il y a plusieurs années. Je vous ai dit qu'elle était très responsable... Quelle gamine de vingt ans se préoccupe habituellement de ces choses-là ? Cela dit, elle a mis à jour tous les documents l'année dernière. Il s'agissait de quelques changements mineurs, mais elle n'a rien modifié à votre sujet !

— C'est absurde. Pouvait-elle se douter qu'elle allait mourir si jeune ? Peut-être n'avait-elle pas vraiment réfléchi à...

— Madame O'Neill, nous en avons discuté longuement ! Je lui ai suggéré que sa mère serait peut-être un meilleur choix... ou bien les parents de l'une des amies de Mackenzie... mais Jessica était persuadée que vous seriez le même genre de mère qu'elle.

Lacey fondit en larmes, à la fois émue et effrayée par cette confiance. Jessica avait été une bonne mère. Une mère exceptionnelle. Comment expliquer à cet inconnu qu'elle avait dû grandir vite pour relever — magnifiquement — le défi de la maternité ? Jamais elle ne trouverait les mots justes.

— Madame O'Neill ? Vous êtes toujours au bout du fil ?
— Oui, bien sûr.

Elle prit, dans une boîte posée sur sa table de travail, un mouchoir en papier dont elle se tamponna le nez.

— Je suppose que vous séjournerez quelques jours ici quand vous viendrez pour les obsèques... Nous pourrons ainsi remplir, vous et moi, les papiers nécessaires, et vous aurez surtout la possibilité de faire plus amplement connaissance de Mackenzie avant de l'emmener avec vous.

L'emmener où ? A Kiss River ? Lacey avait le souffle coupé par la panique. Pas question de cela ! Elle n'avait jamais désiré avoir un enfant... et, moins que jamais, à un moment où elle n'était absolument pas prête. Elle avait honte de sa réaction, mais si quelqu'un lui avait dit comment échapper à ces responsabilités imprévues, elle aurait sauté sur l'occasion.

— Je ne sais pas si je suis capable d'être une mère, murmura-t-elle, plus pour elle-même qu'à l'intention du notaire.

— Pensez-vous que Jessica avait de plus grandes capacités à quinze ans ?

— Le problème n'est pas là.

— Personne ne peut vous forcer, conclut Charles Rodriguez. Si vous refusez de prendre la responsabilité de cette petite, nous réfléchirons à d'autres dispositions...

Jessica désirait qu'elle soit la seconde mère de Mackenzie, songea Lacey. Au dire du notaire, son amie avait été catégorique et l'avait choisie en connaissance de cause. Elle se souvint un instant des babioles qu'elle avait emballées la veille pour la distraire à l'hôpital. Les stylos et les puzzles lui semblaient soudain aussi dérisoires que des grains de sable sur une plage : de stupides cadeaux, pour une femme qui se préparait à remettre la vie de sa fille entre ses mains. Elle était en mesure de lui en faire un bien plus beau : sa vie, ses projets d'avenir, sa liberté.

— J'accepte, dit-elle. J'emmènerai Mackenzie avec moi...

12

L'une des amies de Jessica — une très jeune femme prénommée Amelia — attendait Lacey sur l'aire de retrait des bagages de l'aéroport de Phoenix. Elle brandissait une pancarte avec son nom inscrit en énormes caractères d'imprimerie rouges.

Dès que Lacey se présenta, Amelia la serra chaleureusement dans ses bras ; elle s'abandonna un long moment à son étreinte. En respirant les effluves de sa chevelure sombre, elle se dit qu'elle avait enfin affaire à une personne qui partageait son chagrin.

— Je suis contente de faire ta connaissance, lui dit Amelia d'une voix douce et haut perchée. J'ai beaucoup entendu parler de toi...

Agée d'environ vingt-deux ans, elle avait l'intonation d'une gamine de quinze ans. Ses cheveux presque noirs étaient dénoués sur ses épaules, et des taches de rousseur parsemaient l'arête de son nez.

Lacey se creusa la cervelle : Jessica lui avait-elle parlé de cette fille ? Sans doute, mais elle avait l'habitude de faire allusion à ses copines sans les désigner par leur nom.

— Je suis contente moi aussi, mais j'aurais préféré te rencontrer en d'autres circonstances... répondit-elle à la jeune femme.

Ces lieux communs lui procurèrent néanmoins un certain soulagement.

La veille, elle avait fini par joindre quelqu'un au numéro indiqué par Nola. Bien que celle-ci soit toujours censée dormir, on lui avait promis de venir la chercher à l'aéroport et de lui trouver un hébergement. Son interlocutrice semblait exténuée, comme si elle devait organiser trop de choses à la fois — ou plutôt jongler avec un trop grand nombre de balles.

Quand Lacey avait proposé d'aller à l'hôtel, elle avait répliqué que « tout était en ordre ».

— Tu séjourneras chez moi, lui annonça Amelia en roulant sa valise vers la sortie.

— Merci, répondit-elle. Ce sera parfait !

Amelia resta silencieuse jusqu'au parking où stationnait sa voiture, une décapotable au toit remonté — ce qu'apprécia Lacey, car la température devait atteindre au moins trente-cinq degrés.

— Je ne suis jamais allée en Caroline du Nord, dit Amelia. Quel temps avez-vous en ce moment ?

— La température commence juste à s'élever.

Lacey comprit qu'une conversation sur la différence de climat entre l'Arizona et la Caroline du Nord allait démarrer. C'était l'un des sujets favoris de Jessica. « Il fait près de 40 °C ici aujourd'hui, lui disait-elle, mais c'est une chaleur *sèche*. Pas comme dans les Outer Banks. » Amelia poursuivit sur cette voie, et Lacey joua le jeu. Pourquoi les conversations avec des inconnus commencent-elles toujours par un échange de points de vue sur le temps ?

— Comment connaissais-tu Jessica ? demanda Lacey quand elles eurent épuisé ce sujet.

— Nous étions collègues... Je me demande si j'arriverai à reprendre mon travail maintenant. Elle m'aidait à le supporter !

Jessica travaillait dans une société d'informatique, mais Lacey n'avait jamais compris exactement de quoi il s'agissait.

Après un assez long trajet, Amelia pénétra dans le parking d'un ensemble d'immeubles de style hispanique, charmants et bien entretenus.

— Tu peux rester aussi longtemps que tu voudras, dit-elle, en prenant un virage pour se glisser dans un emplacement réservé.

— Je compte rester trois ou quatre jours. Ça ne sera pas une trop lourde charge pour toi ?

— A mon avis, trois ou quatre jours ne suffiront pas.
— Non ?
— Tu as l'air de sous-estimer le temps qu'il faudra pour préparer Mackenzie à faire ce voyage avec toi.

Elles sortirent de la voiture ; Lacey prit sa valise dans le coffre et elles se dirigèrent vers l'immeuble.

— Comment va-t-elle ?
— Elle est dans un état épouvantable, comme de juste... Elle n'avait que sa mère, et tout son univers s'est effondré.

Lacey repensa à la mort de sa propre mère.

— Comment dort-elle ? Fait-elle des cauchemars ?
— Je n'en sais rien.

Sans lui demander son avis, Amelia prit sa valise et commença à la hisser au premier étage de l'immeuble. Lacey ne protesta pas, car il faisait une chaleur torride.

— Elle habite chez Mary, une autre amie de Jessica, qui a une fille du même âge, reprit Amelia. Mary pourra te donner de ses nouvelles. J'ai simplement appris qu'elle est très silencieuse et qu'elle a perdu plus de deux kilos ces derniers jours.

Lacey eut du mal à s'imaginer à quoi ressemblait Mackenzie. Elle était déjà maigre la dernière fois qu'elle l'avait vue ; si elle avait perdu deux kilos en si peu de temps, elle devait être squelettique.

Au premier étage, Amelia s'arrêta devant l'une des portes, glissa sa clef dans la serrure et ouvrit. Une bouffée d'air frais caressa le visage de Lacey.

Petit et impeccable, l'appartement était joliment décoré de meubles et d'accessoires venant sans doute de chez Pier Import.

— Ton appartement est ravissant ! fit Lacey, une main sur l'accoudoir du canapé. Je te remercie de m'accueillir.

Amelia roula la valise jusqu'à la chambre d'amis, garnie de meubles en osier peints en blanc.

— Pas de problème ! Quand tu auras déballé tes affaires, voudras-tu prendre un verre de thé glacé dans la cuisine ?

Lacey accepta, bien qu'elle ait surtout envie d'une douche. Elle se sentait crasseuse à cause de la chaleur et du voyage.

— Mary — qui héberge Mackenzie — et une autre amie arrivent dans un petit moment, dit Amelia. Nous allons discuter, ce soir, du service religieux. J'espère que ça te va... Il nous a semblé que tu souhaiterais participer à cette discussion.

Lacey acquiesça d'un signe de tête, bien qu'elle n'y ait même pas pensé.

— Nola sera présente elle aussi ?

Amelia ouvrit la porte du placard et préleva quelques cintres libres parmi ses vêtements, en tournant le dos à Lacey.

— Je crois qu'elle n'est pas en état de venir.

Elle pivota sur elle-même pour lui tendre les cintres.

— En fait, Nola est bouleversée que tu aies été choisie comme tutrice... Nous sommes toutes... un peu troublées à ce sujet... Il n'est pas question de douter de tes mérites, mais... nous ne savions pas que tu avais un lien particulier avec Mackenzie, conclut-elle en regardant fixement le mur.

Lacey déposa sa valise sur le lit et ouvrit sa fermeture Eclair.

— Qui est *nous* ?

— Toutes les amies de Jessica, et, bien sûr, Nola ! Elle voyait sa petite-fille au moins une fois par an. Je n'ai pas d'enfant, mais des tas d'amies de Jessica en ont et s'occuperaient volontiers de Mackenzie. D'autre part, elles sont mariées ; il y aurait donc deux parents pour élever la petite.

Amelia leva les mains d'un air navré et les laissa retomber sur ses genoux.

— Pardon ! dit-elle, les larmes aux yeux. Je sais que je m'y prends mal, mais, pour l'instant, je n'arrive plus à trouver le mot juste.

— Figures-tu parmi les amies de Jessica qui seraient un meilleur choix ?

Amelia écarquilla les yeux.

— Non ! Je n'ai que vingt-trois ans, je suis célibataire et sans enfant...

Lacey ébaucha un sourire en poussant sa valise au milieu du lit, afin de s'asseoir.

— Eh bien ! à part l'âge, c'est exactement moi que tu viens de décrire ! Je suis aussi troublée que toi par cette histoire ; tu n'as pas à te sentir gênée... Toutefois, le notaire de Jessica m'a dit qu'elle tenait absolument à me confier la garde de Mackenzie. Elle avait sans doute ses raisons, et je respecterai ses désirs. Lorsque quelqu'un prend une décision de cette importance, après avoir mûrement réfléchi, les survivants doivent se plier à sa volonté...

Amelia hocha la tête.

— Je sais que Jessica tenait beaucoup à toi. Certaines de ses amies ne s'en souviennent pas, mais je me rappelle ce qu'elle me racontait. Nous étions probablement plus intimes... Même si vous ne vous voyiez pas très souvent, elle te considérait comme sa *meilleure* amie. Je ne suis pas sûre qu'elle ait employé ces termes, mais elle disait que dès que vous étiez ensemble, vous pouviez reprendre le fil de votre conversation sans aucun problème.

— C'est vrai.

Etait-ce une raison suffisante pour lui confier son enfant? songea Lacey. Elle releva son épaisse chevelure au-dessus de sa nuque pour laisser l'air conditionné rafraîchir son cou.

— J'ai eu tout le temps de réfléchir dans l'avion, reprit-elle. Je vois plusieurs raisons pour lesquelles elle a pu souhaiter me confier Mackenzie.

— Lesquelles?

— Elle désirait peut-être que sa fille soit élevée au même endroit qu'elle, dans les Outer Banks.

— Pourquoi pas? fit Amelia. Elle adorait cette région, et elle se plaignait de la sécheresse de notre climat. Pourtant, elle est restée ici, au lieu de repartir là-bas. Et puis, dans ce cas, elle pouvait faire appel à sa mère.

— Exact, mais je pense que Jessica appréciait beaucoup ma famille. Elle se sentait à l'aise chez nous, et elle voulait sans doute que Mackenzie profite de cette ambiance.

— Etait-elle très proche de vous? Etes-vous une famille nombreuse? Je sais qu'elle a toujours regretté de n'avoir ni frère ni sœur.

— Eh bien! nous étions très proches autrefois, mais plus tellement depuis qu'elle vivait ici. J'ai un frère, une nièce, un père, une belle-mère, des demi-frères et sœurs, et... moi aussi j'ai perdu ma mère...

— Oui, Jessica me l'avait dit. Serait-ce la raison de son choix? Elle aurait jugé que tu pouvais mieux comprendre Mackenzie, puisque tu as toi-même perdu ta mère?

— J'y ai pensé, admit Lacey.

Une autre hypothèse lui était venue à l'esprit : elle avait

dissuadé Jessica de se faire avorter, à l'époque où celle-ci y songeait. Elle préféra ne pas signaler ce fait à Amelia, puisque Nola était dans les parages.

— Il y a peut-être une autre raison encore... reprit-elle.
— Laquelle?
— J'insistais toujours pour qu'elle apprenne au père de Mackenzie l'existence de sa fille ; pour qu'elle leur donne à tous les deux l'occasion de se connaître, même s'ils n'avaient rien de commun. Si elle souhaitait cela au fond d'elle-même, elle s'est dit que je m'en chargerais.

Amelia secoua la tête avec véhémence.
— Non, je ne pense pas. Elle n'aimait pas parler de lui. Il s'appelait Bobby, n'est-ce pas?

Lacey acquiesça d'un signe de tête.
— La seule chose qu'elle m'ait jamais dite à son sujet, insista Amelia, était qu'elle ne le considérait pas comme un type *bien* — c'est le terme qu'elle employait! Elle ne voulait pas que Mackenzie ait affaire à lui.
— Mais elle sait... elle savait, rectifia Lacey, que je n'étais pas d'accord. Je me fiche des caractéristiques d'un homme, à moins qu'il s'agisse d'un obsédé sexuel ou de quelque chose dans ce style. Un enfant a le droit de connaître ses parents! Jessica connaissait mon opinion, et ça ne l'a pas empêchée de me confier Mackenzie.

Des larmes de dépit emplirent les yeux d'Amelia.
— Si seulement nous pouvions lui parler pour qu'elle nous dise le fond de sa pensée!
— Oh oui!

Lacey se leva et attrapa sa valise. Qu'attendait son hôtesse pour sortir de la chambre et la laisser pleurer tranquillement?
— Je déballe mes affaires et je te rejoins dans une minute, dit-elle.

Deux autres femmes arrivèrent, peu après qu'Amelia et elle aient dîné de sandwiches salade-poulet. A vrai dire, elles y avaient à peine touché, faute d'appétit.

Mary et Veronica étaient les mères des deux meilleures copines de Mackenzie, laquelle habitait pour l'instant chez Mary. Ces deux blondes d'une bonne trentaine d'années, élégantes et discrètement sophistiquées, scrutèrent son short, son tee-shirt, sa tignasse rousse et sa jeunesse, non sans une certaine condescendance. Elle ne s'attendait pas à subir un tel examen ! Mais peut-être avait-elle accordé trop d'importance à leurs froides salutations...

Amelia, apparemment agacée par leur comportement, les fit entrer dans sa petite salle de séjour. Elle leur servit un thé glacé et plaça une assiette de biscuits sur la table basse en verre et fer forgé, à côté de la pile de livres apportés par Mary.

— Quand pourrai-je voir Mackenzie ? demanda Lacey, en s'emparant d'un biscuit qu'elle n'avait pourtant nulle envie de manger.

— Nous ne lui avons rien dit pour l'instant, répliqua Mary sans chercher à la ménager. L'épreuve a été trop rude pour elle ! Nous pensions lui parler après le service religieux... quand nous serons absolument sûres qu'elle repart avec vous.

Elle haussa les épaules.

— Au cas où il y aurait une erreur... Mais le notaire nous a donné confirmation. J'espère que Jessica était saine d'esprit quand elle a rédigé ces documents !

— Moi aussi, dit Lacey.

Elle ébaucha un sourire pour affronter avec humour cette mise en cause peu subtile de sa compétence, mais sa tentative tomba à plat ; les trois femmes la dévisagèrent d'un air morne.

— Alors, dit-elle, je suppose que je ne verrai pas Mackenzie avant les obsèques.

— Il s'agit d'un service mortuaire, objecta Veronica.

Mary sortit de son sac un petit carnet qu'elle ouvrit sur ses genoux.

— C'est presque prêt... Je ferai une lecture. Et toi, Amelia, tu souhaiterais dire quelque chose ?

Amelia approuva d'un signe de tête.

— Le patron de Jessica prendra la parole, ajouta Mary. Et vous, Lacey, souhaitez-vous lire un texte ?

— Quel texte ? fit-elle, décontenancée.

— On pourra vous trouver quelque chose, proposa Veronica d'une voix qui se voulait apaisante, mais qui n'eut absolument pas cet effet.

Mary s'arracha tout à coup à la contemplation de ses notes.

— Pour répondre à votre question, Lacey, je pense que vous verrez Mackenzie chez moi, *après* le service mortuaire. Elle refuse d'y assister.

— Il faut qu'elle y assiste! protesta Veronica. Sinon, elle le regrettera jusqu'à la fin de ses jours.

— Elle n'est pas obligée d'y assister si elle ne le souhaite pas.

L'intervention de Lacey la surprit elle-même autant que les trois femmes. Tout à coup, elle savait mieux que quiconque ce qui était souhaitable pour Mackenzie, dans ce domaine au moins, et cette certitude lui sembla étrange.

— Ma mère est morte quand j'avais treize ans, précisat-elle, et je ne suis pas allée aux obsèques. Je n'en avais pas la force. J'aurais souhaité l'avoir, mais je ne regrette rien ; à l'époque, je n'étais pas de taille à affronter cette épreuve... Ne l'obligez pas à y aller!

— Oh! fit Veronica. Vous avez perdu votre mère vous aussi?

Elle se tourna vers Mary.

— C'est peut-être pour cela que Jessica a décidé de lui confier Mackenzie.

— Qui sait?

Mary tendit à Lacey l'un des livres posés sur la table basse.

— C'est un ouvrage qu'aimait Jessica... Il y est question d'une vie saine, etc. Je ne l'ai pas lu, mais vous y trouverez peut-être un texte à lire.

Lacey prit l'ouvrage. Comment oserait-elle se lever face à un groupe d'inconnus qui aimaient Jessica — et s'étonnaient que cette femme célibataire et sans enfant leur enlève Mackenzie — pour leur lire les écrits d'un auteur qui la laissait indifférente?

— Merci, dit-elle, je vais le parcourir ce soir.

13

Lacey eut beau feuilleter le livre de Mary en analysant certaines phrases — sans se pénétrer réellement de leur signification —, elle ne trouva rien à lire pendant le service mortuaire. Elle resta ensuite éveillée une bonne partie de la nuit pour réfléchir à son propre discours. Bien qu'elle ait donné quelques cours de vitrail, elle n'avait jamais parlé en public, et elle craignait d'avoir le trac à la dernière minute. Mais pas question de lire un texte qui ne l'inspirait pas!

En se réveillant après un sommeil agité, le matin de la cérémonie, elle se souvint brusquement de la date : le trois juillet, jour de ses vingt-six ans. Ses amis et sa famille ne seraient pas là pour l'entourer, mais elle aurait d'autres anniversaires à fêter, alors que tout était terminé pour Jessica. Elle se promit de ne parler à personne de sa déception en ce jour particulier.

Elle avait si peu dormi depuis quelques jours qu'elle se sentait dans un état second lorsqu'elle arriva dans la petite chapelle bondée. Amelia et elle allèrent s'asseoir au premier rang, où étaient rassemblés tous les proches. Nola y était, les yeux rougis, la bouche amère; malgré sa peau sans une ride — grâce à de trop nombreux liftings —, elle paraissait très vieille.

Lacey s'approcha sans hésiter : cette tension insupportable ne pouvait plus durer!

— Nola...

Elle s'assit auprès d'elle sur le banc. Voulant lui prendre

la main, elle parvint tout juste à atteindre l'extrémité de ses phalanges noueuses.

— J'ai le cœur brisé, Nola, murmura-t-elle. Je sais que c'est encore pire pour toi, et je suis navrée...

Nola détourna la tête, les yeux fixés sur les vitraux de la chapelle. Lacey serra légèrement sa main inerte, puis se leva et retourna s'asseoir à côté d'Amelia. Tous ces regards braqués sur elle la blessaient : la rebuffade qu'elle venait de subir n'avait échappé à aucun occupant des premiers rangs...

La veille, elle avait pris rendez-vous avec le notaire pour signer les documents lui permettant d'emmener Mackenzie à Kiss River. Un placement temporaire, d'après celui-ci, car « plusieurs personnes » avaient insisté pour que le tutorat soit exercé « dans l'intérêt exclusif de l'enfant ». Mais elles devraient prouver le bien-fondé de leurs arguments et, en attendant, le vœu de Jessica serait exaucé.

Pendant tout le service, Lacey se sentit hébétée, comme si son esprit n'était pas réellement en phase avec son corps. Une femme à la voix sublime entonna deux chansons de Sarah McLachlan — *Angel* et *I Will Remember You*. Il lui sembla que ses larmes étaient taries, bien que tout le monde reniflât sur son banc. Des inconnus se succédèrent sur le podium pour parler ou lire, et quand son tour arriva, elle apprécia d'être dans un brouillard apaisant pour ses nerfs.

Elle monta sur le podium, d'abord impressionnée par la foule massée sur les bancs et le long des murs de la petite chapelle.

— Je suis Lacey O'Neill.

En entendant sa voix au micro, pour la première fois de sa vie, elle sursauta légèrement.

— J'étais la meilleure amie de Jessica quand nous étions enfants et jusqu'à ce qu'elle parte en Arizona, reprit-elle. Certains d'entre vous pensent la connaître mieux que moi parce qu'ils l'ont rencontrée adulte — mais moi j'ai partagé avec elle toutes ces choses qui comptent tant quand on est enfant. Ces choses que l'on apprend à cacher à autrui dès que l'on devient adulte. Je connaissais ses secrets, ses désirs et ses rêves. Et je savais ce qu'elle souhaitait devenir quand elle serait grande : une *cow-girl*.

Il y eut quelques rires.

Lacey se rappelait parfaitement sa conversation avec Jessica. Elles avaient huit ou neuf ans... Allongées sur la plage, elles contemplaient les nuages. L'un d'eux ressemblait à un taureau, d'après Jessica. « Je veux faire comme les cow-boys, avait-elle déclaré. Monter des chevaux sauvages et lancer une corde autour des vaches ou des veaux... Je veux être *cow-girl* ! » De temps à autre, au fil des ans, Jessica avait évoqué ce projet, dont elles plaisantaient entre elles.

— En somme, conclut Lacey, d'après ce qu'elle m'avait dit, elle souhaitait deux choses : devenir une *cow-girl* et une mère.

Elle cligna des yeux énergiquement, car elle commençait à voir trouble.

— Jessica a réalisé le plus important de ses deux rêves, et j'en suis vraiment très heureuse.

Ce n'était pas le moment idéal pour s'interrompre, mais elle descendit du podium sans un mot de plus. Elle aurait voulu ajouter que c'était le jour de son anniversaire, que Jessica lui avait recommandé de savourer chaque instant de sa vie, et qu'elle ferait désormais cela, en souvenir de son amie. Mais elle craignait de s'effondrer si elle cherchait à poursuivre son discours.

Après la cérémonie, un grand nombre de gens se rendirent chez Mary. Sa maison de plain-pied, avec ses pièces spacieuses aux plafonds voûtés, était à son image : d'une sobre élégance, avec des cactus épineux à toutes les fenêtres.

Dans le jardin derrière la maison, des enfants jouaient dans une immense piscine incurvée ; Lacey supposa que Mackenzie se trouvait parmi eux. Mary passa la tête par les portes vitrées coulissantes pour leur annoncer son retour, mais elle ne les invita pas à entrer. Plusieurs femmes, probablement des extras, installèrent des plats de hors-d'œuvre sur l'imposante table de salle à manger, et les invités emplirent leurs assiettes.

Lacey resta près d'Amelia, la seule personne avec qui elle se sentait en sécurité : bizarrement, la femme la plus jeune du groupe était aussi la plus amicale, comme si elle avait capté toute la chaleur humaine de ses aînées.

Deux soirs plus tôt, après le départ de Mary et Veronica, Amelia lui avait présenté des excuses à leur sujet :

— Elles ont été grossières avec toi, mais elles ne sont pas toujours comme ça.

— J'ai du mal à croire que Jessica ait pu s'entendre avec elles, avait-elle osé répondre.

— Elles sympathisaient à cause de leurs enfants...

Etait-ce une raison suffisante ? Lacey s'était demandé si elle devrait sympathiser avec des femmes déplaisantes lorsqu'elle aurait la responsabilité de Mackenzie.

— Elles ont, malgré tout, beaucoup d'affection pour Mackenzie et elles ne souhaitent que son bien, avait ajouté Amelia.

Elles étaient maintenant assises côte à côte sur des chaises alignées le long d'un mur de la salle à manger.

— Eh bien, fit Lacey après avoir grignoté un petit pain (le maximum de ce qu'elle pourrait manger), il y a deux personnes ici à qui je dois absolument parler.

— Mackenzie et Nola !

Lacey acquiesça d'un signe de tête.

Nola gardait ses distances, mais paraissait aussi mal à l'aise qu'elle. S'adressant à un groupe d'inconnus, elle parlait très vite, comme toujours lorsqu'elle se sentait mal, et s'intéressait apparemment à l'architecture de la maison. Elle attirait l'attention de son auditoire sur les hautes fenêtres, les sols en céramique et la cuisine ouverte, avec son carrelage fantaisie. Sa « casquette » d'agent immobilier la sécurisait sans doute...

Lacey se leva courageusement.

— C'est le moment... Excuse-moi, Amelia.

— Vas-y !

Amelia lui prit en souriant son assiette vide, et elle se dirigea vers l'imposante fenêtre voûtée. Nola parlait à quelqu'un, avec force gestes pour lui décrire quelque chose. Dès qu'elle lui effleura le bras, la mère de Jessica lui fit face.

— Je peux te parler quelques minutes ?

— Oui, dit Nola, après une seconde d'hésitation.

Elle se tourna vers son compagnon.

— J'ai été ravie de vous rencontrer. Excusez-moi, je vous en prie !

Lacey balaya du regard le vaste espace incluant le séjour, la cuisine et la salle à manger. Il y avait du monde partout.

— Si nous allions dehors pour être au calme ?

— Par cette chaleur, nous allons fondre ! protesta Nola. Elle pointa le couloir du doigt.

— Installons-nous dans l'une des chambres ; ça ne gênera personne.

Quelque peu sceptique, Lacey suivit Nola au bout du couloir, jusqu'à une grande pièce dont les portes-fenêtres donnaient sur la piscine. La « chambre aux palmiers », sans doute, car il y avait des palmiers sur le couvre-lit, les rideaux, le papier mural — ainsi qu'un palmier en pot dans un coin.

Nola s'assit sur le lit à estrade, et Lacey prit la chaise capitonnée, face à la coiffeuse.

— Comment te sens-tu ?

— A ton avis ? rétorqua Nola d'une voix lasse.

Elle laissa une main reposer sur sa poitrine.

— Il y a un vide béant dans mon cœur... D'abord, je perds ma fille. Ensuite...

Les yeux au ciel, elle s'interrompit ; puis son regard se fixa sur Lacey.

— A l'idée que Jessica n'a pas trouvé naturel de me confier Mackenzie... C'est absurde ! Elle est ma petite-fille, je suis sa seule parente...

— Je te comprends parfaitement, murmura Lacey, mais on ne nous a pas demandé notre avis, et nous devons faire pour le mieux. Nola, je t'en supplie ! Je dois me conformer à la volonté de Jessica, mais je te promets que tu pourras passer tout le temps que tu voudras avec Mackenzie.

Les yeux noyés de larmes, Nola se leva, sortit un mouchoir en papier du carton posé sur la coiffeuse et se rassit.

— J'ai l'intention de me battre pour obtenir le droit de garde ! Mon avocat estime que j'ai des chances d'aboutir ; tu dois le savoir... Un tribunal tiendra compte de l'intérêt exclusif de l'enfant, et un juge digne de ce nom estimera que tu ne fais pas l'affaire. Tu es si irresponsable et si...

— Je ne suis pas irresponsable ! protesta Lacey, blessée.

— Jessica ne serait pas tombée enceinte si elle n'avait pas traîné avec toi.

Lacey dut se mordre la langue pour ne pas objecter à Nola que sa fille bien-aimée avait été beaucoup plus irresponsable qu'elle cet été-là...

— C'est de l'histoire ancienne, Nola, dit-elle. J'ai l'intention de faire le maximum pour Mackenzie.

Nola soupira, et ses traits se détendirent brusquement.

— Tu sais, je voudrais exaucer moi aussi les vœux de Jessica. Vraiment, Lacey! Je me suis dit qu'elle souhaitait peut-être que Mackenzie ait une mère de ton âge... Mais, je t'en prie...

La lèvre inférieure de Nola se mit à trembler d'une manière si pathétique qu'elle eut envie de la serrer contre son cœur.

— Je t'en prie, ne me prive pas de ma petite-fille!

— Bien sûr que non! promit Lacey, en se penchant pour embrasser la mère de son amie. Et maintenant, peux-tu m'emmener la voir?

— Elle n'est pas encore au courant! Tu ne lui diras rien, n'est-ce pas? Je pense que c'est à Mary de le lui expliquer.

— Je voudrais simplement la rencontrer et lui exprimer ma compassion.

Nola se dirigea vers les portes-fenêtres. Une main sur le loquet, elle se tourna vers Lacey, un pâle sourire aux lèvres.

— J'avais complètement oublié que Jessica voulait devenir *cow-girl*...

Lacey suivit Nola à travers le patio, jusqu'à la piscine. Le jardin résonnait de rires et d'un bruissement d'eau éclaboussée. Cinq préadolescentes minces et bronzées — à différents stades de maturité — étaient assises au bord de la piscine, le dos tourné à la maison, et donnaient paresseusement des coups de pied dans l'eau.

Nola s'approcha de la plus mince.

— Mackenzie?

La fillette se retourna vers sa grand-mère : elle avait tellement changé en quelques années que Lacey faillit ne pas la reconnaître. Ses cheveux blond cendré étaient décolorés par le soleil, et ses seins naissants pointaient sous le haut de son bikini rose vif. Ses yeux rougis par les larmes rappelaient ceux de Bobby Asher, mais elle avait purement et simplement le visage de Jessica.

— Quoi? fit Mackenzie à l'intention de sa grand-mère.

— Te souviens-tu de Lacey O'Neill, une vieille amie de ta maman?

— Oh oui! Salut.

— Mackenzie...

Lacey mit ses mains en visière pour protéger ses yeux du soleil.

— Je suis désolée au sujet de ta mère...

— Ce n'est rien, marmonna-t-elle comme si quelqu'un l'avait heurtée par mégarde dans le couloir.

— Pourrais-je te parler quelques minutes ?

Mackenzie hésita — manifestement, elle voulait rester avec ses copines, mais ses bonnes manières prirent le dessus —, puis elle se leva. Elle avait une silhouette élancée comme sa mère. Lacey sourit à l'idée d'avoir chez elle un vivant rappel de Jessica ; Mackenzie lui rendit son sourire.

— Si vous alliez dans cette chambre à coucher dont nous sortons ? suggéra Nola. Je regagnerai la maison par la porte du séjour.

Reconnaissante à Nola de lui faciliter la tâche, Lacey effleura l'épaule de la fillette, en lui indiquant la direction des portes-fenêtres, et elles marchèrent silencieusement. Qu'allait-elle lui dire lorsqu'elles seraient en tête-à-tête dans la chambre ?

Elle reprit sa place sur le siège capitonné, tandis que Mackenzie grimpait à quatre pattes sur le lit à estrade, comme un enfant, puis s'adossait aux oreillers, les jambes croisées et les mains sur les genoux. Un vernis rose, écaillé, colorait les ongles de ses orteils.

Lacey lui sourit à nouveau.

— Tu ressembles tant à ta mère !

— On me l'a déjà dit.

Mackenzie avait une voix boudeuse et un air renfrogné, que Lacey n'attendait pas chez une petite fille venant de perdre l'être qu'elle aimait le plus au monde. Ses yeux bouffis et cernés trahissaient cependant son chagrin.

— Tu te souviens de m'avoir vue quand tu rendais visite à ta grand-mère ? demanda Lacey.

— Plus ou moins... Vous êtes la dame qui a des triplés ?

Lacey secoua la tête : elle n'avait aucune idée de la personne dont parlait Mackenzie.

— Non, je n'ai pas d'enfant ! Je suppose qu'on n'a pas eu souvent l'occasion d'être ensemble. Ta grand-mère te gardait pendant que nous sortions, Jessica et moi.

Mackenzie prit un air absent.

— Dommage... murmura Lacey. J'aurais aimé avoir l'occasion de mieux te connaître.
— Pourquoi ?
— Tout simplement parce que tu es la fille de ma meilleure amie.
— Je vois...

Mackenzie tourna les yeux vers les portes-fenêtres, pour apercevoir ses amies autour de la piscine. Elle voulait en finir avec cette conversation ; Lacey ne pouvait l'en blâmer, car elle s'y était mal prise.

— Tu as envie de rejoindre tes amies ? lui demanda-t-elle avec un sourire figé.

Mackenzie hocha la tête.

— Eh bien, vas-y ! Ça m'a fait plaisir de te voir...
— A tout à l'heure ! lança Mackenzie avant de foncer vers les portes-fenêtres.

Lacey resta un moment assise toute seule dans la chambre. Sa tentative pathétique pour engager une conversation avec Mackenzie avait lamentablement échoué. Elle n'avait aucun point commun avec cette fillette, qui ne pouvait pas se passer de ses copines...

— Sapristi, Jessica, à quoi pensais-tu ? fit-elle à haute voix.

Le lendemain, Mary appela Amelia pour lui dire qu'elle avait finalement annoncé à Mackenzie les dispositions prises à son sujet. Depuis la salle de séjour, Lacey comprit, en entendant la réaction d'Amelia, que les réactions de l'intéressée avaient été rien moins que positives. Elle ne songea pas un instant à lui en tenir rigueur.

Le soir même, elle l'emmena dîner en tête à tête. La fillette refusa de lui parler dans la voiture prêtée par Amelia. Elle n'avait pas faim, aucun plat de la carte ne la tentait, et elle évitait même de la regarder dans les yeux.

Lacey ne tarda pas à réaliser qu'elle avait eu une très mauvaise idée.

— Partons ! fit-elle, quand le garçon eut tenté pour la troisième fois de prendre leur commande.

Mackenzie haussa un sourcil.

— On part ?

— Tu n'as pas faim ; moi non plus... Allons-nous-en !

Mackenzie bondit de son siège et sortit la première du restaurant.

— Nous allons causer un moment, déclara Lacey dans la voiture, après avoir mis la climatisation et reculé son siège de quelques centimètres.

Mackenzie roula des yeux effarés.

— Je n'en ai aucune envie !

— Ça ne peut pas durer, Mackenzie. Je voudrais apprendre à te connaître... Tu vas vivre avec moi, après tout.

— Quelle idiotie ! Je me demande comment ma mère a pu avoir une idée pareille.

— Nous étions très proches... C'est peut-être la raison pour laquelle ta maman m'a confié son bien le plus précieux.

Mackenzie se contenta de fermer les yeux.

— Nous avons un point commun très important, toi et moi, reprit Lacey.

— Ma mère ? risqua Mackenzie, en rouvrant les yeux.

— A part ta maman...

— Arrête de l'appeler *ma maman* ! Elle est ma mère.

— A part ta mère, rectifia Lacey.

— Alors, qu'est-ce que vous avez en commun ?

— J'ai perdu ma mère moi aussi, quand j'avais deux ans de plus que toi... Ta maman... non, ta mère... a peut-être pensé que ça m'aiderait à te comprendre.

— Si tu me comprends si bien, tu devrais réaliser que j'ai besoin de rester ici. Je veux rester à Phoenix.

— Je sais, ma chérie.

— Ne m'appelle pas *ma chérie* !

Lacey transpirait malgré l'air conditionné ; elle craignit un moment une panne du système de refroidissement. Elle aurait eu ce problème dans sa voiture, si elle avait laissé la climatisation en marche.

— Mackenzie, dit-elle, je sais que c'est dur, mais nous devons nous incliner devant la décision de ta mère ! Aucune de nous deux ne connaît pour l'instant ses raisons, mais il faut faire ce qu'elle souhaitait.

Mackenzie ferma les yeux une fois de plus. Quand elle les rouvrit, elle marmonna, les narines frémissantes :

— J'vois pas pourquoi je ne pourrais pas rester simplement ici.

Lacey ne voyait pas davantage comment la solution souhaitée par Jessica pourrait marcher.

Une pression sur le levier ramena son siège en avant.

— Je vais te ramener chez Mary!

— Bonne idée.

Lacey conduisit en silence, car elle s'était attendue naïvement à une tout autre soirée. Malgré le chagrin de Mackenzie, elle pensait l'interroger sur ses centres d'intérêt, ses amis, ses distractions favorites. Au lieu de l'amadouer, elle avait creusé un abîme entre elles.

Le lendemain après-midi, Mary, Veronica et une troisième jeune femme, dont Lacey ignorait le nom, débarquèrent chez Amelia et emplirent son séjour de leur présence hostile.

— Ça ne marchera pas, proclama Mary en s'asseyant sur le canapé.

— Que veux-tu dire? s'étonna Amelia.

— Nous avons essayé d'exaucer les désirs de Jessica, mais Mackenzie a craqué. Elle a pleuré toute la nuit. La pauvre petite a perdu sa mère, et on voudrait l'empêcher de vivre avec les gens qui l'aiment!

— Je sais... murmura Lacey, fatiguée de se battre pour une décision apparemment absurde.

— Jessica a agi d'une manière insensée, trancha la troisième femme. Elle était si jeune... L'idée de confier sa fille à une amie d'enfance a dû lui sembler romanesque. Mais, Lacey, vous ne connaissez pas Mackenzie, et vous ne nous connaissez pas! Nous formons un petit groupe d'amies étroitement unies...

— Elle n'a rien demandé, objecta Amelia pour venir au secours de Lacey.

— Mackenzie ne vous aime pas! aboya Mary.

— Elle ne me connaît pas encore, admit Lacey. Et je ne la connais pas non plus, mais ça ne tardera pas. En souvenir de Jessica, mon devoir est d'essayer.

— Mackenzie ne doit rien à personne, fit Veronica. C'est de *sa* vie qu'il s'agit!

— Et puis, déclara Mary les bras croisés sur sa poitrine,

on n'*essaye* pas d'élever un enfant. Nola nous a parlé de vous, Lacey.

— Que vous a-t-elle dit ?

— Vous avez, paraît-il, de mauvaises fréquentations, et vous couchez avec tous les garçons qui se trouvent sur votre passage.

Brisée par toutes ces critiques, Lacey fondit en larmes. A quoi bon protester en vain qu'elle avait changé ?

Après s'être levée, elle essuya sa joue du revers de sa main.

— J'ai quelque chose à vous dire... Nous traversons une rude épreuve, Mackenzie et moi. Par votre attitude, vous nous rendez la tâche encore plus difficile !

Mary redressa la tête.

— Vous n'avez pas conscience du fait que...

Lacey l'interrompit.

— Vous n'y pouvez rien, je suis la tutrice de Mackenzie ! Ça ne vous convient pas... Il est clair que je vous déplais et que les mensonges de Nola ont contribué à accroître votre antipathie. Mais je me préoccupe, comme vous, de l'avenir de Mackenzie. Nous avons besoin, elle et moi, de votre soutien. Elle a besoin de rester en contact avec vous, de savoir qu'elle peut se fier à vous et que vous ne l'oublierez pas, aussi loin soit-elle. Je vous prie donc de nous aider, au lieu de faire comme si je cherchais à la kidnapper !

Excédée, elle alla se réfugier dans la chambre d'amis, laissant Amelia affronter toute seule l'hostilité de ces femmes.

Elle se glissa dans son lit, avec son téléphone portable, pour appeler Rick : il écouterait ses doléances autant qu'elle voudrait. Elle avait discuté avec lui plusieurs fois au cours de la semaine, et elle avait trouvé son message de joyeux anniversaire, parmi beaucoup d'autres, après le service funéraire. Il était, songea-t-elle en composant son numéro de téléphone, exactement le genre de type dont raffoleraient les femmes qu'elle avait rencontrées chez Amelia.

Lacey était persuadée que si Mackenzie en avait eu la force, elle aurait opposé une résistance physique au moment de monter à bord de l'avion. Leurs relations ne s'étaient guère améliorées ces derniers jours, mais elle serait son unique interlocutrice pendant le vol en direction de la Caroline du Nord. Pourraient-elles enfin se parler ?

La veille, elle l'avait aidée à faire ses bagages. C'était la première fois qu'elle pénétrait dans le petit appartement de Jessica. Certains partis pris décoratifs de son amie — l'abondance de teintes pastel et de miroirs placés en des lieux inattendus — lui avaient donné la sensation d'avoir fort mal connu Jessica adulte.

Les murs de la chambre de Mackenzie disparaissaient sous des affiches de chanteurs et de groupes musicaux dont elle n'avait jamais entendu parler. Mon Dieu, elle vieillissait ! Mackenzie aurait souhaité tout emporter dans ses bagages. Elle l'avait aidée à remplir des cartons, dont quelques-uns partiraient le lendemain. Les autres seraient expédiés ultérieurement à Kiss River.

Elles eurent la chance d'avoir trois sièges à leur disposition ; Mackenzie s'assit près du hublot. Lacey comprit aussitôt qu'elle n'appréciait guère les voyages en avion. Agrippée aux accoudoirs, elle pâlit sous son hâle quand l'avion décolla. Elle portait un short moulant et un débardeur qui découvrait son ventre plat d'adolescente. Quand l'avion amorça le vol en palier, elle sortit la couverture, enveloppée d'un sac en plastique, et la drapa sur ses épaules.

— Ta mère est morte dans un accident ? lança-t-elle à brûle-pourpoint.

Lacey, déconcertée, mit un certain temps à répondre.

— Non, on a tué ma mère.

Le mot « assassiné » sonnait trop mal !

— Un homme a tiré sur elle.

Mackenzie parut se plonger dans ses pensées, avant de murmurer :

— Nous nous disputions au moment du choc. J'étais en train de m'énerver contre elle ! Je pense qu'elle conduisait sans faire attention...

Lacey comprit immédiatement. Elle-même avait éprouvé la « culpabilité du survivant » quand sa mère était morte.

— Mackenzie, répliqua-t-elle, tu n'y es pour rien ! L'homme qui a percuté votre voiture était ivre. La responsabilité de l'accident lui incombe totalement.

Mackenzie replongea dans son silence, et Lacey ne trouva plus rien à lui dire. Bientôt, une voix masculine annonça au micro que le déjeuner serait suivi de la projection du second épisode du *Seigneur des Anneaux*.

— Terrible ! fit Jessica, en arborant pour la première fois un vrai sourire.

— Serais-tu une fan de ce film ? s'enquit Lacey.

— J'ai vu le premier épisode quatre fois, et le second trois.

— Tu as envie de le revoir ?

— Elijah Wood, articula Mackenzie comme si c'était une explication suffisante.

A peine le film achevé, l'avion tressauta si légèrement que le commandant de bord n'activa même pas le signal des ceintures de sécurité. Mackenzie pâlit malgré tout, les mains agrippées aux accoudoirs.

Lacey tenta de lui changer les idées.

— Quel genre de choses aimes-tu faire ?

— Qu'est-ce que ça veut dire ?

— Je voudrais savoir quels sont tes passe-temps favoris.

— Pour l'instant, je n'ai pas envie de parler.

Avait-elle la nausée ? se demanda Lacey. Elle-même se sentait un peu écœurée.

— Eh bien ! si tu ne veux pas parler, écoute-moi simplement. Je vais te dire qui vient nous chercher à l'aéroport et avec qui tu vas vivre.

Ce n'était pas le moment de lui annoncer qu'on allait les chasser d'ici un an de Kiss River, afin d'ouvrir un musée. Mackenzie, qui vivait dans l'instant, n'était pas en état de se projeter si loin ! Un seul déracinement lui suffisait amplement.

— Mon frère Clay viendra nous chercher, reprit Lacey. Lui aussi connaissait ta mère. Il est un peu plus âgé que ta maman — ta mère — et moi, mais nous sortions quelquefois ensemble tous les trois.

Lacey eut le sentiment d'exagérer, car l'année où Jessica était tombée enceinte, son frère et elle s'entendaient très mal. Certes, ils s'aimaient profondément, mais leurs querelles d'adolescents avaient pris le dessus. Quand Jessica et elles s'aventuraient à des soirées de « grands », auxquelles participait Clay, il piquait une crise en la voyant, et il la dénonçait à son père pour lui attirer des ennuis.

— Clay a récemment épousé Gina, conclut Lacey. Ils ont

adopté une petite Indienne. Elle s'appelle Rani. Tu auras donc une cousine.

— Non! grommela Mackenzie d'une voix hostile. Elle n'est pas ma cousine.

Un pas après l'autre, songea Lacey.

— Nous avons aussi un chien, appelé Sasha.

Une lueur d'intérêt s'alluma dans les yeux de Mackenzie.

— Je n'avais pas le droit d'avoir un chien : maman était allergique.

Lacey se souvint que Jessica ne s'était jamais sentie à l'aise avec les animaux ; mais elle n'avait jamais entendu parler d'une allergie.

— Eh bien! notre chien est un labrador noir; et nous avons la chance de vivre tous ensemble dans l'ancienne maison du gardien de phare.

— Bizarre...

— Ta grand-mère n'habite pas loin de chez nous. Je passe juste à côté de sa rue quand je vais travailler à la clinique vétérinaire de mon père. Elle doit être rentrée chez elle depuis hier ; nous pourrons lui rendre visite demain.

— Je ne veux pas la voir!

— Tu ne veux pas voir ta grand-mère?

Mackenzie hocha la tête et déboucla sa ceinture.

— J'ai besoin d'aller aux toilettes...

Lacey se leva pour la laisser passer.

— Ça va? lui demanda-t-elle, sans obtenir de réponse.

Lacey se rassit et contempla le téléphone encastré dans le dossier du siège, devant elle. En montant à bord de l'avion, elle s'était demandé qui pouvait songer à passer un appel probablement facturé à prix d'or. Elle avait maintenant la réponse à sa question : les gens désespérés, bien sûr!

Elle lut le mode d'emploi et composa le numéro de la salle des urgences de Kill Devil Hills.

— Ici la belle-fille du Dr Simon, je souhaiterais lui parler, dit-elle à la standardiste.

Olivia se fit attendre quelques minutes.

— Ça va, Lacey?

— Atroce! Nous sommes dans l'avion, elle est partie aux toilettes, et je vais m'arracher les cheveux. Elle ne veut pas vivre avec moi, elle me hait, et... je crois qu'elle est en train de vomir... Je ne suis pas faite pour ça, Olivia.

— A mon avis, tu devrais la rejoindre si elle est malade.

Lacey s'imagina en train de se frayer un passage jusqu'aux toilettes, où elle retiendrait les cheveux de Mackenzie pendant qu'elle vomissait. Au même instant, elle aperçut avec soulagement la fillette se dirigeant vers elle à travers l'allée centrale.

— Oh, elle revient! Je t'appellerai dès que nous serons à peu près installées à la maison, Olivia.

— Oui. Amène-la pour la présenter à Jack et Maggie.

— Olivia?

— Mmh?

— Pardonne-moi si j'ai été difficile à vivre quand tu m'as connue.

— Tu étais assez facile, Lace, fit Olivia en riant; mais on ne t'avait pas déracinée comme Mackenzie...

— C'est vrai. Il faut que je te laisse!

Mackenzie, très pâle, avait des cernes sombres autour des yeux. Quand elle passa près d'elle pour regagner sa place près du hublot, Lacey crut sentir une légère odeur de vomi.

— Tu as été malade?

— Maintenant ça va, répondit Mackenzie d'un ton sec

Lacey lui tapota le bras.

— Plus que quarante minutes, et nous serons à Norfolk Tu vas bientôt découvrir ta nouvelle famille.

Les yeux étincelants, l'adolescente se tourna vers la fenêtre.

— Je ne veux pas d'une nouvelle famille. Je veux seulement ma mère!

14

Aussitôt à terre, Mackenzie prit son téléphone portable. Veronica et Mary s'étaient cotisées pour le lui offrir (ainsi qu'un temps de parole illimité) ; elle pourrait ainsi rester en contact avec ses copines de Phoenix. Sur le moment, Lacey avait jugé ce cadeau astucieux, et elle s'était reprochée de ne pas y avoir pensé. Maintenant que Mackenzie l'avait devancée de plusieurs pas et bavardait comme une pie — prononçant plus de mots en dix secondes qu'elle ne lui en avait adressé depuis cinq jours —, elle n'en était plus si sûre.

Elle suivit la fillette jusqu'à l'aire des bagages pour guetter l'arrivée de ses valises et de ses cartons. Son ordinateur n'y figurait pas, à son grand regret, mais Mary devait l'expédier rapidement. A vrai dire, elle pourrait s'en dispenser : Clay avait acheté un ordinateur à Mackenzie et réinstallé la seconde ligne téléphonique de la maison pour qu'elle ait un accès personnel à Internet. Une autre délicate attention, à laquelle Lacey se reprochait de ne pas avoir pensé.

Debout à côté de Mackenzie, elle éprouvait le même sentiment de solitude et de découragement qu'à bord de l'avion. Mackenzie chuchotait au téléphone, et elle imagina ses propos : on l'avait emmenée de force, et la seule bonne surprise du voyage était qu'elle avait revu Elijah Wood dans *Le Seigneur des Anneaux*. Lacey se mordit les lèvres en scrutant les bagages qui cahotaient le long du tapis roulant. Ou bien Jessica avait perdu la tête, ou bien elle lui prêtait une énergie et une résistance dont elle-même n'était pas consciente.

Avec un immense soulagement, elle aperçut Gina en train de se diriger vers l'aire des bagages. Rani l'accompagnait, agrippée à sa poussette dans laquelle était assis un baigneur de couleur brune.

— Voici Gina ! annonça Lacey.

Comme Mackenzie était trop plongée dans sa conversation pour l'entendre, elle lui tapota l'épaule.

— Pourrais-tu dire à ta copine de te rappeler plus tard ? Gina et Clay sont là ; ils voudraient faire ta connaissance.

— Un copain, pas une copine, grommela Mackenzie.

Puis elle marmonna au téléphone, d'une voix contrariée :

— Il faut que je te laisse. TTYL !

— Qu'est-ce que ça veut dire ? s'enquit Lacey, en espérant ne pas se montrer indiscrète.

Sur la pointe des pieds pour apercevoir sa valise et ses cartons, Mackenzie lui répondit du bout des lèvres :

— Ça veut dire « à plus tard » en jargon informatique.

— Salut ! lança gaiement Gina.

Derrière elle, Clay poussait un chariot à bagages vide.

Sur le point de se précipiter sur Gina pour l'étreindre et chuchoter « au secours ! » à son oreille, Lacey effleura l'épaule de la fillette du bout des doigts, de peur qu'elle ne se dégage brusquement.

— Je vous présente Mackenzie. Mackenzie, voici Gina et Clay, et Rani, leur fille.

— Salut ! marmonna Mackenzie, les yeux rivés sur le tapis roulant.

Lacey échangea un regard navré avec son frère et sa belle-sœur. Puis elle se pencha pour soulever Rani, qui se blottit dans ses bras avec une agilité de chatte.

— Bonjour, mon bébé, lui souffla-t-elle. Tu m'as manqué.

Rani lui désigna le tapis roulant.

— Les boîtes vont vite !

— C'est vrai, mon bébé.

Clay approcha le chariot à bagages et s'adressa à Mackenzie.

— Tu me montreras tes bagages pour que je les charge.

— As-tu fait bon voyage ? intervint Gina.

— Non ! grogna Mackenzie, les yeux toujours rivés sur le tapis roulant.

— Quel dommage ! compatit Gina.

Mackenzie daigna lever les yeux à peine une seconde.

— On a été un peu chahutés pendant le vol, précisa Lacey. Mais ils ont passé *Le Seigneur des Anneaux*, l'un des films préférés de Mackenzie.

Mackenzie émit un gémissement exaspéré, comme si Lacey avait révélé quelque secret d'Etat à son sujet. Quand la fillette eut tourné la tête, Gina lut « jamais je n'y arriverai » sur les lèvres de sa belle-sœur ; elle se pencha pour déposer un baiser compatissant sur sa joue.

Après avoir récupéré valises et cartons, puis empilé le tout sur le chariot, le petit groupe se dirigea vers la sortie. Rani voulut descendre des bras de sa tante pour promener elle-même son bébé dans sa poussette ; Lacey la lâcha à contrecœur.

Mackenzie, qui les devançait, reprit son téléphone dans sa ceinture et le plaqua contre son oreille.

— Ma parole, on dirait que c'est une dure de dure ! souffla Clay. J'espère au moins qu'elle est dressée à la propreté !

Lacey, à qui s'adressait cette plaisanterie, laissa fuser un rire. Le premier depuis des mois, lui sembla-t-il. Bien que Clay soit vite devenu un père aimant, il était essentiellement un spécialiste du dressage des chiens, et cette question concernant la propreté était fondamentale lorsqu'il prenait un animal en charge.

Dans le parking, Lacey constata avec plaisir que Gina et Clay avaient pris la camionnette. Il y aurait assez de place pour les bagages de Mackenzie !

— Si tu t'asseyais à l'avant pour mieux voir le paysage ? lui suggéra-t-elle.

— Ma mère ne me laissait jamais monter à l'avant.

— Eh bien, tu en as le droit maintenant.

Lacey eut à peine le temps de savourer le plaisir d'être une mère permissive.

— Ça t'est bien égal si un airbag m'arrache la tête ! répliqua Mackenzie du tac au tac.

— On conseille effectivement de faire monter les enfants à l'arrière jusqu'à douze ans, observa posément Gina.

Lacey avoua son ignorance et proposa à Mackenzie de s'asseoir à l'arrière avec Rani et elle.

— Vraiment aucune ressemblance avec vous ! constata la

fillette, après avoir regardé Gina boucler la ceinture de sécurité de sa fille.

Elle n'avait donc pas écouté ses remarques au sujet de l'adoption de Rani, se dit Lacey.

— Rani est indienne, expliqua posément Gina. Nous l'avons adoptée l'année dernière.

— Comment elle s'appelle, déjà ?

— Rani. R-A-N-I.

— Elle est trop mignonne !

Quand Mackenzie souriait, elle ressemblait étrangement à sa mère.

— Merci, fit Gina.

— Elle ne ressemble pas non plus aux Indiens des réserves de l'Arizona, insista Mackenzie.

Gina se redressa, une fois sa fille installée.

— Elle vient de l'Inde ; elle n'est pas amérindienne !

— Ah, je pige !

Mackenzie fit le tour de la voiture et s'installa sur le siège du milieu, pour être à côté de Rani.

Au cours du trajet entre Norfolk et Kiss River, Lacey apprécia plus que jamais la présence de Rani. Qui aurait pu ignorer cette petite ? Mackenzie lui parla de son « bébé » et lui apprit une chanson au sujet d'un lapin et d'un renard. Il émanait d'elle, pour la première fois, une tendresse et une douceur qui rendirent Lacey plus optimiste quant à l'avenir.

Néanmoins, le trajet lui parut long, et quand Rani s'assoupit, le silence se fit dans la voiture. Ils dînèrent rapidement chez Wendy's ; Mackenzie se contenta de la moitié de son hamburger, et Lacey se souvint, le cœur serré, qu'elle avait perdu l'appétit après la mort de sa mère. Gina posa à la nouvelle venue les questions d'usage — sur ses goûts et ses loisirs —, mais ses réponses monosyllabiques rendaient la conversation épuisante. Un silence plana à nouveau.

Quand ils se garèrent sur le parking de Kiss River, les ors et les roses du coucher de soleil resplendissaient.

Clay se tourna vers Lacey.

— Allez vous détendre toutes les deux, pendant que j'apporte tout ça à la maison ! Tu pourrais emmener cette petite faire un tour...

— Viens, Mackenzie, nous allons marcher jusqu'au

phare! proposa-t-elle, enchantée par la suggestion de son frère.

Une fois sortie de la camionnette, Mackenzie s'étira et promena son regard sur les lieux.

— C'est ici que je vais vivre?

Elle semblait incrédule.

— On se croirait au bout du monde...

— Pas tant que ça! objecta Lacey.

Kiss River exigerait pourtant, de la part de Mackenzie — habituée à vivre au centre de Phoenix —, un ajustement majeur.

— La vie ici présente de nombreux avantages, reprit-elle.

Elle envoya promener ses sandales.

— D'abord, on peut se passer de chaussures... Allez, déchausse-toi!

Mackenzie resta pieds nus sur le bitume recouvert de sable, après avoir retiré ses tennis. Lacey les prit et les posa au bord du parking.

— Tu avais environ huit ans la dernière fois que tu es venue dans les Outer Banks, n'est-ce pas? dit-elle en effleurant brièvement le dos de la fillette, pour l'orienter vers le phare.

— Ouais.

— Tu as aimé l'océan?

Mackenzie haussa les épaules.

— Il était plein de méduses.

— Ça devait être la marée rouge : le moment où toutes les méduses sont rejetées sur le rivage... Pas très agréable, je l'avoue; mais je n'en ai vu aucune cette année. Aimes-tu nager?

Mackenzie se retourna vers la maison.

— Où est la piscine?

Lacey éclata de rire et pointa un doigt vers l'océan.

— Par là!

— Vous n'avez pas de piscine? Tout le monde en a une à Phoenix.

— Pas ta maman et toi!

— Toutes mes copines en avaient.

— Ici, cn s'en passe. L'océan est beaucoup plus agréable. Et s'il est trop violent pour toi, tu peux toujours te baigner dans la baie. Il y a tant de choses à faire dans la région, Mackenzie !

— Je ne veux *rien* faire, marmonna-t-elle entre ses dents. Et ce phare, qu'est-ce qui lui est arrivé ?

Elles s'en approchaient. Les vagues étaient si petites et douces que la surface de l'océan paraissait presque immobile.

— La partie supérieure s'est effondrée au cours d'une tempête, il y a des années, fit Lacey ; mais on peut encore monter s'asseoir là-haut. Viens voir de tes propres yeux !

Elle s'avança dans l'eau, en direction des marches menant au phare.

— Trop froide ! maugréa Mackenzie.

Sans tenir compte de ses récriminations, Lacey gravit les marches et sentit la fraîcheur des dalles de marbre sous ses pieds, quand elle pénétra dans l'octogone.

Debout à côté d'elle, en plein milieu, Mackenzie leva les yeux : l'escalier sombre formait une vrille de plus en plus étroite, se détachant sur l'arrière-plan rose du ciel.

Lacey saisit la rampe.

— Montons !

Tandis qu'elle gravissait l'escalier en colimaçon, Mackenzie, qui avançait beaucoup plus lentement, hésita au bout de quelques marches.

— C'est idiot, dit-elle, en contemplant le vertigineux escalier. Quelle idée de le conserver dans cet état ! Il ne sert plus à rien...

La sentant gagnée par la panique (comme beaucoup de gens en ce lieu), Lacey fit demi-tour et redescendit l'escalier.

— On pourra revenir une autre fois, suggéra-t-elle.

Elle sortit, suivie de près par Mackenzie.

Une fois sur le sable, la fillette se donna une claque sur l'épaule, puis sur le genou.

— Il y a des moustiques ici !

— Surtout en cette saison, quand le soleil se couche...

— Il n'y en a pas à Phoenix.

— Je te donnerai ta bouteille personnelle d'insecticide ; mais, pour l'instant, rentrons à la maison. Tu verras le reste demain, à la lumière du jour.

Elles reprirent leurs chaussures au bord du parking, avant de se diriger vers la maisonnette.

— Ta chambre est là-haut, annonça Lacey en désignant l'une des fenêtres de l'étage supérieur.

Mackenzie hocha lentement la tête, et Lacey se dispensa de lui demander ce qui la contrarierait maintenant. Elle n'avait aucune envie d'en savoir plus.

— Comment je ferai pour rencontrer d'autres jeunes si je vis ici?

— Ça sera difficile en été, admit Lacey, mais on arrangera ça.

Mackenzie pourrait au moins rencontrer Jack et Maggie, bien que Jack, à onze ans, ne tienne pas les filles en grande estime.

— Dès que tu retourneras en classe, tu connaîtras des tas de jeunes! Et puis nous allons quitter cette maison au début de l'année prochaine, quand on la transformera en musée. Nous nous rapprocherons alors du monde civilisé; c'est promis.

— Quand mes copines vont savoir que je vis dans un musée...

Lacey ne sut comment interpréter sa remarque.

— A quoi sert cette clôture? reprit Mackenzie, en montrant du doigt le grand enclos, à la lisière des bois. C'est pour votre chien?

— Non, Sasha vit à la maison avec nous. Mais Clay entraîne d'autres chiens pour la recherche et le sauvetage. C'est leur enclos.

— Qu'est-ce que ça veut dire, «recherche et sauvetage»?

— Eh bien! si un enfant se perd dans les bois, par exemple, on envoie des chiens spécialement entraînés à sa recherche.

— S'il y a un tremblement de terre ou si un immeuble s'effondre...

— Exactement.

— Formidable! souffla Mackenzie, avec une apparente sincérité.

Lacey la guida à travers la cuisine et le séjour, jusqu'au palier du premier étage. De la chambre de Clay et Gina parvenaient des chuchotements, tandis qu'ils lisaient une histoire à Rani. La plus petite pièce était devenue une nursery pour leur fille : bien qu'ils ne se soient pas autorisés à transformer cette chambre — partie intégrante du futur musée —, ils y avaient installé un berceau et une table à langer, et l'avaient décorée de jolies lampes et de charmants mobiles. Mais Rani refusait de dormir là ; elle n'avait jamais dormi seule dans un lit, encore moins dans une chambre. Clay et Gina avaient déclaré forfait et installé un lit de bébé à côté du leur. La nursery restait donc inoccupée.

Lacey s'arrêta devant la porte de la chambre destinée à Mackenzie et la fit entrer. Ses valises et ses cartons étaient déjà empilés dans un coin, mais cette pièce (contenant essentiellement un ravissant lit bateau et une coiffeuse ancienne) n'était pas habitable telle quelle.

— Tu pourras décorer ta chambre comme tu voudras, fit Lacey, qui avait décidé de la faire restaurer avant le déménagement.

Les fenêtres donnaient sur le phare, et la vue était fabuleuse à cette heure où l'or du soleil couchant enflammait la blancheur des briques. Lacey faillit en faire la remarque à Mackenzie, mais elle jugea préférable de se taire.

Le nouvel ordinateur trônait sur une table, près de la porte, et la ligne téléphonique était déjà branchée.

— Je peux m'en servir ? demanda Mackenzie en caressant les touches.

— Il t'appartient, fit Lacey, avec une pensée émue pour son frère. Et tu as une ligne de téléphone personnelle que tu peux brancher sur Internet.

— Pourquoi a-t-il fait ça pour moi ? s'étonna Mackenzie. Il ne me connaît même pas !

— Je t'ai dit qu'il connaissait ta mère. Il sait comme c'est difficile pour toi d'être ici, loin de tous tes amis ; alors, il a voulu t'offrir ce cadeau.

Lacey s'assit au bord du lit.

— Tu sais, il y a bien longtemps, la fille du gardien de phare habitait cette chambre... Elle s'appelait Bess, et Gina lui est apparentée.

— L'écran est immense, marmonna Mackenzie en touchant le bord de celui-ci.

Lacey n'aurait su dire si elle appréciait ce fait.

— Veux-tu manger ou boire quelque chose ? proposat-elle. Je sais que tu n'as pas beaucoup d'appétit, mais...

— Ça va !

— C'était une longue journée, Mackenzie...

Lacey esquissa un geste pour dégager ses cheveux blonds de sa joue.

— Je me rends compte que tout ce qui s'est passé a été très pénible pour toi, et...

— N'en fais pas toute une histoire !

Lacey se leva, dépitée. Toutes ses tentatives pour créer un lien avec cette fillette étaient vouées à l'échec.

— Tu peux laisser la lumière de la salle de bains allumée, proposa-t-elle.

— Je dors sans lumière ! Quelle heure est-il à Phoenix ?

— Deux heures de moins. Il n'est que huit heures.

Mackenzie sortit son téléphone portable de son short.

— Très bien ! dit-elle, en composant déjà un numéro.

15

— Je voudrais que ça marche, mais j'ai du mal à la supporter, dit Lacey, allongée sur un radeau flottant au fil des eaux sombres du bras de mer, derrière le minuscule cottage de Rick.

Elle l'avait cru fou quand il l'avait menée là dans l'obscurité : bien qu'elle eût l'habitude de se baigner dans l'eau herbeuse en plein jour, ces vrilles invisibles, enroulées autour de ses jambes, l'avaient angoissée. Quel soulagement lorsqu'elle avait atteint de plus grandes profondeurs ! Rick et elle, maintenant à plat ventre sur des radeaux distincts, face à face, se contentaient d'agiter les mains pour ne pas dériver trop loin l'un de l'autre.

— Je suis vraiment navré pour toi, répliqua Rick. (Légèrement ébouriffé, il ouvrait d'immenses yeux sombres, à la lueur argentée de la lune.) Y aurait-il un moyen de lui faire rencontrer d'autres gosses avant la rentrée des classes ?

Lacey promena ses mains dans l'eau. N'ayant pas prévu cette expédition nocturne sur le bras de mer, elle lui avait emprunté un ample caleçon de bain et un tee-shirt.

— Je me suis renseignée sur les activités d'été pour les jeunes de son âge. Elle a le choix entre le club de natation, les randonnées et les sorties éducatives ! Je lui en ai parlé, mais rien ne la tente. C'est encore trop tôt pour elle... Son chagrin la submerge ; mais j'ai beau la comprendre, ça ne m'aide pas à la supporter.

Les quatre derniers jours avaient été parmi les plus hallucinants de sa vie : elle était brusquement responsable d'une fillette qui refusait de lui parler, semblait parfois la détester, et détestait certainement Kiss River. Quand elle pensait, au milieu de la nuit, à cette enfant dont elle avait la garde (maintenant, et probablement jusqu'à la fin de ses jours), elle cédait à la panique. Si elle ne pouvait pas communiquer avec Mackenzie et éprouver un minimum de tendresse à son égard, qu'adviendrait-il le jour où elle serait une adolescente rebelle de quinze ans ?

Mackenzie passait la soirée chez Nola. Enfin un moment de répit ! En la déposant chez sa grand-mère, Lacey avait constaté l'absence de chaleur de leurs retrouvailles : Mackenzie ne semblait pas plus heureuse de voir Nola que ne l'était celle-ci. Elle s'était un peu reproché de la quitter, mais elle avait absolument besoin d'oxygène.

— Sais-tu avec qui elle s'entend le mieux ? reprit-elle.
— Qui ?
— Rani et Sasha. Une toute petite fille et un brave chien...

Mackenzie peignait avec ses doigts en compagnie de Rani, lui lisait des livres illustrés ou lui chantait des chansons. Sa douceur touchait Lacey et permettait d'entrevoir une face cachée de sa personnalité. Quand Rani n'était pas disponible, Mackenzie passait son temps avec Sasha, faisait sa toilette, ou s'allongeait tout simplement devant la télévision, la tête sur son flanc.

— Elle est très contrariée que nous n'ayons pas le câble...

« Encore heureux que vous ayez l'eau courante ! » avait ironisé la fillette en apprenant que le câble n'atteignait pas encore Kiss River. Une gamine intelligente et impertinente...

— Je suis heureux que tu aies pu te libérer ce soir, dit Rick. Tu m'as beaucoup manqué !
— Comment te remercier d'avoir écouté mes doléances quotidiennes au téléphone ? Je me sens vraiment redevable...

Rick ébaucha un sourire.

— Il n'y a pas de quoi ! J'aimerais me rendre plus utile, mais je suis nul en matière d'enfants.

Elle n'attendait pas de conseils de sa part, concernant Mackenzie ; en revanche, son extraordinaire capacité d'écoute lui était très précieuse. Jamais elle n'avait connu un homme pareil : beau garçon, attentif et n'exigeant rien de plus que ce qu'elle était prête à lui donner. L'être dont rêvaient toutes les femmes... mais, pour sa part, il ne l'attirait pas plus qu'un plat de pommes de terre en purée.

— J'ai passé la semaine à m'occuper de ses problèmes. J'ai parlé aux professeurs et à une psychologue, qui semble avoir autant de mal que moi à communiquer avec elle. Elle me suggère de lui dire, au sujet de sa mère, des choses que je sais mais qu'elle ignore sans doute.

Lacey étouffa un rire.

— Il y aurait beaucoup à dire sur Jessica, mais presque tout devrait être censuré...

— Jessica avait, il me semble, une sacrée personnalité.

— Je crains que Mackenzie ne soit comme elle.

Lacey promena sa main dans l'eau fraîche.

— J'ai tout de même essayé de lui parler de sa mère. J'ai rapporté chez moi mes vieux albums de photos, restés chez mon père. Elle s'en fiche complètement !

Mackenzie avait à peine jeté un coup d'œil aux anciennes photos figurant dans ses albums, et à l'annuaire fort mince de leur premier cycle de collège. Quand Lacey évoquait certains souvenirs qu'elle gardait de Jessica, la fillette la faisait taire. « Tu représentes une minuscule partie de sa vie, lui disait-elle. Moi, je garde une tonne de souvenirs de ma mère ; je n'ai pas besoin d'entendre parler des tiens ! »

— Ça doit être très pénible, observa Rick. Je t'admire de te donner tant de peine pour essayer de l'apprivoiser.

— Elle passe son temps à téléphoner et à envoyer des e-mails. Je sais qu'elle a terriblement le mal du pays, mais ça ne la rend pas plus sympathique.

Rick garda le silence un moment.

— Je m'étonne que Mackenzie n'ait pas été confiée automatiquement à son père, dit-il enfin.

— C'est parce que Jessica ne lui a jamais demandé de reconnaître sa fille, pas même sur son acte de naissance. Elle ne voulait à aucun prix qu'il s'occupe d'elle !

Lacey fit quelques remous dans l'eau, du bout des doigts.

— D'où un véritable dilemme...

— Pourquoi ?

— J'ai toujours estimé qu'il fallait mettre Bobby, le père de Mackenzie, au courant ; mais Jessica s'y opposait à l'époque. Pourtant, elle m'a confié sa fille, en connaissance de cause. Faut-il en déduire qu'elle souhaitait que je prenne contact avec Bobby ? Je n'en sais rien !

— Connais-tu ce type ?

Lacey n'allait pas avouer à Rick la nature exacte de ses relations d'adolescente avec Bobby...

— Nous l'avons fréquenté, Jessica et moi, l'été où elle est tombée enceinte. Il se droguait. C'était un garçon irresponsable... et peu recommandable.

— Où est-il ?

— Aucune idée ! Il vivait à Richmond autrefois. Je suppose que je pourrais retrouver sa trace.

— Je te conseille de faire cette démarche. Si j'avais un enfant dans la nature, j'aimerais autant le savoir.

— Mais tu es un homme droit et responsable.

Rick se rembrunit.

— Ne me prends pas pour un boy-scout, Lacey ! J'estime tout simplement qu'un enfant a besoin d'une figure paternelle.

— Je suis du même avis.

Les mains jointes sur le radeau, elle y appuya sa joue.

— A propos, où en es-tu sur le plan juridique ? lança Rick.

— Pour Mackenzie ?

— Non, je pense à cette affaire de libération conditionnelle ! Malgré toutes tes démarches, as-tu trouvé le temps de prendre rendez-vous avec un avocat ?

Lacey ne pouvait faire grief à Rick d'orienter la conversation vers un terrain plus sûr pour lui.

— Eh bien ! mon frère, mon père et moi avons rendez-vous demain matin avec une avocate, pour en discuter.

— Parfait !

Elle douta un instant de sa sincérité, car il lui avait laissé entendre qu'elle gaspillait purement et simplement son temps et son énergie.

— Rassure-toi, c'est le dernier de mes soucis, précisa-t-elle en le scrutant.

— Tant mieux ! Tu risques de te rendre malade si tu abuses de tes forces.

Soudain très lasse, Lacey se demanda s'il avait raison.

— Une fois de plus, je n'ai pas arrêté de parler... soupira-t-elle. Donne-moi des nouvelles de ton livre !

— J'ai beaucoup avancé en ton absence. Je suis rentré chez moi pendant quelques jours...
— A Chapel Hill ?
— Exactement. Mes recherches à la bibliothèque juridique de Duke ont été très fructueuses...

Il prit sa main pour rapprocher son radeau. En appui sur ses coudes, il se pencha vers elle, puis il l'embrassa du bout des lèvres.

— Pourquoi te contentes-tu si facilement d'un seul baiser ? lui demanda-t-elle dès qu'il se fut dégagé.
— Parce que je sais que tu n'en veux pas plus. Pour l'instant, du moins...
— Sors-tu avec d'autres femmes ? Ça m'est égal... mais je suis curieuse.
— Non, fit-il en souriant.
— Tu devrais peut-être.

Lacey se reprochait d'occuper tout son temps de loisir, alors qu'elle éprouvait des sentiments ambivalents à son égard.

— Je ne suis pas venu dans les Outer Banks pour draguer. Notre rencontre est un *plus* pour moi !

Comment réagir à de telles remarques ? De peur d'encourager Rick, Lacey roula sur le dos en s'éclaboussant par la même occasion, puis elle contempla le ciel nocturne.

— J'aimerais que cet instant dure une éternité... C'est si bon d'être allongée ici, sous les étoiles ! J'appréhende d'aller chercher Mackenzie demain matin.
— Tu m'as dit que sa grand-mère pourrait réclamer le droit de garde, n'est-ce pas ?
— Oui.
— Tu ferais peut-être bien d'accepter.

Lacey tourna la tête vers Rick : cette suggestion la tentait et la culpabilisait à la fois.

— C'est ce que tu me conseilles ?
— Mes conseils ne pèsent pas bien lourd dans cette affaire.

Lacey scruta à nouveau le ciel, puis ferma les yeux.

— Si on passait toute la nuit ici ? Je n'aurais aucun mal à m'endormir...
— Si tu veux, fit Rick en riant. Je retiendrai ton radeau pour que tu ne partes pas à la dérive !

16

Le lendemain, en fin de matinée, Lacey était assise dans la salle d'attente de l'avocate : son père et Clay n'allaient pas tarder à arriver.

Depuis son retour d'Arizona, elle n'avait pas remis les pieds à la clinique vétérinaire ni découpé un seul morceau de verre ; mais elle se rattraperait dès la semaine suivante. Nola et elle s'étaient mises d'accord sur un emploi du temps provisoire. Avant d'aller à la clinique, en semaine, elle lui amènerait Mackenzie, qu'elle reprendrait le soir en revenant de l'atelier. Mackenzie dormirait chez sa grand-mère de temps à autre, mais elle passerait ses week-ends — au cours desquels Nola était très prise par son agence immobilière — à la maison du gardien de phare.

En principe, un bon plan. Qu'allait-il donner en pratique ? Et comment s'était passée cette première nuit chez Nola ? Bien qu'elle ne se sente pas prête — ou *pas encore* prête ? — à laisser Nola lui prendre Mackenzie, Lacey espérait que cette petite se sentirait assez bien chez sa grand-mère pour y dormir de temps en temps.

La nuit précédente, elle avait trouvé son sommeil pour la première fois depuis la mort de Jessica. Malgré la tentation de s'endormir en flottant sur le bras de mer, elle avait préféré passer une bonne nuit dans son propre lit, sans la présence stressante de Mackenzie au bout du couloir.

Clay et son père arrivèrent dans la salle d'attente à l'instant même où Diana Guest apparaissait sur le seuil de son bureau. Cheveux châtain clair soigneusement coupés, tailleur sombre et lunettes à monture sophistiquée... Pourtant, l'avocate ne semblait guère plus âgée qu'elle.

— Père et fils, n'est-ce pas ? fit Diana en s'adressant aux deux hommes.

Alec et Clay lui décochèrent un sourire identique, en acquiesçant de leur regard bleu glacier. Lacey s'était depuis longtemps résignée à l'idée que, si l'on ne se référait pas à sa mère, son apparence extérieure ne correspondait pas du tout à la cellule familiale.

Dans le bureau de Diana Guest, Lacey et Clay s'assirent de chaque côté de leur père.

— Eh bien, voyons ! dit Diana en prenant des papiers sur son bureau.

Après avoir lu quelques lignes, elle leva les yeux.

— Je tiens à vous dire qu'il y a de sérieux arguments en faveur de la libération conditionnelle de Zacharie Pointer ; vous n'aurez pas la tâche facile.

— Pourquoi ? s'étonna Clay.

Diana martela son sous-main de cuir à l'aide de son stylo, tout en parcourant ses notes.

— D'abord, il a été traité sur le plan psychiatrique dès le début de son incarcération. Son psychiatre a parlé d'un épisode psychotique, sous l'effet du stress, et...

— Rien de neuf, intervint Alec. Tout cela a été dit au cours du procès. Il aurait été sain d'esprit au moment du passage à l'acte !

Diana hocha la tête.

— Exact, mais nous n'en sommes plus là actuellement. On l'a traité pour sa psychose, et ses remèdes l'ont stabilisé. Il se comporte en détenu modèle... Pis encore — de notre point de vue du moins —, il a étudié la théologie en prison, et, s'il est libéré, il compte entrer au séminaire pour devenir prêtre.

— Astucieux ! fit Alec, avec un cynisme dont il n'était pas coutumier. Chaque prisonnier en instance de libération conditionnelle pourrait recourir à cette tactique : relâchez-moi, et j'entre au séminaire !

— D'après son dossier, ce n'est pas un stratagème de sa part !

Diana prit sur son bureau un papier qu'elle se mit à lire.

— Ce document, daté de 1993, indique que Pointer est

repentant et participe à un programme d'études bibliques dirigé par l'aumônier de la prison. En 1995, Pointer assiste le père Luce dans ses cours ; en 1997, il étudie la théologie par correspondance, en même temps qu'avec le père Luce...

Saint Zacharie, songea Lacey.

— Tant mieux pour lui s'il a pu trouver un certain apaisement dans la religion ! ironisa Alec. Ma femme n'a pas eu cette chance.

— Je ne vous dis pas qu'il est impossible de le garder sous les verrous, mais vous devez savoir contre quoi nous allons nous battre.

— Alors, que faire ? demanda Clay.

Diana s'adressa directement à Alec.

— Je n'étais pas dans la région au moment du crime, mais j'ai entendu parler de tout ce que votre femme a fait pour la communauté. Je vous suggère de lancer une campagne de lettres soigneusement rédigées. Puisque vous êtes les trois victimes directes, chacun de vous devrait rédiger tout d'abord une déclaration convaincante.

Rick avait vu juste, constata Lacey.

— Cette déclaration exposerait clairement la manière dont la mort d'Annie vous a affectés et vous affecte encore, reprit Diana.

Elle se tourna vers Lacey.

— Votre déclaration sera essentielle, car vous étiez avec elle au moment du crime.

— J'ai du mal à écrire, objecta spontanément Lacey.

Rick l'avait prévenue qu'elle devrait revivre son deuil si elle tentait une démarche pour garder Pointer sous les verrous. En aurait-elle la force ? Vu les circonstances, elle en doutait.

— Vous ne concourez pas pour le prix Pulitzer, reprit Diana. Décrivez simplement l'impact durable qu'a eu sur vous la perte de votre mère et le fait d'avoir été témoin du drame. Soyez convaincante, sans tomber dans le sentimentalisme ! Trop de pathos peut avoir un effet contraire sur la commission de libération conditionnelle. Il suffit de trouver le ton juste... Je vous aiderai tous les trois. Ecrivez votre déclaration, et je la relirai avec vous.

— On ne peut rien faire d'autre ? demanda Clay.

— Ne minimisez pas l'importance de votre témoignage !

D'ailleurs vous ne serez pas les seuls à vous manifester... Pensez à toutes les personnes qui pourraient se joindre à vous. Les directeurs des institutions où Annie a fait du bénévolat... par exemple. Nous voulons prouver que sa disparition a eu un impact non seulement sur sa famille, mais sur l'ensemble de la communauté.

— Quand faudra-t-il vous remettre ces textes ? fit Alec.

— L'audience a lieu en septembre, mais afin de pouvoir les relire avec vous, je souhaiterais que vous les terminiez avant la mi-août. Voici quelques indications qui devraient vous faciliter la tâche.

Diana tendit à chacun une feuille de papier.

— Je vous suggère d'en remettre une copie à toutes les personnes susceptibles de rédiger une déclaration.

— Nous pourrions en obtenir... une centaine, annonça Alec. Est-ce excessif ?

— Le plus important est de bien choisir. La qualité compte plus que la quantité ! Dix bonnes lettres auront plus de poids qu'une centaine de diatribes trop sentimentales.

La séance était close. Diana se leva ; Alec suivit son exemple.

— Très bien, fit-il en lui serrant la main. Vous nous tiendrez au courant ?

— Bien sûr !

Diana sourit à Clay, puis à Lacey.

— Enchantée d'avoir fait votre connaissance.

Ils sortirent du cabinet en silence. Arrivé au parking, Alec posa un bras sur l'épaule de chacun de ses enfants.

— Ça va, vous deux ?

— Oui, dit Clay, mais je regrette de ne pas pouvoir agir davantage. Le maintien de ce type en prison dépend de nos talents d'écrivain !

— Si nous mangions quelque chose ensemble ? proposa Alec.

Il ouvrit sa voiture à l'aide de la télécommande.

— Nous réfléchirons ensuite aux personnes à qui nous pouvons demander une déclaration.

Lacey consulta sa montre.

— Impossible, papa ! Je vais chercher Mackenzie chez Nola dans quelques minutes.

— Ça se passe bien, ma chérie ?

Alec avait vu Mackenzie quelques jours avant, lorsque Lacey était venue la présenter à Jack et Maggie, une visite qui n'avait pas été un succès. Loin de là ! Bien qu'elle ait le même âge que Jack, Mackenzie le dépassait de quelques centimètres et semblait avoir un ou deux ans de plus ; quant à la petite Maggie, âgée de neuf ans, elle semblait encore une enfant à côté de la nouvelle venue. Jack et Maggie s'étaient baignés dans le bras de mer, derrière leur maison, tandis que Mackenzie, en bikini rose, se faisait dorer au soleil. Les eaux herbeuses et apparemment saumâtres, près de la plage, ne lui disaient rien. « En Arizona, avait-elle déclaré avec dédain, tout le monde a une piscine. »

— Si Nola y tient vraiment, qu'elle la prenne, murmura Lacey.

— Oh ! fit Alec.

— Elle n'est pas facile, dit Clay.

— Sérieusement ? insista Alec. Ça se passe si mal ?

— Papa, je n'en sais rien... Pour l'instant, je suis si perturbée que j'ai du mal à y voir clair.

Clay passa un bras autour des épaules de sa fille.

— Personnellement, j'espère que tu vas la garder. D'ici un an ou deux, ce sera une formidable baby-sitter !

Nola accueillit Lacey sur le porche de sa maison de deux étages à Southern Shores.

— Elle est en haut... devant mon ordinateur. Elle y est restée pendant presque toute sa visite.

— Je sais.

Lacey gravit l'escalier menant au porche et s'accouda à la balustrade.

— Ses copines lui manquent !

— Elle t'a parlé ?

— De quoi ?

— De sa mère... Ou de je ne sais quoi...

Nola paraissait vannée.

— Je n'ai pas pu en tirer un seul mot !

— Tu n'y es pour rien ; elle ne me parle pas à moi non plus. A-t-elle toujours été aussi réservée ?

Nola s'éventa de la main.

— Pas quand elle était plus petite ! Mais elle ne me

connaît pas très bien, à vrai dire. Je la voyais à peu près une fois par an. C'était insuffisant. Je le regrette maintenant !

— J'ai des regrets moi aussi.

Nola glissa une mèche rebelle d'un blond oxygéné dans son chignon.

— J'ai une question à te poser, Lacey... Réponds-moi sincèrement, je t'en prie !

Lacey hocha la tête, sur le qui-vive.

— A ton avis, fit Nola, pourquoi Jessica t'a-t-elle confié sa fille plutôt qu'à moi ?

— Je n'en ai pas la moindre idée, répondit honnêtement Lacey.

— Ai-je été une mauvaise mère ? Jessica me reprochait quelquefois d'être froide.

Contrairement à son habitude, Nola semblait si vulnérable... Emue, Lacey mit son honnêteté en veilleuse.

— Bien sûr que non ! s'exclama-t-elle. Ce que nous avons dit à Phoenix me paraît juste : Jessica souhaitait sans doute que Mackenzie soit élevée par une femme de son âge. Comme j'habite près de chez toi, elle a dû trouver génial de me la confier.

Lacey tourna les yeux du côté de l'océan. Bien qu'il ne soit pas visible du porche, elle savait qu'il était agité, car elle entendait les vagues déferler sur la plage.

— Malgré tout, reprit-elle en reposant son regard sur Nola, si nous décidons d'un commun accord, à un moment ou un autre, qu'elle serait mieux avec toi, ou bien si elle exprimait ce désir, je n'y verrais aucun inconvénient.

— Eh bien...

Nola soupira profondément.

— J'avais l'intention de me battre pour la garder avec moi, mais je ne suis pas sûre de pouvoir me charger d'elle de façon permanente... Jessica avait peut-être compris que je ne serais pas prête à accueillir dans ma vie une fillette de onze ans. Et pourtant je l'aime ; elle est tout ce qui me reste de mon enfant... Je ne souhaite que son bien !

— J'envisage de prendre contact avec son père, dit soudain Lacey.

Nola écarquilla les yeux d'un air alarmé.

— Elle n'a pas de père !

— Effectivement, Jessica a déclaré qu'elle était de père

inconnu, mais nous connaissons toi et moi l'identité de son géniteur.

— Jessica ne voulait pas avoir affaire à lui. Ce garçon était un bon à rien.

— Alors, pourquoi m'a-t-elle laissé la garde de Mackenzie, sachant que je voudrais mettre Bobby Asher au courant?

— Il a corrompu Jessica!

Lacey ne résista pas à l'envie de rendre à Nola la monnaie de sa pièce.

— Je croyais que c'était moi qui l'avais corrompue.

— J'étais furieuse quand j'ai dit cela, Lacey. Furieuse et blessée... Je te demande pardon!

Lacey n'avait jamais vu Nola aussi douce et humble : vingt-quatre heures avec Mackenzie avaient suffi à lui rabattre son caquet.

— N'en parlons plus, dit-elle en se frottant les tempes, car elle commençait à avoir la migraine. Je ne sais pas exactement ce que je vais faire au sujet de Bobby, mais je reste en contact avec toi. D'accord?

Pendant le trajet de retour à Kiss River, Mackenzie se contenta de répondre par des monosyllabes aux questions de Lacey. Quand elles arrivèrent au parking du phare, elle sauta de la voiture pour courir vers la maison. A peine entrée, elle s'assit par terre, dans le séjour, devant un feuilleton télévisé. En même temps, elle caressait Sasha, la seule créature dont l'amour inconditionnel ne se formalisait ni de son mutisme ni de ses bouderies. Elle n'était plus alors qu'une fillette meurtrie, se dit Lacey. Rien à voir avec l'adolescente s'habillant à la manière de Britney Spears et faisant des comparaisons dédaigneuses entre Phoenix et ce trou perdu où elle était exilée!

Lacey attendit que tout le monde soit couché pour aller chercher un bloc-notes et un stylo dans le tiroir supérieur de son bureau. Tout en contemplant le phare à la lumière du clair de lune, elle réfléchit; puis elle se mit à rédiger.

J'étais avec ma mère quand on a tiré sur elle. J'en fais encore des cauchemars. Elle m'avait amenée au foyer des femmes battues pour donner un petit quelque chose à des gens totalement démunis. Ma mère était ainsi. Elle aidait toutes les personnes dans le besoin. Elle avait même donné sa moelle osseuse pour sauver un enfant qu'elle ne connaissait pas. Elle était d'une bonté exceptionnelle...

C'était aussi une femme égocentrique qui couchait avec la moitié des hommes des Outer Banks. Elle a blessé mon père d'une manière incroyable.

— Non! marmonna-t-elle en froissant son papier entre ses mains avant de le lancer dans la corbeille, au bout de la pièce. Sa tâche serait rien moins que facile...

17

Vingt dollars manquaient dans son portefeuille ; Lacey craignait de savoir qui les avait dérobés.

Nola et elle mettaient en pratique leur système de partage du temps de garde. Elle avait dû s'arrêter plusieurs fois sur le chemin de l'agence immobilière, tandis que Mackenzie restait dans la voiture ! Après avoir encaissé à la banque un chèque de cent dollars, elle était passée à 7-Eleven acheter un café pour elle et un beignet pour Mackenzie, en laissant son sac sur la banquette. Elle avait fourré la monnaie d'un billet de vingt dollars dans sa poche, et ne s'était pas aperçue avant l'heure du déjeuner qu'il ne restait que trois billets de vingt dollars dans son portefeuille. Perturbée, elle avait vidé son sac, à la recherche du billet manquant ! Elle n'avait aucune preuve que Mackenzie était l'auteur de ce larcin, et elle ne savait absolument pas comment réagir face à ce genre de situation.

Dans l'après-midi, au retour de chez Nola, avec Mackenzie muette et boudeuse à l'arrière de sa voiture, elle réfléchit aux différentes manières de réagir. Se contenter peut-être de déclarer : « On m'a donné cinq billets de vingt dollars à la banque, j'en ai emporté un avec moi au magasin, et j'ai découvert à midi qu'il ne m'en restait que trois dans mon portefeuille. » Ou alors proposer une échappatoire à Mackenzie : « Un billet de vingt dollars a disparu de mon portefeuille ; s'il réapparaît avant demain, on n'en parle plus. » En vérité, elle avait peur de parler à cette gamine. Elle se traita de poule mouillée, mais vu la précarité de leur relation, ce n'était pas le moment de commettre une gaffe. Elle conseillerait à Gina et Clay de surveiller leur argent, et il lui suffirait de garder systématiquement son portefeuille sur elle. Enfin, elle donnerait de l'argent de poche à Mackenzie. Rien de plus naturel... Pourquoi n'y avait-elle pas pensé ?

Elle savait comment sa mère aurait réagi. « Il manque vingt dollars dans mon portefeuille, aurait-elle dit. Une personne qui en avait plus besoin que moi les a sans doute pris. J'espère que, la prochaine fois, cette personne me demandera l'autorisation avant de se servir. » Typique de la relation tendre et un peu bizarre qu'Annie entretenait avec ses enfants ! Mais elle n'était pas Annie O'Neill. Il lui faudrait trouver sa manière personnelle de procéder et, pour l'instant, ce n'était pas évident.

Bobby Asher était un vaurien. Il lui avait volé de l'argent, ainsi qu'à Jessica. Il avait chipé presque chaque jour un chausson aux fruits dans une petite boutique de Nag's Head, et elle avait été navrée pour le vieil employé, à demi aveugle, qui ne se rendait compte de rien. Elle avait vu Bobby chaparder une simple cigarette dans un paquet abandonné sur une table, mais aussi une planche de surf dans la vitrine d'un magasin ! Il était champion du vol. De même qu'elle avait hérité du gène maternel de la luxure, Mackenzie avait peut-être hérité du gène paternel de la malhonnêteté.

Pourquoi Bobby l'avait-il si vivement attirée à l'époque ? Elle en rêvait la nuit et fantasmait à son sujet toute la journée. Elle aurait fait n'importe quoi pour lui plaire, et son cœur vibrait chaque fois qu'elle le voyait avec Jessica. Son amie avait peut-être eu raison de le tenir à l'écart de Mackenzie. Il était pourtant le père de celle-ci, et même Rick, un conservateur à nul autre pareil, trouvait souhaitable de le mettre au courant. Elle le ferait ! Il comprendrait Mackenzie mieux qu'elle ; à moins qu'il ne soit passé à un mode de délinquance plus poussé. En tout cas, il devait savoir qu'il avait un enfant.

Dans la soirée, Lacey, assise dans sa chambre, le téléphone sur les genoux, composa le numéro des renseignements. L'opératrice lui apprit que plusieurs Robert Asher habitaient la région de Richmond. Elle nota tous les numéros, et le hasard voulut qu'elle joigne en premier un cousin de Bobby.

— Il habite au bout de la rue, lui dit-il, avant de lui donner ses coordonnées.

Elle aurait voulu savoir ce qu'il était devenu et s'il se droguait toujours, mais elle s'entendit demander si on l'appelait toujours « Bobby ».

— Presque tous les Asher se font appeler Bobby, répondit le cousin en riant.

Les yeux fixés sur le numéro qu'elle avait noté, elle se mordit les lèvres. Mackenzie, dans sa chambre, envoyait des e-mails à ses copains et copines de Phoenix. Rani dormait. Gina et Clay regardaient une vidéocassette au rez-de-chaussée. C'était donc le moment où jamais d'appeler. Seuls lui manquaient le courage et la capacité de trouver ses mots.

Au bout de sept sonneries, elle se prépara à laisser un message, quand il décrocha.

— Allo ?
— Bobby ?
— Oui, qui est au bout du fil ?

Elle s'étonna d'avoir reconnu cette voix masculine, si différente de sa voix d'adolescent.

— Je ne sais pas si tu te rappelles... Je suis Lacey O'Neill, et je...

— Lacey ! Une revenante... Comment vas-tu ?

— Je vais bien, dit-elle, soulagée de ne pas avoir à lui fournir d'explications complémentaires. Et toi ?

Il planait tellement cet été-là qu'elle s'attendait à ce qu'il n'en garde aucun souvenir.

— Ça va !

Son ton vif et optimiste surprit agréablement Lacey.

— Comment se fait-il que tu me donnes de tes nouvelles après tant d'années ?

— C'est une histoire un peu compliquée, et je ne sais pas par où commencer...

— Eh bien ! je t'écoute.

— Tu te souviens de Jessica Dillard ?

— Evidemment ! J'ai passé presque tout un été avec elle. Qu'est-ce qu'elle devient ?

— Il y a quelque temps... Elle vient de mourir...

— Bon Dieu, je ne peux pas y croire ! fit Bobby, après un silence. Elle avait à peine... vingt-six ans ?

— Vingt-sept ! Une année de plus que moi, mais nous étions dans la même classe. Elle avait été scolarisée un peu plus tard...

— Que lui est-il arrivé ?

— Un accident de voiture... provoqué par un chauffard en état d'ivresse... Elle a subi un grand nombre d'interventions chirurgicales. Les médecins pensaient qu'elle allait survivre... Finalement, elle est morte d'une embolie pulmonaire.

— Tout cela à cause d'un ivrogne...

— Oui.

— Quel fumier ! Il n'y a pas de justice...

— Non.

— Vous étiez restées très proches, Lacey ?

Elle aimait sa manière de prononcer son prénom de cette nouvelle voix plus grave.

— Oui et non... Jessica vivait dans l'Arizona depuis l'âge de quinze ans, et on n'avait pas souvent l'occasion de se voir. Mais voici la véritable raison de mon appel ! Jessica a eu un enfant. Une fille... Elle s'était installée là-bas parce qu'elle était enceinte, et sa mère avait préféré l'éloigner. Elle a...

Bobby interrompit son flot de paroles.

— Lacey ! Serais-tu en train de me dire que je suis le...

— Oui, tu es le père de cet enfant.

Le silence de Bobby parut interminable à Lacey, qui ferma les yeux en attendant sa réponse.

— Hum... fit-il, avec un bref éclat de rire. Quelles preuves en as-tu ?

— Jessica savait que tu étais le père de son enfant. Elle n'a jamais eu aucun doute à ce sujet, mais tu étais si jeune et il s'agissait d'une amourette d'un été... Et puis, tu n'avais pas spécialement le profil d'un père responsable, à l'époque ; elle a jugé plus sage d'inscrire la mention « père inconnu » sur le certificat de naissance.

— Ne quitte pas ! Je préférerais m'asseoir pour entendre la suite.

Lacey perçut un froissement de papiers, puis Bobby revint au bout du fil.

— Tu n'as tout de même pas l'intention de me refiler l'enfant !

Cette remarque concordait assez bien avec l'homme dont Lacey se souvenait.

— Jessica m'a confié la garde de sa fille, mais j'ai estimé que tu devais être informé.

— Pourquoi ne m'a-t-elle rien dit ? Elle aurait pu essayer d'obtenir au moins une pension alimentaire.

— Elle a supposé que tu étais... Comment dire ? Vous n'avez pas eu une relation sérieuse, entre adultes, Bobby. Tu le sais bien !

Il garda le silence, et elle reprit la parole.

— Je suis allée chercher Mackenzie, la fille de Jessica, il y a une semaine et demie seulement. Pour ma part, j'ai toujours conseillé à Jessica de te mettre au courant. Tu as le droit de savoir ! Je n'ai appris qu'à l'âge de seize ans qui était mon père, et...

— Ton père était vétérinaire, non ?

— Alec n'est pas mon père biologique, et je l'ignorais. Nous avions pourtant le droit de savoir !

Lacey se mit à parler de plus en plus vite.

— Jessica n'était pas d'accord avec moi en ce qui te concerne, mais je suppose qu'au fond d'elle-même, elle souhaitait que tu sois informé ; sinon elle ne m'aurait pas confié sa fille. Je t'appelle donc pour t'annoncer que tu es le père de Mackenzie.

— Je suis en train de paniquer... murmura Bobby, après un silence, suivi d'un rire étouffé.

— Ce n'est pas moi qui t'en blâmerai, reconnut Lacey, sensible à sa vulnérabilité.

— Je te rappelle que Jessica avait une vie assez... dissolue.

La compassion de Lacey s'évanouit aussitôt, bien qu'elle admît les doutes de Bobby.

— Jessica se donnait des airs beaucoup plus dévergondés qu'elle ne l'était en réalité ! Et tu étais le seul garçon avec qui elle avait des relations... intimes à cette époque. Elle a toujours su que c'était toi.

— Un conducteur en état d'ivresse, marmonna Bobby, revenant brusquement à un autre aspect du problème. Que diable !

— Eh oui !

— Alors, comment est-elle cette gamine ? Rappelle-moi son nom !

— Mackenzie.

Lacey prit le temps de réfléchir avant de la décrire.

— Elle traverse une sale période depuis qu'elle a perdu sa mère et qu'elle est arrivée ci. Franchement, elle n'est pas facile !

— Dans ce cas, elle pourrait bien être *ma* fille, ricana Bobby.

Lacey ébaucha un sourire.

— Elle est maussade, boudeuse, obstinée et hostile... J'ai la quasi-certitude qu'elle m'a volé de l'argent... Elle est exigeante et considère que tout lui est dû, sous prétexte qu'elle a perdu sa mère... En plus, il n'y a pas moyen de lui parler ! Elle me hait, ainsi que l'univers entier.

— Dis-moi le fond de ta pensée ! fit Bobby, avec un rire plus tendre.

— Désolée, mais ce n'est pas le bon moment.

— J'espère que tu ne travailleras jamais dans le commerce, parce que tu n'es pas douée pour la vente. Si tu essayes de faire l'article au sujet de cette gamine, tu t'y prends en dépit du bon sens !

— Je tiens à être honnête.

— Je m'en aperçois.

— Bobby, j'ai une question importante à te poser tout de suite.

— Vas-y, je t'en prie !

— Je n'irai pas par quatre chemins. Tu étais assez dingue à l'époque où je t'ai connu. Comment es-tu maintenant ?

— Différent. Je n'ai rien du parfait employé de bureau, mais je suis un homme responsable. Je possède une petite maison, je paye mes factures à temps, et je suis *clean*...

Lacey ne souhaitait pas en savoir plus.

— Cet été-là, il n'y avait pas une drogue que tu n'aies essayée.

— Je n'étais pas aussi camé que je le prétendais, et je n'ai rien pris depuis cinq ans. Je suis inscrit aux Alcooliques Anonymes, Lace.

L'usage de son surnom la toucha, et plus encore l'aveu qu'il venait de lui faire. Les AA avaient totalement transformé Tom, qui était devenu un autre homme... Elle savait pourtant que son évolution avait été progressive et lui avait demandé de nombreux efforts. Rien à voir avec de la magie !

— Très bien, dit-elle. Et tu travailles, Bobby ?
— Non, je fais la manche, au coin de la rue.

Cette image était si proche de ce qu'avait imaginé Lacey qu'elle mit une bonne minute à réaliser qu'il plaisantait.

— Parle-moi vraiment de ton travail !
— Je suis retourné à la fac et j'ai choisi l'art comme matière principale, mais je ne suis pas allé jusqu'au bout. J'ai découvert la gravure... Je suis graveur sur ivoire.

Lacey fronça les sourcils en repensant aux quelques ivoires gravés qu'elle avait eus sous les yeux : des dessins de navires, gravés en noir dans d'anciennes dents de cachalot.

— Tu gagnes ta vie comme ça ?
— Eh bien, oui ! Je ne nage pas dans l'opulence, mais j'aime ce que je fais. Je travaille généralement sur commande. Et toi ?
— Je crée des vitraux, et je travaille à mi-temps comme assistante à la clinique vétérinaire de mon père.
— Ta mère faisait aussi des vitraux, il me semble.
— Oui.
— Telle mère, telle fille, non ?
— Pas toujours, objecta Lacey, irritée par cette insinuation.
— J'enseigne également le dessin dans des cours pour adultes de la région... histoire d'arrondir mes fins de mois.
— Es-tu marié, par hasard ?
— Hum... J'ai vécu avec une femme pendant quelques années. Elle est l'orfèvre qui travaille sur les bijoux que je réalise. Nous nous sommes séparés l'année dernière, mais nous sommes restés amis. Et toi ?
— Je suis complètement libre... Cette situation me convient, mais l'idée d'élever l'enfant d'une autre me paraît d'autant plus inquiétante.
— Oui, ça va de soi.

Bobby s'interrompit, et Lacey eut l'impression de suivre le fil de sa pensée.

— Tu sais, Lace, je n'ai pas beaucoup d'argent. Pourtant, si elle est réellement ma fille...
— Elle l'est !

— Eh bien! Dans ce cas, je t'aiderai. Je peux la rencontrer?

— Il vaudrait mieux que je lui parle d'abord. Je me demande quelle est la meilleure manière de procéder... Si elle souhaite te voir elle aussi, je t'appellerai, et on trouvera une solution.

— Bonne idée!

— Alors, à demain! A condition qu'elle soit d'une humeur convenable.

— Ou à peu près convenable, rectifia Bobby.

Lacey rit de bon cœur.

— Exact! Et merci... d'avoir pris les choses du bon côté.

— Tu n'as pas une très bonne opinion de moi, n'est-ce pas? fit Bobby, après une légère hésitation.

D'abord silencieuse, elle finit par lui avouer sa perplexité.

— Je t'appelle dès que je lui aurai parlé, conclut-elle.

— Très bien! Et puis, Lacey...

— Oui?

— Je serais navré de t'avoir blessée d'une manière ou d'une autre cet été-là.

Après avoir raccroché, Lacey s'étonna elle-même de fondre en larmes.

18

Plongé dans une vague torpeur, Bobby garda longuement le téléphone sur ses genoux après avoir raccroché : il se remémorait sa conversation avec Lacey. Il attrapa ensuite son paquet de Marlboro sur la longue table de travail installée dans sa pseudo-salle à manger, et alluma une cigarette. Il inspira profondément ; la fumée s'échappa de ses lèvres en un long ruban.

Lacey O'Neill... Elle avait, cet été-là, coupé ses superbes cheveux roux et teint en noir corbeau les quelques centimètres restés sur son crâne ! Mais chaque fois qu'il la regardait, il se souvenait de sa crinière rousse. Celle-ci était si indissociable de Lacey qu'il croyait la voir même après sa disparition. Il aurait dû lui demander à quoi elle ressemblait maintenant. Avait-elle de longs cheveux, ou bien essayait-elle encore de se cacher à l'aide d'une teinture et de ciseaux ?

Quant à Jessica Dillard... Si jeune... Une petite allumeuse blonde. Un garçon de dix-sept ans se laisse facilement tenter ! Bien qu'il ait toujours préféré à la sensualité provocante de Jessica la personnalité de Lacey, ses grands yeux bleus et ses profondes fossettes, la fragilité de Lacey l'avait éloigné d'elle. Ils avaient fait l'amour une fois, si on peut appeler ainsi le fait de déflorer une fille sur la plage. Il se souvenait qu'elle avait gémi de douleur ; il s'était alors arrêté, mais elle lui avait demandé de continuer. Bien qu'elle n'y prît aucun plaisir, elle voulait en finir, et il était trop tard pour se lancer dans une longue discussion. Sa besogne achevée, il s'était tourné dès le lendemain soir vers sa meilleure amie :

Jessica n'avait pas froid aux yeux, ne gémissait pas et aimait se lover autour de son corps, ses cheveux blonds épars sur le sable. Elle se cabrait sous lui comme une bête, et ils avaient fait l'amour dans toutes les positions, pas toujours avec un préservatif... Quel crétin il avait été !

On se sent parfois écœuré lorsqu'on jette un regard en arrière sur la personne que l'on a été. Il se donnait tant de mal pour tourner le dos à son passé ! Mais il arrivait que celui-ci le rattrapât malgré lui. Ce coup de téléphone de Lacey... Cet enfant censé être le sien...

Il reposa en soupirant son téléphone sur le bord de la table et prit le bloc d'ivoire auquel il travaillait quand la sonnerie l'avait interrompu. Ce bloc lisse, d'un blanc cassé, deviendrait une boucle de ceinture, décorée d'un délicat portrait de trois chiens bien-aimés : un cadeau de l'une de ses clientes à son mari. Plusieurs semaines de labeur, dont il tirerait un bon prix.

Mais il n'était pas d'humeur à se mettre à l'ouvrage... S'il se forçait, il allait tout gâcher. Après avoir tiré sur sa cigarette, il alla regarder par la fenêtre. Il avait sous les yeux l'allée derrière sa maisonnette et, au-delà, le garage de l'un de ses voisins ; celui dont le chien aboyait et lui montrait les crocs chaque fois qu'il sortait ses ordures.

L'année précédente, il avait désiré si fort avoir un enfant qu'il était au bord des larmes chaque fois que Claudia avait ses règles. Ils avaient tenté leur chance pendant près de trois ans, et s'ils étaient arrivés à leurs fins, il l'aurait épousée ! Il s'efforçait de dissimuler sa déception, mais elle n'était pas dupe. Il rêvait d'avoir un enfant à aimer... Il l'élèverait mieux qu'il ne l'avait été. Il éviterait les erreurs commises par ses parents. *Mackenzie.* Quel drôle de nom pour une fille ! se dit-il en ébauchant un sourire. Elle était agressive, obstinée, et Lacey l'avait décrite en termes très négatifs ; malgré tout, cette fillette était bien en vie et en manque d'un père.

Pourquoi avait-il la quasi-certitude qu'elle n'était pas de lui ?

19

Mackenzie contemplait les CD dans la vitrine du magasin de musique quand Lacey la rejoignit. Elle venait de déposer dans sa voiture trois sacs de vêtements tout neufs pour la fillette, mais leurs achats n'étaient pas encore terminés.
— Veux-tu quelques CD? lui proposa-t-elle.
Mackenzie gardait les yeux rivés sur la vitrine.
— Où est votre lecteur de CD?
— Dans le séjour, mais tu pourrais en avoir un dans ta chambre. Qu'en penses-tu?
— Pourquoi pas? On peut en trouver ici?
— Va t'acheter quelques CD dans ce magasin, et nous irons à Kmart où ces appareils sont moins chers.
— Je peux acheter combien de CD?
— Quatre. Je t'attends dehors et tu me préviendras au moment de payer.
Tandis que Mackenzie disparaissait dans le magasin, Lacey s'assit sur un banc. Elle transpirait à grosses gouttes, ses jambes lui pesaient, et ses bras pâles, parsemés de taches de rousseur, lui parurent bien flasques quand elle baissa les yeux. Elle n'avait pas mis les pieds au gymnase depuis l'arrivée de Mackenzie. Quand aurait-elle l'occasion d'y retourner? Jusqu'à l'année précédente, elle y était allée l'après-midi et en soirée — les heures préférées des jeunes célibataires — pour faire des rencontres. Depuis quelque temps, elle préférait s'entraîner très tôt le matin : il n'y avait alors que de sérieux adeptes de la musculation, ce qui la

mettait à l'abri de la tentation. Elle devrait maintenant découvrir les heures de fréquentation des mères et se joindre à elles.

Pendant toute cette matinée de shopping avec Mackenzie au centre commercial, elle lui avait confié sa carte bancaire sans lui imposer de limites, vu les circonstances exceptionnelles. Les cartons contenant les affaires de l'enfant et tout son attirail n'étaient pas encore arrivés de Phoenix ; il lui fallait donc de nouveaux vêtements et différentes choses pour faciliter son adaptation.

Mais l'argent ne tarderait pas à poser problème. Nola lui avait remis deux cents dollars pour participer à ses achats ; une somme insuffisante. Elle aurait besoin d'un financement régulier si elle voulait offrir un mode de vie décent à Mackenzie. Malgré son attitude ambivalente au sujet de la garde de sa petite-fille, Nola était encore piquée au vif par la décision de Jessica. Lacey jugeait donc préférable d'attendre encore un peu avant d'évoquer la possibilité d'une pension mensuelle. Enfin, il y avait Bobby : même s'il faisait preuve de bonne volonté, il n'aurait sans doute pas grand-chose à proposer sur le plan financier.

Vivre dans la maison de gardien avait été une bénédiction pour Lacey, car elle ne payait aucun loyer — à condition de participer à la restauration. L'année prochaine, elle devrait trouver une location dans ses prix. Ses revenus lui permettaient de faire face à ses modestes besoins, mais pas à ceux d'un enfant. Mackenzie avait, certes, hérité de quelques milliers de dollars se trouvant sur le compte d'épargne de Jessica, auxquels s'ajouteraient environ dix mille dollars lors de la vente de l'appartement. Mais cet argent devrait être placé en vue de ses études universitaires.

Elles venaient de passer presque toute la matinée chez Gap, où Mackenzie avait essayé la plupart des tenues lui permettant d'exhiber son estomac. « Il me faut un piercing au nombril », avait-elle déclaré comme si elle était en manque d'eau ou de soleil... Lacey avait failli lui dire qu'elle avait le nombril percé — histoire de ne pas passer pour une vieille fille sinistre ! Mais ce n'était pas le bon moment, lui sembla-t-il.

Après Gap, elles étaient entrées dans tous les magasins pouvant éveiller les envies contradictoires d'une préadolescente. Mackenzie voulait des animaux en peluche ; elle la laissa choisir un nounours et un chien pour sa chambre. Elle lui offrit aussi un petit cheval en verre, des jeux pour son ordinateur, du vernis à ongles et des colliers, cédant à presque tous ses caprices comme si une multitude de cadeaux pouvait compenser la perte de sa mère.

Mackenzie ouvrit la porte du magasin de disques et passa la tête dehors.

— Je suis prête !

Lacey entra et lui tendit sa carte bancaire une fois de plus.

— Allons manger quelque chose, et nous nous arrêterons à Kmart au retour, suggéra-t-elle lorsqu'elles se dirigèrent vers la voiture.

Elle avait prévu de déjeuner avec Mackenzie, une fois leur shopping terminé, et d'évoquer sa conversation avec Bobby. Quelle serait sa réaction en apprenant qu'elle avait pris contact avec son père ?

Il leur fallut un certain temps pour choisir un restaurant. Mackenzie opta finalement pour Taco Bell, non sans ajouter, tandis que Lacey se garait sur le parking :

— A Phoenix, je n'allais *jamais* chez Taco Bell ! Mais comme c'est à peu près le seul restaurant mexicain par ici, je suppose que je n'ai pas le choix.

— On pourra faire de la cuisine mexicaine à la maison un de ces soirs, suggéra Lacey.

Mais Mackenzie, déjà sortie de la voiture, ne pouvait plus l'entendre.

Au restaurant, elles se servirent et allèrent déposer leurs plateaux sur une table, près de la devanture principale. Mackenzie sortit aussitôt son portable de son sac.

— Non, objecta Lacey sans doute pour la première fois de la journée. Range ça, s'il te plaît. J'ai à te parler.

— Je n'ai pas envie de parler... sauf à mes copines.

— Pas maintenant ! riposta Lacey. Je voudrais discuter avec toi d'un problème important.

Mackenzie plaça son téléphone sur ses genoux et se mit à déballer son *taco*.

— De quoi ?

— J'ai appelé ton père.

Les mains figées sur son *taco*, Mackenzie écarquilla les yeux.

— *Quoi ?*
— J'ai pris contact avec lui. Il souhaiterait te rencontrer...
Mackenzie secoua violemment la tête.
— Pas question !
— Pourquoi ?
— C'est un salaud.
Lacey se demanda ce que Jessica avait bien pu raconter à sa fille au sujet de Bobby.
— Pourquoi dis-tu cela ?
— Ma mère m'a expliqué qu'il ne s'intéressait pas du tout à moi.
— Il ignorait ton existence. Elle ne lui a jamais annoncé ta naissance.
— Il était au courant et il s'en fichait !
— Non, Mackenzie, il n'en avait pas la moindre idée. Je regrette, mais si ta mère t'a dit qu'elle lui avait parlé de toi, elle...
Lacey n'allait tout de même pas déclarer à Mackenzie que Jessica lui avait menti !
— Elle essayait probablement de te protéger, reprit-elle. Elle craignait qu'une fois informé de ton existence, il se montre indifférent...
— Elle disait qu'il était *nul* et que c'était sans doute une chance qu'il ne demande pas à me voir.
— Oui, fit Lacey en hochant la tête, il était vraiment nul à l'époque ; moi aussi.
Mackenzie ne sembla guère surprise. Allait-elle lui déclarer qu'elle était toujours aussi nulle ? Lacey s'empressa d'ajouter que Jessica ne valait guère mieux.
Les yeux de Mackenzie jetèrent des flammes.
— Tu oses dire ça ?
— Nous étions jeunes, stupides et à la recherche de nous-mêmes — comme toi, maintenant. Nous avons fini par grandir et devenir plus raisonnables.
— Je sais parfaitement ce que je veux, et ma mère n'a jamais été nulle.
— Qu'entends-tu par « nulle » ?
— Une personne qui gâche sa vie.
— C'est-à-dire ? insista Lacey.
— Une personne qui n'a aucun but... Qui se drogue, qui boit ou qui fait des bêtises.

— C'est exactement ce que nous étions, ta mère, Bobby et moi. Mais c'était une crise passagère !
Mackenzie fronça les sourcils.
— Ma mère ne s'est jamais droguée.
— Peut-être... Mais elle a fait des bêtises, comme moi et tous nos amis.
— Il s'appelle Bobby ?
Lacey acquiesça d'un signe de tête.
— Lamentable !
— Ecoute, fit Lacey les yeux fixés sur son *burrito* auquel elle n'avait pas touché, ton jugement ne regarde que toi. Ton père est ce qu'il est, et tu devrais peut-être apprécier qu'il ait demandé à te connaître.
— Où habite-t-il ?
— A Richmond, en Virginie. Environ quatre heures de route jusqu'ici. Il peut venir te voir pour que tu n'aies pas à te déplacer...
Mackenzie jouait avec son *taco*, prenant des lamelles de fromage tombées sur le plateau et les remettant dans la crêpe, tandis qu'une chape de silence s'abattait sur elles.
— Je ne veux pas qu'il vienne !
— A toi de décider... Tu n'es pas obligée de le voir si tu n'en as pas envie.
— Très bien !
Mackenzie remballa son *taco*, qu'elle abandonna sur le plateau.
— Je peux téléphoner maintenant ?
Lacey acquiesça, épuisée par cette brève conversation. Bobby serait probablement soulagé que Mackenzie ne souhaite pas recevoir sa visite. Un jour ou l'autre, sa fille et lui se retrouveraient peut-être, mais pas tout de suite, car on avait monté la tête de cette petite contre son père. Lacey éprouvait malgré tout une certaine déception — non à l'idée de se passer d'un éventuel soutien financier ou moral, mais parce qu'elle perdait une occasion de revoir Bobby.
Elles s'arrêtèrent à Kmart ; Mackenzie trouva son lecteur de CD et disparut dans un autre coin du magasin, pendant que Lacey effectuait quelques achats. Son chariot empli du lecteur de CD, de serviettes en papier et de papier hygiénique, elle partit ensuite à sa recherche. A l'instant où elle atteignait le rayon des cosmétiques, elle aperçut Mackenzie

en train de glisser quelque chose dans la poche de son short. Diable ! Comme elle poussait son chariot dans sa direction, Mackenzie leva les yeux et arbora un sourire hypocrite.

— J'ai fini ! fit-elle, en s'éloignant de Lacey.

Celle-ci s'arrêta pile devant la fillette.

— Remets-le, Mackenzie !

— Quoi ?

Mackenzie s'était retournée, l'innocence même ! Encore plus jeune qu'elle, Jessica avait parfois la même expression, se souvint Lacey.

— Ce que tu as caché dans ta poche... Remets-le immédiatement !

— Tu m'espionnes ! s'indigna Mackenzie.

— Pas la peine de t'espionner ; tu es une très mauvaise voleuse.

Avec un grognement de dépit, Mackenzie sortit une petite boîte en plastique de sa poche et la raccrocha sur le présentoir.

Lacey rit malgré en elle en voyant l'article dérobé.

— Des faux cils ?

— Laisse-moi tranquille !

Mackenzie s'éloigna, après voir pivoté sur elle-même.

— On part ? C'est bientôt l'heure de « The Young and the Restless ».

Lacey conduisit en silence, tandis que Mackenzie chuchotait au téléphone. Quelques bribes de phrases parvinrent à ses oreilles, ainsi que des fous rires... réservés aux conversations entre copines. L'idée qu'elle la ridiculisait peut-être l'irrita : du jour au lendemain, elle était devenue quelqu'un dont une gamine pouvait se payer la tête.

En se garant sur le parking, elle aperçut Clay à côté du chenil : il donnait des explications à une femme, debout entre ses deux chiens.

Mackenzie arrêta son téléphone et leva brusquement la tête.

— Des golden retrievers... marmonna-t-elle. Il les entraîne à des missions de recherche et de sauvetage ?

Lacey acquiesça.

— Je peux aller voir ?

Mackenzie renoncerait à regarder « The Young and The Restless » pour assister à une séance de dressage ? Lacey vit ses yeux briller d'excitation dans le rétroviseur. Elle pouvait donc s'intéresser à autre chose qu'aux fringues, au maquillage et à la musique. Néanmoins, ce n'était pas le moment de déranger Clay.

Lacey se retourna sur son siège pour s'adresser à la fillette.

— Cette femme paye probablement ses leçons à l'heure... Si tu y vas maintenant, tu risques de distraire les chiens et de lui faire perdre de l'argent. Pourquoi ne pas en parler ce soir à Clay ? Il te laissera peut-être assister à certaines leçons, puisque tu aimes tellement les chiens.

Mackenzie resta muette, mais elle aida Lacey à vider le coffre, puis elle marcha vers la maison, les bras chargés de ses emplettes et les yeux rivés sur les chiens. Lacey la suivit de près, en tenant ses sacs à bout de bras.

A mi-chemin, Mackenzie se retourna.

— Je le verrai, dit-elle, ce Bobby... S'il veut venir jusqu'ici, je n'y vois pas d'inconvénient...

20

Rick marqua son troisième *strike* d'affilée ; Lacey avait certainement compris maintenant qu'il était un champion. Sur la piste voisine, Mackenzie, Jack et Maggie jouaient au bowling — tous les trois pour la première fois — et émettaient des exclamations de joie ou de détresse, selon que leur boule avait ou non atteint son but. Mackenzie avait boudé un moment et semblait vouloir dissimuler maintenant le plaisir évident qu'elle prenait à ce jeu. Jack (avec ses lunettes à la Harry Potter et son flegme habituel) et Maggie (avec ses bavardages frénétiques et son énergie débordante) étaient des gosses délicieux ; mais ils ne venaient pas de perdre leur mère...

Lacey avait dit à Rick qu'elle avait dû emmener Mackenzie pratiquement de force. C'était la première fois qu'elle rencontrait Rick, et l'activité qu'il avait choisie ne l'enchantait guère. Tandis qu'il lui donnait les explications nécessaires, il l'avait entendue marmonner entre ses dents : « Quelle idée de jouer à ça ! Encore une veine que mes copains ne puissent pas me voir... »

Il se félicitait à présent d'avoir suggéré le bowling, quand il avait senti Lacey soucieuse de la manière de distraire Mackenzie pendant tout un samedi pluvieux. Cela donnait aux enfants une occasion de mieux se connaître, tout en lui permettant de bavarder tranquillement avec Lacey.

— J'ai l'impression que tu joues souvent au bowling, fit celle-ci, en attendant que sa boule lui revienne.

Elle observa un moment les enfants, et il suivit son regard.

Jack se tenait à l'extrémité de l'allée, la boule serrée contre sa poitrine, et se concentrait sur les quilles.

— Je fais de la compétition, avoua-t-il.

Il jouait avec des ouvriers, avec lesquels il se sentait plus à l'aise qu'avec ses collègues. Son père l'avait initié au bowling. Tout jeune, il avait connu les échos des pistes de bowling, la fumée, l'odeur de hot-dog et de sueur. Bien que cette piste soit envahie d'enfants et fleure la pizza plutôt que la fumée, il se sentait étrangement bien.

Lacey lança sa boule.

— Pas mal pour une débutante! dit-il sincèrement.

Il aimait la regarder jouer. Elle portait un ample short bleu marine, découvrant ses mollets musclés; ses longs cheveux étaient gonflés et frisés par la pluie, et elle avait une grâce exceptionnelle.

— Eh bien! dit-elle quand il se leva à son tour, j'ai appelé le père de Mackenzie hier soir; il arrive cette semaine, et il a l'intention de rester quelque temps dans la région.

— Contente?

— Je pense que c'est une bonne chose.

— Moi aussi.

Rick fixa en silence les quilles encore debout, en bout de piste, puis il s'avança, contrôlant soigneusement la boule avant de la balancer d'avant en arrière et de la lâcher. Elle dévia un peu trop à droite et manqua les trois quilles...

— J'espère que c'est un type fréquentable et que je ne commets pas une affreuse erreur, fit Lacey.

Rick rafraîchit ses mains au ventilateur, en attendant le retour de sa boule.

— Il t'a paru comment au téléphone?

— Correct... Un homme qui en a vu de toutes les couleurs et qui en a tiré la leçon.

— Que demander de plus?

— Tu as sans doute raison, monsieur Indulgence.

— A propos, fit Rick en riant, as-tu rédigé ton texte?

— Ça n'avance pas beaucoup. Ecrire n'est pas mon fort!

— Tu finiras par y arriver.

— L'avocate m'a conseillé de ne pas être trop sentimentale, mais il s'agit de *ma* mère... Quand je me replonge dans mes souvenirs, j'ai envie de lacérer ma feuille de papier avec un couteau.

— Hum !

Rick glissa ses doigts dans la boule et l'éleva vers son torse.

— Cette idée de mettre tes émotions en veilleuse me laisse sceptique. J'estime que tu dois t'exprimer sincèrement... donner libre cours à ton chagrin et à ta colère !

— Notre avocate pense tout le contraire, et c'est elle qui tranchera.

Lacey, les jambes tendues devant elle, scruta ses vilaines chaussures de bowling.

— Je crains que notre cas soit désespéré ! D'après elle, Pointer serait un détenu modèle, qui a l'intention de devenir prêtre s'il est libéré.

Rick fixa à nouveau son attention sur les quilles, s'avança, et lâcha la boule. Celle-ci roula le long de la piste et heurta l'une des quilles, sans effleurer les deux autres. Il n'était pas assez concentré.

— Pointer a-t-il des remords ? s'enquit-il.

— Il prétend en avoir.

Rick approcha ses mains du ventilateur.

— J'ai une idée !

— Laquelle ? fit Lacey en se levant pour jouer à son tour.

— Si tu allais lui rendre visite ? Tu pourrais le voir de tes propres yeux, l'écouter et lui poser les questions qui te tiennent à cœur. Cela te permettrait de porter un jugement plus objectif sur sa personne.

Lacey se rembrunit.

— Franchement, Rick, ton idée me donne la nausée.

Elle souleva sa boule.

— Je ne veux plus jamais le revoir ! Je l'ai vu une seule fois — le jour où il a tué ma mère —, et je t'assure que ça me suffit !

Tournée d'un air menaçant vers les quilles, elle lâcha sa boule, qui s'engagea dans la rigole.

— Tu sais, grommela-t-elle les poings sur les hanches, tu as bien fait de ne pas te lancer dans le droit pénal. Tu es beaucoup trop sensible !

— Tu l'es toi aussi, Lacey. Tu essayes de dissimuler ce trait de caractère, mais il transparaît malgré toi.

Lacey regagna sa place et s'affala sur le banc.

— N'en parlons plus ! dit-elle. J'ai assez de soucis comme ça. Par exemple, où vais-je loger Bobby ?

Rick lui désigna la piste de bowling.

— Il te reste une boule.

— J'y vais !

Elle tendit à nouveau ses jambes pâles, en scrutant ses chaussures de bowling, les sourcils froncés.

— On ne trouve pas de chambres bon marché dans les Outer Banks pendant l'été.

— Tu ne peux pas l'héberger à la maison de gardien ? s'étonna Rick.

— Une trop grande promiscuité risque d'être inconfortable. Imagine qu'il s'agisse d'un sale type ! Et puis, Mackenzie se sentirait piégée...

— Sa grand-mère accepterait-elle de le recevoir ?

Lacey éclata de rire.

— Sûrement pas ! Elle est furieuse que je l'aie contacté. J'envisage de m'adresser à Tom, mon père biologique. Il est aux Alcooliques Anonymes lui aussi, et c'est un homme assez facile à vivre.

Elle se leva et marcha vers les boules. Rick pensa alors à la chambre inoccupée de son cottage.

— Il peut s'installer chez moi, lança-t-il.

— Quoi ? fit Lacey en pivotant sur elle-même.

— J'ai une chambre disponible, qui ne sert à rien. Il n'aurait pas un sou à me...

— Je ne peux te donner aucune garantie à son sujet.

Rick haussa les épaules.

— Pas de problème !

— Je ne sais pas non plus combien de temps il souhaitera rester. Il risque de te gêner.

— Je n'occupe qu'un petit coin du séjour où j'ai installé mon ordinateur. Depuis mon arrivée, je ne suis pas entré une seule fois dans cette pièce. Rien à voir avec un hôtel quatre étoiles, mais...

— Tu es vraiment gentil.

Il admira ses fossettes quand elle lui sourit.

— C'est un plaisir de t'aider.

— Merci, dit-elle, tu viens d'avoir une idée géniale.

Elle se retourna pour se concentrer sur les quilles ; il sentit son cœur tambouriner sous ses côtes. Oui, il tenait absolument à l'aider ! Il se sentait redevable, car elle aussi allait l'aider, qu'elle le veuille ou non.

21

Rick et Lacey étaient assis sur le porche de la maison de gardien quand ils entendirent un crissement de gravier et un grondement de moteur, plus forts que le murmure de l'océan. Elle regarda en direction des bois et aperçut une tache bleutée à travers les arbres.

— J'ai du mal à y croire, dit-elle en se levant.

— A croire quoi ? fit Rick, après avoir suivi son regard.

— Il conduit toujours la même camionnette ! Elle était déjà vieille en 1991...

La Volkswagen cabossée, d'un bleu passé tirant sur le blanc, surgit des arbres et se gara sur le parking. A sa vue, Lacey éprouva une émotion viscérale dont elle avait presque perdu le souvenir. Avec quelle impatience elle avait attendu cette Volkswagen, l'été de ses quatorze ans ! Elle guettait ce bleu particulier, en contemplant la file de voitures, sur la route de la plage. Ce véhicule était synonyme d'excitation et de danger...

Rick se leva, goguenard.

— Je n'avais pas vu ce genre de caisse depuis mon enfance.

— A tout de suite ! fit Lacey.

Elle dévala l'escalier du porche et marcha sur le sable en direction du parking. Quand Bobby descendit de sa voiture, elle eut du mal à dissimuler sa surprise. Avec son crâne complètement chauve, l'aurait-elle reconnu si elle l'avait croisé par hasard dans la rue ? Il portait un jean usé et un tee-shirt bleu pâle, laissant entrevoir le bord d'un tatouage sous sa manche. Sa carrure était plus robuste qu'autrefois, et ses bras plus musclés. Pourtant les yeux bleus et le sourire sarcastique qui la faisaient fantasmer n'avaient pratiquement pas changé. Si elle ne l'avait jamais connu, ou si elle l'avait rencontré maintenant pour la première fois, la présence de Bobby Asher dans les parages aurait mis ses bonnes résolutions dangereusement à l'épreuve.

— Lacey !

Il la serra énergiquement dans ses bras, et elle respira des effluves de savon et de tabac ; puis il la maintint à distance sans la lâcher.

— Tu as bien fait de laisser repousser tes cheveux... Cette espèce de damier rouge et noir ne t'allait pas du tout !

Elle éclata de rire en essayant de se dégager avec grâce.

— Ça me fait plaisir de te revoir... Je suis éberluée que tu conduises encore cette Volkswagen.

Craignant qu'il ne devine son trouble, elle osait à peine le regarder en face.

— Alors, qu'en penses-tu ? fit-il en passant une main sur son crâne chauve.

— Du bien ! répondit-elle sans mentir.

— Mes frères aînés ont eu le même problème, je savais donc ce qui m'attendait ! Je me suis rasé le crâne avant d'avoir perdu tous mes cheveux ; ça me donne l'illusion d'exercer un certain contrôle sur le processus.

L'embarras de Bobby inspirait à Lacey une certaine tendresse à son égard.

— Eh bien ! montons à la maison, dit-elle en lui faisant signe de la suivre.

— Tu as de la chance de vivre ici...

— Je sais !

Quelle impression avait-elle produite sur lui ? Ce matin-là, elle s'était vêtue avec soin, en se reprochant sa futilité, car elle avait cherché à trouver le juste milieu entre la jeune femme rangée qu'elle voulait être et la petite excitée de jadis. Elle portait un corsaire à rayures bleu marine et blanches et un chemisier blanc, sans manches, très échancré sur les épaules. En se regardant dans la glace, elle s'était dit qu'elle avait réussi son coup : ni trop sexy ni trop austère...

A l'approche de la maison, Bobby mit sa main en visière pour mieux voir le porche.

— C'est ton frère ?

— Non, un ami, fit Lacey, en se demandant comment il allait interpréter cette manière de présenter Rick. Connaissais-tu mon frère ?

— Je me souviens simplement que tu en avais un. Où est Mackenzie ?

— En haut, dans sa chambre. Ta visite la perturbe. Evidemment, elle ne me l'a pas dit, car elle ne me dit rien ! Mais quand je lui ai proposé de t'attendre avec nous sur le porche, elle a décliné mon offre.

— Je comprends... C'est difficile pour elle !

Lacey présenta Bobby à Rick, en gravissant les marches du porche.

— Rick t'accueillera chez lui à Duck, pendant ton séjour.

Rick allait-il regretter son invitation maintenant qu'il voyait son hôte en chair et en os ? Les deux hommes se serrèrent la main, comme deux spécimens d'un genre totalement différent. Rick était immaculé, depuis son épaisse chevelure sombre jusqu'à sa rutilante BMW garée sur le parking, à côté de l'antique camionnette. Bobby, sans être sale ni même négligé, avait une rusticité que l'eau et le savon — quelle que soit leur quantité — ne pouvaient effacer.

— Très aimable de votre part, fit Bobby à l'intention de Rick. Je serais heureux de vous dédommager pour...

Rick hocha la tête.

— Pas question ! Vous ne serez pas luxueusement logé, mais j'espère que vous vous sentirez à l'aise.

— Assieds-toi, Bobby, dit Lacey en lui désignant un siège.

Bobby obtempéra, mais Rick resta debout, accoudé à la balustrade.

— Je vais indiquer à Bobby le chemin de ma maison, avant de partir.

Lacey l'embrassa sur la joue : il avait la délicatesse de s'éclipser pour ne pas gêner Mackenzie par sa présence quand elle descendrait.

— Merci de ton aide ! lança-t-elle.

A l'étage supérieur, Mackenzie avait déserté sa chambre. Ses affaires personnelles n'étant pas encore arrivées, elle avait peu de choses à éparpiller, mais son espace vital paraissait à l'abandon. Ses nouveaux vêtements s'entassaient sur son lit défait et sur la chaise, avec les CD. Seuls le chien et l'ours en peluche semblaient avoir trouvé leur place, près de son oreiller.

— Mackenzie ! appela Lacey, en reculant sur le palier.

Elle entra dans la salle de bains, puis dans les autres chambres, avant de revenir sur ses pas et de jeter un coup d'œil dans les placards et sous les lits. Renonçant à explorer le premier étage, elle descendit au rez-de-chaussée, afin de poursuivre ses recherches.

Sur le porche, la porte écran se ferma avec un bruit sourd derrière elle.

— Je ne *la* trouve pas, annonça-t-elle aux deux hommes, d'une voix qui trahissait son angoisse. Elle n'est pas dans la maison !

Elle scruta l'espace sablonneux autour du phare, puis tourna les yeux vers les bois, le seul endroit où Mackenzie avait pu trouver refuge.

— Mackenzie ! appela-t-elle, les mains en porte-voix.

Pour toute réponse, elle n'entendit que le doux murmure des flots sur la plage et l'éternelle stridulation des cigales.

— Crois-tu qu'elle se cache ? fit Rick.

— Probablement.

Lacey se tourna vers Bobby.

— Ta visite l'inquiète encore plus que je ne l'avais supposé...

— Elle est capable de fuguer, à ton avis ?

Lacey haussa les épaules.

— On peut s'attendre à tout de sa part ! Mais où irait-elle ? Nous sommes particulièrement isolés, et elle ne pourrait pas marcher bien loin.

— Si nous nous partagions la tâche ? proposa Rick.

— D'accord ! Je vais fouiller la maison de fond en comble, annonça Lacey en ouvrant la porte écran. Elle est peut-être montée au grenier.

Lacey fit une pause dans la salle de séjour, le cœur palpitant, tandis qu'elle essayait d'imaginer le lieu où se cachait Mackenzie. Des pensées affolantes lui venaient à esprit. Auto-stop... Suicide... Elle avait eu la bêtise d'oublier son sac dans la cuisine ce matin-là. Mackenzie avait pu lui dérober tout son argent et ses cartes bancaires. Aurait-elle appelé un taxi pour qu'il l'emmenât ? Etait-elle déjà en route vers Phoenix ?

Il semblait à Lacey qu'on lui avait confié un trésor d'une valeur inestimable, et qu'elle l'avait laissé échapper par ignorance et maladresse.

Elle alla ouvrir son sac dans la cuisine : son portefeuille y était, avec tout l'argent qu'il devait contenir et ses deux cartes bancaires. L'hypothèse d'une fugue à Phoenix était maintenant balayée.

Après avoir traversé le séjour, elle remonta l'escalier jusqu'au premier étage, où elle se dirigea vers la porte menant au grenier.

22

Bobby regarda Rick marcher sur le sable et se diriger vers le bois, dans son pantalon Docker et ses chaussures Rockport ; puis, les mains dans ses poches, il tenta de se mettre à la place de Mackenzie. Pauvre gosse ! Sa mère était morte brusquement, elle n'avait jamais connu son père — dont on ne lui avait rien dit de bon —, et elle avait été précipitée dans l'univers étrange et relativement isolé de Kiss River, auprès d'une jeune femme qu'elle connaissait à peine.

A onze ans, il aurait sûrement mieux réagi qu'elle, car à cet âge, il avait déjà découvert la bière et la marijuana, et appris à anesthésier son esprit pour affronter n'importe quelle situation. Ses frères l'avaient bien entraîné ! Quand il était enfin devenu sobre, cinq ans plus tôt, il avait dû apprendre à se passer de tous ces expédients, non sans peine. Il s'était alors initié à tout ce qu'il aurait dû apprendre dès son adolescence.

Cette petite Mackenzie devrait se mettre à la tâche tout de suite, car l'heure avait sonné. Il espérait l'aider à ne pas se dérober devant les problèmes de la vie. Qu'elle soit ou non sa fille, il pourrait au moins lui faire ce cadeau.

Mais où irait-il se cacher... s'il était une gamine de onze ans ? A la plage ? Son regard se posa brusquement sur le phare, dont la partie supérieure avait disparu. Il avait oublié cela... Par cette fin d'après-midi, la réverbération du soleil couchant sur les briques déchiquetées, proches du sommet de la tour, ne manquait pas de beauté. En s'approchant, il ne tarda pas à réaliser que l'espace de la plage où aurait pu se réfugier Mackenzie était réduit, car l'eau montait jusqu'à la base du phare. Il chassa ses sandales d'un coup de pied et roula son jean le plus haut possible sur ses mollets, pour passer à gué. Douze ans plus tôt, il y avait une plage à cet endroit : un espace de sable blanc, isolé du monde, génial pour se soûler ou faire l'amour.

Il gravit les trois marches menant à l'intérieur du phare et pénétra dans la fraîcheur de l'octogone.

— Mackenzie ! appela-t-il, en tendant le cou vers le cylindre de briques de plus en plus étroit.

L'écho de sa voix lui revint. Il entendit un pépiement d'oiseaux, un battement d'ailes, et aperçut des lambeaux de ciel bleu dans les hauteurs.

— Mackenzie, si tu es là, je te prie de me répondre ! On s'inquiète à ton sujet.

— Je ne peux pas bouger, fit une petite voix à peine audible.

Il s'engagea dans l'escalier.

— Pourquoi, Mackenzie ?

Il l'imagina, un pied coincé entre les marches métalliques ; à moins qu'elle ne se soit cassé la cheville en tombant.

— Je ne peux pas, voilà tout ! reprit Mackenzie, après un silence.

— Je monte. A quel niveau es-tu ?

— Aucune idée !

Il la trouva au troisième étage, assise par terre, le dos contre les briques et les bras autour de ses maigres jambes repliées.

— Ça va ? lui demanda-t-il en s'arrêtant à la dernière marche. Tu ne t'es pas blessée au moins ?

— Une crise de panique... C'est si haut ! J'ai peur d'avancer et je n'ose pas non plus descendre. Comme si j'étais paralysée...

— Oh ! fit Bobby, compréhensif, en s'adossant au mur de briques derrière lui. Ça m'est arrivé une fois. Je faisais de l'escalade en montagne ; la pente était très abrupte et, à mi-chemin, je suis resté figé sur place. On a dû m'envoyer du secours.

Cette anecdote était une pure invention, car il n'avait

jamais fait d'escalade, mais il lui sembla qu'un mensonge ne pourrait pas faire de mal.

— Tu es mon père?

Pris de court, Bobby comprit qu'il n'était plus question de mentir. Après avoir traversé le palier en soupirant, il s'assit à même le sol comme Mackenzie, le dos au mur, face à elle. L'essentiel était de ne pas l'effaroucher.

— A vrai dire, je n'en sais rien.

Les raisons de sa présence étant loin d'être claires, il pesa soigneusement ses mots.

— Mais si ta mère le pensait, cela me suffit.

L'aveu de son incertitude était-il décevant ou rassurant pour Mackenzie?

— Et si tu ne m'aimes pas? dit-elle. Peut-être que tu ne m'aimeras pas...

— Je ne connais pas un seul enfant *toujours* aimable. Pas un enfant normal, en tout cas!

Il scruta son visage. Elle était belle... La fille de Jessica, indéniablement; mais il ne reconnaissait aucun de ses propres traits. Son désarroi, sa vulnérabilité presque palpables attiraient son cœur vers elle.

— Veux-tu que nous descendions, Mackenzie?

— Je ne peux même pas me lever.

— Appuie-toi sur moi!

Il lui tendit la main. Après l'avoir prise, elle se leva avec précaution, comme si ses jambes étaient de bois. Sentant le frémissement de son corps à travers sa paume, il la guida lentement vers l'escalier.

— Tu te tiens à moi ou je te tiens?

Elle se pencha pour s'accrocher à la rampe comme à une bouée de sauvetage.

— Une main sur toi et l'autre sur la rampe! Mais je dois fermer les yeux.

— Très bien, fit-il en riant. Du moment que ça te convient!

Ils descendirent ainsi, Mackenzie agrippée avec une telle force au bras de Bobby qu'il sentit un de ses doigts s'engourdir.

— Une marche, encore une, encore une, encore une... maintenant nous sommes sur le palier... un pas, un autre pas, un autre, et maintenant des marches à nouveau... On y sera bientôt...

Dès qu'ils arrivèrent en bas, Mackenzie lâcha le bras de son sauveur et fonça dans l'eau, en sautant par-dessus les trois marches; enfin libre.

— Je ne mettrai plus jamais les pieds dans ce phare stupide, proclama-t-elle en secouant bras et jambes comme pour tirer un trait sur cette fâcheuse expérience.

Ils traversèrent ensemble l'étendue de sable menant à la maison de gardien.

— Tu étais montée là-haut pour éviter de me rencontrer ? demanda Bobby.

— Bien sûr que non !

Après cette protestation un peu trop virulente, elle redevint silencieuse : elle n'avait plus besoin d'aide, et il ne chercha pas à engager la conversation.

Il consulta soudain sa montre avec inquiétude : bientôt six heures. Il aurait dû programmer autrement son arrivée, car il attendait un coup de fil à six heures précises, et il souhaitait parler au calme. Pourquoi jonglait-il avec tant de balles à la fois ?

Rick revenait de ses recherches infructueuses dans les bois, tandis que Mackenzie et lui approchaient de la maison.

Lacey apparut sur le porche et courut vers eux.

— Tu l'as retrouvée !

Elle voulut serrer la fillette dans ses bras... Autant embrasser un tronc d'arbre à l'écorce rugueuse ! se dit Bobby.

— Je m'inquiétais, bredouilla Lacey. Où étais-tu, Mackenzie ?

— Au phare, répondit Bobby à sa place.

Lacey parut éberluée.

— Au phare ?

— Je monte ! annonça Mackenzie.

— Non, intervint Lacey, tu vas rester avec nous et parler un moment avec Bobby.

Il posa une main sur l'épaule de Lacey, en murmurant :

— Laisse-la partir.

— OK ! tu peux partir si tu veux, Mackenzie.

— Merci.

Les trois adultes, frappés par le ton sarcastique de Mackenzie, la regardèrent gravir les marches du porche et entrer dans la maison.

— J'ai du mal à croire qu'elle était au phare, déclara Lacey. Il la terrifie !

— Il la terrifie, approuva Bobby en regardant la porte écran à travers laquelle s'était éclipsée Mackenzie. Mais je suppose que l'idée de me rencontrer la terrifiait encore davantage...

23

Après le départ de Rick, Lacey laissa Bobby sur le porche pour monter voir Mackenzie. Elle la trouva devant son ordinateur, en train de taper frénétiquement un e-mail.

— N'en fais pas une montagne ! s'exclama la fillette lorsqu'elle lui demanda comment elle se sentait.

— Je voulais m'assurer que tu n'étais pas...

— Je vais bien ! J'avais simplement envie de voir à quoi ça ressemble en haut du phare, mais j'ai eu une crise d'hydrophobie. C'est tout.

Lacey étouffa un rire.

— Tant mieux ! Je suis contente que tu ailles bien.

Quand elle redescendit, elle crut entendre Bobby parler à quelqu'un sous le porche : Clay et Gina étaient peut-être rentrés. En poussant la porte écran, elle vit qu'il avait sorti son téléphone portable. Assis sur l'un des deux transats, ses pieds nus sur la balustrade et Sasha à ses côtés, il jeta un coup d'œil vers elle.

— Je te laisse, dit-il à son interlocuteur, je tâcherai de te rappeler plus tard.

Se sentant indiscrète, Lacey prit l'autre transat ; il rangea aussitôt son téléphone dans sa poche.

— Comment va-t-elle ? fit-il tranquillement.

Avait-il entendu des bribes de sa conversation avec Mackenzie, par la fenêtre ouverte, juste au-dessus du porche ?

— Elle me paraît embarrassée... chuchota Lacey. Elle aurait eu une crise d'hydrophobie au phare.

— Dans ce cas, il vaut mieux l'éloigner de l'océan, fit Bobby en riant.

— Ta visite a commencé sur des chapeaux de roue... Veux-tu boire quelque chose? Un thé glacé? Un soda?

— J'aurais surtout envie de grimper en haut du phare... C'est si étrange, la manière dont l'escalier s'élève dans les airs... Peut-on monter sans danger?

— Bien sûr!

Lacey se leva, et Sasha bondit joyeusement vers elle.

— Tu restes ici, Sasha!

Le chien s'allongea à nouveau avec un grand soupir.

Bobby et elle marchèrent en silence vers le phare. La marée était haute, et Lacey remonta son pantalon corsaire au-dessus des genoux avant de pénétrer dans les remous. Bobby portait un jean (encore humide) si étroit qu'il ne put le rouler qu'à mi-mollets; il s'avança d'un bon pas à travers les flots.

Une fois dans l'escalier intérieur, Lacey lui parla de la lentille de Fresnel.

— On l'a repêchée au fond de l'océan l'été dernier, et elle sera exposée, près de la maison de gardien, dans un petit abri qui ressemblera à la pièce où était autrefois la lanterne.

— L'été dernier? s'étonna Bobby. Je croyais que la tempête s'était produite il y a longtemps.

— En effet, mais personne n'était assez motivé pour la repêcher avant que Gina — ma belle-sœur — arrive ici. C'est une longue histoire, et l'opération a pu se réaliser grâce à elle.

— Tu fais de la gym, Lacey?

Apparemment, Bobby ne pensait plus au phare. Debout à quelques marches au-dessus de lui, elle prit soudain conscience de son regard. Quelle partie de son anatomie avait trahi le fait qu'elle faisait du sport?

— Oui, depuis des années... mais l'arrivée de Mackenzie a bouleversé mon emploi du temps. Pourquoi cette question?

— Tu n'es absolument pas essoufflée quand tu montes cet escalier.

— Toi non plus!

Ce détail l'avait frappée, car presque tout le monde s'ar-

...ns une fois pour reprendre son souffle dans l'es‐
...imaçon.
... de garder la forme, admit Bobby comme si
...scles n'étaient pas révélateurs. On peut faire de
...on par ici?
...eux, je peux t'inviter à mon club de gym.
...ait formidable!
...t atteint le dernier palier avant le sommet du

...ci que j'ai découvert Mackenzie, dit Bobby tan‐
... dirigeaient vers la dernière volée d'escalier.
... la croyais pas capable de monter si haut! fit
...essionnée.
...ite après, ils avaient gravi les dernières marches.
...ion! s'exclama Lacey. Retiens-toi à la rampe
...retourner.
...t Bobby en s'agrippant. Je crois que je souffre
...hydrophobie moi aussi...
...urna et s'assit à côté de Lacey, sur la dernière
...n au-dessus du bord déchiqueté de la tour.
...Dieu! On se croirait en suspens dans les airs.
...
... la tête vers la droite, puis vers la gauche, pour
...champ visuel.
...on apercevoir les chevaux sauvages d'ici?
...rette, mais il n'y en a plus!
...xpliqua comment les mustangs avaient été trans‐
...u nord pour les protéger de la circulation enva‐

... veux les voir maintenant, tu dois t'offrir une
...n véhicule tout-terrain.
... blague? Garez-vous sur un parking, avant la
...e du paradis...
...ement!
...nnuierait que je fume?
... sauf à l'intérieur de la maison.

Rick ne supporterait certainement pas qu'il enfume son cottage, songea Lacey, mais c'était à lui de gérer ce pro‐
blème.

Bobby sortit de la poche arrière de son jean un paquet froissé et descendit quelques marches pour que la brise n'éteigne pas son allumette ; puis il s'assit à côté de Lacey et exhala une bouffée de fumée.

— J'essaye de m'arrêter... depuis cinq ans. Pas foutu d'y arriver !

Elle eut envie de soulever la manche de son tee-shirt pour observer son tatouage : la partie visible sous le bord de la manche ressemblait à de petits carrés bleus.

— Merci de m'avoir trouvé un logement, marmonna-t-il. Je m'attendais à dormir dans ma voiture. Ça n'aurait d'ailleurs pas été la première fois !

Elle se souvint du matelas, à l'arrière de son véhicule. Il avait l'habitude de garer sa Volkswagen sur le parking de Jockey's Ridge. Assis à quatre ou cinq sur le matelas, ils s'enivraient, dans l'air surchauffé et enfumé. Finalement, Bobby chassait tout le monde sauf Jessica, et Lacey imaginait ce qui se passait à l'intérieur, tandis que ses copains et elle attendaient sur le sable. Si Bobby avait encore un matelas dans sa camionnette, elle espérait que ce n'était pas le même qu'en 1991.

— Eh bien ! dit-elle, j'espère que tout se passera bien. Rick est assez facile à vivre, mais son cottage est minuscule.

— Il me paraît sympathique. Tu sors depuis longtemps avec lui ?

— Juste un mois, et ce n'est pas sérieux entre nous. J'évite de m'engager, ces temps-ci.

— Pourquoi ?

Lacey haussa les épaules.

— Je ne... Le sentiment n'y est pas ; en tout cas, pas encore...

Elle rit en étirant les bras.

— Il me semble que je reste attachée à cette illusion romantique que je pourrai rencontrer un jour le grand amour...

— As-tu déjà éprouvé ce genre de sentiment ?

— Pas une seule fois !

Ses relations avec les hommes avaient toujours reposé sur un minimum de sentiment et beaucoup de sexe. Mais quelle idée de faire de tels aveux à Bobby !

— Et toi ? reprit-elle.

— Oui, quand j'étais amoureux de Claudia, mon ancienne copine.

— Tu es toujours amoureux d'elle ?

— Plus maintenant, mais je l'aime beaucoup tout de même. Elle m'est restée très attachée...

— Tu as de la chance.

— Qui sait ?

Il regarda les cendres de sa cigarette tomber dans les profondeurs du phare.

— Ça marchera peut-être entre Rick et toi.

— Peut-être, admit-elle bien qu'elle eût des doutes.

— Comment est la lumière chez lui ?

— La lumière ?

— Y a-t-il assez de lumière naturelle ? Comme j'ignore le temps que je vais passer ici, j'ai apporté du travail.

— Oh ! Je ne sais pas ce que vaut la lumière chez lui. Son cottage est au fond des bois...

— Je me débrouillerai.

— J'aimerais voir tes œuvres !

L'image de goélettes à trois mâts, gravées dans des dents de cachalot, revint à l'esprit de Lacey.

— J'ai presque tout emporté, fit Bobby en exhalant une bouffée de fumée que la brise chassa. En cette saison, j'expose habituellement dans des salons d'artisanat. Je vais en manquer quelques-uns... j'ai donc embarqué un certain nombre d'articles, au cas où je pourrais les vendre ici.

— Il y a un salon à Manteo, le prochain week-end. On doit s'inscrire plusieurs mois à l'avance, mais je peux te procurer un stand.

— Génial, Lacey ! Tu y exposeras ?

— Oui.

— J'aimerais voir tes œuvres, moi aussi. Je me souviens de celles de ta mère... Dire qu'elle est morte si jeune, avec tant d'idées, de créativité et de talent ! Je suis heureux que tu aies perpétué la tradition.

— Je n'ai pas son talent.

Lacey se reprocha presque aussitôt de se déprécier.

— Du moins, je suis différente... Je travaille surtout dans son ancien atelier de Kill Devil Hills, mais j'utilise parfois la véranda de cette maison. Tu te souviens de son atelier ?

Bobby tira sur sa cigarette.

— Oui, je m'en souviens. Il y avait un type avec un catogan, n'est-ce pas ?

— Tom Nestor.

Ce n'est pas encore le moment de confier à Bobby que Tom est mon père biologique, pensa Lacey.

— Je trouve sympa que nous soyons devenus tous les deux des artistes ! observa-t-il.

Perdu dans ses pensées, il scrutait l'horizon. Sa cigarette aux lèvres, il déroula la jambe humide de son jean, puis il retira sa cigarette de sa bouche, sans inspirer la fumée.

— Alors, comment ça se passe avec Mackenzie ?

— Je ne l'aime pas... s'entendit répondre Lacey. Ce que je viens de dire est horrible, non ?

— En tout cas, tu es honnête.

— Bizarre !

Elle regarda un hors-bord foncer au loin.

— En général, j'aime tout le monde. Mais c'est une vraie petite peste... Je songe sérieusement à laisser Nola s'en charger. Au début, elle avait l'intention de se battre pour obtenir le droit de garde... Mais je crains qu'elle n'ait pas plus d'affinités que moi avec sa petite-fille.

— Nola... Pouah !

Bobby simula un frisson d'horreur, et Lacey rit nerveusement.

— Ma chère, dit-il, j'avais fait mon possible pour oublier la mère de Jessica.

— Elle n'est pas si abominable.

Lacey s'étonna elle-même de défendre Nola, mais cette femme imprévisible finissait par lui inspirer de la pitié : elles étaient toutes les deux dans le même pétrin.

— Que reproches-tu exactement à Mackenzie ?

Bobby aurait dû écraser sa cigarette contre une marche de l'escalier, mais il la laissa se consumer encore un moment entre ses doigts.

— Tu m'as dit par téléphone qu'elle était obstinée et qu'elle t'avait volée. Quoi d'autre ?

— Ça ne te suffit pas ?

— Y a-t-il autre chose ?

— Si je dis noir, elle dit blanc. Elle est extrêmement négative !

Lacey ne fit aucune allusion à la dernière lubie de Mackenzie : le matin même, elle avait trouvé son vibromasseur au milieu de la table de la cuisine, pointé vers le plafond...

Cette petite avait donc fouillé dans le tiroir de sa table de nuit. Par chance, elle s'en était aperçue avant que Clay ou Gina n'entrent dans la cuisine.

— Je l'ai surprise en train de voler des faux cils au supermarché ; qui sait ce qu'elle aurait fauché si je ne l'avais interrompue.

— Des faux cils ? ricana Bobby. Elle est originale !

— Ça t'amusera moins quand tu devras t'occuper d'elle.

— Tu n'as jamais rien fauché dans les magasins quand tu étais gosse ?

— Non ! s'indigna Lacey. Mais je sais que toi, tu ne t'es pas gêné pour le faire.

Il lui adressa ce sourire sarcastique devant lequel elle aurait fondu, autrefois, en moins d'une seconde.

— Au fond, tu étais une fille bien... Vraiment bien... C'est pour cela que...

— Que quoi ?

Bobby se frotta les mains sur les cuisses.

— Tu me plaisais beaucoup à l'époque. Plus que Jessica ! Mais il y avait une telle vulnérabilité en toi... Une telle crédulité... Tu me paraissais trop jeune et innocente pour que je risque de te corrompre.

Elle lui plaisait plus que Jessica ? Lacey fut tentée de lui demander des précisions, mais elle se retint. A quoi bon le questionner après si longtemps ?

— Tu avais vu juste, admit-elle. Sous mes airs dévergondés, je n'étais que de la guimauve.

Il prit soudain un air sérieux et détourna légèrement la tête, les mâchoires serrées.

— Qu'y a-t-il ? fit-elle, intriguée.

Il lui décocha un sourire contrit.

— Pour ne rien te cacher, Lace, je ne suis pas certain d'être le père de Mackenzie.

Il faisait machine arrière, mais de quel droit l'aurait-elle blâmé ? Si elle en avait la possibilité, elle n'hésiterait pas à suivre son exemple.

— Jessica en était sûre !

— Je comprends, mais Claudia, ma copine — ou plutôt mon ex-copine — et moi, nous désirions avoir un enfant. Nous avons tout essayé pendant deux ans, des examens et tout... Mon sperme est... « paresseux », selon le terme employé par le médecin ! Je crois que ça m'a navré encore plus qu'elle. Je voulais vraiment être père !

— Ton sperme n'était peut-être pas paresseux quand tu avais dix-sept ans.

— Peut-être...

Le téléphone de Bobby sonna dans sa poche de chemise. Il n'esquissa pas le moindre geste pour répondre.

— On me laissera un message, dit-il.

Lacey attendit que la sonnerie cessât pour reprendre la parole.

— Vu les circonstances, souhaites-tu faire un test ADN ?

— Non, à moins que tu insistes.

— Je ne comprends pas pourquoi tu refuses !

— J'ai peur que le test ADN prouve qu'elle n'est pas réellement ma fille ; et si c'est le cas, je ne tiens pas à le savoir. C'est absurde, non ?

— Ouais... admit Lacey en souriant. Elle est si pénible... Tu peux difficilement t'en rendre compte, après lui avoir parlé quelques minutes... Pourquoi t'embarrasser d'une gamine à problèmes si rien ne t'y oblige ?

Bobby éluda la question de Lacey.

— Sais-tu à qui elle me fait penser ? lui demanda-t-il à brûle-pourpoint.

— A qui ?

— A toi. Tu étais comme ça à l'époque où je t'ai connue.

Lacey fronça les sourcils.

— Elle n'a *rien* à voir avec moi !

Le sourire énigmatique de Bobby contraria Lacey : il avait l'air de savoir des choses qu'elle ignorait...

— Pourquoi est-elle, comme tu dis, agressive, entêtée, querelleuse ?

— J'ai l'impression que Jessica n'a pas été une mère idéale.

Lacey s'en voulut de critiquer son amie, mais elle commençait à s'interroger à son sujet.

— Quand elle me parlait de sa fille, j'avais l'impression qu'elle faisait de son mieux ; maintenant que je connais Mackenzie, il me semble que Jessica l'a trop gâtée. Elle ne lui refusait rien...

Bobby scruta l'horizon en clignant des yeux, comme si la lumière du soir était trop vive pour lui.

— Tu devrais comprendre, Lace !
— Que veux-tu dire ?

Il se tourna vers Lacey, qui préféra éviter son regard : son visage était trop proche, ses yeux seraient trop bleus.

— Te souviens-tu de ton état d'esprit quand ta mère est morte ?
— Je ne m'en souviens que trop !
— Quels sentiments éprouvais-tu ?
— Je me sentais seule, horriblement triste, et j'avais peur.
— Peur de quoi ?

Lacey hésita un instant.

— Le monde me paraissait instable et dangereux... Je me demandais ce qu'allait devenir ma famille. Et ce que j'allais devenir, moi. Je me sentais responsable d'un père qui semblait à peine remarquer mon existence !
— Si quelqu'un qui ne connaissait pas la *vraie* Lacey t'avait vue, comment cette personne aurait-elle décrit ton comportement ?
— Je te répète que je jouais les dures et les rebelles, pour ne pas montrer à quel point j'avais peur.

Brusquement, Lacey comprit.

— Mackenzie a peur, murmura-t-elle, les larmes aux yeux, en osant enfin soutenir le regard de Bobby.

Il hocha la tête d'un air grave.

— Elle doit être terrifiée, d'autant plus que c'est pire pour elle que pour toi. Tu avais encore un père, un frère, des amis, une maison, des voisins et ton lycée... Elle n'a rien ici, à part cette étrangère — ou presque — qui est venue la chercher.
— Alors, que faire ?
— Malheureusement, je ne suis pas de très bon conseil, Lace. Il me reste du chemin à parcourir à moi aussi... Mais chaque fois que j'éprouve de l'antipathie, j'essaye d'analyser les motivations de la personne concernée, et j'ai remarqué que la peur est souvent à l'origine d'un comportement agressif. Cette démarche me permet d'être un peu plus tolérant à l'égard de mon prochain.
— Je peux essayer d'en faire autant !

A la pensée de son vibromasseur, exhibé sur la table de la cuisine, Lacey se dit qu'elle aurait du mal à assimiler la conduite provocatrice de Mackenzie à une forme d'angoisse.

La cigarette de Bobby était maintenant froide et éteinte. Il sortit à nouveau son paquet et glissa son mégot sous l'emballage de plastique, avant de remettre le paquet dans sa poche.

— J'ai autre chose à te dire.
— Quoi?

La brise s'était accrue; Lacey serra d'une main ses cheveux contre son épaule.

— A vingt-quatre ans, j'ai provoqué un accident de voiture. J'étais complètement soûl, et j'ai tué les parents de deux petits gosses.

— Mon Dieu, Bobby! s'exclama Lacey, partagée entre l'horreur et la compassion.

— J'ai passé un certain temps en taule — une aubaine pour moi, car ça m'a permis de devenir sobre, et j'ai eu le temps de réfléchir... A ma sortie de prison, j'ai pris contact avec les grands-parents de ces enfants, pour leur proposer mon aide; mais ils m'ont envoyé promener. Donc, quand tu m'as annoncé que Jessica était morte par la faute d'un ivrogne, je me suis dit que... c'était pour moi l'occasion ou jamais. Tu comprends? Je me moque que Mackenzie soit ma fille ou non, et ça m'est bien égal qu'elle soit une petite peste. Je veux simplement me rendre utile!

Elle hocha la tête, en s'autorisant à le regarder vraiment pour la première fois depuis qu'ils étaient montés au sommet du phare. Il n'était plus l'homme qu'elle avait connu jadis, et cette différence ne tenait pas seulement à sa calvitie et à sa carrure plus robuste.

— Tu as tellement changé, murmura-t-elle.
— Pas tant que ça. J'ai surtout mûri; et toi?
— Je me pose parfois la question...

Il jeta un coup d'œil à sa montre.
— Le soleil se couche...

Le temps de leur conversation, l'après-midi avait cédé la place au soir. De leur poste d'observation, ils pouvaient admirer le soleil couchant qui inondait le paysage de lumière.

Lacey lâcha ses cheveux pour encercler ses genoux de ses deux bras.

— Je ferais bien de partir, déclara Bobby, tourné vers l'horizon où les nuages viraient au pourpre. Rick m'a indiqué le chemin, mais ça ne doit pas être facile de s'y retrouver quand il fait nuit.

— Très juste, admit Lacey en se levant.

Elle attrapa à pleines mains ses cheveux gonflés par la brise.

— Reste assise!

Bobby lui tapota légèrement l'épaule.

— Tu peux continuer à admirer le coucher de soleil; je suis parfaitement capable de redescendre tout seul.

Lacey se rassit.

— En tout cas, merci d'être venu, Bobby.

Il lui jeta un regard illuminé par les feux du soleil couchant.

— Tu as mûri, Lace, souffla-t-il, que tu en sois consciente ou non.

Puis il se pencha pour effleurer sa joue de ses lèvres.

— Et tu es une belle femme, tu sais.

24

Bobby était viscéralement en manque de caféine. Assis face à Rick, à sa petite table de cuisine, il s'emplit un second bol de céréales, les yeux rivés sur la cafetière électrique du comptoir. Il avait cherché du café, mais aucun des quatre placards de pin n'en contenait. En revanche, il y avait du vin en abondance dans le réfrigérateur ; il ne se sentait plus tenté, bien qu'il perçoive toujours un choc quand il en avait sous les yeux. Il n'y avait plus d'alcool chez lui depuis des années !

— Tu n'es pas un buveur de café, hein ? demanda-t-il à son hôte, qui se versait un jus d'orange.

— Non, je regrette...

Rick avala une cuillerée de céréales.

— Toi oui, je suppose.

— J'en achèterai aujourd'hui, et je te réapprovisionnerai en oranges. Tu vois ce que je peux rapporter d'autre ?

— Non, je ne vois pas.

Jusque-là, leur conversation avait été paisible et pour le moins banale. Ils avaient parlé de leur ville natale, de leurs voyages, de leur famille. Bobby avait édulcoré certaines de ses réponses pour ne pas s'aventurer trop loin. Il voulait avant tout se faire une idée de la relation de Rick avec Lacey. Bien qu'elle l'eût minimisée, il la sentait attachée à ce type, et il ne voulait surtout pas lui compliquer la vie.

A vrai dire, il avait été surpris, la veille, d'éprouver une telle attirance. Il s'était senti attiré par Lacey autrefois, mais, en ce temps-là, il ne résistait pas à la vue d'une jolie poitrine et d'une femme prête à s'abandonner. Ce qu'il avait éprouvé en haut de l'escalier du phare était d'un tout autre ordre : ébloui par la beauté et le corps épanoui de Lacey, il avait particulièrement apprécié sa bonté et ses efforts pour venir en aide à une fillette qu'elle n'aimait même pas.

La lumière du cottage de Rick serait insuffisante si Bobby voulait y travailler. Au petit matin, il était sorti sur la plate-forme branlante, derrière la maison, pour fumer une cigarette. Il avait vu, à travers les arbres, que le soleil brillait sur le bras de mer, alors qu'il faisait encore nuit à l'intérieur du cottage. Assis dans la minuscule cuisine, il avait dû allumer le plafonnier. Il lui faudrait donc acheter, au minimum, une bonne lampe halogène.

Le cottage délabré lui plaisait cependant. Son côté vétuste et rustique contrastait agréablement avec toutes les constructions modernes des Outer Banks. Malgré le manque de lumière, il aimait ces bois qui entouraient la maison et l'isolaient du monde extérieur. Sa chambre était à son goût, et peu lui importait que le lit double y tienne à peine ou que le matelas sente le moisi. Il avait dormi dans des endroits bien pires !

Et surtout, il n'était pas loin d'Elise. L'occasion de séjourner quelque temps dans les Outer Banks lui avait semblé assez miraculeuse, et Elise avait fiévreusement approuvé son plan. Il lui avait suggéré de loger chez de vieux amis à Kitty Hawk, et il comptait s'installer à proximité de Kiss River. Le cottage de Rick, à Duck, le rapprochait d'elle encore plus. Parfait ! Le seul problème était qu'il ne pouvait pas l'appeler, et l'attente de ses appels le rendait fou.

— J'aime bien ta maison, dit-il à Rick en revenant à l'instant présent. Elle a du caractère.

Rick balaya du regard les portes crasseuses des placards et le vieux linoléum qui recouvrait le sol de toutes les pièces.

— Je crois que tu as trouvé le mot juste, marmonna-t-il. Ta chambre te convient ?

— C'est un palais, par rapport à certains endroits où j'ai dormi !

Bobby avait pris Rick pour un avocat traditionaliste et coincé, mais — hormis le fait qu'il n'avait pas de café chez lui — il le trouvait, en fin de compte, fréquentable. Rick l'avait autorisé à fumer dans le cottage s'il le souhaitait ; il avait d'ailleurs rejeté son offre. Il s'interdisait de fumer à l'intérieur, partant du principe que s'il devait sortir pour fumer, il aurait beaucoup moins tendance à abuser du tabac.

Il s'était étonné qu'un homme comme Rick passe l'été dans ce genre de cottage, mais son ami propriétaire lui demandait sans doute un très modeste loyer, et peut-être rien du tout. Rick était là pour l'été ; même un avocat n'avait pas les moyens de s'offrir une résidence convenable dans les Outer Banks pendant une si longue période ! Il devait être extrêmement méticuleux, à moins que la netteté de la maison — surtout de la salle de bains qu'ils partageaient — ne résultât de ses préparatifs en vue de l'accueillir. En tout cas, conclut Bobby, un effort de sa part s'imposait : sans être vraiment négligent, il laissait parfois traîner ses affaires. S'il avait le choix entre travailler un bloc d'ivoire et ranger son paquet de céréales après le petit déjeuner, il n'hésitait pas une seconde !

— Lacey m'a dit que vous vous étiez connus très jeunes, fit Rick.

— Ouais, grommela Bobby.

Devinant où son hôte voulait en venir, il tourna ses céréales dans son bol, avant de tâter le terrain.

— Elle est formidable, non ?

— C'est vrai !

Bobby essaya d'évaluer son niveau d'intérêt pour elle, en fonction de l'éclat de ses yeux.

— Ça ne te dérangerait pas d'en racheter une boîte ? fit Rick, en emplissant à nouveau son bol de céréales.

— Aucun problème !

Etait-ce la fin de leur conversation au sujet de Lacey ? Eh bien, non !

Rick plongea sa cuillère dans son bol.

— Elle passe un foutu été...

— Se retrouver brusquement avec une gamine sur les bras n'est pas une mince affaire, en effet, approuva Bobby.

— Il me semble que tu l'as aussi sur les bras...

— Pas au même degré. Je peux me tirer si j'en ai envie !

Rick haussa les sourcils.

— J'espère que ce n'est pas ton intention.

— Pas du tout.

Bobby songea à lui confier ses doutes concernant sa paternité, mais il s'agissait d'une simple conversation de petit déjeuner avec un homme qu'il connaissait à peine...

— Il n'y a pas que son histoire avec Mackenzie, fit Rick. As-tu entendu parler de cette libération conditionnelle ?

Bobby porta sa dernière cuillerée de céréales à sa bouche.
— Pardon ?

— Il est question de libérer le type qui a tué la mère de Lacey. Son frère, son père et elle s'y opposent, mais cela la déchire. Rien de pire que de raviver d'anciennes blessures !

— C'est toi qui la représentes ?

— Oh non ! Je suis avocat fiscaliste. J'essaye simplement de lui prêter une oreille compatissante.

Bobby se laissa aller en arrière, et les pieds de sa chaise crissèrent sous son poids.

— Je n'ai pas connu sa mère...

Cette histoire d'assassinat lui était plus ou moins passée au-dessus de la tête.

— J'ai rencontré Lacey l'été qui a suivi le crime. Elle était assez paumée, bien que je n'en aie pas eu vraiment conscience à l'époque. J'étais perturbé moi aussi...

— Je te parlais de cette libération conditionnelle pour te donner une idée de tous les problèmes auxquels elle doit faire face.

Il parlait comme un homme qui n'a pas été perturbé un seul jour de sa vie.

— D'un point de vue personnel — et professionnel —, j'estime qu'elle doit cesser de s'opposer à cette libération, reprit-il. D'après son dossier, ce type est un détenu modèle, qui ne présentera aucun danger une fois libéré. Il me semble que Lacey se bat contre un mur, mais elle s'obstine. Je suis navré de voir tout ce qu'elle endure en pure perte !

— Tu ne peux pas lui reprocher de tenter sa chance, objecta Bobby, persuadé qu'il aurait réagi de la même manière, à la place de Lacey.

— Je ne lui reproche rien... mais quand on se laisse guider par ses émotions, on risque de s'égarer.

— Sans doute...

Bobby se leva, alla déposer son bol et son verre dans l'évier et commença à les laver.

— Bon...

Rick avait terminé son repas, mais restait assis à table.

— Quels sont tes projets pour ce matin ?
— Dans quelques minutes, je vais aller à Kiss River. J'aimerais passer un moment avec Mackenzie pour mieux la connaître et procurer un peu de répit à Lacey.

Il essuya son bol, son verre et ses couverts.

— Je ne sais plus où sont les parcs de loisir... Pourrais-tu me renseigner ?
— Il y a un grand centre aquatique à Kill Devil Hills, au cas où tu voudrais descendre jusque-là...
— Excellente idée !

Après avoir pris ses clefs sur la table basse de la salle de séjour, il souhaita une journée d'écriture fructueuse à Rick et sortit avec une seule idée en tête : un café !

Revigoré par deux tasses de ce breuvage au 7-Eleven et une cigarette, il se gara sur le parking de la maison de gardien, où il pria le ciel que Mackenzie accepte de le suivre sans protester. Il se souvint alors de sa conversation avec Lacey, la veille, dans l'escalier du phare. Il s'était comporté en homme paisible et sûr de lui, ayant l'habitude des enfants ; en réalité, il était rien moins que sûr de lui. Il avait même le trac !

Avant d'arriver à la maison, il aperçut, à travers la porte écran, Lacey en train de balayer le sol de la cuisine. Il lui cria bonjour de loin ; elle l'accueillit avec un sourire si lumineux, si doux et si voluptueux qu'il lui sourit de bon cœur à son tour.

La cuisine embaumait le café ; Lacey surprit son regard fixé sur la cafetière.

— Tu en veux une tasse ?
— Je viens d'en prendre deux, mais une troisième ne me ferait pas de mal. Rick n'en boit pas, et j'ai failli tomber dans les pommes au petit déjeuner.

Lacey emplit sa tasse en riant.

— Une dernière petite dépendance ?
— Si petite...

Après avoir avalé une gorgée de café, il remarqua que les panneaux de vitrail, aux fenêtres de la cuisine, projetaient une lumière bleutée sur la peau de Lacey et un halo céleste autour de sa chevelure.

— Ce sont tes œuvres ? demanda-t-il en les montrant du doigt.

Le verre était découpé de manière à former de délicates algues, sur un ciel bleu vif.

— Oui...
— Superbes ! Je t'achèterai quelques vitraux avant de repartir.
— On pourrait faire un échange.

Adossée au comptoir de la cuisine, Lacey croisa les bras sur sa poitrine.

— Certains des cartons de Mackenzie sont arrivés ce matin ; elle est en train de les déballer. Tu auras du mal à la convaincre de sortir.
— J'espérais l'emmener dans un parc de loisirs aquatiques. Qu'en penses-tu ?
— Bonne idée, Bobby, mais elle est si... (Lacey haussa les épaules d'un air dubitatif.) Tu vois ce que je veux dire.
— Je vais essayer !
— Et puis, Nola m'a appelée. Elle voudrait que Mackenzie passe la nuit chez elle. Si tu la persuades de sortir avec toi, pourrais-tu la déposer chez sa grand-mère au retour ?

Bobby eut un mouvement de recul. Il devrait affronter Nola un jour ou l'autre, mais le plus tard serait le mieux. Du temps où il sortait avec Jessica, il avait fait son possible pour éviter sa mère.

— Elle va me dévorer vivant ?
— C'est possible...
— J'en ai de la veine !

Lacey l'emmena dans la salle de séjour, où elle lui indiqua l'escalier.

— Sa chambre est la deuxième à droite sur le palier. Bonne chance !

Bobby remarqua les panneaux de vitrail sophistiqués qui ornaient chacune des fenêtres du palier. Mackenzie ne sembla pas l'entendre approcher, et il se sentit presque indiscret lorsqu'il l'aperçut depuis le seuil de sa chambre. Elle était assise par terre, avec deux grands cartons à sa gauche, et Sasha, le labrador noir, à sa droite. Un bras sur son flanc, elle fourrait son nez dans son pelage.

— Je peux entrer ?

Mackenzie haussa les épaules ; il alla s'asseoir au bord du lit défait.

— Il paraît que tu viens de recevoir tes cartons.

Mackenzie haussa à nouveau les épaules.

— Il y en a encore beaucoup d'autres !

Elle sortit un cheval d'une boîte et le débarrassa des mouchoirs en papier qui l'enveloppaient.

— Je n'ai rien à moi ici. Toute ma vie a disparu.

Il hocha la tête. Quelle phrase lourde de sens ! *Toute ma vie a disparu.*

— Je crois comprendre, murmura-t-il.

— J'en ai plein le cul !

Mackenzie avait légèrement hésité en prononçant ces mots, comme si c'était la première fois qu'elle recourait à cette formule, du moins en présence d'un adulte. Que lui répondre ?

— Ça ne m'étonne pas, marmonna-t-il.

Il montra le carton du doigt.

— Des chevaux en plastique ?

— Non ! fit Mackenzie, outrée. Ce sont des chevaux en céramique et en résine. Aucun d'eux n'est en matière plastique.

— Tu les collectionnes ?

— J'en ai vingt-deux.

— Aimes-tu monter à cheval ?

Y avait-il des centres d'équitation dans la région ? Bobby n'était pas monté à cheval depuis l'été où il avait passé une semaine dans un hôtel ranch, quelques années plus tôt. Il ne gardait qu'un vague souvenir de ce séjour qui l'avait épuisé.

— Je ne suis jamais montée à cheval.

— Tu n'as même pas fait une de ces promenades où l'on tient les chevaux par la bride ?

Mackenzie secoua la tête.

— On essayera de trouver un endroit où c'est possible. La dernière fois que j'ai passé l'été ici, il y avait des chevaux sauvages autour de Kiss River. C'était très chouette ! On les a transférés vers le nord, mais Lacey m'a parlé d'une visite guidée pour les voir.

Au diable son projet de parc aquatique ! Cette excursion lui coûterait probablement quatre fois plus cher, mais c'était un bien meilleur plan.

— Si on y allait aujourd'hui, toi et moi ? conclut Bobby.

Mackenzie plongea une main dans le carton, sans un regard pour son interlocuteur.

— Je dois rester ici pour déballer mes affaires et ranger ma chambre. Et puis, je vais ce soir chez ma grand-mère.

— On aura terminé avant ce soir. J'aimerais tellement voir ces mustangs... Je t'en prie, Mackenzie, viens avec moi !

Bobby semblait vraiment lui demander une faveur. Elle écarquilla les yeux devant son insistance.

— Bon ! dit-elle. Tu as gagné.

Pour ne pas la provoquer, il s'abstint de lui répondre qu'il n'y avait ni gagnant ni perdant.

— Je vais demander à Lacey où se trouvent maintenant les mustangs, dit-il en se levant. Pendant ce temps, tu peux continuer à déballer.

Elle se remit à la tâche et il sortit de sa chambre, assez fier de son succès.

Lacey n'était plus dans la cuisine. Il l'appela et, guidé par le son de sa voix, traversa le séjour et la salle à manger, avant de pénétrer dans une véranda inondée de lumière. Des vitraux étaient accrochés à de nombreuses fenêtres, et Lacey, assise à sa table de travail, portait des lunettes protectrices vertes et découpait un morceau de verre ambré.

Impressionné par une telle luminosité, Bobby ne put réprimer son envie.

— Génial ! s'exclama-t-il. La lumière naturelle est extraordinaire ici.

— Meilleure que chez Rick...

Il s'agissait d'une affirmation plutôt que d'une question de la part de Lacey.

— Le cottage me plaît beaucoup, mais pas la lumière... Je vais m'acheter une bonne lampe halogène et...

— Tu peux travailler ici !

Elle lui désigna une seconde table de travail, moins large.

— Aurais-tu assez de place ?

— Ça m'irait parfaitement. Mais es-tu sûre de ton offre ?

— Absolument ! Je n'ai pas besoin de deux tables à la fois.

— Alors, il ne me reste plus qu'à accepter...

Bobby s'assit à la seconde table, et le siège pivota agréablement sous lui.

— Pourrais-tu m'indiquer le chemin de cet endroit où

l'on peut faire des excursions tout-terrain ? Mackenzie et moi avons l'intention d'aller voir les chevaux sauvages.
— Elle a accepté ?
— Sans grand enthousiasme... mais elle est d'accord pour y aller.
Lacey fit la grimace.
— Je crois qu'il y a un problème... On doit réserver à l'avance !
Elle prit un coffret en bois, sous la table, et en sortit un annuaire, qu'elle se mit à feuilleter.
— Ça m'étonnerait que vous puissiez y aller aujourd'hui !
— Dommage, fit Bobby, déçu.
Mackenzie ne se contenterait certainement pas d'une solution de rechange...
— La région est envahie par les touristes. J'avais déjà cette impression à dix-sept ans, mais quand j'ai vu toutes ces nouvelles maisons le long de la route, en arrivant ici...
— Je sais, je sais !
Lacey se mit à composer un numéro de téléphone.
— Voilà pourquoi je suis ravie de vivre à Kiss River. Rien n'a changé...
Il fit pivoter plusieurs fois son siège, tandis que Lacey appuyait sur différentes touches du combiné, dans l'espoir d'entendre une voix humaine au bout du fil.
— Bonjour ! dit-elle enfin. Quand pourrais-je avoir une réservation pour une excursion en tout-terrain permettant de voir les mustangs ?
Son visage s'éclaira quand elle entendit la réponse. Elle avait de ces fossettes ! se dit Bobby en souriant.
— Parfait. Deux personnes à deux heures. Je vais leur dire !
Sur ces mots, elle raccrocha.
— Veinard ! Ils ont eu une annulation pour aujourd'hui à deux heures. Mais c'est horriblement cher !
Elle fronça le nez.
— Quarante-quatre dollars pour toi et demi-tarif pour les enfants jusqu'à douze ans.
— Le temps que je vais passer avec Mackenzie est sans prix. Merci, Lacey !
Il alla prévenir Mackenzie qu'elle pouvait ranger sa chambre jusqu'à une heure, puis il alla chercher la mallette

contenant ses œuvres dans sa camionnette. Après l'avoir ouverte sur la seconde table de travail, il observa Lacey, les yeux écarquillés devant ses pendentifs et ses broches gravées, ses boucles de ceinture et ses manches de couteau, présentés sur un fond de velours noir.

— Je n'ai jamais rien vu de pareil !

Lacey effleura une de ses pièces préférées : un pendentif orné d'un chat persan, lové dans le foyer d'une cheminée. Les couleurs étaient vibrantes, le motif sophistiqué, et le chat malgré tout réaliste.

— Je m'attendais à ces gravures sur ivoire que l'on voit d'habitude. Tu sais : des voiliers sur des dents de cachalot, par exemple...

Bobby rit de bon cœur.

— J'ai commencé comme ça et je me suis très vite lassé.
— Mon Dieu, Bobby.

Lacey prit l'une des broches, qu'elle scruta un instant.

— Tu as un talent extraordinaire... Je me contente de souder des morceaux de verre ensemble...
— Ne déprécie pas ton travail, Lacey. Je le trouve exceptionnel.
— Tes dessins seraient magnifiques même sur papier ! En plus, tu les graves à l'eau-forte dans...
— Au burin, rectifia Bobby. Tout le monde fait la même erreur.
— Quel matériau utilises-tu ?

Il lui désigna la broche qu'elle avait en main.

— Cette pièce provient d'une défense de mammouth laineux, âgée de dix mille ans.
— Sans blague ? Ce n'est pas illégal ?
— C'est légal... et cher.

Il lui parla pendant plusieurs heures de la gravure sur ivoire, en essayant d'oublier qu'Elise ne l'avait pas appelé. Deux fois, au cours de leur conversation, il sortit malgré tout son téléphone de sa poche — pour s'assurer qu'il fonctionnait et que la batterie était chargée.

Lacey observa chacune de ses créations, certaines à la loupe, pour admirer le délicat pointillé. Elle hochait la tête, fascinée, tout en l'interrogeant sur sa technique. S'il restait assez longtemps à Kiss River, elle lui demanderait sûrement des leçons.

A une heure, la Volkswagen s'engagea dans le chemin gravillonné. Mackenzie était assise à côté de Bobby, le petit sac contenant ses affaires de nuit posé sur ses genoux.

Elle avait pris place de mauvaise grâce à l'avant, en insistant sur le fait qu'elle courait des risques, mais du moment qu'il n'y avait pas d'airbag... Il y avait du moins des ceintures de sécurité, qu'il avait installées lui-même depuis quelques années ! L'absence de climatisation avait également posé problème, car la chaleur était torride, malgré les vitres baissées.

— J'espère que personne ne me verra dans cette boîte de conserve, maugréa-t-elle tandis que le véhicule cahotait sur les ornières du chemin gravillonné.

— Pourtant, des tas de gens l'apprécient.

— Qui ?

— Ta mère, mais c'était il y a bien longtemps.

Elle détourna la tête, touchée par cette remarque. Il ne sut que dire pour atténuer son chagrin.

Après un moment d'embarras, elle reposa son regard sur lui.

— Tu es pratiquement chauve...

— Ah bon !

Il jeta un coup d'œil dans le rétroviseur.

— Depuis quand ?

Elle écarquilla les yeux.

— Je suis un peu susceptible à ce sujet, admit-il.

— Je ne dis pas que c'est moche, je constate simplement !

Comprenant que c'était le maximum d'excuses à attendre de Mackenzie, il préféra changer de sujet.

— Tu aimes vraiment les animaux ?

— Oui, plutôt.

— Tu avais des animaux de compagnie en Arizona ?

— Ma mère était allergique.

— Oh, je ne le savais pas !

Il mit la radio.

— As-tu trouvé ici des stations à ton goût ?

Elle tendit la main vers le tableau de bord.

— Où est la touche de sélection ?

Bobby rit de bon cœur.

— Désolé, la sélection se fait manuellement...

Elle tourna le bouton et finit par trouver une chanson

qu'il ne connaissait pas, apparemment chantée par un garçon qui n'avait pas encore mué.

Ils écoutèrent de la musique pendant tout le trajet, une diversion qu'apprécia Bobby. Il avait espéré entamer une discussion sérieuse avec Mackenzie, mais ce n'était pas encore le moment.

La visite ne se passa pas trop mal. Entassés dans une Chevy Suburban avec six autres personnes — dont deux enfants à peu près du même âge que Mackenzie —, ils cahotèrent le long de la plage. Leur guide, une femme en tenue de safari, leur décrivit l'écosystème de la forêt maritime, ce qui ennuya manifestement les jeunes.

Mackenzie se ranima quand les chevaux sauvages apparurent.

— On peut sortir pour les caresser ?

La jeune femme secoua la tête.

— Ils ont l'air paisibles, mais il ne faut pas se fier aux apparences.

Les mustangs semblaient heureux et prospères ; leur transfert dans cette région isolée, où ils étaient à l'abri de la circulation, avait sans doute été la seule solution adéquate, songea Bobby.

A peine de retour dans la voiture surchauffée, Mackenzie sortit son téléphone portable de la ceinture de son short et l'ouvrit.

— Mackenzie, dit-il, pourrais-tu attendre un peu pour téléphoner ?

En outre, la réception devait être insuffisante si loin au nord : son propre téléphone était hors réseau, comme il l'avait constaté à plusieurs reprises depuis une heure.

Mackenzie le scruta un instant, soupira, et posa son téléphone sur ses genoux, la tête tournée vers la vitre.

— Je n'ai pas parlé une seule fois à mes copines aujourd'hui !

— *Moi*, je voudrais te parler...

— Tout le monde veut me parler. J'en ai de la chance !

Bobby fit mine de ne pas entendre, mais il commençait à comprendre les réticences de Lacey à l'égard de Mackenzie.

— J'essaye d'imaginer dans quel état on se trouve après une

pareille épreuve... Je n'y parviens pas et j'aimerais vraiment que tu m'aides à comprendre ce que tu ressens, lui dit-il.

Après un long silence, elle se tourna vers lui.

— Est-ce que ma mère était une salope ?

— Pourquoi cette question ? fit Bobby, pris de court.

Mackenzie resta muette.

— Mackenzie, ta mère était tout sauf une salope ! On commet parfois des erreurs de jeunesse. C'est comme ça qu'on grandit.

Bobby regretta aussitôt le choix de ses termes.

— Je suis une erreur de jeunesse ?

— Elle n'a sûrement pas pensé cela une seule seconde.

Mackenzie garda à nouveau le silence.

— A-t-elle parfois agi de manière à te donner cette impression ? reprit Bobby.

Mackenzie hocha la tête ; des larmes roulèrent sur sa joue.

— Je veux qu'on me rende ma maman, gémit-elle.

Que dire ? Il songea à se garer au bord de la route. Et puis quoi ? La serrer dans ses bras lui semblait un geste inopportun, qu'elle n'apprécierait pas le moins du monde.

— C'est injuste, dit-il sans lever le pied de l'accélérateur. Et révoltant ! Elle était trop jeune pour mourir ; tu es trop jeune pour te passer d'elle...

Mackenzie se dispensa de répondre, mais ses larmes se muèrent en reniflements et, une minute après, elle tourna le bouton de la radio.

Quand ils arrivèrent aux abords de Kitty Hawk, il chercha à se souvenir de l'endroit où habitait autrefois Jessica. Tout avait tellement changé ! De nouvelles maisons, une multitude de magasins... Stressé à l'idée de revoir Nola Dillard pour la première fois depuis douze ans, il ralentit à l'approche d'une intersection qui lui paraissait la bonne. Il était allé très souvent chez Jessica : sa mère travaillait et avait un grand lit à deux places...

— Où vas-tu ? lui demanda Mackenzie, comme il s'apprêtait à tourner.

— Je te dépose chez ta grand-mère.

— Elle habite à Nag's Head.

— Oh !

Nola avait donc déménagé : cette hypothèse n'était même

pas venue à l'esprit de Bobby. Il fit demi-tour et reprit Croatan Highway.

Mackenzie le guida jusqu'à une maison plus belle et plus moderne que l'ancienne demeure de Nola, située au bord d'un bras de mer, au milieu d'une résidence comprenant plusieurs constructions semblables.

Profondément mal à l'aise, il escorta Mackenzie jusqu'à la porte. Dès que Nola eut ouvert, la fillette disparut sans un mot dans le séjour. Il l'entendit ouvrir son téléphone portable.

— Bonjour, madame ! fit-il.

Nola avait à peine changé... Cheveux blonds platinés, tailleur bleu marine, bronzage un peu plus discret qu'autrefois, et ce visage légèrement bouffi fréquent chez certaines femmes un peu trop adeptes de la chirurgie esthétique. Elle semblait déconcertée elle aussi.

— Je ne vous aurais jamais reconnu ! s'exclama-t-elle.

Il lui sourit, sur le point de lui présenter des excuses pour tous ses torts passés.

Manifestement, Nola n'avait pas l'intention de l'inviter à entrer.

— Il paraît que vous avez emmené Mackenzie voir les chevaux sauvages, reprit-elle, une main sur le loquet de la porte.

— Exactement.

Bobby sentait le soleil lui brûler le crâne.

— Je crois qu'elle a passé un bon moment. Elle aime beaucoup les animaux.

Nola jeta un coup d'œil derrière elle.

— J'ai regretté que Lacey vous laisse seul avec cette petite... si vite ! Vous venez à peine de faire sa connaissance.

— C'était pour moi l'occasion de mieux la connaître, et...

— Vous la connaissez mieux maintenant ?

— Un peu, j'ai l'impression...

Nola pinça les lèvres.

— Je devine vos sentiments à mon égard, marmonna Bobby... J'étais...

Il faillit dire un *connard*.

— J'étais un voyou à l'époque où j'ai connu Jessica, mais j'ai changé, vous savez...

— Je n'ai pas compris ce que vous venez faire dans la vie de Mackenzie ! Elle a assez de problèmes comme ça !

— Lacey estime pourtant que c'est une bonne chose, objecta Bobby d'un ton catégorique.

— Lacey n'est qu'une gamine !

Cela ne les mènerait nulle part, conclut Bobby.

— Eh bien, marmonna-t-il, je vais vous laisser... en vous souhaitant un agréable moment en compagnie de votre petite-fille.

Sur ces mots, il tourna les talons et regagna son véhicule, navré à l'idée que Mackenzie passe les vingt-quatre heures suivantes en compagnie de cette grand-mère au cœur de glace.

25

Faye pénétra dans le vaste placard — ou plutôt le petit cagibi — au sous-sol de la maison de Jim, et hésita un instant entre le rire et les larmes. Il l'avait envoyée chercher des matelas pneumatiques et tout un attirail destiné à la piscine, mais elle n'était pas au bout de ses peines. Des piles de cartons, d'outils, de matériel de cuisine et de mille autres choses s'entassaient le long des murs.

Par où commencer son exploration ?

Elle retraversa le sous-sol et appela Jim du bas de l'escalier : il leur servait du vin dans la cuisine. La piscine et le jacuzzi étaient prêts depuis la veille, et ils allaient s'y aventurer ensemble le soir même, pour la première fois. Depuis la mort d'Alice, Jim n'avait plus utilisé la piscine : elle aimait tellement l'eau qu'il ne se résignait pas à se baigner sans elle, avait-il confié à Faye. C'était bon signe que cette envie lui soit revenue.

— Jim !

— As-tu trouvé les matelas ? fit-il d'en haut.

— Désolée, mais je ne sais pas par où commencer. Tu peux me donner une idée ?

Elle l'entendit rire.

— Je viens t'aider dans une minute !

Après avoir regagné le cagibi, elle s'assit sur une malle. Quand on a une liaison, rien de plus étrange que de se sentir chez soi dans la maison d'un autre ! Elle avait cuisiné là plusieurs fois ces dernières semaines. Sa brosse à dents, son dentifrice, son shampoing et son peignoir avaient leur place dans la salle de bains de la chambre d'amis. Et elle était maintenant assise au milieu de ce placard géant, empli d'objets personnels entassés depuis vingt ans. Ces piles, le long des murs, racontaient la vie de son amant...

Il lui semblait prématuré de dire qu'elle aimait Jim, mais elle devait se mordre la langue, à certains moments, pour éviter de prononcer ces mots-là. Ils s'accordaient parfaitement sur les plans intellectuel, professionnel et physique. Ne s'étant jamais attendue à vivre en pareille harmonie avec un homme, elle se remettait lentement de sa surprise.

Jim entra et lui tendit un verre de chardonnay.

— Ce cagibi est sens dessus dessous, dit-il, navré, en faisant un tour d'horizon. J'ai flanqué ici tout l'équipement de la piscine après la mort d'Alice, sans m'imaginer que je voudrais le récupérer un jour.

Assise sur la malle, Faye leva les yeux.

— Tu étais anéanti par ton chagrin !

Jim avala une gorgée de vin.

— Je suppose que c'était une forme de paresse... ou plutôt de négligence.

— Un état dépressif ?

— Probablement, admit Jim, comme s'il y pensait pour la première fois. Pendant très longtemps, je n'ai plus eu la moindre énergie...

Il traversa la pièce pour trinquer avec Faye.

— Merci d'avoir changé tout cela !

Faye se leva et, pendue à son cou, tint son verre de vin en équilibre, tandis qu'elle l'embrassait. Elle aurait volontiers oublié la piscine pour le suivre dans la chambre à coucher. Grâce à lui, elle venait de redécouvrir le sexe, et peut-être même d'en avoir la révélation.

— Peux-tu attendre ? demanda-t-il en souriant. J'aurais du mal à me détendre immédiatement, avec tout ce que j'ai à faire aujourd'hui. Et ce serait merveilleux de passer la nuit ensemble après avoir nagé et profité un moment du jacuzzi !

Jim avait non seulement négligé la piscine, mais il n'avait pas classé un seul papier depuis la mort d'Alice ! Toutes ses factures, ses reçus, et d'autres documents importants s'entassaient dans son bureau, à l'extrémité du vestibule. S'il trouvait assez d'énergie pour remettre de l'ordre dans sa vie, Faye n'allait pas faire obstacle à son projet.

— J'ai une idée, dit-elle en se dégageant de ses bras. Pendant que tu classes tes papiers dans ton bureau, je m'occupe du cagibi.

Il la dévisagea, abasourdi.

— Tu ferais ça?

— J'aime ranger!

Son mari la qualifiait d'obsessionnelle, et elle n'avait jamais eu la possibilité d'en débattre avec lui. Elle avait besoin d'ordre et, dans un mobile-home (à peine deux fois plus vaste que ce cagibi), c'était un véritable défi à relever.

— Sérieusement, Faye?

Elle acquiesça d'un signe de tête.

— Je vais laisser la porte ouverte pour que nous puissions causer à travers le vestibule, proposa Jim.

— Il me faut de grands sacs poubelle.

Jim parcourut la pièce du regard, posa son verre, et sortit une boîte poussiéreuse de sacs noirs, reléguée sur l'une des étagères supérieures.

— Promets-moi simplement de me demander mon avis si tu jettes quoi que ce soit d'important, dit-il en déposant la boîte à ses pieds.

— Bien sûr! Et maintenant, va-t'en.

Après lui avoir tendu son verre de vin, elle le poussa légèrement.

Elle commença par un coin de la pièce où des étagères croulaient sous des articles de toutes sortes — depuis des bottes pour homme jusqu'à de vieux récipients Tupperware.

De loin, elle entendait des froissements de papier dans le bureau de Jim. De quelle humeur serait-il lorsqu'il aurait achevé sa besogne? Un grand nombre de ces documents — anciens dossiers médicaux, actes de décès, factures de soins — lui rappelleraient Alice. Il était habituellement d'un caractère aimable et enjoué, mais sujet à des coups de cafard. Dans ces cas-là, il ne jouait pas la comédie; Faye lui était reconnaissante de sa franchise.

Elle essaya de trier ses trouvailles : les ustensiles de cuisine dans un coin, les vêtements dans un autre, les livres ailleurs. Il y avait de vieux outils et des pièces détachées d'automobile, deux fers à repasser, un mixeur vétuste et un service à thé en argent, affreusement terni. Quel bric-à-brac!

Elle souleva délicatement le service à thé, et ce qu'elle aperçut lui arracha un cri.

— Ça ne va pas ? lança Jim de son bureau.

Horrifiée, Faye resta muette ; au bout d'un moment, Jim apparut sur le seuil.

— Pourquoi possèdes-tu un revolver ? fit-elle, debout au milieu du cagibi, un poing sur la bouche.

— Un revolver ?

Il suivit son regard en direction de l'étagère.

— Oh ! je l'avais oublié. A notre arrivée ici, Alice a souhaité que nous possédions une arme. Il y avait eu des cambriolages dans le voisinage.

— N'y touche pas ! s'écria Faye, le voyant tendre la main vers le revolver.

— Il n'est pas chargé.

— Ça m'est égal. Je déteste les revolvers.

— Je ne les adore pas non plus... Je vais m'en débarrasser... le jeter à la poubelle...

Il tendit la main à nouveau ; elle bondit pour intercepter son bras.

— Non !

— *Faye...*

Devant l'air perplexe de Jim, Faye craignit que sa réaction quasi phobique ne provoque une conversation qu'elle voulait éviter à tout prix. Deux semaines plus tôt, quand elle lui avait appris que son mari était un assassin, il ne l'avait pas questionnée ! Elle espérait naïvement ne plus jamais aborder ce sujet pénible. Aller de l'avant et oublier le passé...

Elle lâcha son bras.

— Es-tu sûr qu'il n'est pas chargé ?

— Sûr ! Du moins, fit-il d'un ton plus hésitant, je ne pense pas... C'est de l'histoire ancienne ! Nous l'avions chargé à une certaine époque, mais je...

— Ne le touche surtout pas si tu as des doutes.

— Comment m'en débarrasser si tu m'empêches d'y toucher ?

— Laisse-moi faire ! Eloigne-toi et je vais vérifier qu'il n'est pas chargé. S'il l'est, j'enlèverai les balles et je le jetterai.

— Tu n'as pas confiance en moi !

— J'ai confiance, protesta Faye, craignant de vexer Jim. Mais je préférerais que tu me laisses la direction des opérations.

— Tu sais manier un revolver ?

— Non, mais je trouverai bien le moyen de le décharger.

Après l'avoir observée un moment, il lui prit la main.

— Viens, dit-il en l'entraînant hors du cagibi.

Ils sortirent par la porte de derrière en abandonnant leurs verres de vin, puis ils traversèrent le patio entourant la piscine, jusqu'à un banc en fer forgé — au bord de la propriété de Jim — d'où ils avaient une vue plongeante sur La Jolla et le Pacifique. Le temps légèrement couvert donnait à l'air une certaine fraîcheur. Les maisons cossues, le vert de la végétation et le bleu de la mer étaient d'un ton assourdi qui charma Faye. Le revolver lui semblait soudain bien loin, et sa réaction pour le moins absurde l'embarrassait. Elle s'assit sur le banc, les mains encore tremblantes.

— Eh bien... fit Jim, les coudes sur les genoux et les mains jointes.

Il tourna la tête vers elle.

— Y aurait-il un rapport avec ton mari ? Avec le meurtre qu'il a commis ? A-t-il utilisé un revolver ?

Faye baissa la tête, la gorge trop sèche pour parler.

— C'est le moment de tout me raconter, reprit Jim. Tu veux bien ?

— J'ai eu une réaction excessive... absurde...

— Comment s'appelait ton mari, Faye ?

— Zach... Il était...

Elle secoua la tête, dépitée : malgré ses tentatives pour analyser la situation depuis une dizaine d'années, elle n'avait toujours pas compris ce qui était passé par la tête de son mari.

— Nous formions un assez bon couple... Zach était un homme... très convenable. Un excellent père pour notre fils. Au moment des événements, Freddy, qui avait quinze ans, était en pleine crise d'adolescence, mais Zach gardait son calme. D'après lui, c'était un changement normal : il avait été pareil à son âge, et je n'avais pas à m'inquiéter. Ils s'entendaient si bien !

Elle se souvint de Freddy, avant sa puberté tumultueuse :

— Freddy était mon bébé, mon petit garçon chéri ! Ensuite, il s'est beaucoup rapproché de son père.

Le mobile-home résonnait de leurs discussions sur le sport et la pêche. Elle appréciait leur complicité, mais elle se sentait parfois exclue...

— Quel genre de mari était-il ?

Faye prit le temps de répondre.

— Notre unique sujet de mésentente était l'argent. J'avais un diplôme d'infirmière et je travaillais en milieu scolaire, mais je voulais faire un deuxième cycle pour travailler à l'hôpital. C'était impensable là où nous habitions : un petit village côtier... Zach s'y plaisait et refusait de s'installer dans une plus grande ville — il m'avait pourtant dit que dès l'entrée de Freddy au collège, nous pourrions aller vivre ailleurs. Il a préféré que Freddy grandisse à Manteo, comme lui...

— Tu as dû renoncer à tes rêves ?

— Oui, mais j'espérais tenter ma chance un jour ou l'autre.

— Quelle était la profession de Zach ?

Faye posa ses mains sur ses genoux.

— Nous nous étions connus en fac : il avait une licence de sociologie. Mais il était si attaché à Manteo que nous sommes revenus ici après notre mariage... Comme de juste, il n'y avait aucun emploi pour un sociologue diplômé ! Alors, il a travaillé dans une petite boutique.

Zacharie vendait des sandales et des crèmes solaires aux touristes.

— Ça lui suffisait, bien qu'il gagnât à peine de quoi payer la facture du téléphone !

— On ne doit pas jeter la pierre à une personne qui se contente de peu.

— C'est vrai. A l'époque, je me félicitais d'être mariée à un homme si facile à vivre.

— S'il était facile à vivre... comment a-t-il pu commettre un crime ?

— Il a pété les plombs.

Faye fit claquer ses doigts.

— Je n'ai toujours pas compris ce qui s'est passé... Nous avons commencé à moins bien nous entendre... Tout ce que je disais l'irritait... Il buvait trop. Il avait toujours apprécié la boisson, mais il s'est mis à s'enivrer de temps en temps.

Il me cherchait querelle, du moins j'avais l'impression que tout était prétexte à de nouvelles disputes. Il ne me frappait pas, mais il m'insultait.

Faye frémit à ce souvenir.

— Je ne l'avais jamais entendu employer des mots pareils, depuis seize ans que nous étions mariés. Il ne m'adressait plus la parole sans crier !

— Etait-il déprimé ? Il semblerait que, dans son état, il avait besoin d'aide.

— Bien sûr qu'il était déprimé ! Rétrospectivement, je n'en doute plus ; je ne m'en rendais pas compte à l'époque. Je le trouvais différent, et il m'arrivait même d'avoir peur de lui... Bien qu'il ne m'ait jamais frappée, j'avais l'impression que ça arriverait fatalement. Je me reproche de ne pas l'avoir incité à se faire soigner. En tant qu'infirmière, j'aurais dû réaliser à quel point il allait mal, mais je le croyais en colère et frustré, plutôt que déprimé.

Jim garda le silence, en attendant que Faye poursuive son récit. Au loin, les nuages se dissipèrent légèrement, et les teintes des toits parurent plus vives au soleil.

— Il possédait deux revolvers, ce qui n'avait rien d'inhabituel là où nous vivions. J'insistais pour qu'il les mette sous clef, à cause de Freddy.

Faye se reprochait encore de ne pas avoir obtenu qu'il s'en débarrasse : peut-être les événements auraient-ils pris un tour différent... Et comment avouer à Jim qu'elle avait vécu dans un mobile-home ?

— Nous habitions tout près de nos voisins... Zach avait une voix tonitruante ; je suppose qu'on l'entendait de très loin à la ronde. En 1990, la veille de Noël, j'ai été contactée par une femme qui travaillait au foyer des femmes battues : elle avait reçu des appels de deux personnes inquiètes à mon sujet. L'un des appels provenait d'une voisine dont elle ne m'a pas dit le nom ; l'autre d'un ami de Zach, qui craignait qu'il me fasse du mal. Je n'ai pas pu l'identifier lui non plus ! La femme du foyer — elle s'appelait Annie O'Neill — nous conseillait de la rejoindre dans les plus brefs délais.

Une histoire à la fois dérisoire et sordide, vue d'un banc surplombant un paysage tiré au cordeau et des piscines bleues en forme de haricot, se dit Faye.

— Au début, reprit-elle, j'ai protesté que mon mari était une grande gueule, mais qu'il n'exerçait aucune violence sur nous. Annie a insisté sur le fait que les fêtes de fin d'année procuraient un stress supplémentaire aux personnes déjà perturbées. D'après elle, l'ami de Zach craignait qu'il ne soit mentalement atteint, et il savait que nous avions des armes chez nous. Je ne pouvais plus résister, puisque quelqu'un d'extérieur à ma famille avait remarqué que mon mari n'était plus le même...

Faye avait presque oublié la présence de Jim à ses côtés : son histoire prenait subitement forme, car c'était la première fois qu'elle la formulait à haute voix depuis plus de dix ans.

— L'ami de Zach affirmait qu'il lui avait annoncé son intention d'utiliser bientôt ses armes ! Il ne savait pas qui il voulait tuer : moi, Freddy, lui-même, à moins qu'il ne veuille nous supprimer tous les trois... Alors, j'ai commencé à avoir peur — comme si mon propre mari m'était devenu étranger. L'homme qu'il était n'avait plus rien de commun avec celui que j'avais connu ! Annie m'a dit que même si je ne craignais rien pour moi, mon devoir était de protéger Freddy. Elle s'est montrée très persuasive, et j'ai décidé de partir pour ne pas faire courir le moindre risque à mon fils. Elle avait vu juste... Finalement, je suis allée chercher le petit chez un copain, et je lui ai annoncé que nous devions aller au foyer.

Faye hocha la tête au souvenir de la réaction de son fils.

— Il n'y comprenait rien et répétait que nous ne pouvions pas disparaître sans dire à son père où nous allions, surtout la veille de Noël. Il était en larmes quand nous sommes partis de la maison. Je me sentais désespérée à l'idée qu'il avait peut-être raison et que ma réaction était disproportionnée. En fait, Annie O'Neill nous a sauvé la vie...

— Zach a piqué une crise ?

— Non. A notre arrivée au foyer, nous étions... *affolés*... c'est le seul mot qui convient. Heureusement, Annie était là, et elle...

Faye hocha la tête au souvenir de la beauté incroyable de cette rousse, de son sourire lumineux, de la chaleur de son contact, de sa voix rauque. Annie serait toujours en vie si elle n'avait tenté de lui venir en aide.

— C'était quelqu'un qui vous donnait instantanément l'impression d'être aimée. Une personne à qui on pouvait confier tous ses soucis...

Faye se tourna vers Jim.

— Tu vois ce que je veux dire ?

— Oui, je crois.

— Elle nous a installés dans une chambre que nous partagions avec une autre femme et ses deux fils. C'était une maison inconfortable... certainement pas l'endroit idéal pour passer Noël, pourtant Annie et les autres bénévoles étaient formidables. Elles faisaient leur possible pour réchauffer l'atmosphère. Il y avait un sapin de Noël et de la musique, mais, loin de chez soi, on a du mal à se sentir très gai. En plus, Freddy refusait de me parler. Il n'arrêtait pas de pleurer !

Des larmes de colère et non de chagrin... Son fils était furieux qu'elle l'ait amené là.

— Nous avons passé la nuit au foyer, mais je n'ai pas pu fermer l'œil ! Qu'avait pensé Zach à son retour chez nous ? Je lui avais laissé un petit mot pour le rassurer sur notre sort et lui dire que nous partions quelque temps pour lui permettre de se faire aider. Qu'aurais-je pu ajouter ? Je me souvenais malgré moi des Noëls heureux que nous avions passés tous les trois ensemble, et j'avais envie de l'appeler, de prendre de ses nouvelles... Bien sûr, c'était interdit par le règlement.

Jim gardait le silence. Les coudes toujours sur les genoux, il contemplait le panorama, splendide depuis sa superbe propriété. Se demandait-il pourquoi il avait laissé cette femme faire irruption dans sa vie sans défaut ?

— Le lendemain, jour de Noël, Annie n'était plus là, mais d'autres bénévoles ont apporté des cadeaux pour les enfants. Fred n'en voulait pas : il boudait dans son coin. J'ai essayé d'aider certaines femmes — il y en avait cinq et un grand nombre d'enfants —, parce que j'avais l'impression que si je pouvais me rendre utile, je me sentirais mieux moi aussi.

Les récits de ces femmes étaient bien plus pathétiques que le sien ! Quelques-unes avaient des contusions ou même une fracture du bras. N'avait-elle pas été un peu vite en besogne quand elle avait quitté Zach pour emmener Freddy au foyer ?

— Dans l'après-midi, ajouta Faye, Annie est revenue avec sa fille de treize ans. Annie en miniature...

Qu'avait bien pu devenir cette adolescente ?

— Une partie de l'équipe avait cuisiné un très bon dîner pour tout le monde, et nous défilions devant le buffet pour emplir nos assiettes. Soudain, Zach a fait irruption dans la pièce. Personne n'a su comment il s'était procuré mon adresse. Moi qui me croyais en lieu sûr ! La porte était fermée à clef, mais il l'a forcée d'un coup d'épaule. Cet homme à la stature imposante, debout sur le pas de la porte, m'insultait, un revolver braqué sur moi.

Jim se redressa et passa un bras autour des épaules de Faye.

— C'est terrifiant.

— Oh oui ! Brusquement, Annie s'est interposée et lui a dit d'abaisser son arme ; alors, Zach l'a tuée à ma place.

Faye fondit en larmes à ce souvenir.

— Je n'ai rien compris... Il était devenu fou ! Et Annie est morte.

— Oh, mon Dieu !

— Elle s'est sacrifiée pour nous sauver, Freddy et moi. Si elle ne s'était pas souciée de deux quasi-inconnus comme nous — au point de nous accueillir au foyer —, elle ne serait pas morte à notre place. C'est sûr...

Jim serra Faye contre lui.

— Je suis navrée pour elle, mais je lui sais gré de vous avoir sauvé la vie !

La tête sur l'épaule de Jim, les yeux fermés pour éviter la lumière du soleil devenue éblouissante, Faye resta un moment plongée dans ses souvenirs des Outer Banks.

— Les gens l'appelaient sainte Annie, bien avant cet événement... Tu peux t'imaginer leur réaction !

— Qu'est devenu Zach ?

— On l'a incarcéré, puis j'ai demandé le divorce... Le plus vite possible, nous sommes partis en Californie, Freddy et moi. J'ai obtenu ma maîtrise d'infirmière comme je l'avais toujours souhaité, et j'ai essayé de tirer un trait sur mon passé. Mais Fred ne m'a jamais pardonné : il prétendait que son père avait perdu la tête parce que nous l'avions abandonné le jour de Noël. Il n'admettait pas que Zach allait mal depuis longtemps.

Jim émit un long soupir.

— Tu en as vu de toutes les couleurs!

— Je ne me sens pas fière... d'avoir eu un mari dément, d'avoir vécu dans un foyer pour femmes battues, d'avoir un fils qui me hait, de...

— Tout cela appartient au passé, fit posément Jim, et je n'apprécie que plus ton courage. Je t'admire...

— Vraiment?

— Pense à tout ce que tu as enduré et à tout ce que tu as accompli! Te rends-tu compte que tu as payé ta dette?

— Crois-tu?

— Annie t'a sauvé la vie, mais ensuite tu t'es dévouée à ton tour. Pense à tous les gens que tu aides en te battant pour soulager leur douleur!

— Merci... murmura Faye, émue par l'image valorisante que lui renvoyait Jim.

Il cessa de l'enlacer et orienta son visage vers elle, en pressant ses deux mains dans les siennes.

— Je te conseille de rentrer chez toi maintenant, fit-il. Tu reviendras ce soir quand j'aurai retrouvé le matériel de la piscine, et nous nagerons ensemble. Le temps que tu reviennes, le revolver aura disparu!

Apaisée, Faye voulut se lever, mais il la maintint assise.

— Ce n'est pas tout, Faye.

— Quoi d'autre?

Il lui sourit, et le soleil se réverbéra dans ses cheveux argentés.

— Je t'aime, dit-il.

26

En maillot de bain et coiffées de chapeaux à large bord, Lacey et Gina, assises sur l'étroite plage au sud du phare, enduisaient leurs jambes d'écran solaire, tout en regardant Mackenzie jouer avec Rani et Sasha. Mackenzie, dans son bikini rose, tenait par la main la petite fille qui trépignait dans les flaques d'eau, et Sasha gambadait autour d'elles en cercles joyeux, parmi les éclaboussures. Quel trio charmant, vu sous cet angle! En deux semaines et demie, un lien s'était tissé entre le chien, l'enfant et la préadolescente — un lien de plus en plus étroit.

— J'ai du mal à y croire! chuchota Gina, souriant à ce spectacle.

Lacey supposa qu'elle faisait allusion à la manière dont Mackenzie, une chipie mal lunée, devenait une fillette aimante et tendre en présence de Rani. Son intonation changeait à l'instant même où celle-ci entrait dans la pièce!

— J'avoue qu'elle a de bons côtés...

Un instant déconcertée, Gina éclata de rire.

— Je parlais de Rani. Il y a un mois, elle ne pouvait pas regarder l'océan sans pleurer!

Lacey rit à son tour, surprise de constater que chacune d'elles avait un enfant au centre de son univers.

— Tu as raison, elle a beaucoup progressé.

Mackenzie s'affala sur le sable humide, de manière à être éclaboussée par les vagues qui prenaient d'assaut le rivage, puis elle tapota le sable à ses côtés. Rani fit « non » d'un signe de tête, les yeux rivés sur sa grande amie, plus âgée et plus courageuse ; mais elle s'avança derrière son dos et effleura légèrement ses cheveux blonds, comme si son contact la rassurait malgré tout. Lacey sentit ses yeux s'embuer de larmes. La douceur de cette enfant s'expliquait-elle par sa maladie de naissance, son séjour dans un orphelinat où le bruit était constant, ou simplement par sa nature ? Tout en étant incapable de répondre à cette question, elle avait toujours été touchée par les efforts de Rani pour trouver sa sécurité dans le monde.

— Elle adore être en compagnie de Mackenzie, fit Gina. Tu as encore des problèmes avec elle, mais je suis contente de l'avoir parmi nous : elle fait du bien à Rani et elle l'aime tant...

— Il n'y a que moi qu'elle déteste !

— Tu exagères un peu...

Lacey comprit qu'elle ne pouvait pas s'attendre à beaucoup plus d'encouragements de la part de sa belle-sœur.

— Ce matin encore, il me manquait de l'argent dans mon portefeuille, lui souffla-t-elle.

— Tu l'as questionnée ?

— Que veux-tu que je lui dise, faute de preuves ? Et puis, je n'avais pas pris toutes les précautions nécessaires... Au moins, elle commence à s'entendre avec Bobby. Bizarre, non ? Je veux dire qu'elle n'a jamais eu un homme réellement présent dans sa vie, pourtant elle paraît plus à l'aise avec lui qu'avec moi.

La veille, Bobby avait emmené Mackenzie jusqu'à Hatteras pour sa première promenade à cheval. Il l'avait trouvée peu bavarde, mais elle avait cessé de lui répondre désagréablement — ce qui était de bon augure.

— Il semble qu'elle soit en manque de père, observa Gina. Elle aime bien Clay aussi...

— Parce qu'il travaille avec des chiens.

— Vas-y, Rani ! chuchota Gina. Tu peux t'asseoir à côté de Mackenzie, elle te tiendra la main.

Rani se retourna vers sa mère et hocha la tête, avant d'enfouir plus profondément ses doigts dans les cheveux de Mackenzie, les yeux fixés sur les vagues. Elle portait un petit maillot de bain bleu, cachant la longue cicatrice laissée par l'intervention chirurgicale. Sa peau était couleur noisette ; ses cheveux, dénoués sur ses épaules, noirs comme du jais.

— Bobby m'a suggéré de confier quelques tâches ménagères à Mackenzie, dit Lacey.

Ils avaient eu une conversation à ce sujet, la veille, au gymnase.

Elle avait fait admettre le nouveau venu en tant qu'« invité », et ils y étaient allés une première fois en fin d'après-midi.

— Depuis quelques jours, elle lui parlait plus qu'à Rick : il ne l'écoutait pas avec la même attention soutenue que celui-ci, mais leurs échanges avaient une intensité particulière.

— A son avis, elle a besoin de prendre des responsabilités, ajouta Lacey.

— En effet, elle aura un peu plus le sentiment d'être un membre de la famille si elle participe à nos activités !

— Que peut-elle faire ?

— Passer l'aspirateur... suggéra Gina. Dépoussiérer... Balayer la cuisine... On ne balaye pas assez souvent le sable qu'il y a dans cette pièce ! Il faudra restaurer le plancher encore une fois, avant l'ouverture du musée.

— Eh bien, nous allons balayer la cuisine chaque soir ! conclut Lacey, déjà inquiète à l'idée de sa conversation avec Mackenzie.

— Bobby m'a montré certaines de ses gravures sur ivoire, hier. Extraordinaire ! s'exclama Gina.

Lacey l'approuva avec enthousiasme.

— Il en a vendu un grand nombre au salon d'artisanat de Manteo ! Pourtant, il n'avait pas sa clientèle habituelle.

Le stand de Bobby était placé à l'autre extrémité du salon, mais elle avait vu la foule rôder autour des tables sur lesquelles il présentait ses œuvres.

— Tu sais, dit Gina, ça ne nous poserait pas de problème, à Clay et moi, si tu lui suggérais de s'installer chez nous pendant son séjour dans les Outer Banks. De toute façon, il passe une grande partie de son temps ici pour travailler dans ton atelier ou tenir compagnie à Mackenzie. Ça lui éviterait toutes ces allées et venues entre notre maison et le cottage de Rick.

Lacey avait eu la même idée : il leur restait deux chambres libres, et Bobby était souvent chez eux, comme l'avait constaté Gina. Mais ce serait une grossière erreur d'attirer Bobby sous leur toit !

— Impossible, Gina, dit-elle.

— Pourquoi ?

Lacey hésita, tournée vers la mer. Mackenzie s'était installée un peu plus haut, et Rani, courageusement assise à côté d'elle, laissait maintenant l'écume des vagues courir sur ses jambes. Sasha, quant à lui, rafraîchissait son abdomen dans l'eau.

— Parce qu'il m'attire beaucoup trop, répondit finalement Lacey. S'il habite ici, je pourrai trop facilement me glisser dans son lit.

— Oh ! fit Gina en se redressant, une main sur son chapeau, pour empêcher la brise de l'emporter. Je n'y avais pas pensé... Je te voyais plutôt avec Rick.

— Rick, ce gentil garçon... inoffensif.

— Oui... Si je comprends bien, Bobby est ton type... Ton ancien type ?

— Je le crains !

— Dans ce cas, tu as raison de ne pas vouloir l'inviter ici. Est-ce que Rick exerce une pression sur toi... pour... devenir plus intime ?

Lacey se mit à rire.

— Je pense que Rick n'a pas de libido. Il est donc parfait à mon égard.

— Je le trouve parfait moi aussi, approuva Gina. Beau garçon, sympathique, sociable, intelligent, bien élevé... Il doit gagner beaucoup d'argent en tant qu'avocat. Et, en plus, il a l'air de tenir vraiment à toi !

Elle voyait juste à tout point de vue, mais Lacey n'en avait cure. Depuis l'arrivée de Mackenzie, elle n'avait plus du tout l'intention de se comporter comme si elle s'intéressait sérieusement à lui et d'attendre que les sentiments suivent.

— Je suis si paumée, Gina ! murmura-t-elle, sans chercher à dissimuler son appréhension.

Gina s'approcha et passa un bras autour de ses épaules.

— Mais non ! Pourquoi dis-tu cela ?

Lacey traça une ligne sur le sable avec un doigt. D'un côté elle dessina un *R*, de l'autre un *B*.

— Voici Rick, fit-elle, un doigt pointé vers le *R*. Il est beau comme une gravure de mode, non ? Et voici Bobby.

Elle désigna le *B*.

— Il porte un anneau à l'oreille et un tatouage sur le bras...

— J'ai remarqué simplement la partie qui dépasse de sa manche.

— C'est un mammouth laineux, précisa Lacey qui avait demandé à Bobby de lui montrer son tatouage, une semaine plus tôt.

— Un mammouth laineux?

— Exactement. Il utilise des défenses de mammouth laineux pour ses gravures; c'est donc assez logique.

Lacey insista sur le fait qu'il n'avait qu'un seul tatouage, car Gina se souvenait certainement d'un homme, couvert de tatouages, qu'elles avaient connu l'été précédent, et qui les avait blessées l'une et l'autre.

— Voici Lacey, dit alors celle-ci, penchée pour dessiner un *L* au-dessus du schéma ébauché dans le sable. Et Lacey peut parfaitement se passer d'un homme!

Gina n'avait plus de souci à se faire depuis qu'elle avait rencontré l'âme sœur en la personne de Clay; son commentaire contraria vaguement Lacey.

— En effet, je m'en suis aperçue cette année, admit-elle. Mais il ne faut pas en déduire que je souhaite rester seule jusqu'à la fin de mes jours.

— Bien sûr!

Gina avait compris qu'elle s'était aventurée sur un terrain sensible; Lacey revint alors à son schéma.

— Rick conduit une BMW, alors que Bobby roule depuis la nuit des temps dans la même camionnette rouillée. Bobby s'est drogué, alors que Rick ne boit qu'un petit verre de vin au dîner. Rick était le meilleur étudiant de la fac de droit, alors que Bobby n'a même pas obtenu son diplôme d'études artistiques. Rick a de l'argent, alors que Bobby est fauché. Eh bien! sais-tu avec lequel des deux j'aimerais passer ma vie, avec lequel j'aimerais coucher et avoir des enfants?

Elle exagérait un peu sur ce dernier point, mais Gina comprit son message.

— Avec Bobby, fit-elle posément.

— Qu'est-ce qui ne tourne pas rond en moi? gémit Lacey, tandis que Sasha soulevait sa tête massive pour la scruter. Pourquoi suis-je toujours attirée par des hommes qui risquent de me faire du mal, comme ma mère ? Suis-je aussi autodestructrice qu'elle ?

— Assez, Lace ! fit Gina posément. Tu n'es pas du tout comme ta mère. Tu as pris conscience de tes erreurs, et tu as renoncé à suivre cette voie. Ta mère n'en a jamais été capable ! Et puis, il y a autre chose...

— Quoi donc ?

— Je crois que tu confonds une simple attirance avec un véritable amour.

— C'est possible ! A quatorze ans, j'avais le béguin pour Bobby. J'éprouve exactement la même chose maintenant : je sais que je me fais des illusions, mais mon cœur et mon corps ne veulent rien entendre.

— Il me semble que Rick est le genre de type auquel tu finirais par t'attacher si tu lui donnais sa chance. Te souviens-tu que je ne m'intéressais pas du tout à Clay au début ? Je suis tombée amoureuse de lui progressivement.

Lacey acquiesça d'un signe de tête ; elle savait pourtant que l'indifférence de Gina à l'égard de Clay était plus en rapport avec son désir éperdu d'adopter Rani qu'avec la personne de Clay.

— Ne tourne pas le dos à Rick, ajouta Gina. Vois-le plus souvent ! Tu ne sors presque plus avec lui depuis l'arrivée de Bobby.

Gina avait raison, songea Lacey. Elle devait fréquenter Rick plus assidûment, comme elle en avait eu l'intention avant d'apprendre la mort de Jessica. Elle devait se souvenir que Bobby était un marginal et qu'il l'attirait surtout sur le plan sexuel. Elle devait relire ce livre sur la manière de faire de bons choix. Elle devait se souvenir de la gentillesse de Rick à son égard et de son écoute attentive, chaque fois qu'elle l'appelait.

Elle scruta un moment le *R* tracé sur le sable. Mais comment se forger des sentiments à partir du néant ?

27

Le lendemain matin, en allant chez Nola, Mackenzie régla la radio sur une station qu'elle avait découverte et se mit à chantonner. Lacey, qui adorait la musique, possédait plusieurs dizaines de CD et écoutait souvent la radio. Elle se sentit décontenancée : ces airs si familiers à Mackenzie lui étaient totalement inconnus. Comparée à une adolescente, elle n'était plus dans le coup.

Elle regarda à la dérobée sa passagère, agrippée à son téléphone portable comme à une bouée de sauvetage. Dans ce domaine, Bobby ne valait guère mieux. Il passait son temps à consulter ses messages. Plusieurs fois, il était sorti pour prendre un appel, sous prétexte que la connexion serait meilleure dehors ; manifestement, il voulait parler en toute tranquillité. A qui ? Cela ne la regardait pas, mais elle avait du mal à l'admettre.

Mackenzie ne pouvant appeler Phoenix à cette heure matinale, c'était le moment d'aborder le problème des tâches ménagères.

— Pourrais-tu baisser le son une seconde ? Je voudrais te demander un peu d'aide à la maison.

— Qu'est-ce que tu dis ? fit Mackenzie, soupçonneuse, sans toucher au bouton de la radio.

Lacey baissa elle-même le volume.

— Je veux dire que chacun de nous se charge de quelques tâches ménagères. Ça te plairait peut-être de participer à certaines d'entre elles... pour te sentir mieux intégrée à la famille.

Alors que cette remarque avait sonné juste dans la bouche de Gina, Lacey comprit illico que sa présentation maladroite serait contre-productive.

— Je ne m'intégrerai jamais à cette famille stupide, rétorqua Mackenzie. Je n'en ai même pas envie.

Les doigts de Lacey se crispèrent sur le volant.

— Je pense tout de même que tu dois prendre ta part de responsabilités. Tu ne trouves pas ?

— Qu'est-ce que je dois faire ?

— A toi de choisir ! Les salles de bains...

— Sûrement pas !

— Tu peux balayer le sable de la cuisine, essuyer la poussière... Ou bien passer l'aspirateur, mais je me souviens que j'en avais horreur à ton âge.

Mackenzie laissa reposer son crâne sur l'appuie-tête et contempla le plafond de la voiture avec un soupir déchirant.

— On ne t'a même pas demandé de nous aider à faire la vaisselle, reprit Lacey.

De profil, Mackenzie avait exactement le nez de Jessica, y compris le léger frémissement d'indignation de ses narines.

— Pourquoi n'avez-vous pas de lave-vaisselle ?

— Parce que la maison doit être conforme, sur le plan historique, aux intérieurs du début du xxe siècle. Il n'y avait pas de lave-vaisselle à l'époque.

Lacey soupira à son tour : elle se sentait toujours offusquée par l'attitude négative de Mackenzie à l'égard de sa maison. Elle-même, à onze ans, avait déjà conscience de la longue histoire de Kiss River.

— Tu ne trouves pas que c'est rafraîchissant d'habiter l'ancienne demeure d'un gardien de phare ?

— Ça n'a rien de «rafraîchissant», ricana Mackenzie. Il n'y a même pas l'air conditionné !

Cette petite plaisanterie fit sourire Lacey, mais Mackenzie ne semblait pas d'humeur à rire. Son jeu de mots était peut-être involontaire... Dieu qu'elle était revêche ! Mais elle avait peur. Lacey se souvint des paroles de Bobby : cette petite était terrorisée.

— Que dirais-tu de laver ou d'essuyer la vaisselle ?

— A chaque repas ?

— Non, seulement au dîner.

— Je dîne quelquefois chez ma grand-mère.

— Evidemment, tu n'aurais pas à faire la vaisselle quand tu dînerais chez elle.

— Ce soir, Bobby m'emmène au cinéma !

— Tu auras tout le temps nécessaire entre le dîner et le film !

Lacey était reconnaissante à Bobby de distraire Mackenzie : décidée à faire un effort pour renouer avec Rick, elle comptait passer sa soirée avec lui.

— Maman n'essuie pas la vaisselle, déclara Mackenzie, en parlant spontanément de sa mère au présent. Elle préfère la laisser sécher à l'air libre !

— Je suppose qu'il n'y avait pas autant de vaisselle, puisque vous utilisiez un lave-vaisselle la plupart du temps. D'autre part, vous n'étiez que deux à la maison ! Quand il y a autant d'assiettes qu'ici, il faut les essuyer, sinon elles encombrent l'égouttoir. Tu pourrais en profiter aussi pour donner un coup de balai dans la cuisine, quand tu aurais fini !

Mackenzie, scandalisée, souffla une bouffée d'air.

— Tu me prends pour ta bonne ?

— Non, je...

— Je parie que tu es contente que ma mère soit morte : ça te permet d'avoir quelqu'un pour faire le ménage chez toi.

Lacey eut envie de la gifler... de garer sa voiture au bord de la route, et vlan ! Mais elle s'agrippa au volant, le regard fixe.

— Ce n'est pas vrai, Mackenzie ! Je suis sûre que tu le sais.

Un silence plana et Lacey crut entendre Mackenzie ruminer dans son coin.

— Très bien, dit-elle finalement. J'essuierai la vaisselle et je balayerai la cuisine. Mais pas question de passer l'aspirateur ou d'essuyer la poussière !

— D'accord et merci ! Le balai est dans l'office.

— Un simple balai ? s'étonna Mackenzie. Même pour balayer, vous devez être conforme à la réalité historique ? Maman se sert toujours d'un Swiffer.

— Un Swiffer ne permettrait pas d'éliminer le sable de la cuisine.

— Tu n'es pas du tout comme ma mère, marmonna

Mackenzie en amplifiant à nouveau le volume de la radio. Je me demande comment vous avez pu être amies...

Ce soir-là, après le dîner, Lacey lava la vaisselle et Mackenzie l'essuya — ou plutôt fit semblant de l'essuyer : elle la rangea, à moitié humide, et Lacey s'abstint de lui faire des reproches. Elle nettoya la table et les plans de travail, tandis que Mackenzie balayait d'un air apathique le sol de la cuisine, comme si le poids du balai excédait ses forces. Etait-elle volontairement négligente ou tout simplement peu douée pour les tâches ménagères ? Dans le doute, Lacey préféra se taire : il y avait eu assez de tension dans l'air ce jour-là, elle ne pourrait pas en supporter davantage.

Mackenzie était dans sa chambre quand Bobby vint la chercher ; Lacey l'appela du bas de l'escalier pour lui annoncer son arrivée.

— Je lui ai confié des responsabilités, fit-elle aussitôt revenue dans la cuisine. Elle essuie la vaisselle et elle balaye la cuisine.

— Bien ! Mais comment a-t-elle réagi ?

— Elle m'a dit que je la prenais pour ma bonne, et, comme tu vois, elle ne s'est pas donné trop de mal pour balayer.

Bobby tirailla en souriant une mèche de ses cheveux ; une onde de choc plus violente ne l'aurait pas traversée s'il avait frôlé ses seins ! Son sourire se mua en une grimace, comme s'il savait à quel point il la troublait. Il le savait certainement... Elle se détourna, soulagée de voir Mackenzie pénétrer dans la pièce, en grommelant un « bonjour ! » à l'intention de son père.

Lacey fit mine de jeter un coup d'œil à sa montre, pour éviter le regard de Bobby.

— Qu'attendez-vous pour partir ?

Elle les escorta jusqu'à la porte avec un geste maternel.

— Allez-y vite et amusez-vous bien !

Une fois seule, elle s'adossa au comptoir, les bras en croix sur sa poitrine et les paupières closes. Du calme ! se dit-elle. Depuis quand ses cheveux étaient-ils devenus une zone érogène ?

Clay entra.

— Oh ! fit-il en sentant le sable sous ses pieds nus. Je pensais que Mackenzie allait balayer.

— Elle a balayé !
— Ça ne va pas ? reprit Clay, perplexe. Tu as un problème ?

Lacey se demanda ce qu'il avait lu sur son visage et feignit de s'étonner de sa question.

— Pourquoi aurais-je un problème ?

Clay sortit le balai du cellier.

— J'ai pensé à une autre tâche qui pourrait lui convenir, dit-il en se mettant à balayer.

— Tu plaisantes ? Elle finira par fuguer si nous lui demandons le moindre effort supplémentaire !

— C'est une tâche qui lui plaira. Elle pourrait faire la victime quand je travaille avec des chiens.

Lacey savait exactement ce que voulait dire son frère. Il avait besoin que des gens se cachent dans les bois quand il dressait des chiens à des missions de recherche et de sauvetage.

— Une idée assez astucieuse, admit-elle en lui tendant la pelle à poussière. Mais il vaudrait mieux que tu lui proposes toi-même. Mes suggestions lui déplaisent systématiquement.

Elle monta prendre une douche rapide, puis enfila un pantalon long et un tee-shirt avant d'aller chez Rick. Bien qu'il fasse encore jour, les ténèbres engloutirent sa voiture dès qu'elle s'engagea sur la route menant au cottage. Il aurait pu être dix heures et non huit. Après s'être garée derrière sa BMW, elle s'engagea sur le sentier boisé.

Les arbres formaient une sorte d'écrin sombre. Elle comprit mieux que jamais pourquoi Bobby préférait travailler à la maison de gardien. Le soir, après son départ, elle entrait souvent dans la véranda pour contempler sa dernière œuvre en cours : une boucle en ivoire de mammouth, ornée d'un dessin complexe représentant trois chiens. Chaque jour, de nouveaux détails s'ajoutaient à ce motif. Aucune couleur encore, mais la précision de la gravure et du pointillé était absolument fabuleuse. Des émanations de Bobby flottaient dans l'air. Faute d'after-shave, l'odeur de son shampoing ou peut-être de la lessive qu'il utilisait pour ses vêtements demeurait dans la pièce, mêlée à ces légers relents de tabac qui étaient une part de lui-même. Elle aimait s'asseoir là, simplement pour humer l'air.

Diable ! Sur le point de frapper à la porte de Rick, elle

faisait toujours une fixation sur Bobby. Sa psychologue — elle aurait sans doute intérêt à la revoir d'ici peu — l'avait prévenue que ses bonnes résolutions seraient probablement mises à l'épreuve. Elle avait craint que les hommes du gymnase, ces types baraqués qui la buvaient des yeux en s'imaginant qu'elle ne remarquait rien et qui portaient des jeans moulants pour monter leur Harley, lui posent problème. Elle venait de réaliser que sa véritable épreuve était arrivée à bord d'une vieille camionnette Volkswagen.

Rick lui ouvrit la porte, les cheveux encore humides après sa douche, avec un sourire d'une blancheur éblouissante malgré la pénombre des bois. Elle lui rendit son sourire le plus chaleureusement possible. Gina n'avait-elle pas été indifférente au charme de Clay, avant de filer le grand amour avec lui ?

— J'ai préparé le dessert, annonça Rick.
— Tu l'as préparé toi-même ?

Un dessert... Etait-ce pour célébrer leur soirée en tête-à-tête ? S'attendant à un entremets acheté dans le commerce — une glace ou peut-être des petits gâteaux —, elle le suivit dans la cuisine, où il avait découpé des fraises pour en recouvrir un gâteau de Savoie à peine sorti du four.

— Je suis impressionnée ! s'écria-t-elle. Que faire pour t'aider ?

— Tu peux rester ici et me parler, suggéra Rick en tranchant une grosse fraise au-dessus d'un saladier.

La question de Lacey fusa presque automatiquement :
— Comment se passe le séjour de Bobby chez toi ? Il y a maintenant plus d'une semaine que tu l'héberges. Tu m'as promis de me prévenir dès que sa présence commencerait à te peser.

— Aucun problème ! Nous nous entendons bien.

Lacey essaya d'imaginer un dialogue entre ces deux hommes sans le moindre point commun.

Rick lui jeta un coup d'œil et prit une autre fraise.
— Il est aux Alcooliques Anonymes. Le savais-tu ?
— Oui, et tant mieux pour lui ! Tom y est aussi. Ça l'a changé du tout au tout.
— Il assiste à de nombreuses réunions.

Lacey n'aurait su dire si Rick approuvait ou non. Elle

aperçut, dans un coin du séjour, son ordinateur portable, à côté de deux imposantes piles de papier.

— Si tu me parlais de ton livre, pour une fois ? fit-elle.

Ils n'avaient jamais discuté sérieusement de son travail : leurs conversations portaient sur *elle*, sur Mackenzie et sur la libération conditionnelle de Zacharie Pointer. Son manque de sentiments pour Rick s'expliquait peut-être par le peu d'efforts qu'elle avait faits pour mieux le connaître.

— Je ne voudrais pas t'ennuyer.

Un sourire flottait sur les lèvres de Rick, tandis qu'il sortait un saladier de crème fouettée du réfrigérateur.

— J'ai envie de t'écouter !

Lacey prit un tronçon de fraise qu'elle porta à sa bouche.

— Finissons de préparer le dessert et allons le manger sur la plate-forme ! fit Rick en lui tendant un couteau-scie pour découper le gâteau de Savoie. Je te parlerai ensuite de mon livre jusqu'à ce que tes yeux se voilent de sommeil.

Ils recouvrirent leur part de gâteau avec des fraises tranchées et de la crème fouettée, puis ils sortirent. La plate-forme penchait légèrement d'un côté. Le bois pourri risquait-il de céder sous leur poids ? se demanda Lacey en s'asseyant sur une vieille balancelle grinçante. Rick alluma des bougies à la citronnelle. La nuit était tombée ; seules les fenêtre du cottage brillaient dans l'obscurité.

Elle avala une première bouchée de gâteau.

— Délicieux ! Tu serais une excellente maîtresse de maison...

Il s'assit à côté d'elle sur la balançoire, en riant de sa plaisanterie.

— Content que ça te plaise !

— Eh bien...

Lacey planta sa fourchette dans un morceau de fraise.

— Tu devais me parler de ton livre...

Rick mastiqua sans se hâter une bouchée de gâteau, le regard tourné vers le bras de mer, puis il posa son assiette sur ses cuisses.

— Bon ! Il s'intitule *Cas et concepts en matière de taxation sur le revenu au niveau fédéral*, et il s'adresse aux étudiants en droit.

— Hum ! fit Lacey, désireuse de manifester un maximum d'intérêt.

Rick lui parla d'un ou deux cas particulièrement intéressants — du moins selon lui — mais, malgré ses efforts, elle ne parvint pas à dissimuler son ennui.

— Tes yeux se voilent de sommeil, dit-il au bout de quelques minutes.

Il se pencha pour mieux l'observer.

— J'ai quasiment l'impression de voir la flamme des bougies à travers une vitre embuée.

Elle lui adressa un sourire contrit.

— Désolée... J'ai fait de mon mieux, mais sans succès.

— Inutile de te forcer !

Rick posa son assiette vide à ses pieds et glissa son bras autour de ses épaules. Elle respira une bouffée d'un aftershave coûteux, et, après avoir tourné la tête vers lui, prit l'initiative de l'embrasser. Leurs bouches s'effleurèrent d'abord, puis il glissa doucement sa langue entre ses lèvres. Elle eut envie de se dégager, mais elle tint bon.

Les sentiments succèdent aux actes. N'était-ce pas écrit dans son livre ? Et puis : *Jouez le jeu, en attendant de faire l'amour.* Son esprit s'emballait, tandis qu'elle cherchait à lui rendre ses baisers avec la même ardeur. Si elle simulait, elle finirait peut-être par y croire. En outre, c'était peut-être bon signe qu'elle ne veuille pas *seulement* coucher avec Rick. Aurait-elle enfin trouvé l'homme de sa vie ?

Mais quand il esquissa un geste pour frôler ses seins à travers son tee-shirt, elle saisit ses doigts au vol.

— Pardon, fit-il.

— Je t'en prie ! C'est moi qui suis ridicule.

— Mais non !

— Tu dois me prendre pour une vraie sainte-nitouche.

Rick secoua la tête.

— J'ai tout mon temps ; faisons une pause ! Veux-tu jouer aux cartes, Lacey ? Ou aux échecs ? J'ai trouvé un échiquier dans l'un des placards de la cuisine.

Il était si patient, si gentil... Lacey réalisa soudain qu'il lui inspirait une sincère affection. A la fois surprise et rassurée, elle prit du recul pour le regarder bien en face.

— Tu es vraiment formidable ! dit-elle.

— Toi aussi.

Elle se releva de la balancelle.

— Eh bien ! si nous jouions aux cartes ?

28

Lacey et Rick s'assirent sur un banc de l'autre côté de la maison, là où Clay entraînait les chiens. Huit grandes caisses en bois étaient disposées sur le sable, à intervalles irréguliers. Une jeune femme tenait en laisse son golden retriever au poil presque blanc, tandis que Clay expliquait à Mackenzie ce qu'elle était censée faire. Tout en malaxant un gant dans sa main, la fillette buvait ses paroles.

Le visage ombré par son chapeau de paille, Lacey se pencha en vain pour entendre ce que disait son frère. Une main de Rick effleurait son dos, mais elle n'éprouvait aucun trouble, ce qui la frustrait indéniablement. Sa main aurait pu aussi bien être... un torchon posé sur son dos. Elle abandonna sa propre main sur la cuisse de son compagnon, en espérant ressentir une vague excitation, sinon un frisson voluptueux ; mais elle n'éprouva *rien*.

Combien de temps devrait-elle patienter avant que ses sentiments succèdent à ses actes ? En tout cas, elle se sentait en confiance avec Rick, ce qui était fondamental. Avec aucun de ses partenaires elle n'avait connu une telle sérénité ! Rick ne s'intéressait pas uniquement à son corps ; le lien qui se tissait entre eux pourrait être la base d'une relation solide. Et quel homme aurait accepté de jouer aux cartes avec elle jusqu'à une heure tardive de la nuit, tout en ayant des arrière-pensées quelque peu charnelles ?

Bobby était rentré chez Rick vers onze heures, après sa sortie cinéma-esquimaux glacés avec Mackenzie. S'il avait trouvé bizarre de la surprendre en train de jouer au gin-rummy avec son hôte, il n'en avait rien dit. Bobby était-il maintenant en train de les observer, Rick et elle ? Le banc sur lequel ils avaient pris place se voyait parfaitement de la véranda où il travaillait ; et depuis qu'elle s'était assise là, elle avait une conscience claire de sa présence quelque part derrière son dos.

Clay pria sa cliente de faire le tour de la maison pour que le chien ne puisse pas voir ce qui se passait. Après s'être emparé du gant que tenait Mackenzie, il envoya la fillette près de l'une des caisses. Elle s'envola littéralement à travers le sable avec une allégresse qui surprit Lacey, bien que sa réaction enthousiaste quand elle montait à cheval ait sans doute été du même ordre, au dire de Bobby. Les caisses avaient une porte à charnières d'un côté. Clay attendit qu'elle fût bien cachée dans l'une d'elles pour faire revenir sa cliente et son chien.

— Il va flairer le gant et retrouver Mackenzie en se fiant à son odeur ? demanda Rick.

— Oui, fit Lacey.

Elle avait déjà vu Clay pratiquer cet entraînement, et sans doute le golden retriever l'avait-il vu aussi.

Le chien, vibrant d'excitation, renifla fiévreusement le gant. Dès que la femme détacha sa laisse, il fonça droit sur la caisse dans laquelle se cachait Mackenzie, puis il frappa le sol de sa queue et émit un unique aboiement. La fillette bondit en riant hors de la caisse et laissa le chien la renverser à terre. La maîtresse du chien s'approcha pour lui donner une récompense, bien que l'affection de Mackenzie semblât lui suffire amplement.

Le même scénario se répéta à plusieurs reprises : Mackenzie disparaissait chaque fois dans une caisse différente, et Clay lui demandait de faire un tour en courant avant de se cacher, histoire de compliquer la tâche du chien. Mackenzie était parfaite ! Alors que Lacey s'ennuyait généralement lorsqu'elle « faisait la victime » pour un entraînement de son frère, cette petite débordait d'énergie et semblait adorer les chiens. Elle devrait peut-être songer à lui en offrir un.

— Il se trompe de caisse, observa Rick.

Le golden retriever flairait la caisse dans laquelle Mackenzie s'était cachée la fois précédente.

— Son odeur persiste, fit Lacey.

Le chien jeta un regard interrogateur.

Clay chuchota quelques mots à sa cliente. «Trouve!» lança celle-ci, et le chien poursuivit sa recherche : il aboya lorsqu'il découvrit la bonne caisse, puis s'immobilisa en attendant que Mackenzie sorte.

La tête en arrière, Rick huma l'air.

— A propos d'odeur, rappelle-moi ce que Gina nous mijote pour le dîner!

Des relents de la cuisine exotique de Gina leur parvenaient.

— *Aloo gobi* et *biryani*, annonça Lacey. Elle fait de l'excellente cuisine indienne.

Gina leur avait fait découvrir des plats exotiques auxquels Clay et elle avaient pris goût immédiatement.

— Ça embaume! dit Rick.

Sa main remonta sur son cou et massa ses muscles : elle faillit se crisper à son contact.

Au cours du dîner, Mackenzie posa d'innombrables questions au sujet du dressage des chiens à des missions de recherche et de sauvetage. Il y avait de l'électricité dans l'air, mais elle était apparemment la seule à ne pas y être sensible. Elle parlait, s'impliquait dans la conversation, mangeait même de l'*aloo gobi* sans protester. Bobby croisa le regard de Lacey à travers la table et haussa les sourcils avec un sourire, en désignant «sa» fille d'un hochement de tête.

Lacey lui rendit son sourire et soutint son regard aussi longtemps qu'elle osa, avant de tourner les yeux vers Rick.

Assise sur sa chaise haute entre Gina et Rick, Rani s'était débrouillée pour envoyer quelques grains de riz dans les cheveux de son voisin, à l'insu de sa mère. La petite fille s'esclaffa, et Rick joua le jeu en lui demandant ce qui la faisait rire. Son hilarité redoubla.

— Je commence demain le dressage d'un nouveau chien, fit Clay. Mackenzie, serais-tu d'accord pour aller te cacher dans les bois?

— Bien sûr, marmonna-t-elle, sa fourchette emplie de *biryani* en suspens devant sa bouche. Du moment qu'il ne fait pas nuit! Je devrai me cacher derrière un arbre?

— Il y a des tas de cachettes dans les bois. J'y ai traîné des planches et d'énormes blocs de ciment, et il y a aussi des arbres déracinés... Mais tu ferais bien d'emporter un livre ou quelque chose pour te distraire ! Tu risques de trouver le temps long en attendant que le chien te découvre.

— J'emporterai mon téléphone portable.

— Il ne marchera pas.

— Ah oui, et puis le chien risquerait de m'entendre !

Mackenzie enfourna le *biryani* dans sa bouche et avala.

— Je pourrai tout de même rédiger des messages ?

— Aucun problème, à condition que ton téléphone n'émette pas le moindre bip.

— Bien ! fit Mackenzie en posant sa fourchette. Excuse-moi, je te prie.

Elle s'adressait à Lacey, qui se sentit soudain valorisée.

— J'aimerais voir mes e-mails... J'essuierai la vaisselle et je balayerai plus tard.

Elle se leva et, sur le point de sortir de la cuisine, se souvint de son assiette. Après avoir fait demi-tour, elle revint la prendre sur la table, ainsi que son verre de lait, et posa le tout dans l'évier.

— C'était bon, Gina !

Lacey s'adressa à Clay dès que la fillette fut trop loin pour l'entendre.

— Bravo ! J'ai l'impression que tu as trouvé la clef de son cœur.

Il haussa les épaules.

— Elle a un bon feeling avec les chiens ; ils le sentent.

— J'ai remarqué qu'elle était ravie de travailler avec ce retriever, constata Rick.

— Je vous ai aperçus depuis la véranda : elle s'éclatait vraiment ! intervint Bobby.

Il les observait donc. Avait-il remarqué la main de Rick sur son dos, et la sienne sur sa cuisse ? se demanda Lacey. Mais quelle importance ?

— Vous savez...

Rick tamponna ses lèvres avec sa serviette, en s'agitant sur son siège.

— Clay, je vous confirme ce que j'ai déjà dit à Lacey... Si votre père ou vous avez besoin d'aide pour préparer l'audience de libération conditionnelle, n'hésitez pas à m'en parler. Je jetterai volontiers un coup d'œil sur les textes que vous avez rédigés.

Lacey soupira : Rick considérait apparemment ce sujet comme son meilleur atout vis-à-vis d'elle et de sa famille.

— Merci, fit Clay. Mon père et moi avons déjà remis notre déclaration à notre avocate. Nous en attendons quelques-unes des membres de la communauté, mais le problème numéro un est ma lambine de sœur.

Il donna un coup de pied à Lacey sous la table.

— Vous pourriez peut-être l'inciter à se dépêcher.

Lacey poussa son assiette vers le centre de la table en soupirant.

— Je fais de mon mieux, dit-elle, contrariée à la fois par Rick et par son frère, mais j'écris mal.

— Je doute de la qualité littéraire des autres textes, ironisa Gina.

Elle s'était levée pour essuyer le petit visage barbouillé de Rani à l'aide d'un gant de toilette.

— Ton témoignage est le plus important, ma belle ! insista Clay.

— Compte tenu du grand nombre de témoignages, le sien n'est peut-être pas indispensable, suggéra Rick.

Lacey l'observa à l'extrémité de la table et surprit une lueur de sympathie dans son regard : il ne parvenait toujours pas à se rendre plus désirable, mais il s'ouvrait incontestablement le chemin de son cœur.

— Au contraire ! protesta Clay. Notre avocate estime que nous pourrions facilement nous passer de tous les autres témoignages si nous en avions un bon de Lacey. Son point de vue aura une influence décisive.

Rick la regarda dans les yeux.

— Peut-être as-tu du mal à rédiger ce texte parce que tu éprouves des sentiments ambivalents à l'idée de laisser croupir en prison un homme qui se repent.

— Il n'y a aucune ambivalence de ma part, protesta Lacey, désireuse de mettre fin à cette conversation. J'écris lamentablement, mais j'essayerai de me mettre au travail dès ce soir.

Après le départ de Rick et de Bobby, elle monta frapper à la porte de la chambre de Mackenzie.

— Entre ! fit celle-ci.

Comme d'ordinaire, elle était assise devant son ordinateur, les deux mains sur le clavier.

Lacey s'adossa au chambranle de la porte.

— Je ne savais pas taper à la machine avant d'aller au lycée.

— Maman m'a appris quand j'étais petite, déclara Mackenzie, dont les doigts couraient rapidement sur les touches.

— Tu t'es bien amusée aujourd'hui avec Clay et le chien ?

— Mmh !

Les yeux rivés sur l'écran, Mackenzie n'avait pas l'intention de céder d'un pouce. Son enthousiasme, évident au cours du dîner, semblait se désintégrer maintenant qu'elles étaient en tête-à-tête.

— Eh bien, je te souhaite une bonne nuit.

Lacey sortit à reculons et, ne trouvant rien d'autre à dire, ajouta :

— Ne veille pas trop tard !

Elle ferma la porte en imaginant les doigts de Mackenzie s'envolant sur le clavier, tandis qu'elle tapait un e-mail à l'intention de ses copines : « Ma garde-chiourme m'a conseillé de ne pas veiller trop tard. Elle est nulle ! »

Dans sa chambre, elle sortit un bloc-notes de son bureau, puis elle s'assit sur son lit, le dos soutenu par des oreillers. « Ma mère, Annie O'Neill, me manque beaucoup », écrivit-elle. Etait-ce la vérité ? Elle regrettait la mère qu'elle avait cru connaître, mais certainement pas la femme qui menait en secret une vie inavouable. Il lui suffirait donc de se concentrer sur l'idée qu'elle se faisait de sa mère... avant la révélation.

Lacey reprit sa plume. « Tous mes copains considéraient ma mère comme une amie. Ils adoraient venir à la maison. Elle faisait de la pâtisserie, elle chantait, elle était une artiste très créative. Bonne avec tout le monde ! Bonne avec les marins, les pêcheurs, les touristes et... »

Mais que se passait-il ? Pourquoi s'égarait-elle ? Pourquoi ne parvenait-elle pas à rédiger ce texte idiot ?

Elle alla chercher son album de photos sur l'étagère ; puis elle s'adressa à la photo de sa mère, une réduction de celle de son atelier.

— Comment as-tu osé ? Je t'admirais tant... J'adorais qu'on t'appelle sainte Annie. Comment as-tu osé trahir papa ? Et nous faire ça à nous ?

Après avoir pris la photo, elle la déchira en menus morceaux.

— Je ne veux pas te ressembler, m'man. Pour rien au monde ! souffla-t-elle.

29

Mackenzie ne pouvait pas être sa fille. Bobby n'avait plus aucun doute depuis qu'elle était venue s'asseoir sur la véranda avec lui, pour dessiner un chien d'après une photo d'un magazine. Le talent artistique était naturel dans sa famille (comme l'alcoolisme), et cette petite en était totalement dépourvue.

Elle lui avait réclamé un cours de dessin qu'il lui avait accordé avec plaisir, mais son chien ressemblait étrangement à un lapin. Il avait failli pouffer de rire ! Elle n'avait que onze ans ; peut-être maniait-il le crayon avec moins d'aisance quand il avait le même âge. Il en doutait pourtant.

— Lamentable ! fit Mackenzie, boudeuse.

Elle s'était assise à la seconde table de la véranda, après qu'il eut soigneusement dégagé le vitrail que Lacey découpait pour son travail en cours. A sa requête, il avait peint sur l'ongle de son annulaire — verni d'un rose fuchsia presque écœurant, comme tous ses autres ongles — un ravissant petit tournesol. Toutes les cinq minutes, il la surprenait en train de lever la main pour admirer son œuvre d'art.

— Je crois que tu t'acharnes trop, dit-il en levant les yeux de la boucle de ceinture qu'il gravait.

Il utilisait une fine lame pour graver les détails du pelage de l'un des chiens, tâche qui serait irréalisable sans la lumière du soleil qui inondait la véranda. Cette lumière avait hélas une contrepartie : la chaleur. Bien qu'il eût ouvert les fenêtres, l'air lourd et moite pénétrait dans tous les recoins de la pièce, entraînant des vagues d'humidité jusqu'au papier à dessin de Mackenzie.

— Détends-toi un peu, reprit-il. Laisse tomber les détails, et commence par le contour.

Elle hocha la tête en s'éloignant de la table.

— J'abandonne !

— Tu ne peux pas exceller dans tous les domaines, fit Bobby en souriant.

Il passa la main sur son crâne, une habitude prise à l'époque où il avait encore des cheveux ; parfois, il s'étonnait encore de ne rien sentir sous ses doigts.

— Tu es parfaite avec les animaux. Avec les chiens ! Ils t'adorent, et Clay m'a dit que tu pourrais faire du dressage plus tard si tu le souhaites.

Bobby avait peu vu Clay et Gina depuis son arrivée dans les Outer Banks. Le dîner de la veille était le plus long moment qu'il ait passé en leur compagnie. Avait-il connu Clay au cours de l'été 1991 ? Son visage lui semblait familier, bien qu'il n'en gardât pas de souvenir précis, et il lui était reconnaissant d'avoir pris Mackenzie sous son aile protectrice.

— Je voudrais devenir vétérinaire ! déclara Mackenzie, en levant son annulaire pour mieux observer le petit tournesol. Le père de Clay est vétérinaire.

Et Lacey est son assistante, pensa Bobby. Lacey souffrait de l'attitude hostile de Mackenzie à son égard ; il en était navré. Et plus elle insistait, plus elle ratait son coup.

— Lacey pourrait t'emmener un jour voir son père à la clinique, suggéra-t-il à tout hasard.

Mackenzie haussa les épaules en tapotant de ses ongles fuchsia la photo du chien.

— Je t'imagine assez bien en vétérinaire, ajouta Bobby pour ne pas laisser languir la conversation. Tu es bonne en maths ?

— Plutôt, et encore meilleure en sciences.

Mackenzie laissa tomber sa tête et ses bras sur la table de travail, avec un grognement théâtral.

— Dire que je reprends mes cours dans trois semaines ! Le 18 août... C'est dingue ! A Phoenix, je serais en vacances jusqu'au 1er septembre.

Bobby posa sa lame : on doit toujours éviter de faire des

entailles délicates dans l'ivoire quand on ne peut pas se concentrer au maximum.

— As-tu peur de changer d'école ?

— Non, mais ça m'embête...

Bien sûr qu'elle avait peur. Rien de plus naturel !

— Les jeunes d'ici sont vraiment gentils.

— Qu'est-ce que tu en sais ?

— Les gens m'ont paru accueillants.

— Tous les élèves se connaîtront déjà.

— Je parie qu'il y aura d'autres nouveaux.

Bobby pivota sur son siège pour faire face à la fillette.

— Beaucoup de gens viennent s'installer dans la région, et même si tu es la seule nouvelle, tu t'habitueras vite. Mais j'ai un conseil à te donner...

— Lequel ? fit Mackenzie, intriguée.

— Cesse de dire « à Phoenix c'est comme ci... à Phoenix, c'est comme ça ! ». Les gens en auront assez, et ils se moqueront de toi derrière ton dos.

— Je n'y peux rien si c'est beaucoup mieux à Phoenix !

— Quand j'étais gosse, ma famille a quitté Norfolk pour s'installer à Richmond, et je suis tombé dans ce piège. Comme je répétais continuellement « à Norfolk, mon école était plus moderne... à Norfolk, on servait de la pizza à la cafétéria... », on a fini par me répondre que je n'avais qu'à retourner à Norfolk.

— Bon ! répondit Mackenzie en riant. J'essayerai d'éviter cette gaffe.

— Mords-toi la langue quand le mot « Phoenix » te vient à l'esprit.

Bobby entendit claquer la porte écran derrière la maison : Lacey était de retour. Mackenzie avait dû l'entendre aussi, car elle se remit précipitamment à son chien.

Dès son entrée, la présence de Lacey emplit la véranda — du point de vue de Bobby, sinon de celui de Mackenzie. Elle avait tiré ses cheveux en arrière avec un chouchou noir, et sa peau claire, constellée de taches de rousseur, brillait à cause de la chaleur. Une longue jupe portefeuille bleu ciel enserrait ses hanches, et un haut bleu marine décolleté suggérait la courbe de ses seins sans la mouler. Depuis son arrivée à Kiss River, il mourait envie de l'embrasser, de lui arracher ses vêtements et de faire l'amour avec elle. Il voulait effacer la désinvolture avec laquelle il lui avait pris sa virginité : tout irait beaucoup mieux maintenant que son désir était à la fois tempéré et stimulé par l'affection accrue qu'elle lui inspirait. Il appréciait sa gentillesse envers autrui, il admirait ses talents artistiques, et il était profondément ému par son conflit avec Mackenzie.

— Bonjour vous deux, fit-elle. Comment se passe cette leçon ?

— Très bien ! répondit aussitôt Bobby, sans laisser à Mackenzie le temps de réagir. Ça ne te dérange pas que nous occupions ta table ?

— Pas du tout !

Lacey observa Mackenzie qui, penchée en avant, semblait se concentrer sur son travail.

— Je peux voir ?

La fillette retourna aussitôt sa feuille sur la table et déclara à brûle-pourpoint :

— Bobby devrait habiter ici et pas chez Rick... De toute manière, il passe son temps chez nous !

— J'ai une chambre tout à fait confortable chez Rick ! protesta Bobby, à la fois surpris et ému.

Il aurait plus de mal à voir Elise s'il habitait dans la maison du gardien de phare. Cette suggestion lui semblait pourtant séduisante.

Lacey s'adossa au mur et croisa les bras sur sa poitrine.

— En fait, j'y ai déjà pensé ! Ça serait logique que tu t'installes chez nous, Bobby. Tu travailles ici, Mackenzie est ici, et... nous faisons chauffer une grande cafetière chaque matin.

Elle sourit comme si ce dernier point allait le convaincre à coup sûr.

— Qu'en penses-tu ?

— Ça me plairait beaucoup !

Bobby avait momentanément oublié Elise. L'idée de se rapprocher de Mackenzie le tentait ; et il savait, en son âme et conscience, que l'idée de se rapprocher de Lacey n'était pas non plus pour lui déplaire.

— J'emménage quand ? reprit-il.

30

Nichée dans les bras de Jim, Faye était émue aux larmes par la tendresse et la générosité qu'il avait manifestées quand ils avaient fait l'amour ce soir-là.

Elle se sentait comblée. Le corps encore lourd de la chaleur du jacuzzi, elle éprouvait une profonde béatitude qu'elle n'aurait pas crue possible. Dans son programme de lutte contre la douleur, l'un de ses principes fondamentaux était que l'on ne trouve la paix et le bonheur qu'en soi-même : une parfaite santé, un million de dollars ou un autre être humain n'auront jamais le pouvoir de rendre quelqu'un heureux ou malheureux. Le terme de son équation concernant « un autre être humain » était-il par hasard erroné ? Avoir quelqu'un dans sa vie ne pouvait certainement pas faire de mal.

Jim pressa ses lèvres sur sa tempe et murmura comme un gamin détenant un secret :

— Je sais quelque chose que tu ne sais pas...
— Quoi ? fit-elle, intriguée.
— Je ne peux pas te le dire.

Elle martela doucement son torse de son poing.

— Tu es vraiment mesquin !
— Peut-être, mais je ne te dirai rien.
— C'est une bonne chose, au moins ?
— A toi de deviner !
— Quand le saurai-je ?
— Demain.
— Le matin à la première heure ?

— Je ne pense pas.

Faye se mit à rire; si elle n'avait pas été amoureuse, elle se serait fâchée.

— Alors, à quelle heure?

— Je ne sais pas exactement.

— Jim!

— Excuse-moi, j'aurais mieux fait de me taire.

Au lieu d'insister pour avoir de plus amples informations, Faye mit fin à son interrogatoire en embrassant Jim.

Le lendemain matin, elle assistait à un cours sur la prise en charge de la douleur — pour évaluer la jeune infirmière qui enseignait — quand Judy passa la tête dans l'embrasure de la porte, en lui faisant signe de la suivre dans le couloir.

Elle quitta discrètement la classe.

— Un coup de téléphone pour toi, annonça Judy.

— Ça ne pouvait pas attendre?

Faye était surprise que Judy l'ait arrachée à sa tâche : en tant que physiothérapeute, elle ne pouvait ignorer l'importance d'une évaluation pour l'avenir de la jeune infirmière.

— Désolée, il paraît que c'est important, fit Judy.

Dans son bureau, au bout du couloir, Faye décrocha son téléphone, en espérant que sa voix ne trahirait pas sa contrariété.

— Ici Faye Collier.

— Bonjour madame, fit une voix féminine. Je suis Sharon Casey, la présidente de l'Association des infirmières du comté de San Diego.

— En effet, votre nom me dit quelque chose. Que puis-je faire pour vous?

— Rien du tout! Je vous appelle pour vous annoncer que vous avez été élue «infirmière de l'année» pour le comté de San Diego.

— Moi? s'étonna Faye, quand elle eut retrouvé l'usage de la parole.

— Un grand nombre de médecins et d'infirmières a proposé votre candidature, en raison de votre travail sur les douleurs chroniques. J'ai lu votre nouveau livre. Il est fort rare qu'un ouvrage «parle» aussi merveilleusement aux spécialistes qu'aux profanes. Félicitations!

— Merci.

Faye s'assit derrière son bureau.

— Je ne sais que dire... Je suis éberluée... et enchantée.

C'était donc à ce propos que Jim l'avait taquinée la veille ! Il devait être dans le secret...

— Nous vous remettrons votre prix, en même temps qu'aux autres lauréats, à la cérémonie annuelle qui aura lieu le 20 septembre. Notez bien cette date dans votre agenda !

— Je n'y manquerai pas. Merci encore de m'avoir annoncé cette bonne nouvelle.

Faye raccrocha et appela Jim aussitôt.

— Comment le savais-tu ? fit-elle, sans même lui dire bonjour.

— Je suis un ami de longue date de Sharon Casey. Ayant appris que je sortais avec toi, elle n'a pas pu s'empêcher de vendre la mèche.

Faye se rembrunit un instant.

— Tu n'es pas intervenu en ma faveur, au moins ?

— Ma chérie, tu as mérité cette récompense par toi-même !

Elle passa la nuit chez Jim. Bien qu'ils eussent travaillé fort tard tous les deux, il avait tenu à l'emmener dîner dehors pour fêter l'événement. Le homard qu'elle avait dévoré, peu de temps avant l'heure de se coucher, pesait maintenant sur son estomac. Incapable de trouver le sommeil, elle traversa la maison, franchit la porte de verre coulissante, puis longea la piscine et le jacuzzi jusqu'au banc qui surplombait la ville. La nuit était claire et fraîche ; La Jolla déployait à ses pieds ses lumières scintillantes.

« L'infirmière de l'année »... Elle avait encore du mal à y croire.

— Hello !

Elle se retourna. Jim se dirigeait vers elle dans son peignoir de soie ; elle lui sourit.

— Trop excitée pour dormir ? fit-il en s'asseyant à côté d'elle sur le banc pour l'enlacer.

Elle abandonna sa tête sur son épaule.

— J'ai vécu dans un mobile-home... Je ne te l'ai jamais dit parce que c'était trop embarrassant pour moi. C'était du temps de mon mariage avec Zach... J'ai vécu dans un mobile-home, j'ai été l'épouse d'un criminel, j'ai été virée de mon poste d'infirmière scolaire parce que j'allais trop mal pour me concentrer, mon fils m'a reniée en tant que mère !

Elle secoua la tête.

— Et maintenant, je suis miraculeusement promue «infirmière de l'année».

Jim lui prit la main.

— Il n'y a pas de miracle, Faye ; mets-toi dans la tête que tu l'as bien mérité ! Tu es une femme de valeur. Tu n'as pas eu la vie facile, faute d'argent et de stabilité. Raison de plus pour être fière de tout ce que tu as accompli !

Elle ferma les yeux. Certes, elle avait travaillé dur et dépassé les objectifs qu'elle s'était fixés, mais cela ne compensait nullement son échec en tant que mère.

— Je voudrais te parler de Freddy, fit Jim, qui semblait lire dans son esprit.

— Pourquoi ?

— Pour te dire... qu'il est temps de le retrouver ! Tu n'aimerais pas qu'il assiste à la cérémonie ?

Faye laissa fuser un rire amer.

— J'imagine la scène ! Alors qu'il me déteste, je prends contact avec lui : «Viens donc me voir, mon fils ! Je t'ai abandonné pour faire carrière, et je t'invite à la remise des prix.»

— Tu ne l'as pas abandonné !

— Il a certainement eu cette impression.

— Je suis sûr qu'il te manque, reprit Jim après un silence. Tu ne sais même pas s'il t'en veut, et tu lui as rendu la tâche très difficile au cas où il souhaiterait te retrouver. Tu as déménagé plusieurs fois et repris ton nom de jeune fille. Je parie que Freddy a réalisé en mûrissant que tu avais bien fait de l'emmener au foyer cette nuit-là.

— J'en doute.

— Penses-tu souvent à lui ?

La Jolla et ses scintillements s'estompèrent sous les yeux de Faye.

— Il ne se passe pas un jour sans que je pense à lui ! Je prie pour lui... Je prie pour que la blessure de cette nuit-là se soit cicatrisée. Je prie pour qu'il aille bien, mais c'est peu probable, vu ses débuts dans la vie.

— S'il a hérité de ta nature combative, il a dû finir par s'en tirer.

Comme elle aurait aimé voir son fils ! Le serrer dans ses

bras et le supplier de lui pardonner d'avoir pris une décision qu'elle avait crue raisonnable.

— Si je voulais le retrouver, comment ferais-je à ton avis ? J'engagerais un détective ?

Jim se leva et lui tendit la main.

— Suis-moi !

Ils descendirent dans son petit bureau, puis il la pria de prendre un siège.

— Fions-nous à Google, dit-il en s'asseyant devant son ordinateur.

Faye se pencha sur le côté pour voir l'écran.

— Tu vas mettre son nom dans un moteur de recherche…

Jim se connecta à Internet.

— Tu n'as jamais essayé ?

— Je n'y ai jamais pensé.

Elle avait passé des heures à glaner sur Internet des informations concernant les douleurs chroniques, mais l'idée de rechercher son fils ne lui était jamais venue à l'esprit.

Jim tapa son prénom.

— Fred… Peux-tu me rappeler son nom de famille ?

— Pointer.

Faye plaça sa chaise derrière Jim pour mieux voir, tandis qu'il tapait le nom qui avait été jadis le sien et qui lui répugnait maintenant. Après avoir cliqué sur « cherchez », il fit défiler de nombreuses références sur l'écran. Certaines contenaient à la fois « Fred » et « Pointer », mais jamais de manière à associer un prénom et un nom.

— Essaye Frederick Pointer, suggéra-t-elle.

Plusieurs Frederick Pointer apparurent alors, mais ils semblaient faire partie d'un arbre généalogique et étaient décédés longtemps avant la naissance de Freddy. Un autre avait participé à un marathon ; elle retint son souffle, tandis que Jim cliquait pour en savoir plus sur cette course et les différents concurrents. Certes, un dénommé Frederick Pointer y avait participé — il avait même été classé cinquième —, mais il était âgé de trente-cinq ans.

— Freddy n'a que vingt-sept ans, fit-elle, découragée.

— Il faut persévérer, dit Jim. Essayons de le trouver sur l'un des annuaires !

Ses doigts effleuraient le clavier comme s'il passait sa vie à pianoter sur son ordinateur. « Frederick L. Pointer » apparut sur l'écran, ainsi qu'une adresse à Princeton, New Jersey.

— Mon Dieu ! souffla Faye, une main devant sa bouche.

— Est-ce que l'initiale intermédiaire est juste ? s'enquit Jim.

Faye hocha la tête.

— L, comme Leonard.

L'adresse était complétée par un numéro de téléphone, mais aucun indice ne lui donnait la certitude qu'il s'agissait bien de son fils.

— Je ne vois pas pourquoi il habiterait Princeton, reprit-elle.

— On pourrait lui téléphoner pour en avoir le cœur net.

Pas question, se dit Faye, terrifiée à cette idée. Si c'était le numéro de Freddy et s'il lui raccrochait au nez, elle n'aurait jamais plus l'occasion de lui parler. Elle préférait imaginer que c'était son fils, qu'ils engageaient une conversation, et qu'il l'accueillait chaleureusement. Plutôt rêver que d'affronter une réalité pénible !

Jim était retourné sur Google.

— A tout hasard, regardons s'il y a une photo de lui !

Il tapa les mots « Pointer » et « Princeton ». Des images de toutes sortes surgirent, mais aucune figure humaine, jusqu'au moment où apparut la photo de trois jeunes gens.

— C'est lui ! souffla Faye, un doigt pointé sur l'écran. Oh, mon Dieu ! Jim, je le reconnais.

Jim se leva pour lui permettre de s'asseoir face à l'écran. Comme ses mains tremblaient, elle les posa sur ses genoux avant d'examiner la photo. Freddy était l'homme du milieu.

— Ses cheveux se sont assombris, dit-elle. Il était presque blond autrefois. Mais regarde ses yeux ! Oh, qu'il est beau !

Son amour pour Fred, en veilleuse depuis des années, gonflait maintenant sa poitrine. Elle effleura, sur l'écran, ses cheveux et la manche de son costume sombre. Des larmes ruisselaient de ses yeux.

Jim se pencha au-dessus de son épaule pour scruter l'écran.

— En arrière-plan, je crois reconnaître la chapelle de Princeton.

Fred et ses deux compagnons se tenaient en effet devant une église.

— N'est-ce pas trop grand pour une chapelle ?
— Si j'ai bonne mémoire, c'est l'une des plus grandes chapelles de notre territoire. J'ai assisté à plus d'une conférence à Princeton !

Faye avait également séjourné à Princeton. Aurait-elle été dans la même ville que son fils sans le savoir ?

Jim glissa un bras autour de ses épaules pour taper sur le clavier. Dès que le site de Princeton apparut, il trouva une vue de la chapelle ; la même que sur la photo des trois jeunes gens.

— Il vit donc à Princeton, conclut Faye.

Sans quitter l'écran des yeux, elle s'agrippa au peignoir de Jim.

— Maintenant, je voudrais tout savoir ! A-t-il étudié à Princeton ? Les deux jeunes gens sur la photo sont-ils ses meilleurs copains ? Que lui est-il arrivé depuis la dernière fois que je l'ai vu ? Pourrait-on revenir à sa photo ?

Jamais elle ne se rassasierait de contempler le visage de son fils, adulte.

Jim tapa sur quelques touches. Quand Freddy réapparut sur l'écran, il se leva et interrogea Faye, les mains posées sur ses épaules :

— Préfères-tu l'appeler ou lui écrire ?

— Je dois y aller en personne, conclut-elle, après un instant de réflexion. Cette histoire ne peut pas se régler par téléphone.

Elle se rassit, et Jim prit ses deux mains dans les siennes.

— Mon plus grand souhait est d'avoir une seconde chance de connaître mon fils.

— Ça ne saurait tarder, murmura Jim en l'embrassant sur le sommet du crâne.

31

Allongée sur son lit, Lacey avait clairement conscience de la présence de Bobby dans la pièce au bout du couloir. Quelle erreur de l'avoir invité sous son toit ! Sur le moment, elle avait voulu faire plaisir à Mackenzie, tout en se mettant à l'épreuve. Elle se croyait forte quand Mackenzie avait lancé cette idée : Rick l'intéressait, et elle recherchait sa compagnie, dans l'espoir que l'amour et le désir apparaîtraient un beau jour comme par magie. En fait, elle se languissait dans sa chair pour l'homme qui dormait là.

A une heure du matin, renonçant à trouver le sommeil, elle sortit de son lit. Vêtue d'un boxer et d'un débardeur, l'une de ses tenues de nuit habituelles, pieds nus, elle descendit l'escalier à pas de loup. Après avoir pris dans un placard, près de l'évier, un flacon d'insecticide et une lampe torche, elle referma doucement la porte de la maison.

Jamais elle ne s'était sentie en danger dehors. Bien que sa mère eût été assassinée sous ses yeux, elle n'avait jamais redouté de subir le même sort. C'était un événement rarissime et difficilement inimaginable dans les Outer Banks. A Kiss River où ne s'aventuraient que de très rares touristes, elle n'avait rien à craindre. Comme elle allait regretter ce lieu !

Une douce brise soufflait dans la nuit, et une demi-lune éclairait le ciel, tandis qu'elle se dirigeait vers le phare. En enfonçant ses orteils dans la fine poudre du sable, elle sentait encore la chaleur du soleil sous ses pieds. L'océan était calme : son rugissement s'était mué en un murmure, et elle constata, à l'approche du phare, que les vagues clapotaient sur les marches au lieu de les prendre d'assaut. Elle traversa l'étendue d'eau qui lui montait à mi-mollet et gravit les marches jusqu'à l'octogone plongé dans les ténèbres.

Il lui arrivait d'y venir à cause de la fraîcheur du sol carrelé. Cette nuit-là, elle eut envie de grimper dans la tour.

Malgré l'obscurité qui régnait à l'intérieur, elle monta l'escalier à la faible lueur tombant du ciel, sans se soucier de sa lampe torche. A la dernière marche, elle se retourna pour s'asseoir face à l'océan. Le ciel se reflétait dans l'eau, et la lune éclairait les briques déchiquetées qui l'entouraient.

Que serait-il advenu de Kiss River si le phare était resté intact? Comme le phare de Corolla, plus au nord, il aurait probablement été restauré et ouvert au public. La maison de gardien serait peut-être déjà un musée, et le chemin gravillonné menant au parking aurait été pavé. Elle réalisa brusquement que lorsque sa maison deviendrait un musée ouvert aux touristes, la gendarmerie maritime trouverait moyen d'interdire l'accès du phare au public. Elle-même ne pourrait plus y aller! Une pensée insoutenable... Comment ce phare qu'elle avait détesté jadis avait-il pu devenir l'objet de son amour?

Elle se souvint que Bobby — au cours de l'été 1991 — s'était étonné de sa haine. « Qu'est-ce qu'il t'a fait, ce phare ? » lui avait-il demandé un soir, après qu'elle avait prononcé une tirade de dix minutes contre Kiss River. Ils étaient dans la file d'attente de l'un des parcs d'attractions, prêts à monter sur les montagnes russes pour la quatrième fois. Jessica était là, bien sûr, et Bobby l'avait enlacée d'un air possessif, une main sur sa nuque. Les longs cheveux blonds de son amie tombaient en cascade sur son avant-bras; elle avait alors regretté d'avoir coupé les siens. Il lui aurait suffi de les teindre en noir ou en blond, mais, les ciseaux en main, elle avait cédé à un accès de folie. Furieuse d'entendre son père l'appeler sans cesse « Annie », comme s'il ne se souvenait même plus de son prénom, elle avait décidé de ressembler le moins possible à sa mère.

Un autre garçon — dont le nom lui échappait maintenant, mais avec qui elle avait couché sur la plage, un peu plus tard ce soir-là — attendait avec eux son tour sur les montagnes russes. Son haleine empestait l'alcool, et elle aurait souhaité connaître avec lui l'intimité du sexe sans avoir à subir ses baisers avinés.

« Ce phare me prive de mon père, avait-elle répondu à Bobby. D'abord ma mère est assassinée, ensuite mon père devient complètement obsédé par ce foutu phare de Kiss River. »

Bobby lui avait fait préciser ce qu'elle entendait par « obsédé ».

« Il lui rappelle ma mère, alors il va le photographier presque chaque jour. Il préside une commission qui voudrait l'empêcher de s'effondrer dans l'océan... Et il sait tout, absolument tout, à son sujet ! Il en sait beaucoup plus que les autres gens, mais ça ne lui suffit pas. C'est de la folie... »

Jessica avait apporté de l'eau à son moulin.

« Il a même oublié l'anniversaire de Lacey à cause du phare !

— Ce phare l'obnubile tellement qu'il ne pense plus qu'à lui.

— Il me paraît un peu *dérangé*, avait lancé l'autre garçon.

— Oui, il l'est ! avait-elle tranché, vaguement gênée par l'image négative qu'elle donnait de son propre père endeuillé. Je voudrais que ce foutu phare s'effondre dans l'océan. Comme ça je n'en entendrais plus parler, et mon père reviendrait à la réalité ! »

Après avoir lâché Jessica pour placer une main sur son bras, Bobby avait déclaré d'un ton docte :

« Tu as besoin d'un petit quelque chose pour te détendre. »

Sa main était douce et chaude sur sa peau, et elle s'était souvenue de la nuit où elle avait perdu sa virginité, quelques semaines plus tôt. Cette main posée sur ses seins naissants et à l'intérieur de ses cuisses...

Après avoir sorti quelques comprimés de sa poche de chemise, il les avait placés sous ses yeux.

« Prends-les, avait-il dit posément, ça te fera du bien. »

Elle avait refusé net. Evidemment, elle buvait, mais elle ne voulait pas toucher à la drogue, bien qu'elle eût fait semblant un certain nombre de fois, pour ne pas se ridiculiser. Il lui suffisait alors de fourrer le comprimé qu'elle était censée absorber dans la poche de son short ultra-court.

« Ça ferait du bien à son père ! avait ricané l'autre garçon.

Elle pourrait en planquer une, en douce, dans son jus d'orange. »

La portière d'une voiture claqua, arrachant Lacey à ses souvenirs. Elle se tourna aussitôt vers le parking : la camionnette de Bobby était là, ainsi qu'une voiture inconnue, qui n'appartenait à aucun membre de la maisonnée. Malgré l'obscurité du parking, elle vit Bobby sortir de son véhicule et prendre dans ses bras une mince jeune femme blonde.

Alors qu'elle le croyait endormi dans son lit, était-il sorti avec cette femme ? Cette étrangère ! Et maintenant, s'embrassaient-ils ? De si loin, elle ne pouvait jurer de rien, mais elle avait au moins une certitude : elle éprouvait le même sentiment de jalousie qu'à l'époque où elle voyait Bobby et Jessica ensemble. Ce sentiment, jailli du fond de sa poitrine, lui serrait la gorge.

La jeune femme se dégagea et ouvrit la portière de la voiture. A la lumière venant de celle-ci, Lacey vit clairement qu'il lui tendait une épaisse liasse de billets verts. S'agissait-il d'une prostituée ? A moins (pis encore !) qu'il ne lui achète de la drogue. En tout cas, elle avait eu tort d'inviter Bobby Asher sous son toit. L'avait-elle fait pour Mackenzie ou parce qu'elle cédait à ses démons ?

La voiture de l'inconnue s'éloigna du parking, et Bobby se dirigea vers la maison, les mains dans les poches, se croyant probablement invisible dans la pénombre.

Lacey, quant à elle, resta figée sur place au sommet du phare. Elle avait peut-être assisté à un échange parfaitement innocent. Bobby avait pu rembourser une cartouche de cigarettes à cette blonde...

A moins que Jessica n'ait vu juste en voulant tenir Bobby à l'écart de Mackenzie ! Quoi qu'il en dise, il ne valait peut-être pas mieux qu'en ce lointain été.

32

Au petit déjeuner, Bobby se versa une troisième tasse de café et vida son second bol de céréales sous les yeux de Lacey. Abusait-il de sa générosité ? Non seulement elle le nourrissait, mais elle lui offrait un gîte, sa véranda comme lieu de travail, et l'entrée gratuite du gymnase. En échange, il n'avait qu'à tenir compagnie à une gamine de onze ans, dont il contestait plus ou moins la paternité. Avant de l'inviter à faire intrusion dans sa vie, elle aurait dû prévoir une ou deux séances avec sa psychologue pour s'interroger sur ses véritables motivations.

Exceptionnellement, tous les membres de la maisonnée étaient présents au petit déjeuner. En général, l'un d'eux avait pris son repas plus tôt ou sauté carrément celui-ci pour aller travailler ; mais, ce matin-là, le ciel était si sombre qu'ils avaient allumé la lampe de la cuisine, et personne ne semblait songer à partir. On entendait, à travers la porte écran, qu'une forte pluie martelait le sable. Toutes les portes du côté est de la maison étaient fermées, mais il faisait trop chaud pour fermer également celle de la cuisine.

Rani était nerveuse : après avoir terminé son petit déjeuner, elle agitait ses petits pieds bruns de poupée pour descendre de sa chaise haute.

— Je peux la prendre sur mes genoux ? demanda Mackenzie.

Gina acquiesça d'un signe de tête. Rani ne se fit pas prier pour s'asseoir sur les genoux de Mackenzie et jouer avec elle à un petit jeu à l'aide de céréales éparses sur la table.

Bobby les observait, le visage éclairé d'un sourire, et Lacey se reprocha ses soupçons à son sujet. Elle faisait beaucoup d'embarras pour rien ! Bobby avait une bonne relation avec Mackenzie, et celle-ci s'attachait manifestement à lui. Tom était alcoolique et passablement à côté de ses pompes lorsqu'elle avait appris qu'il était son père ; il l'avait pourtant accueillie à bras ouverts. Bobby se comportait de la même manière avec Mackenzie. Quelle que soit sa véritable personnalité, elle n'avait pas le droit de compromettre cette relation entre un père et son enfant.

Malgré son sourire, Bobby semblait pensif. Son humeur avait-elle un lien avec la femme du parking ? se demanda un instant Lacey. Etait-ce avec elle qu'il avait ces longues conversations secrètes sur son téléphone portable ? Sa cervelle allait éclater si elle continuait à se poser toutes ces questions. L'heure était venue de penser à la journée qui s'annonçait et de partir pour la clinique vétérinaire.

Elle se concentra sur Mackenzie.

— As-tu préparé le livre que tu es en train de lire, pour l'emporter chez ta grand-mère ?

— Je m'en passerai aujourd'hui, annonça Mackenzie en déplaçant les céréales sur la table, selon une règle du jeu que Rani et elle étaient seules à comprendre. On va faire du shopping.

Nola avait donc découvert une activité au goût de sa petite-fille.

— Mais, reprit Mackenzie en se tournant vers Lacey, j'aimerais rentrer de bonne heure à la maison. Tu peux venir me chercher après ton travail ? Je voudrais aider Clay...

Elle fixa Clay à travers la table.

— Tu entraînes des chiens cet après-midi ?

— Oui, j'entraîne Bonner.

— J'adore Bonner ! Alors je peux rentrer de bonne heure ?

— Je veux peindre avec les doigts, annonça Rani, sans doute lasse de jouer avec les céréales.

— Je vais m'occuper d'elle, fit Gina.

Clay se leva.

— Non, je la prends !

— Je peindrai avec toi ce soir, Rani, dit Mackenzie en déposant la petite fille dans les bras de son père. Pas maintenant ; je pars dans quelques minutes...

Rani, boudeuse, se blottit contre l'épaule de Clay.
— Je te débarbouille ?
Clay porta sa fille jusqu'à l'évier, où il lui lava les mains et le visage, ce qu'elle ne supportait que depuis peu.
— Si tu allais regarder un de tes livres ? suggéra-t-il, en la posant à terre.
Rani courut aussitôt dans le séjour, Sasha à ses côtés.
— Alors, tu es d'accord ? insista Mackenzie à l'intention de Lacey, tandis que Clay se servait une nouvelle tasse de café.
Bobby avait au moins eu la délicatesse de refaire chauffer une cafetière quand il avait réalisé qu'il avait presque vidé la première.
— Pas de problème, répondit Lacey. Parles-en avec ta grand-mère et appelle-moi à la clinique vétérinaire !
Nola serait sans doute enchantée de passer moins de temps avec sa petite-fille. Quelques jours auparavant, elle l'avait carrément remerciée d'accueillir la fillette, tout en spécifiant qu'elle lui en voulait toujours d'avoir contacté Bobby. Et si par hasard les objections de Nola se justifiaient ?
— A propos d'appels téléphoniques, fit Clay en se rasseyant, j'en ai reçu un, hier, de la part d'une femme dont j'ai dressé le chien il y a des années.
Il se laissa aller en arrière en pianotant sur sa serviette de table.
— Wolf, reprit-il, est l'un des meilleurs chiens que j'ai entraînés. Sa maîtresse, Susan, et lui formaient une excellente équipe. Ils ont participé il y a quelques mois à une opération de sauvetage d'une petite fille, qui campait avec sa famille et qui avait disparu. On la croyait égarée, alors qu'un type l'avait enlevée. Wolf l'a retrouvée saine et sauve, mais cet individu lui a flanqué des coups de pied et a tiré sur lui.
— Oh non ! fit Mackenzie, une main sur sa bouche, l'air consterné. Le chien est mort ?
— D'après Susan, il s'est remis de sa blessure, et il semblait aller bien ; mais il a brusquement changé. Il aboie dans la rue contre des inconnus, et il a attaqué une de ses amies venue lui rendre visite.
— Il l'a attaquée comment ? demanda Mackenzie.
— Il a bondi sur elle et lui a mordu le bras à pleines dents.

— Sapristi! fit Bobby. On l'a abattu?

Clay secoua la tête.

— La personne qu'il a attaquée était, heureusement, une amie des chiens. Susan et elle ont réalisé que quelque chose clochait : Wolf avait toujours été très doux... Susan craint que non seulement il ne vaille plus rien en tant que chien de sauvetage, mais qu'il présente un danger pour tout le monde — à part elle.

Dès les premiers mots de son frère, Lacey avait deviné qu'il voulait tenter de rééduquer Wolf, mais Gina commençait seulement à comprendre.

— Tu n'as pas l'intention de rééduquer ce chien? fit-elle.

Clay se tourna vers sa femme.

— Je te répète que Wolf est l'un des meilleurs chiens que j'aie entraînés. Il est victime d'une sorte de... trouble post-traumatique.

— Je t'en prie, Clay, supplia Gina, n'accepte pas ce chien ici!

— Il n'y aura pas de problème puisqu'il sera enfermé dans le chenil.

Gina décida sagement de poursuivre cette discussion en privé.

— Tu devrais demander à papa d'examiner Wolf, suggéra Lacey. Il a peut-être des lésions.

— Je commencerai par là, approuva Clay.

Bobby jeta un coup d'œil à sa montre, avant d'emplir son bol de céréales aux raisins secs.

Lacey se tourna vers lui.

— Tu me parais bien silencieux ce matin, fit-elle en espérant que personne ne remarquerait son intonation soupçonneuse.

Il lui décocha un sourire qui la tétanisa, comme toujours, malgré les soupçons qu'elle nourrissait à son égard.

— Votre discussion à propos de ce chien me fait penser à la pièce que je suis en train de réaliser. La boucle de ceinture... Aujourd'hui, j'ajoute la couleur.

— Je pourrai regarder? demanda Mackenzie.

— Tu as une journée bien chargée, non? fit Bobby en riant. Du shopping avec ta grand-mère, un chien à entraîner avec Clay, de la peinture avec Rani, et en plus, tu veux me regarder travailler!

Mackenzie haussa les épaules d'un air désinvolte, au cas où ses hôtes auraient deviné qu'elle était en train de reprendre goût à la vie.

— Je te montrerai ce soir comment je m'y prends, lui proposa Bobby.

Elle acquiesça.

Au cours de la matinée, Rick passa à la clinique vétérinaire avec des fleurs pour Lacey. Voyant tout le monde en émoi, elle se sentit gênée par cette manifestation publique de son affection à son égard. Elle devrait ensuite répondre aux questions insidieuses de ses collègues ; c'était pourtant gentil de la part de Rick. Une charmante attention...

— Tu me gâtes, lui dit-elle depuis le comptoir d'accueil où elle plaçait le bouquet dans un vase.

— Tu mérites d'être gâtée !

Elle disposa les fleurs de sorte qu'elles semblaient jaillir du vase comme un feu d'artifice.

— J'ai une question à te poser, s'entendit-elle articuler.

Elle s'adressa alors à l'une des employées de la clinique :

— Pourrais-tu me remplacer quelques minutes ?

Ayant obtenu son accord, elle traversa avec Rick la salle d'attente envahie de chiens et de chats. Dehors, la pluie s'était calmée, laissant une atmosphère embuée dans son sillage. Au bord du parking, elle s'adressa à son compagnon.

— Quand Bobby habitait chez toi... as-tu remarqué, de sa part, un comportement de drogué... ou le moindre indice ?

Rick fronça les sourcils.

— Pourquoi cette question ? Tu as des soupçons ?

— L'aurais-tu aperçu en compagnie d'une femme blonde ?

— Une femme est venue une fois. Grande, mince, jolie... Bobby est sorti avec elle un moment ; ça ne m'a pas spécialement frappé.

— Je l'ai vu lui donner de l'argent.

— En échange de quoi ?

— Aucune idée, mais ça me tracasse.

Les lèvres pincées, Rick promena son regard en direction de l'océan. Il ne pouvait pas l'apercevoir de si loin, mais le grondement des vagues, derrière la rangée de villas, parvenait à ses oreilles.

— Dans ce cas, tu ferais bien de le questionner, suggéra-t-il.

Bien sûr, pensa Lacey : au lieu de jouer aux détectives, elle avait tout intérêt à questionner Bobby. Mais pouvait-elle s'autoriser à se mêler de ses affaires personnelles sans disposer de preuves plus sérieuses de ses torts ? En outre, désirait-elle sincèrement connaître les réponses aux questions qui la préoccupaient ?

— C'est un vrai dilemme, avoua-t-elle. Il fait du bien à Mackenzie...

Deux véhicules se garèrent sur le parking ; un grand danois sauta de l'un, un labrador golden de l'autre. On avait probablement besoin d'elle à l'intérieur.

— Je retourne travailler, dit-elle en se haussant sur la pointe des pieds pour l'embrasser sur la joue. Et merci pour les fleurs ; tu es vraiment trop gentil.

Lacey travaillait ce soir-là avec Bobby, à la lumière électrique de la véranda. Elle dessinait un motif pour un vitrail, mais, incapable de se concentrer, elle retraçait éternellement les mêmes lignes. C'était le moment ou jamais d'interroger son compagnon !

Penché sur la seconde table, Bobby travaillait à sa boucle de ceinture, dans le halo lumineux d'une lampe halogène.

Elle posa son crayon avec un soupir résigné.

— Hier soir, marmonna-t-elle, comme je n'arrivais pas à dormir, je suis montée au sommet du phare.

— Mmh, fit Bobby.

Indifférent ? Ou innocent ?

— J'étais là-haut, reprit-elle, quand je t'ai vu avec cette femme sur le parking...

Elle vit ses mains s'immobiliser, puis il posa calmement l'outil qu'il utilisait. Après avoir fait pivoter son siège, il arbora l'expression d'un enfant surpris la main dans le pot de confiture.

— Tu te demandes de qui il s'agit ?

— Ça ne me regarde pas, mais je...

— C'est quelqu'un que j'ai connu aux Alcooliques Anonymes. Simplement une amie... Elle m'a appelé hier soir parce qu'elle était sur le point de boire... Elle est donc venue me chercher ici, et nous avons roulé un peu. J'ai fait mon possible pour la calmer, tu sais... Je regrette de t'avoir inquiétée.

— Je voulais...

Lacey évita le regard de Bobby.

— Tu ne me dois aucune explication, mais c'était bizarre! Je te croyais endormi dans ta chambre, alors ça m'a un peu perturbée de t'apercevoir dehors.

— Aux Alcooliques Anonymes, si quelqu'un a besoin d'aide pour éviter de boire... on est censé intervenir.

Lacey hocha la tête sans conviction. Elle mourait d'envie de lui poser d'autres questions. Pourquoi avait-il donné de l'argent à cette inconnue? Etait-ce la personne à qui il parlait si souvent au téléphone? Mais ses soupçons et sa jalousie pesaient sur sa poitrine comme un mélange explosif; elle trouva plus simple de battre en retraite.

— Pardonne-moi mon indiscrétion, dit-elle.

— Je t'en prie! Tu es chez toi, et tu as le droit d'être informée des allées et venues.

Jugeant apparemment ses explications suffisantes, Bobby tourna à nouveau son siège face à la table.

Malgré les pensées qui bouillonnaient dans son esprit, Lacey n'eut aucun mal à s'endormir. La chaleur oppressante avait enfin cédé la place à une brise fraîche, et une température idéale régnait dans sa chambre.

Elle rêva cependant, au milieu de la nuit, qu'un chat miaulait sur la plage d'une manière sinistre. Assise dans son lit et vaguement groggy, elle se dit que c'était Rani; mais quand elle entendit le même son, une fois réveillée, elle réalisa qu'il s'agissait d'un hurlement de... Mackenzie!

Elle sauta hors de son lit et fonça sur le palier. Bobby sortait de sa chambre en remontant la glissière de son jean; son soulagement à sa vue la surprit elle-même. Il irait parler à Mackenzie, qui se sentirait plus à l'aise avec lui. Il saurait la mettre en confiance.

Mais il s'immobilisa dès qu'il l'aperçut.

— Vas-y ! articula-t-il dans un souffle, tout en lui désignant la chambre de Mackenzie.

Sur le point de protester, elle lut sur son visage que c'était à elle qu'incombait cette tâche. Bien que les hurlements aient cessé, des sanglots s'échappaient de la chambre.

Elle acquiesça d'un signe de tête et ouvrit la porte.

Mackenzie était pelotonnée près du dosseret de son lit bateau, les bras autour des jambes et la tête enfouie entre ses genoux. Quand Lacey s'assit au bord du lit, elle s'étonna de voir la fillette lui tendre les bras, exactement comme Rani quand elle voulait qu'on la cajole.

Après s'être approchée, elle l'enlaça ; toujours en larmes, Mackenzie se blottit contre sa poitrine. Elle la serra plus étroitement, sentant sa peau moite et la douceur de ses cheveux en contact avec sa joue.

— Un cauchemar ? fit-elle, le nez au milieu de ses cheveux.

— J'ai rêvé, murmura Mackenzie le corps secoué de sanglots, mais ce n'était pas un vrai rêve parce que c'est arrivé *vraiment*. L'accident... J'ai eu l'impression que tout recommençait.

Lacey ferma les yeux. Au lieu d'imaginer le chauffard soûl, percutant la voiture de Jessica, elle se retrouvait au foyer des femmes battues, à l'instant où Zacharie Pointer faisait irruption dans la pièce, son revolver pointé vers sa femme.

— Tout va s'arranger, dit-elle tout en sachant que plus jamais rien ne serait comme avant pour Mackenzie.

— Elle me regardait au moment de l'accident... Si je n'avais pas été là, elle aurait peut-être évité cet ivrogne... ce crétin d'ivrogne.

Comment réagirait Mackenzie lorsqu'elle apprendrait que Bobby, conduisant en état d'ivresse, avait lui aussi tué deux personnes ?

— La vie, admit-elle, est pleine de « et si » et de « si seulement ».

Si seulement sa mère et elle n'étaient pas allées au foyer des femmes battues ce jour-là... Et si elle-même s'était interposée entre Zacharie Pointer et sa femme, il n'aurait peut-être pas osé tirer sur un enfant...

— On ne peut pas revenir sur le passé, conclut-elle.

— Alors, la vie me dégoûte !
— On passe parfois par des moments très difficiles...
— Comment as-tu supporté la mort de ta mère ?

Le visage enfoui dans l'épaule de Lacey, Mackenzie lui posait pour la première fois une question sur son propre deuil.

— Mal... Je me suis révoltée, comme toi.
— Je ne me révolte pas.
— Non ? fit Lacey, un sourire aux lèvres. Pourtant, tu es souvent maussade... Tu voles dans les magasins... Tu m'as piqué de l'argent dans mon portefeuille, et tu as placé mon vibromasseur en plein milieu de la table de la cuisine !

Mackenzie émit un son à mi-chemin entre le fou rire et le sanglot.

— Que veux-tu dire par « maussade » ?
— Boudeuse, désagréable...
— Je me demande pourquoi, fit Mackenzie en soupirant. Avant, je n'étais pas comme ça !
— Tu ne sais peut-être plus où tu en es... Ta vie a changé beaucoup trop vite, et tu es affreusement angoissée. Les gens réagissent de manière imprévisible quand ils ont peur.

Lacey eut une pensée reconnaissante pour Bobby.

— Tu étais maussade toi aussi ? s'enquit Mackenzie.
— Bien pire que ça ! Quand mon père s'est mis à fréquenter Olivia — tu sais, la maman de Jack et Maggie —, ça a été terrible pour moi. Au début, je ne l'aimais pas : je la soupçonnais de vouloir prendre la place de ma mère et, en même temps, j'avais peur d'être une fille indigne si je m'attachais à elle.
— Oui ! fit Mackenzie avec une telle conviction que Lacey eut la certitude d'avoir été entendue.
— Finalement, j'ai réalisé qu'il y avait assez d'amour en moi pour que j'en donne à d'autres personnes, même si j'en réservais une tonne à ma mère.

Mackenzie renifla contre l'épaule de Lacey.

— Tu aimes Olivia ?
— Enormément, mais pas du tout comme j'aimais ma mère. Olivia ne l'a pas remplacée, c'est une autre personne...

Elles gardèrent le silence un moment, et le corps de Mackenzie fut à nouveau secoué de sanglots. Lacey lui frictionna spontanément le dos.

— Ça va aller, murmura-t-elle en regrettant de ne pas être douée d'un pouvoir magique.

Chaque sanglot et chaque frisson de Mackenzie envoyait une décharge d'émotion dans son cœur, ou peut-être une onde d'amour. Plus elle serrait étroitement la fillette, plus il lui semblait que la carapace — qu'elle s'était forgée sans même le savoir — se détachait de ses épaules. De quoi s'était-elle protégée? Du risque de replonger dans son chagrin et de devenir la femme au grand cœur qu'avait été sa mère.

Mackenzie retrouva tout à coup la parole.

— Crois-tu qu'il n'y a pas de hasard? C'est ce que me disaient Amelia et un certain nombre de gens. «Même si on ne comprend pas pourquoi, ça devait arriver!» Ils me répétaient cette phrase, mais je ne vois absolument pas *pourquoi* ma mère devait mourir.

— On dit souvent cela, admit Lacey. Je suppose que les gens sont rassurés à l'idée que tout s'explique.

— Tu es de leur avis?

Ne voulant pas insinuer un doute dans l'esprit de Mackenzie si cette idée la tranquillisait, Lacey hésita un instant; mais l'honnêteté s'imposait.

— Non, pas vraiment, ma chérie...

Sa tendresse la surprit plus encore que Mackenzie.

— J'estime, pour ma part, que nous devons faire appel à notre courage quand nous sommes frappés par le malheur. C'est notre devoir. Un devoir beaucoup plus pénible que si l'on se contente de penser que «ça devait arriver»! Avant de prendre une décision, je me demandais toujours ce que ma mère aurait souhaité de son vivant.

Sa «bonne mère», du temps où elle n'était pas encore tombée en disgrâce...

— Ça m'aidait beaucoup, reprit-elle, et j'avais l'impression que ma mère était restée à mes côtés.

Elle avait cessé ensuite de se fier au jugement d'Annie, mais ce n'était pas le problème de Mackenzie.

— Quelquefois, dit celle-ci, il me semble que c'est une blague... que maman est toujours en vie et va revenir...

— Je sais, approuva Lacey qui avait connu la même illusion.

Brusquement, Mackenzie se dégagea, et, après s'être redressée, essuya son visage à l'aide de ses doigts aux extrémités fuchsia.

— Bon Dieu, je suis affreusement gênée...

— Pourquoi? s'étonna Lacey, la main toujours posée sur le bras de Mackenzie.

— Parce que je me suis réveillée en hurlant! Je me sens nulle.

— Pas du tout! Certains rêves sont terrifiants.

— Ça t'arrivait aussi... de te réveiller en hurlant?

Lacey se souvint sans peine des mois qui avaient suivi la mort de sa mère. Il lui sembla qu'elle ne parvenait même pas à dormir assez longtemps pour avoir le temps de rêver.

— Je crois que je ne hurlais pas réellement, souffla-t-elle, mais je hurlais dans ma tête. Ça n'était pas très utile, car on ne pouvait pas m'entendre, donc personne n'accourait pour me consoler.

Mackenzie prit du recul pour l'observer; puis elle effleura doucement la joue de Lacey, soudain humide de larmes...

— Je t'aime, Mackenzie, fit celle-ci.

En entendant ces deux mots résonner dans la pièce, tandis qu'elle serrait à nouveau la fillette dans ses bras, elle eut conscience que c'était la pure vérité.

33

— Je voudrais voir le nouveau chien, dit Mackenzie en jetant un coup d'œil à travers l'une des fenêtres de la véranda.

Depuis une heure, elle regardait Bobby appliquer méticuleusement la peinture sur sa boucle de ceinture ; bien qu'elle prétendît avec gentillesse s'intéresser à cette tâche, il n'était pas dupe.

Après avoir levé les yeux de son travail, il aperçut Clay, derrière la maison. Il était en compagnie d'une femme aux longs cheveux gris, tressés en natte derrière son dos, et d'un superbe berger allemand. Le soleil éblouissant projetait les ombres de l'homme, de la femme et du chien sur le sable.

— Est-ce le chien dont parlait Clay ? fit Bobby. Celui qui souffre d'une sorte de stress post-traumatique ?

Mackenzie acquiesça d'un signe de tête, le regard rivé sur le jardin.

— Il a dit qu'il devait venir aujourd'hui, samedi. Pauvre bête !

Mackenzie passait tout le week-end à la maison de gardien pour permettre à Nola de se consacrer à son agence immobilière. Elle avait envoyé des e-mails à ses copines et discuté avec elles sur son téléphone portable, puis elle avait lu des histoires à Rani — qui faisait maintenant des courses avec Gina, la laissant seule et désœuvrée.

— Ce n'est peut-être pas une si bonne idée d'aller voir ce chien, dit Bobby. Souviens-toi qu'il a attaqué quelqu'un.

— J'appelle Clay pour lui demander la permission !

Mackenzie sortit son téléphone portable et composa un numéro. Bobby faillit lui suggérer de ne pas interrompre Clay en plein travail, mais il savait que cela ne poserait aucun problème : le frère de Lacey avait associé avec succès Mackenzie au dressage des chiens, et elle semblait lui rendre vraiment service.

Ils regardèrent tous deux Clay dégrafer son téléphone de sa ceinture et le porter à son oreille.

— C'est moi, fit Mackenzie. Je suis sur la véranda.

Il se tourna vers la maison, et elle lui adressa un signe depuis la fenêtre.

— Je peux venir voir Wolf ?

Le visage de la fillette s'éclaira dès qu'elle entendit la réponse de Clay.

— Génial !

Elle fit claquer son téléphone.

— Il est d'accord, annonça-t-elle à Bobby.

— Je t'accompagne ? proposa celui-ci, en feignant de s'intéresser au chien.

A vrai dire, l'idée de la laisser approcher l'animal toute seule lui déplaisait quelque peu. Il manquait d'expérience dans ce domaine et ne s'était jamais senti à l'aise en présence d'un chien ; mais Clay n'aurait sûrement pas donné son accord s'il y avait eu le moindre danger.

Mackenzie et lui sortirent ensemble sur le porche, derrière la maison de gardien, puis marchèrent jusqu'au sable. Wolf se dressa à leur approche, la queue frétillante. Heureusement, il était tenu en laisse !

— Détourne le regard, Mackenzie, souffla Bobby.

— Pourquoi ?

— Il ne faut pas regarder les chiens dans les yeux. Ça leur fait l'effet d'une provocation... d'une menace...

— J'ai pigé. Merci !

Bobby avait au moins cette notion, bien qu'il fût assez ignorant en matière de chiens. Il sourit à Clay et à la femme aux cheveux gris, en évitant de fixer Wolf.

La maîtresse du chien approchait la soixantaine, mais ses cheveux étaient tressés en une natte épaisse derrière son dos, et son sourire épanoui avait une blancheur éblouissante.

— Voici Bobby et sa fille Mackenzie, lui annonça Clay.

Bobby et sa fille Mackenzie. C'était la première fois que

Bobby entendait prononcer ces mots ; tout en les sachant erronés, il éprouva une joie et une fierté indéniables. Sa main alla se poser sur l'épaule de Mackenzie d'un geste paternel.

— Je vous présente Susan, ajouta Clay.

Bobby hésita un instant avant de serrer la main que lui tendait Susan : Wolf risquait de mal interpréter ce geste. Cependant, l'animal resta parfaitement impassible. On aurait pu le croire drogué...

— Mackenzie est mon assistante, précisa Clay.

— Je peux le caresser ? demanda l'« assistante ».

— Fais-lui flairer ta main, conseilla Susan. Ensuite, tu pourras caresser son poitrail. Evite le haut de son crâne !

Mackenzie s'approcha docilement du chien pour qu'il flaire le dos de sa main. Quand elle eut gratté un moment son poitrail, l'animal se pencha vers elle, apparemment ravi par ce contact.

— Clay vous a aidée autrefois à dresser Wolf, fit Bobby, plus détendu.

— C'était un chien merveilleux pour les opérations de recherche et de sauvetage, mais il n'est plus fiable depuis deux mois.

Susan raconta l'épisode dramatique au cours duquel le kidnappeur avait maltraité Wolf.

— Lorsqu'il a attaqué mon amie, reprit-elle, j'ai songé à le faire euthanasier, mais je ne peux pas m'y résoudre tant qu'il reste une chance de le rééduquer.

— Il est vraiment adorable ! s'exclama Mackenzie, assise sur le sable.

Wolf avait roulé sur son dos pour qu'elle lui frictionne le ventre.

— Il est devenu imprévisible, objecta Susan. Je me demande parfois ce qui lui passe par la tête.

— Avant de travailler avec lui, j'aimerais que mon père l'examine soigneusement, de manière à éliminer tout problème médical, intervint Clay.

— Vous l'emmènerez à la clinique vétérinaire ?

— Oui, Susan. Voulez-vous le laisser ici pour que je travaille avec lui tous les jours ? Je le garderai au chenil.

Clay désigna un espace clôturé, proche du parking.

— Bien sûr, mais il me manquera terriblement !

Assise sur le sable, à côté de Mackenzie, Susan frictionna le poitrail de Wolf, tandis que la fillette se concentrait sur son ventre. Il semblait aux anges, autant qu'un chien peut l'être.

Susan leva les yeux vers Clay.

— Combien de temps pensez-vous le garder ?

— Tout dépendra de ses progrès. Je le ferai travailler chaque jour, et je le stimulerai uniquement de manière positive.

— C'est pour cela que j'ai tenu à vous le confier personnellement, acquiesça Susan.

Bobby entendit un véhicule rouler sur le chemin gravillonné. Lacey se gara sur le parking, et Mackenzie lui adressa un signe dès qu'elle sortit de sa voiture. Un petit miracle s'était produit, apparemment, la nuit précédente : le moment qu'avait passé Lacey dans la chambre de la fillette paraissait avoir marqué un tournant décisif dans leur relation. Bien qu'elle se fût abstenue de tout commentaire à ce sujet, elle avait remercié Bobby de l'avoir incitée à aller consoler Mackenzie. En descendant ce matin-là, il les avait trouvées en train de préparer du pain perdu comme deux vraies copines.

Depuis quelques jours, il se sentait gêné en présence de Lacey, car elle l'avait surpris avec Elise sur le parking. Se croyant en sécurité au milieu de la nuit, il s'était montré imprudent ! Manifestement, Lacey ne croyait pas à ses mensonges ; mais puisqu'elle semblait décidée à en rester là, il éviterait de remettre ce sujet sur le tapis.

Pour l'instant, elle sortait un chouchou de sa poche afin de rassembler ses cheveux en queue-de-cheval.

Elle se dirigea ensuite vers eux, et tout changea brusquement. Wolf bondit sur place, un grondement fusa des profondeurs de son gosier, et Mackenzie s'empressa de se relever, tandis que Susan tirait de toutes ses forces sur la laisse.

— Salut ! fit Lacey en souriant.

N'ayant pas entendu l'avertissement du chien, elle devait se trouver à environ trois mètres de distance quand il voulut foncer sur elle.

Susan s'agrippa des deux mains à la laisse.

— Couché ! ordonna-t-elle en vain.

Wolf semblait devenu sourd. Lacey se figea sur place, et Clay s'empara lui aussi de la laisse. Bobby, dont le cœur battait la chamade, saisit Mackenzie par les épaules et l'attira vers lui pour la protéger.

— Hum, fit Lacey, troublée. Je suppose qu'il s'agit du terrible Wolf...

Susan se tourna vers Clay, en tirant toujours sur la laisse.

— Vous voyez ce que je veux dire ?

Wolf grondait et montrait ses crocs acérés. La paume sur l'épaule de Mackenzie, Bobby sentait son cœur palpiter.

— Très étrange... marmonna Clay en se grattant le menton de sa main libre comme s'il cherchait la clef d'une énigme.

Lacey recula d'un pas.

— Je préfère rentrer !

— Vous ressemblez à l'amie qu'il a attaquée, déclara Susan. Elle est rousse...

— Les chiens ne voient pas les couleurs, objecta Lacey.

Clay intervint :

— Ils ne peuvent pas différencier le rouge des autres couleurs, mais ta présence l'a manifestement inquiété pour une raison ou une autre. Cela pourra m'être utile quand je chercherai à le déconditionner.

— Quelle chance pour moi de pouvoir t'aider ! ricana Lacey d'un air sarcastique.

Wolf semblait retrouver son calme : encore épuisé par son explosion d'agressivité, il laissait échapper un grondement sourd du fond de sa gorge.

Ils se retournèrent tous ensemble quand une portière claqua ; Gina se penchait vers son véhicule pour libérer Rani de son siège.

— Dis-lui de ne pas s'approcher, Lacey, fit Clay.

Lacey hocha la tête, jeta un dernier regard au chien et marcha lentement vers la maison, où elle rejoignit Gina près du porche latéral ; elles bavardèrent un moment, tandis qu'elle lui prenait son sac de provisions. Bobby remarqua que Gina saisissait précipitamment la main de Rani et jetait un coup d'œil de leur côté.

Clay se retourna alors pour adresser des signes à sa femme et sa fille. Le soleil illuminait ses yeux — ses yeux semblables à du verre bleu pâle, à des billes translucides. Bobby le dévisagea, sidéré : il comprenait soudain pourquoi le visage de Clay ne lui était pas étranger. Il connaissait ces yeux-là et savait exactement où il les avait déjà vus. On n'oublie jamais de tels yeux.

34

Les bois autour du cottage de Rick bruissaient des stridulations des cigales quand Lacey ouvrit sa portière. Elle enfila immédiatement ses sandales, car elle savait par expérience que marcher pieds nus à travers bois peut être périlleux. La dernière fois qu'elle avait pris ce risque, elle avait trébuché dans une ornière.

L'odeur des sandwichs aux oignons parvint à ses narines à travers leur emballage, malgré le sac en papier kraft dans lequel elle les avait transportés. Après avoir fait quelques pas jusqu'au cottage, elle grimpa les deux marches menant à la plate-forme et jeta un coup d'œil à travers la porte écran. Rick travaillait devant son ordinateur, dans la minuscule salle de séjour.

— Salut! lança-t-elle à travers l'écran, espérant qu'il ne lui en voudrait pas de l'interrompre.

Il se contorsionna sur son siège pour la regarder, avant d'ébaucher un sourire. Lacey comprit immédiatement qu'il ne lui en voudrait pas.

— Une surprise...

Elle poussa la porte écran.

— Tu n'as pas encore déjeuné, je suppose...

Quand il travaillait, il oubliait parfois l'heure des repas.

— Non, et je me rends compte que je meurs de faim, dit-il en pianotant sur quelques touches du clavier.

Frais et dispos, comme d'habitude, il se pencha pour l'embrasser sur la joue.

— C'est si gentil de ta part!

Gentil était le mot juste. Devait-elle ou non croire aux explications de Bobby concernant la femme du parking ? Dans le doute, elle était de plus en plus encline à concentrer son attention sur Rick.

— Assieds-toi, dit-elle. Je vais te servir.

Elle traîna une chaise devant la table miniature de la cuisine ; il y prit place — avec un sourire à l'intention de sa visiteuse, qui ouvrait l'un des placards en quête d'assiettes.

— J'ai oublié de nous apporter à boire... As-tu quelque chose ?

— Limonade, vin, jus d'orange, eau... A ta guise !

Après avoir sorti deux assiettes du placard, Lacey ouvrit le réfrigérateur : un pack de six limonades, trois bouteilles de vin, une brique de jus d'orange et deux grandes bouteilles d'eau occupaient presque tous les rayons.

— Que préfères-tu ? demanda-t-elle.

— Je prendrai une limonade.

Elle emplit leurs verres.

— Ça t'a posé un problème d'avoir du vin chez toi quand Bobby était ici ? fit-elle en les reposant sur la table.

— Que veux-tu dire ?

Les grands yeux aux longs cils de Bobby lui donnaient un air absolument candide.

— Tu sais bien...

Elle haussa les épaules.

— Bobby est un ancien alcoolique.

— Si tu veux dire que le niveau de mon vin aurait pu baisser bizarrement quand il était là, ma réponse est non. J'avoue que je ne m'en suis pas préoccupé, mais je l'aurais remarqué.

Lacey s'assit, les assiettes entre ses mains.

— Je suis assez parano à son sujet.

— Je comprends, mais j'ai l'impression qu'on n'a pas à s'inquiéter.

— Il m'a dit que la blonde du parking appartient aux Alcooliques Anonymes.

— C'est probable.

Lacey déballa les sandwichs et les déposa sur les assiettes.

— Des oignons, fit Rick en humant le sien. J'espère que tu en as toi aussi.

— J'en ai !

Lacey sourit, mais détourna son regard. Sous-entendait-il qu'ils allaient s'embrasser? Ou même aller encore plus loin? S'imaginait-il qu'elle était venue avec des arrière-pensées? Dans ce cas, il se faisait des illusions.

— Je ne pense pas rester longtemps, annonça-t-elle en repoussant une rondelle de tomate à l'intérieur de son sandwich. J'arrive de la clinique vétérinaire et je vais ensuite travailler à l'atelier. Tom me fait des reproches, car je viens de moins en moins souvent...

En effet, Tom paraissait contrarié : au lieu de partager avec elle les diverses tâches de gestion de l'atelier, il devait se charger tout seul des ventes et des questions administratives depuis quelque temps. L'après-midi, elle travaillait à ses vitraux sur la véranda. Etait-ce pour garder Bobby à l'œil, pour savourer sa présence, ou pour ces deux raisons à la fois?

Rick avala une bouchée de son sandwich et une gorgée de limonade.

— Alors, que devient notre petite révoltée?

— Elle va mieux.

Rick haussa les sourcils.

— Je veux dire, reprit Lacey, que nous nous entendons mieux.

Les sentiments qu'elle avait éprouvés une nuit au chevet de Mackenzie avaient mûri. Elle avait craint que la fillette ne se ressaisisse dès le lendemain matin et regrette d'avoir fait confiance à une personne qu'elle avait d'abord dédaignée; mais il n'en était rien.

— Dois-je en déduire qu'une évolution s'est produite dans son cœur?

— Oui, dans son cœur et dans le mien.

— Quelle bonne nouvelle, Lacey! Je sais que cette histoire est très pénible pour toi.

— Et je ne suis pas au bout de mes peines... Mais nous progressons toutes les deux.

Elle mordit dans son sandwich, et leur conversation s'interrompit jusqu'à ce que le silence pèse trop à Lacey. Qu'avait-elle en commun avec ce type, à part le fait qu'il la traitait bien et qu'elle désirait être bien traitée?

Cela suffisait-il?

— Tu devrais venir voir le chien que Clay est en train de

dresser. J'avoue que j'en ai une trouille bleue, conclut-elle, après avoir raconté comment Wolf, un brave chien, dressé pour le sauvetage, était devenu un monstre imprévisible. Quand je marche de ma voiture jusqu'à la maison, je dois longer le chenil... Eh bien! il fonce sur le grillage pour m'attaquer!

— Le chenil est bien fermé?

— Oui. Je sais que je ne risque rien, mais j'ai tout de même la trouille. Apparemment, je suis la seule personne de la maisonnée qui le fasse réagir de cette manière! Clay s'en félicite : il saura qu'il est parvenu à ses fins le jour où ce chien n'essayera plus de m'agresser.

— Charmant!

— Gina est furieuse...

Lacey eut l'impression de parler à tort et à travers, mais le silence lui pesait trop.

— A son avis, reprit-elle, on ne devrait pas garder un chien pareil à proximité des enfants; je pense qu'elle a raison.

Gina et Clay avaient eu une discussion à ce propos le matin même. Ils se chamaillaient pour la première fois sous ses yeux; elle s'en était émue. « Laisse-moi m'occuper de lui pendant quelques semaines, avait demandé Clay à sa femme. Il ne peut pas sortir du chenil! Et si par hasard je le fais travailler sans laisse, je te préviendrai pour m'assurer que vous êtes à l'intérieur, Rani et toi. »

Gina avait fini par céder, manifestement à contrecœur. Connaissant la passion de Clay pour le dressage des chiens, c'était elle qui l'avait incité à se remettre à cette activité; il aurait donc été légitime qu'il l'écoutât quand elle émettait des réserves, avait songé Lacey. A moins que sa propre angoisse au sujet de Wolf ne l'incitât à prendre parti pour sa belle-sœur. Elle n'aimait pas ce chien, malgré les qualités dont il avait fait preuve jadis.

Clay avait amené Wolf à la clinique vétérinaire ce matin-là pour qu'Alec l'examine. Dès qu'il avait aperçu Lacey, il s'était mis à gronder en montrant ses crocs, et elle avait apprécié que le haut comptoir de l'espace d'accueil lui serve de rempart. Ses mains tremblaient sur le clavier de l'ordinateur, bien qu'elle eût rarement peur d'un animal. Il était également rare qu'un animal manifeste une telle hostilité à son égard ! Elle se consola en se disant qu'elle n'était pas la seule victime de l'hostilité de Wolf : il ne pouvait pas non plus supporter Mike, l'un des assistants. On lui mit donc une muselière, et elle s'abstint d'entrer dans la salle pendant que son père procédait à un examen médical approfondi.

L'examen dura longtemps : on fit une prise de sang à Wolf, et son corps vigoureux fut exploré et palpé méthodiquement. Alec le jugea en bonne santé et conclut que Clay avait sans doute vu juste : il fallait laisser à l'animal le temps de récupérer, et reprendre son dressage pour l'aider à surmonter son traumatisme. Il souhaitait cependant que le chien subisse un examen neurologique, au cas où une lésion serait décelable. Clay avait décidé de consulter un spécialiste à Norfolk, mais n'avait pu obtenir un rendez-vous pour Wolf avant plusieurs semaines.

Rick arracha Lacey à ses pensées.

— Tu ne m'as pas parlé depuis longtemps de cette libération conditionnelle... Que comptes-tu faire au sujet de ta déclaration en tant que victime ?

— Tu me demandes si je vais finir par l'écrire ? soupira Lacey.

Rick acquiesça d'un signe de tête.

— Je dois absolument rédiger ce texte ! Mais il me semble que j'ai un blocage...

— Alors, laisse-les se débrouiller sans toi. Apparemment, les témoignages ne manquent pas.

— Oui, mais tout le monde compte sur ma déclaration ! L'avocate m'a appelée hier : elle me propose de passer à son cabinet et de parler devant un magnétophone... Sa secrétaire transcrira mes paroles.

Lacey avait considéré cet appel comme une intrusion. Au bord de la panique, elle s'était dit qu'on allait lui extorquer son témoignage de gré ou de force.

Rick posa ses mains sur les siennes avec une telle sollicitude qu'elle en fut émue aux larmes.

— Lacey, écoute-moi, murmura-t-il. Tu t'exposes à une pression beaucoup trop forte... Les gens ont tendance à te manipuler... Te rends-tu compte de tout ce qui pèse sur toi cet été ? Si tu laissais tomber ce témoignage, ce serait un poids en moins, non ?

Elle ferma les yeux : effectivement, elle n'avait aucune

envie de revivre cette tragédie par la pensée une fois de plus ! Etait-elle obligée de faire l'éloge des prodigieuses vertus de sa mère, alors qu'Annie O'Neill avait été une femme ambiguë, à la fois sainte et pécheresse ?

Rick passa son pouce sur le dos de sa main ; elle ne chercha même pas à éviter ce contact empreint de tendresse, mais sans la moindre arrière-pensée érotique. Voilà ce qu'il lui fallait, de la tendresse et de la compréhension...

— Personne à part toi ne réalise à quel point j'aurai du mal à écrire ce maudit témoignage, souffla-t-elle.

Rick hocha la tête, un sourire aux lèvres.

— Que risques-tu à t'en dispenser ? On ne va tout de même pas te jeter en prison pour te punir !

— Tout le monde sera déçu, s'entendit répondre Lacey comme une petite fille.

— Ça leur passera !

— Et si Zacharie Pointer est libéré, on me blâmera...

Le pire serait de décevoir sa famille ! Après avoir soupiré profondément, elle jeta un coup d'œil à sa montre.

— Je dois partir... Tom m'attend à 13 h 30.

— Tu as à peine touché à ton sandwich.

— Je l'emporte avec moi !

Elle remballa son sandwich, car elle n'avait plus faim ; puis elle se pencha pour embrasser Rick sur les lèvres. Celles-ci avaient un goût d'oignon.

— Merci, dit-elle. On en reparlera plus tard...

Elle eut la surprise de trouver Bobby à l'atelier lorsqu'elle arriva. Assis sur une chaise, il était en grande conversation avec Tom, tandis que trois jeunes femmes et un enfant admiraient vitraux et photos.

Tom leva les yeux à son entrée.

— Ah ! ma fille et collègue absentéiste !

Les trois femmes la regardèrent, l'une d'elles en souriant. Perplexe, elle s'adressa à Bobby.

— Tu m'attendais ?

— Je suis content de te voir, bien sûr, répondit Bobby, diplomate. Mais j'étais simplement venu dire bonjour à Tom.

Elle fronça les sourcils : Tom et Bobby avaient-ils déjà eu l'occasion de se rencontrer ?

— Nous allons à la même réunion des Alcooliques Anonymes, fit Tom.

— Ah bon !

Bobby était donc réellement inscrit aux AA. L'idée que ces deux hommes allaient assister à la même réunion rassura Lacey.

— Fais une pause ! proposa-t-elle à Tom. Je prends la relève.

— Et moi, je vais aller chercher Mackenzie chez Nola, annonça Bobby. Elle voudrait rentrer à la maison plus tôt, pour travailler avec Clay. J'espère que tu n'y vois pas d'inconvénient, Lacey.

— Aucun, du moment que Clay est d'accord.

Lacey prit place à sa table de travail, tandis que Tom et Bobby s'en allaient. Les trois femmes qui avaient déambulé dans l'atelier lui achetèrent deux petits vitraux représentant des oiseaux, et un kaléidoscope. Comme elle les enveloppait soigneusement dans du papier de soie, elle aperçut Bobby sur le parking. Penché vers le siège du passager d'une petite voiture noire, il parlait à une femme blonde.

Elle se concentra aussitôt sur sa tâche, car elle ne voulait surtout pas en savoir plus.

35

— Veux-tu que je t'annonce une nouvelle vraiment formidable ?

Bobby leva les yeux de sa boucle de ceinture pour observer Mackenzie, adossée au montant de la porte de la véranda, ses baskets liées ensemble et jetées par-dessus son épaule. Sasha, à ses côtés, la buvait de ses grands yeux bruns.

— Qu'y a-t-il de si formidable ? fit-il, en supposant que cela n'était pas sans rapport avec un chien.

— Aujourd'hui, je vais être la victime de Wolf !

Bobby, amusé, ne put retenir un rire.

— Très bien, Mackenzie ! Tu seras une victime...

Mackenzie fit la grimace.

— Tu n'as rien pigé !

Elle entra dans la pièce et s'assit à la table de Lacey.

— C'est un moment *décisif*, reprit-elle en fendant l'air d'un geste dramatique. Clay pense que Wolf est prêt à reprendre ses missions de recherche et de sauvetage. Alors, je vais me cacher dans les bois, et il devra me retrouver.

Clay travaillait depuis un mois avec Wolf. Bobby admirait sa ténacité et son talent, tout en se demandant, vu le temps qu'il passait avec le chien, ce que devenaient ses activités d'architecte. Apparemment, Clay ne s'en souciait guère.

Wolf n'avait plus rien de commun avec le chien qui avait fait mine de bondir sur Lacey le premier jour. Il était devenu presque docile, et plus gros aussi, à force d'absorber les petits morceaux de foie séché qu'il recevait en récompense de sa bonne conduite. Il paraissait calme, même à proximité de Lacey — qui s'en approchait courageusement, tandis que Clay gardait sa laisse en main, au cas où... Wolf se déchaînait pourtant si Lacey approchait du chenil. « Il défend son territoire. Personne, à part moi, ne doit pénétrer dans le chenil ! » avait déclaré Clay, au dîner, quelques jours plus tôt. « Est-ce compris ? » avait-il ajouté en regardant Mackenzie au fond des yeux. Celle-ci avait acquiescé solennellement.

Une admiration mutuelle semblait s'être instaurée entre Wolf et Mackenzie. Le chien accueillait la fillette avec enthousiasme, en agitant frénétiquement la queue. Bobby avait failli perdre son sang-froid la première fois qu'il l'avait vu courir vers elle : de son poste d'observation, à la fenêtre de la cuisine, il s'était imaginé que la laisse avait échappé à Clay et que Wolf attaquait. Il avait foncé sur la porte écran et l'avait ouverte précipitamment ; mais, voyant la joie manifeste de Mackenzie et l'attitude enjouée de Wolf, il avait lâché le loquet avec un immense soulagement. Il ne souhaitait pas le moins du monde affronter ce chien, car il se sentait toujours inquiet en sa présence.

— Clay a dit que tu pouvais venir voir, fit Mackenzie en se levant.

— Avec plaisir !

Bobby aurait souhaité terminer sa boucle de ceinture au cours de l'heure suivante, mais cela n'avait plus d'importance.

Il sortit avec Mackenzie, légèrement troublé de constater que Wolf n'était pas tenu en laisse ; le chien regarda dans leur direction sans broncher.

— Clay lui a ordonné de rester à l'arrêt, expliqua Mackenzie. Qu'il est beau ! Et quel brave chien ! Dire qu'on a failli le tuer...

— C'est un bon test, lança Clay en les voyant approcher. Il veut courir vers toi, Mackenzie, mais il sait qu'il n'en a pas le droit.

— Je peux l'appeler ?

— Non, mon chou. C'est à moi qu'il doit obéir... Ne bouge pas ! Malgré la tentation, je voudrais le garder à l'arrêt encore une trentaine de secondes.

Bobby resta à côté de Mackenzie, impressionné par le

self-control de Wolf et par son regard, rivé sur Clay. Sentant Mackenzie à la fois si proche et si distante, le chien vibrait d'excitation.

— Vas-y! dit enfin Clay.

Wolf fonça vers Mackenzie, qui laissa tomber ses baskets sur le sable, avant de courir avec lui en direction de l'océan.

Bobby regarda l'enfant et le chien jouer dans les eaux peu profondes, autour du phare. Clay, les poings sur les hanches, continuait à fixer Wolf.

— Tu as fait un sacré travail avec ce chien! remarqua Bobby, admiratif.

— Il avait déjà intériorisé tout le processus de dressage. Son traumatisme l'a déstabilisé pendant un certain temps...

— Tu lui fais totalement confiance en ce qui concerne Mackenzie?

Clay soupira.

— Je ne fais jamais totalement confiance à un animal... Il est formidable, mais qui sait ce qui peut encore lui passer par la tête? Je me sentirai plus tranquille après cet examen neurologique, la semaine prochaine.

Il mit ses mains en porte-voix.

— Mackenzie, ramène-le! Nous allons nous mettre au travail.

Mackenzie revint; Wolf trottait à ses côtés.

— Prête à te cacher? fit Clay.

— Ouais...

Mackenzie s'assit sur le sable et mit ses baskets. Les yeux tournés vers les bois et le visage illuminé par le soleil, elle adressa un clin d'œil à Clay.

— Je dois m'éloigner jusqu'où?

— Autant que tu voudras. Tu as ton téléphone portable en cas de besoin?

Elle se leva en se déhanchant pour montrer à Clay son téléphone, accroché à la ceinture de son short à taille basse. Une future séductrice, comme sa mère, se dit Bobby. D'ici quelques années, tous les garçons des Outer Banks seraient fous d'elle.

Clay se donna une tape sur la cuisse et siffla Wolf, qui trotta aussitôt vers lui.

— Je l'emmène faire un tour de l'autre côté de la maison

pendant une dizaine de minutes ; ensuite, je te l'envoie, annonça-t-il à Mackenzie.
— D'accord !
Mackenzie disparut en courant dans les bois. Il faudrait vérifier que cette gamine n'avait pas attrapé de tiques, se dit Bobby. Il en toucherait un mot à Lacey.
Après avoir rejoint Clay et Wolf qui s'éloignaient dans la direction opposée, il sortit une cigarette de la poche de sa chemise.
— Tu permets ?
— Oui, ici nous sommes au grand air !
Wolf les devança de quelques mètres, suivant quelque piste invisible dans le sable
— Au pied ! lança Clay sans même hausser le ton.
Le chien revint aussitôt à côté de lui, et Bobby s'arrêta au coin de la maison pour allumer sa cigarette, le dos au vent.
— Je m'abstiens en présence de Mackenzie, dit-il en soufflant une bouffée de fumée, avant de reprendre sa marche.
Il lui restait encore un ou deux vices, mais cette petite ne devait pas être au courant. Enfant, il avait vu ses parents fumer et boire fréquemment ; son père lui avait même fait avaler des gorgées d'alcool alors qu'il tenait à peine sur ses deux jambes, histoire de s'amuser...
Depuis qu'il avait reconnu Clay, la semaine précédente, il songeait à lui parler du soir de leur première rencontre. « Te souviens-tu que nous nous sommes rencontrés il y a des années ? » Cette question lui brûlait les lèvres ; mais il préféra se taire. A quoi bon évoquer le passé ?
Ils parlèrent de l'adoption de Rani en faisant tranquillement le tour de la maison. Un véritable cauchemar ! Bobby savait que Clay et Gina s'étaient heurtés à une multitude d'obstacles quand ils avaient voulu l'adopter. Il ignorait toutefois qu'ils avaient failli la perdre à plusieurs reprises, et qu'elle-même avait frôlé la mort, faute d'être opérée du cœur en Inde comme il l'aurait fallu.
— Je suis heureux que tout ait fini par s'arranger, dit-il. Rani a de la chance.
Sans croiser son regard, Clay se contenta de murmurer en souriant :
— Mackenzie aussi...

Bobby reçut ce compliment inattendu, les larmes aux yeux.

Ils retournèrent à la lisière des bois. Wolf, à l'affût, scrutait successivement les arbres et Clay, comme s'il attendait un signal. Penché vers lui, celui-ci lui murmura quelques mots que Bobby n'entendit pas, avant de pointer un doigt en direction des bois.

— Va la chercher!

Wolf disparut dans la nature.

— A tout à l'heure... quand nous aurons retrouvé la victime, lança Clay, avant de disparaître à son tour.

— Bonne chance! fit Bobby, en acquiesçant d'un signe de tête.

Il se dirigea vers la maison, et il avait presque atteint le porche quand un crissement de pneus sur le gravier attira son attention : Lacey était en train de se garer sur le parking. Il lui dit bonjour de la main et réalisa brusquement que Wolf était en liberté dans les bois, peut-être à quelques mètres de la voiture.

— Lacey, attend! cria-t-il en bifurquant vers le parking. Surtout, ne bouge pas!

— Que dis-tu?

Déjà hors de son véhicule, Lacey se penchait pour prendre quelque chose sur son siège. Bobby eut une vision d'horreur : Wolf surgissait des bois comme une flèche, la jetait à terre et plantait ses crocs dans son artère jugulaire.

— Rentre dans ta voiture, cria-t-il. Wolf est lâché!

A ces mots, elle se glissa précipitamment derrière le volant et claqua la portière. Il la rejoignit et s'assit près d'elle, après avoir déplacé un sac de provisions posé sur le siège du passager.

— Il est en liberté?

Le cœur de Bobby s'était emballé à une vitesse hors de proportion avec le danger réel.

— Oui, il est dans les bois, à la recherche de Mackenzie.

Lacey parut alarmée ; son visage se détendit quand il précisa que Mackenzie jouait le rôle de la victime.

— J'ai paniqué un instant, dit-elle en lui décochant un sourire ourlé de fossettes, mais il me semble que tu as exagéré un tout petit peu... Si Wolf est dans les bois, à la recherche de Mackenzie, il travaille. Donc, il ne risque pas de flairer mon odeur et de foncer brusquement sur moi.

Bobby, confus, rit de bon cœur.

— Tu dois avoir raison...

Des gouttelettes de transpiration suintaient sur les joues et le front de Lacey, constellés de taches de rousseur. La chaleur étouffante de la voiture présentait plus de danger pour eux qu'une agression éventuelle par Wolf.

— Allons-y! dit-il, en ouvrant la portière. J'emporte le sac de provisions.

Encore ému, il marcha en silence vers la maison, mais il observait Lacey du coin de l'œil. Chaussée de nu-pieds, elle portait une robe bain de soleil qui frôlait ses chevilles et suggérait ses formes d'une manière beaucoup plus sexy qu'un minuscule bikini. Il aurait aimé lui parler de sa beauté, lui dire qu'il l'admirait, qu'il pensait à elle la nuit dans son lit — et qu'il avait très envie de faire l'amour avec elle, cette fois d'une manière digne de ce nom.

Avait-elle des relations sexuelles avec Rick? Ce garçon était certainement un meilleur parti qu'il ne le serait jamais lui-même. L'argent, le statut social et la sécurité constituaient des atouts précieux, sans compter son physique... et ses cheveux. Finalement, il se contenta de passer un bras autour des épaules de Lacey, sous prétexte de la protéger d'un chien qui n'était même pas visible à l'horizon.

36

— Bel emplacement ! observa Bobby, au volant de sa Volkswagen, dans l'allée d'Alec et Olivia.
— En effet, approuva Lacey.
La grande maison jaune de son père et de sa belle-mère se dressait sur le bras de mer, à moitié au soleil, à moitié à l'ombre. De l'allée, on apercevait un coin de la vaste plate-forme qui occupait presque tout l'espace derrière la maison.
— Quand j'étais plus jeune, j'habitais aussi sur le bras de mer, reprit-elle.
— Je m'en souviens, fit Bobby en souriant.
Etait-il venu chez ses parents ? Bien qu'elle n'en gardât aucun souvenir, il avait certainement eu l'occasion de la raccompagner un soir ou un autre. Elle était parfois trop mal en point pour se rappeler comment elle était rentrée au bercail...
— Je me demande pourquoi vous ne m'avez pas laissée envoyer tranquillement mes e-mails, grommela Mackenzie.
Elle était assise sur l'unique siège arrière du véhicule, car Bobby avait un jour retiré l'autre siège et l'ancien matelas pour faire place à ses outils de travail.
Lacey tourna la tête avant de répondre.
— Il fait beau aujourd'hui, et j'ai pensé qu'un changement de décor te ferait du bien. Tu es dans les Outer Banks depuis cinq semaines, et tu n'as pas encore vu Jockey's Ridge.
— Comment est-ce possible ? ricana Mackenzie. Je suis toujours en vie... sans avoir vu Jockey's Ridge !
Elle prenait un ton de plus en plus sarcastique à mesure

qu'ils approchaient de la maison d'Alec et Olivia, où Bobby la déposerait avec Lacey. Ensuite, Lacey et Olivia emmèneraient les enfants sur les dunes de Jockey's Ridge, et Bobby reprendrait ses passagères au retour de sa réunion des AA.

— En plus, tu as sympathisé avec Jack et Maggie, ajouta Lacey. Rappelle-toi comme tu t'es bien amusée au bowling avec eux.

— C'était le plus beau jour de ma vie !

Décidément, elle régressait. A peine sortie de Kiss River, Mackenzie redevenait une vraie pimbêche, car elle était angoissée, songea Lacey. Elle se sentait en sécurité à Kiss River, au milieu de tous ces gens qui veillaient sur elle, auprès de ces chiens qui l'aimaient et de ce bébé qui l'adorait. Mais le monde extérieur l'effrayait toujours, et Lacey avait appris au moins une chose depuis un mois : l'angoisse pouvait transformer Mackenzie en une créature renfrognée et acariâtre.

— Tout ira bien ! dit-elle doucement en posant la main sur le bras grêle de sa protégée. Je suis sûre que tu vas bien t'amuser.

Refusant tout apaisement, Mackenzie retira son bras avec un soupir exaspéré.

Bobby adressa un coup d'œil complice à Lacey et ouvrit sa portière.

— Je vais donc faire la connaissance d'Olivia et de tes autres frère et sœur...

Sur le point de rappeler à Bobby qu'il avait déjà rencontré Olivia plusieurs fois l'été de ses dix-sept ans, Lacey se ravisa. A quoi bon évoquer ces rencontres pénibles pour elle aussi ?

Bobby sortit de sa Volkswagen. Elle alla le rejoindre dans l'allée, mais Mackenzie resta clouée sur son siège.

— A toi de décider si tu veux t'amuser ou non, fit Bobby en ouvrant sa portière. Tu as le choix !

La fillette écarquilla les yeux et sortit, puis elle suivit les deux adultes en traînant les pieds jusqu'à la porte d'entrée de la maison.

Maggie vint leur ouvrir. Elle empoigna aussitôt le bras de Mackenzie, en sautant sur place avec l'impétuosité d'une gamine de neuf ans.

— Tu vas voir les deltaplanes ! Et on peut rouler sur les dunes à toute vitesse...

Mackenzie grommela une réponse inintelligible.

Olivia entra dans la salle de séjour avec Jack, une main posée sur l'épaule de son fils comme si elle l'encourageait à aller de l'avant. Il semblait aussi maussade que Mackenzie, et Lacey supposa que l'idée de passer son samedi après-midi en compagnie de deux filles ne l'enchantait guère.

Une lueur chaleureuse brillait dans les yeux verts d'Olivia.

— Je suis Olivia Simon, dit-elle. Voici Jack, et je suppose que vous avez déjà vu Maggie.

Bobby lui serra la main et se présenta à son tour, puis il regarda le jeune garçon d'un air compatissant.

— Ça n'a pas l'air d'aller trop bien, Jack...

— Ça va... Je peux remonter dans ma chambre, m'man ?

— Oui, à condition d'emmener Mackenzie et Maggie avec toi.

— *M'man,* gémit Jack, en jetant à sa mère un regard suppliant de derrière ses lunettes.

Olivia le poussa du coude.

— Vas-y !

Les épaules voûtées, Jack se dirigea vers l'escalier avec les deux filles, mais Maggie ne tarda pas à le dépasser en courant.

— On va jouer à la boîte de Pandore ! dit-elle à Mackenzie.

— Cette petite réunion fait au moins plaisir à quelqu'un, observa Lacey quand les enfants eurent quitté la pièce.

— La boîte de Pandore... fit Bobby. Qu'est-ce que c'est ?

— Un jeu électronique.

Olivia secoua la tête.

— Il fait un temps splendide, et ils n'ont qu'une idée : se terrer dans le bureau pour jouer avec l'ordinateur.

Lacey éprouva un agréable sentiment de complicité avec sa belle-mère.

— Mackenzie aussi est vissée à son ordinateur ! Du moins lorsqu'elle n'est pas en train d'utiliser son téléphone portable...

— Il paraît que vous avez fait du bon travail avec votre fille, dit Olivia, les yeux tournés vers Bobby.

— Oh oui ! répondit Lacey à sa place, en effleurant son

bras. C'est étrange... Il a tout de suite compris ce qui lui manquait.

Apparemment mal à l'aise, Bobby jeta un coup d'œil à sa montre.

— Merci... Je dois aller à une réunion, dit-il en se dirigeant vers la porte. Je vous reprends à quelle heure ?

— Nous serons rentrés avant quatre heures, déclara Olivia.

— Très bien !

Sur ces mots, Bobby sortit.

Malgré l'humeur maussade de Mackenzie et le mépris de Jack à l'égard des deux filles, les trois enfants escaladèrent les dunes avec un enthousiasme qui rappela à Lacey son enfance. Elle adorait jouer dans les dunes, surtout quand son père les y emmenait — clandestinement — au milieu de la nuit. Cet événement ne s'était produit qu'un petit nombre de fois, mais elle s'en souvenait comme d'un rite.

Haletant derrière les enfants, Olivia et elle évitèrent de parler avant d'avoir atteint le sommet de la plus haute dune. Lacey était déçue de manquer de souffle malgré son entraînement assidu... Quand elles s'assirent, les enfants roulaient déjà le long de la pente abrupte, en faisant des tonneaux, cheveux au vent, tandis que le sable collait à leur corps enduit d'écran solaire.

Les avant-bras sur ses genoux, Olivia les désigna d'un hochement de tête.

— Comment ça se passe avec *elle* ?

Des lunettes de soleil cachaient ses yeux verts, et une casquette de base-ball abritait la moitié de son visage. Lacey regretta de ne pas avoir emporté son chapeau.

— Eh bien, dit-elle en souriant, je comprends beaucoup mieux les problèmes que tu as eus avec moi quand j'étais gosse.

Elle se sentait responsable des quelques rides qui marquaient le visage d'Olivia.

— Tu faisais de ton mieux, Lace.

— Elle aussi !

Lacey sortit son tube d'écran solaire d'une des poches de son short.

— D'ailleurs, elle a beaucoup progressé... Elle est grognon aujourd'hui parce qu'elle voulait rester à la maison et envoyer des e-mails à ses copines de Phoenix.

— Clay m'a dit qu'elle participait au dressage des chiens.
— Il a été formidable.

Lacey étala la crème sur son visage.

— Et elle adore ça ! C'est une expérience très enrichissante.

— J'ai l'impression que Bobby n'a pas été mal non plus.

— Je dirais même extraordinaire... Te rends-tu compte que, du jour au lendemain, il a pris la responsabilité d'une gamine dont il n'avait jamais entendu parler ?

— C'est épatant !

Les enfants remontaient les dunes en riant et en se jetant du sable.

— Alors, es-tu amoureuse, ou bien as-tu simplement envie de coucher avec lui ?

— Quoi ? fit Lacey, éberluée.

— Désolée si je me suis mal exprimée !

Olivia chassa le sable de ses mollets nus.

— Simplement, j'ai remarqué que tu le dévorais des yeux... Et tu viens de me parler de lui avec une admiration évidente.

— Il m'attire terriblement, admit Lacey en revissant son tube d'écran solaire, avant de le ranger dans sa poche.

Elle sentait encore le poids du bras de Bobby autour de ses épaules, lorsqu'il l'avait raccompagnée, la veille, de sa voiture à la maison. Mais la blonde serait-elle aussi à la réunion de cet après-midi ? A moins qu'il n'y ait pas la moindre réunion... Il avait peut-être un rendez-vous secret avec cette femme...

— Il m'attire comme tous les mauvais garçons qui ont croisé mon chemin, et j'essaye de résister à mon instinct. D'ailleurs, je vois plus souvent Rick Tenley.

— Tu considères Bobby comme un mauvais garçon ?

Lacey ferma les yeux derrière ses lunettes noires, hésitant à se confier davantage.

— Te rappelles-tu que, à quatorze ans, j'ai cru être enceinte, mais que je ne savais absolument pas qui était le père...

— Je m'en souviens parfaitement.

— Il était l'un des candidats potentiels.

— Oh ! fit Olivia en fronçant le nez.

Lacey ne tenait pas à la monter contre lui en évoquant les

circonstances dans lesquelles elle l'avait rencontré cet été-là — lorsque Bobby, Jessica et elle avaient amené aux urgences une copine qui faisait une overdose.

Olivia soupira.

— Il s'agit du passé... Tu as changé, Lacey! Lui aussi, je suppose.

— Olivia?

Lacey étouffa un rire.

— Pourquoi essayes-tu de m'influencer? Tu sais que je me suis donné beaucoup de mal pour me ressaisir l'année dernière.

— Je sais, je sais... Tu as fait du bon travail, Lace... Mais... il y a quelque chose dans la manière dont tu le regardes...

— Tu nous as vus ensemble moins d'une minute.

— J'ignorais que tu t'intéressais tellement à Rick.

— Il m'a apporté un soutien incroyable et il ne demande rien en échange.

— Qu'éprouves-tu pour lui?

Lacey prit une poignée de sable fin et la laissa s'écouler lentement entre ses doigts.

— Beaucoup moins que je ne le souhaiterais...

— Sais-tu qu'un homme qui t'attire physiquement peut être un homme *bien*? Sous prétexte que tu as un passé plutôt agité, tu te crois obligée de choisir un homme stable et ennuyeux, de préférence à un homme séduisant!

La remarque d'Olivia laissa Lacey perplexe.

— Et puis, ajouta sa belle-mère, pensive, il est le père de Mackenzie, et tu es maintenant sa... tutrice. Je me disais que ça serait formidable si...

Elle haussa les épaules.

— Tu vois ce que je veux dire?

— Je ne t'aurais pas crue si romantique, observa Lacey en riant. Je te signale que Gina m'a donné un avis diamétralement opposé au tien! Elle me conseille de choisir un homme stable, que je finirai par aimer...

— Alors, ignore-nous toutes les deux! s'exclama Olivia. Tu ne dois écouter que ton propre cœur, Lace. Tu es la mieux placée pour savoir ce qui est bon pour toi.

— Non, dit Lacey en laissant à nouveau le sable filer entre ses doigts, je n'en ai pas la moindre idée.

37

Lacey ne se souvenait pas d'une nuit aussi torride depuis son arrivée à la maison de gardien. Malgré l'écran solaire dont elle s'était enduite sur la dune, sa peau lui semblait à vif, et son lit, inconfortable.

Elle se leva, ouvrit la porte de sa chambre ; à la lumière de la petite lampe restée allumée sur le palier, elle aperçut Mackenzie en train de se diriger vers l'escalier.

— Ça va ? lui demanda-t-elle.
— Je n'arrive pas à dormir. Il fait trop chaud !

Mackenzie portait une sorte de caleçon écossais, et un débardeur moulait ses seins naissants. Elle avait les cheveux emmêlés — sans doute à force de se tourner et de se retourner dans son lit. Des mèches collaient à son front moite de petite fille fragile, ne sachant plus très bien où elle en était.

— J'ai une idée, chuchota Lacey pour ne pas réveiller les autres s'ils avaient eu la chance de trouver le sommeil. Mettons nos maillots de bain et allons nager.

— La nuit ? s'étonna Mackenzie. Tu plaisantes ?
— Chut !

Lacey pressa un doigt sur ses lèvres.

— Non, je suis sérieuse. C'est une bonne idée, tu ne trouves pas ?

— Peut-être, grommela Mackenzie sans conviction, mais je ne veux pas aller en profondeur.

Bien qu'elle ait joué avec Rani au bord des vagues qui éclaboussaient le rivage, elle ne s'était pas baignée une seule fois dans l'océan depuis son arrivée.

— Pas plus haut que les genoux, dit Lacey. Viens ! Ça nous fera du bien.

Mackenzie acquiesça d'un signe de tête.

— Mettons nos maillots, ajouta Lacey.

— D'accord ! Je reviens dans une minute.

Mackenzie disparut dans sa chambre ; Lacey alla chercher son maillot de bain vert une pièce. Elles se retrouvèrent sur le palier et descendirent l'escalier sur la pointe des pieds. Arrivées au rez-de-chaussée, elles purent constater qu'elles n'étaient pas les seules insomniaques de la maison : la véranda était éclairée.

— On dirait que Bobby travaille encore, fit Lacey.

Elle savait qu'il avait passé l'après-midi à photographier sa boucle de ceinture terminée, avant de l'expédier à sa commanditaire.

— Proposons-lui de nous accompagner ! suggéra Mackenzie.

Bobby, qui travaillait au dessin de sa prochaine gravure, leva la tête à leur entrée.

— Vous ne dormez pas non plus, les filles ?

— On va se baigner, annonça Mackenzie. Tu veux venir ?

— Bonne idée !

Bobby s'adossa un instant à sa chaise et se frotta les yeux, après avoir éteint la lampe halogène.

— Je me change et je vous rejoins là-bas.

La nuit était paisible et silencieuse.

— Chut ! fit Lacey en se dirigeant vers la plage. Ne réveillons pas Wolf !

Quand elle était passée près du chenil, le matin même, le chien avait littéralement bondi sur le grillage métallique, auquel il s'était agrippé des quatre pattes pendant une minute au moins. Figée sur place, elle avait redouté qu'il franchisse la clôture pour l'attaquer. L'idée de l'entendre aboyer et gronder dans l'obscurité, sans y voir assez clair pour s'assurer qu'il était captif, n'avait rien de rassurant.

Aux abords du phare, elle constata que l'océan était aussi calme que le bras de mer, comme si la chaleur le vidait de son énergie autant que les humains. Un croissant de lune se reflétait dans l'eau. Il n'y avait pas de vagues, et l'eau clapotait doucement sur le sable. C'était le moment ou jamais, pour Mackenzie, de se baigner dans l'océan.

— Regarde, fit Lacey après avoir laissé tomber leurs serviettes sur le sable. Qu'y a-t-il de plus beau ?

La fillette s'avança vers les eaux peu profondes.

— Plutôt sympa !

Elle sautilla sur place en s'éclaboussant.

— Oh, ça fait du bien !

Lacey s'avança à son tour, en s'enfonçant jusqu'au niveau des cuisses.

— Si on allait un peu plus loin ? C'est si calme...

Mackenzie s'assit sur le sable humide et laissa l'eau frôler ses jambes.

— Je me sens très bien ici... Tu ne devrais pas tourner le dos à l'océan !

— C'est juste, mais il n'y a pratiquement pas de vagues ce soir... Je ne cours aucun risque.

Lacey aperçut Bobby qui se dirigeait vers la plage. Sans chemise, vêtu d'un short ample, il portait une serviette de bain. Quel beau gosse ! Le plaisir qu'elle éprouvait en le voyant approcher la paniqua.

L'humeur de Mackenzie s'était nettement adoucie depuis leur promenade à Jockey's Ridge.

— Tu t'es bien amusée sur les dunes aujourd'hui ? lui demanda-t-elle à brûle-pourpoint, pour changer le cours de ses pensées.

— Terrible !

— Comment est l'eau ? fit Bobby, qui trempait ses chevilles dans la mare d'eau salée, autour du phare.

Toujours assise, Mackenzie tourna la tête et répéta :

— Terrible !

— J'ai déjà pris des bains plus froids...

Bobby avait rejoint Mackenzie ; il lui tapota la tête, avant de poursuivre son chemin.

— Viens, Mack ! Nous allons nous tremper pour de bon.

De plus en plus proche de Lacey, il lui adressa un sourire narquois.

Elle l'avait vu porter au moins cinq tee-shirts différents ces derniers jours, mais c'était la première fois (depuis l'été de ses quatorze ans) qu'elle le voyait torse nu. Malgré sa minceur, ses pectoraux étaient bien dessinés, et la toison, entre son nombril et la ceinture de son short, éveilla son désir. Elle mourait d'envie de promener son doigt le long de son tracé et enfouir sa main sous la ceinture du short ! L'année passée, elle avait opposé une résistance farouche à de telles impulsions, chaque fois qu'elle était en présence d'un homme susceptible de les susciter. Son désir bouillonnait maintenant en elle comme dans un chaudron. Ne tombe pas dans ce piège ! se dit-elle, mais elle avait l'intime conviction que ses bonnes résolutions étaient vouées à l'échec.

— Faites ce que vous voulez toutes les deux ; moi j'ai envie de me rafraîchir, annonça Bobby, avant de plonger derrière Lacey.

Remonté à la surface, il les appela.

— C'est beau, par ici. Venez, les filles !
— D'accord, Mackenzie ? fit Lacey.

La fillette se releva en secouant la tête.

— Maintenant que je me suis rafraîchie, je retourne me coucher.

— Sûre ?

Mackenzie acquiesça, et Lacey fit signe à Bobby qui pénétrait maintenant dans les eaux plus profondes, derrière elle.

— Je raccompagne Mackenzie à la maison !
— Tu reviens tout de suite, n'est-ce pas ?

A la lueur du clair de lune, elle put apercevoir l'ébauche d'un sourire.

Wolf, en les entendant passer, émit quelques grondements... qui risquaient fort de réveiller Clay, Gina ou Rani.

— Inutile d'aller plus loin, déclara Mackenzie, quand elles s'essuyèrent les pieds devant la porte à l'aide de leur serviette.

— Je voudrais faire un tour aux toilettes avant de ressortir, prétendit Lacey.

Son cœur battait à se rompre contre ses côtes quand elle monta l'escalier avec Mackenzie. Sur le seuil de sa chambre, elle la prit dans ses bras, avant de l'embrasser sur la tempe.

— Bonsoir, ma chérie, souffla-t-elle. J'espère que tu vas bien dormir.

Une fois dans sa propre chambre, elle s'adossa à la porte, les yeux clos. Que fais-tu ? Sapristi, que fais-tu ? se demandait-elle.

Ne pouvant s'accorder un trop long temps de réflexion, elle s'approcha du placard où était rangé un petit nécessaire de voyage. Elle y trouva ce qu'elle cherchait : une boîte de préservatifs. Les doigts tremblants, elle en prit un. L'obscurité l'empêchait de distinguer la date de péremption ; bien qu'elle n'eût pas touché cette boîte depuis un an, cette date était pour l'instant le dernier de ses soucis. Elle sortit de sa chambre, après avoir enveloppé le préservatif dans sa serviette.

Elle déposa celle-ci sur la plage et entra dans l'eau. Bobby flottait sur le dos, mais il se redressa à son approche ; il avait de l'eau jusqu'à la taille. Elle marchait si vite qu'un sillage se formait derrière elle. Comme s'il avait deviné ses intentions, il avança d'un pas, les bras ouverts, et il l'attira contre lui.

Son souffle balaya ses cheveux, et sa main se posa sur sa nuque.

— Tu es très sexy dans ce maillot...

Elle recula d'un pas pour le regarder dans les yeux, pour la première fois depuis son arrivée, et elle céda à la tentation qui la hantait depuis des semaines. Il promena son doigt sur sa lèvre inférieure ; quand elle se tourna légèrement, ce doigt glissa dans sa bouche. Il avait un goût de sel, et elle n'eut plus qu'une idée en tête : le sentir vagabonder sur ses seins et s'insinuer en elle. Mais Bobby retira son doigt et inclina la tête pour l'embrasser. Vibrant jusqu'au fond de ses entrailles, elle sentit grandir en elle un violent désir inassouvi qui la fit gémir.

Elle s'accrocha à lui pour ne pas se laisser entraîner par le léger courant, tandis qu'ils s'embrassaient à nouveau. Un frisson la traversa ; il lui frictionna les bras.

— La chair de poule ? Aurais-tu froid par hasard ?
— Tout sauf froid !

Lisant son désir dans ses yeux, elle laissa sa main descendre de son sternum jusqu'à la ceinture de son short. Il la saisit alors par les hanches et l'attira doucement vers lui pour qu'elle sente son érection.

Elle fit glisser les bretelles de son une-pièce, puis se baissa pour l'enlever dans l'eau, dont la fraîcheur contrastait avec le feu de son corps. La mer emporta son maillot de bain ; elle s'en moquait éperdument.

Bobby, toujours haletant, posa une main sur son sein. Les yeux fermés, elle sentit son doigt décrire d'innombrables cercles autour de l'aréole ; il la titilla un moment, avant d'aspirer le mamelon dans sa bouche.

Les doigts glissés sous la ceinture de son short, elle murmura :

— Encore ! Encore !

Grâce à la poussée de l'eau, elle l'entoura de ses deux jambes, son corps pressé contre son érection.

— Lacey ! souffla-t-il, les mains en coupe sous ses cuisses pour la soutenir.

Ses doigts se dirigeaient vers l'endroit où elle attendait avidement ses caresses, mais le moment n'était pas encore venu.

— J'ai un préservatif sur la plage, dit-elle, la tête rejetée en arrière pour observer sa réaction.

Il prit un air amusé.

— Tu es une petite *garce* !

— Ne dis plus jamais ça !

Ce mot, sans doute trop proche de la réalité, l'avait blessée. Elle avait conscience d'avoir mérité ce qualificatif plus d'une fois, même si Bobby cherchait simplement à la taquiner.

Un pli se creusa entre ses sourcils.

— Pardon, souffla-t-il, sentant qu'il l'avait atteinte.

Il lâcha ses cuisses, et elle remit pied à terre.

— Ce n'est rien.

Elle lui prit la main en souriant.

— Allons-y !

Ils avaient déjà fait l'amour sur la plage, douze ans plus tôt. Une éternité, songea Lacey après leur étreinte. Allongée dans l'obscurité, ses jambes enroulées autour des siennes et sa tête reposant sur son torse, elle pleurait de dépit — en silence pour que Bobby ne l'entende pas. Elle pleurait sur l'adolescente névrosée qu'elle était à quatorze ans. La nuit où il l'avait déflorée avait-elle été un point de départ ? Le début de sa chute ? Cette petite fille savait à peine ce qu'elle faisait, encore moins pourquoi. Elle avait surtout besoin qu'un homme la serre dans ses bras, et Bobby ne l'avait pas fait à l'époque ; il avait profité d'elle et l'avait oubliée. Il avait beau l'enlacer maintenant, son chagrin demeurait au fond d'elle-même. Elle était sans doute devenue une partenaire plus expérimentée, mais elle ne savait toujours pas ce qu'elle faisait ni pourquoi.

— Ça va ? souffla-t-il.

— Ça va, répondit-elle d'une voix ferme pour ne pas avoir à lui expliquer ce qui l'émouvait aux larmes.

— Non, ça ne va pas, murmura Bobby après avoir gardé le silence un moment.

Il lui massa le dos, et elle ferma les yeux. Si seulement elle avait pu être chez elle, au fond de son lit ! Elle avait envie de le fuir, comme tous les autres, mais la tâche serait moins facile que jamais.

— Allons, dit-il en pressant doucement ses épaules, dis-moi tout !

Elle huma l'odeur de la mer sur sa peau et crut s'entendre murmurer d'une voix étouffée :

— C'est trop difficile à expliquer...

— Il s'agit de Rick ?

— Non ! Nous n'avons pas ce genre de relation, Rick et moi. En tout cas, pas pour l'instant.

— Alors, qu'est-ce que c'est ?

Elle sentit qu'il lui caressait les cheveux, en jouant avec ses mèches.

— Ma mère !

La main de Bobby s'immobilisa brusquement.

— Je ne comprends pas, fit-il.

— Il y a un an, j'ai découvert qu'elle trompait mon père...

— Avec Tom ?

— Oui, avec Tom, et avec beaucoup d'autres hommes aussi.

Lacey leva la tête pour fixer Bobby.

— Il n'est absolument pas au courant. Ne lui dis rien, je t'en prie...

— Pas un mot ! promit Bobby, un doigt sur ses lèvres. Comment as-tu appris cela ?

— Par mon vrai père ! Il n'était pas au courant lui non plus, jusqu'au jour où Mary Poor, la vieille gardienne du phare, lui a révélé son secret.

— Son secret ?

— C'était au phare que ma mère amenait ses amants. Mary et elle étaient... comment dirais-je ?... complices...

Mary la laissait amener les hommes avec lesquels elle n'a cessé de tromper mon père... Ma mère était une salope ; je ne trouve pas d'autre mot pour la décrire... C'est pour cela que je n'arrive pas à rédiger cette fameuse déclaration. Chaque fois que je commence à écrire sur la perte tragique d'une épouse et d'une mère, je pense à la femme menteuse, tricheuse et hypocrite qu'elle a été.

Lacey tressaillit en prononçant ces paroles blasphématoires.

— Pourquoi n'a-t-elle pas demandé le divorce si elle était attirée par d'autres hommes ?

— Ta question est sensée, mais ma mère ne fonctionnait pas comme ça. C'était une femme excessivement complexe. Je l'ai toujours su, mais, jusqu'à l'année dernière, je n'avais pas réalisé à quel point... Elle aimait mon père de tout son cœur, j'en suis convaincue, pourtant elle ne pouvait pas se passer de tous ces hommes.

Lacey plissa les paupières.

— Ce qui m'inquiète, reprit-elle, c'est que je crois avoir hérité... de son gène de salope.

— J'ai du mal à y croire, fit Bobby en riant malgré lui.

— Ça peut sembler absurde, mais j'ai reproduit ce modèle, avant même de savoir qu'elle était comme ça.

— Que signifie pour toi « reproduire ce modèle » ?

Elle s'assit et drapa sa serviette de bain autour de ses épaules : bien qu'elle eût encore très chaud, elle éprouvait une envie soudaine de dissimuler son corps.

— Jusqu'à l'année dernière, expliqua-t-elle, j'ai eu de nombreux amants, et aucune relation durable. J'évitais tous les hommes qui risquaient de s'attacher à moi sérieusement... J'allais si mal que ma famille s'inquiétait à mon sujet et que les gens avaient commencé à parler derrière mon dos. Quand j'ai découvert la vérité sur ma mère, l'été dernier, je me suis juré de changer.

Bobby l'observa en se gardant de la toucher.

— Tu as consulté un médecin ?

— Oui, une psychologue.

— Elle t'a prise pour une obsédée sexuelle ?

— D'après elle, je ne réponds pas à cette définition.

— Tu as réussi à changer ?

— Oui, jusqu'à ce soir...

— Je présume que c'est différent ce soir. A moins que je ne me fasse des illusions...

— Désolée, Bobby ; je n'en sais rien. Tout ce que je sais, c'est que je désirais faire l'amour avec toi. Mais ce n'est pas aussi simple qu'avec les autres types, car tu es le père de Mackenzie. J'éprouve toutes sortes de sentiments à ton égard, et ça complique les choses.

— Rien de plus normal, il me semble !

Bobby promena une main sur son bras.

— Il ne s'agit pas seulement de sexe.

— Tu es le genre de type qui m'a toujours attirée... Je suis capable de détecter un mauvais garçon à l'autre bout de la pièce.

— Je ne suis pas vraiment un mauvais garçon ! Je l'ai peut-être été, mais plus maintenant. Et je ne cherche pas seulement à avoir des relations sexuelles avec toi.

Lacey soupira, à bout d'arguments.

— Je crois, dit-elle, que je vais retourner voir ma psychologue.

— Bonne idée !

Une joue sur ses genoux, elle examina le visage de Bobby : ses globes oculaires semblaient lumineux dans l'obscurité.

— A ton avis, suis-je une obsédée sexuelle ?

— Je ne sais pas. As-tu un penchant pour la pornographie ?

— Non, pas du tout !

— T'intéresses-tu à certaines... fantaisies ?

Lacey secoua la tête : quelle étrange conversation ils avaient là !

Bobby ébaucha un petit sourire triste.

— Tu te sens toujours aussi mal après l'amour ?

— Non... Mais, ce soir, je suis déçue par ma propre faiblesse.

Bobby s'assit en soupirant et laissa planer son regard jusqu'à la mer. La lumière d'un bateau brillait au loin, dans la profondeur de la nuit.

— A mon avis, tu n'es pas une obsédée sexuelle au sens strict du terme, marmonna-t-il, mais je pense que tu as un problème à régler.

— C'est justement la raison pour laquelle je fréquente Rick. Il ne m'attire pas du tout !

— Tu es belle, fit Bobby en riant, mais je crois qu'un petit quelque chose ne tourne pas rond dans ta jolie tête.

— Je sais, mais c'est comme si...

Elle regarda la lumière du bateau glisser à l'horizon, tout en essayant de se concentrer.

— Disons que tu es l'équivalent des amants de ma mère, et que Rick est l'équivalent de mon père.

Bobby resta silencieux. L'avait-elle blessé en lui parlant trop librement?

— Pardon, souffla-t-elle. Je me suis mal exprimée

— Ce n'est rien!

— J'ai *peur* de toi, Bobby. J'ai peur de ce que je ressens en ta présence... J'ai peur de perdre le contrôle, comme ce soir... Alors que je n'ai rien à craindre avec Rick!

— Il a l'air très sécurisant, admit Bobby.

— Je pense qu'il peut me faire du bien.

— Tu en parles comme d'une gorgée d'huile de foie de morue. A propos, quand en as-tu pris pour la dernière fois?

— Je regrette sincèrement, insista Lacey. J'ai l'impression d'avoir profité de toi ce soir...

Bobby sourit, puis son visage redevint grave.

— J'allais te proposer de « profiter de moi » quand tu voudras, mais après ce que tu viens de me dire, je comprends que ce n'est pas du tout ce que tu souhaites entendre.

Tandis qu'il se tournait pour remettre son short, elle promena son regard sur le rivage sombre, en se demandant ce qu'était devenu son maillot de bain. Elle se leva et réajusta la serviette autour de son corps, avant de lui prendre la main pour marcher vers la maison.

— Ça ira... toi et moi? fit-elle en approchant du porche. Je veux dire que nous devons parvenir à nous entendre, dans l'intérêt de Mackenzie.

— Bien sûr que ça ira, Lacey; mais si tu t'attends à ce que j'oublie ce qui s'est passé cette nuit... Ne me demande pas l'impossible!

Jamais elle ne lui demanderait cela. Elle n'en avait nullement l'intention, car malgré son chagrin, sa honte et sa déception, elle ne voulait pas oublier elle non plus.

38

Faye gara sa voiture de location devant une belle maison de style victorien, à quelques blocs du campus de Princeton, et sortit dans la rue. Les arbres formaient un tunnel de feuillage vert au-dessus de sa tête, et l'air vibrait du chant des cigales. Elle contempla la maison, soigneusement restaurée : peinte en bleu pâle, avec des finitions bordeaux ; une tourelle s'élevait à droite du premier étage ; un auvent faisait le tour de l'édifice et s'incurvait sur le côté ; une balancelle était accrochée par des chaînes au plafond.

S'il s'agissait vraiment de la maison de Freddy, il n'était pas à plaindre, et il avait sans doute fondé une famille. Un célibataire ne pouvait pas habiter une si vaste demeure. Avait-elle des petits-enfants ? Le jardin, derrière la maison, n'était pas visible, mais elle imagina une balançoire, une aire de jeu en bois, peut-être même une maisonnette du même style que la maison principale. Pendant tout le trajet de San Diego à Princeton, elle s'était adressée à son fils par la pensée, et elle conversait encore maintenant avec lui : «Je t'en prie, Freddy, malgré les problèmes que nous avons rencontrés toi et moi, ne me prive pas de mes petits-enfants !»

Mais cette maison si proche du campus était peut-être une résidence pour étudiants, et Freddy, en troisième cycle, la partageait sans doute avec des colocataires.

Un seul moyen d'en avoir le cœur net ! Elle pressa l'une contre l'autre ses paumes humides, prit une profonde inspiration, et comme si elle se préparait à plonger de très haut, s'engagea sur l'allée d'ardoises.

Il n'y avait pas de sonnette, mais un imposant heurtoir de cuivre, dans le style de la maison. Elle attendit une minute et allait frapper une seconde fois quand un jeune homme — qui ne ressemblait absolument pas à Freddy — lui ouvrit la porte. Elle avait sans doute vu juste : il s'agissait d'une résidence pour étudiants, et elle devait renoncer au plus vite à ses illusions concernant d'éventuels petits-enfants.

— Que puis-je pour vous ? demanda le jeune homme en haussant les sourcils.

Il avait à peu près sa taille, quelques kilos de trop et un sourire chaleureux.

— Je cherche Fred Pointer.

— Désolé, il est absent pour quelque temps.

Une vive curiosité se peignit sur le visage du jeune homme.

— Puis-je lui communiquer un message ?

— Il habite ici, n'est-ce pas ?

Faye chercha à scruter de loin l'intérieur de la demeure, car elle venait d'avoir une pensée sinistre : Freddy l'avait reconnue par l'une des fenêtres du premier étage et avait prié son copain de ne pas la laisser entrer.

Celui-ci acquiesça d'un signe de tête.

— Vous êtes de l'université ?

— Je suis sa mère, annonça Faye en soutenant son regard.

— Mme Pointer ? fit le jeune homme, éberlué, mais toujours souriant.

— Je m'appelle maintenant Faye Collier.

— C'est absolument incroyable ! Entrez, madame, je vous prie.

— Merci, dit-elle, mi-contente, mi-perplexe.

Le vestibule était dallé de marbre, et les murs peints d'or pâle ; une délicieuse fraîcheur y régnait. Le salon, visible de la porte, était élégamment meublé d'antiquités, ou tout au moins de copies. Un piano demi-queue trônait dans un coin. Ce n'était pas le décor d'une résidence pour étudiants tel qu'elle l'aurait imaginé.

— Je m'appelle Christian, annonça son hôte. Venez vous asseoir !

Il l'escorta dans le salon, et elle s'assit sur un canapé

rouge. Avec son short et ses sandales, elle ne se sentait pas tout à fait dans la note.

— Est-ce la maison de Freddy ? demanda-t-elle. Ou bien loue-t-il une chambre ici ?

Christian s'assit à l'autre extrémité du canapé.

— C'est sa maison... et la mienne.

Faye, décontenancée, chercha à comprendre.

— Vous voulez dire que vous avez acheté cette maison tous les deux pour la restaurer et la revendre ensuite...

Un silence plana : elle venait subitement de comprendre, et plus un mot ne pouvait sortir de sa bouche.

— C'est mon compagnon, chuchota Christian avec un mélange attendrissant d'enthousiasme et d'embarras qui la toucha aussitôt.

Les doigts sur sa bouche, elle prit le temps de réaliser, et Christian se pencha pour scruter son visage.

— Ça va ? fit-il.

Elle ébaucha un sourire.

— Oui, mais... je ne me serais jamais doutée. Il paraissait...

Faye allait ajouter qu'il s'intéressait aux filles quand il était adolescent ; mais qu'en savait-elle ? Avait-il toujours éprouvé une attirance pour les garçons, sans parvenir à lui en parler ?

— Quand il était plus jeune, il me semblait qu'il aimait bien les filles... dit-elle enfin.

— En fait, il est bi.

— Bi ? Ah, vous voulez dire qu'il est bisexuel !

Faye passa une main tremblante sur ses cheveux courts.

— J'ai beaucoup de mal à réaliser, je l'avoue.

— Puis-je vous offrir une boisson... pendant que vous encaissez le choc ?

Christian se leva, et Faye remarqua alors ses mains ; elle le questionna.

— Vous portez une alliance ?

— Nous sommes unis civilement, répondit Christian en se rasseyant.

Bien qu'elle s'interrogeât sur ce qu'il fallait entendre par là, Faye en conclut qu'un lien profond unissait son fils à cet aimable jeune homme. Elle n'avait jamais imaginé que Freddy était gay, mais l'idée qu'il pouvait entretenir une relation d'amour avec un autre individu n'était pas pour lui déplaire. Ce qu'il avait vécu avec ses parents ne l'avait donc pas totalement brisé sur le plan affectif.

— Vous êtes ensemble depuis longtemps ?

— Cinq ans.

— Je suis donc votre belle-mère ! conclut Faye en riant malgré elle.

Christian prit brusquement un air grave.

— Sans doute, mais il faudrait d'abord que vous soyez... la mère de Fred.

Faye sentit qu'il l'avait discrètement remise à sa place — et qu'elle l'avait mérité.

— Il me déteste toujours ? demanda-t-elle avec un calme apparent.

— Je pense qu'il ne vous a jamais détestée ! D'après moi, il n'a pas pu supporter que vous vous opposiez à son père.

En dehors de ses conversations avec Jim, Faye avait rayé Zacharie de son esprit, mais elle le revoyait maintenant en train de jouer au ballon sur la plage avec Freddy, de l'emmener pêcher sur la jetée, près du camp de caravaning. Zach avait été un homme normal à une certaine époque...

— Est-il toujours en contact avec son père ?

— Certainement, répondit Christian.

— Mon Dieu ! murmura Faye, qui ne pensait plus jamais à Zacharie comme à un être vivant.

— Si je vous montrais quelques photos de Fred ? proposa Christian.

— Oh oui !

Christian s'éclipsa un moment et revint avec un album de photos.

— Cet album date d'il y a quelques années, dit-il en s'asseyant sur le canapé, à côté de Faye. Voici la cérémonie de notre union civile...

Un carton d'invitation était collé sur la première page.

— Le faire-part ! dit-il. Un de nos amis l'a conçu pour nous.

Elle regarda les deux noms : Christian Tenley et Rick Pointer.

— Rick ? s'étonna-t-elle.

— Il se fait appeler Rick. L'abréviation de Frederick... Je n'ai jamais entendu personne l'appeler Fred, à part vous.

Faye se souvint brusquement qu'au lycée déjà, Fred avait une préférence pour Rick.

— C'est vrai qu'il n'a jamais aimé Fred.

Ils feuilletèrent l'album ensemble.

— Dieu qu'il est beau ! murmura Faye.

— Ça va sans dire, fit Christian en riant.

Ils parvinrent à la photo que Jim et elle avaient trouvée sur Internet : trois hommes se tenaient devant la chapelle de Princeton. L'un d'eux était Christian.

— Vous êtes tous les deux diplômés de Princeton ? demanda-t-elle.

— Oui, fit Christian en riant toujours ; et maintenant, nous y enseignons, moi la biologie, lui le droit.

— Le droit !

Ai-je été, sans le vouloir, un obstacle à son épanouissement ? A-t-il eu besoin de me fuir pour trouver sa voie ? se demanda Faye.

— Il a réussi sans mon aide, soupira-t-elle. Il pourra continuer à se passer de moi !

— Non, il a besoin de vous, madame.

Faye continua à feuilleter l'album. Freddy souriait sur chacune des photos.

— Il est heureux... dit-elle.

— Oui, mais...

La voix de Christian resta en suspens.

— Mais quoi ?

Christian plaqua ses mains sur l'album de photos.

— Il veut sortir son père de prison. Cet été, il prend un congé sabbatique en Caroline du Nord : il écrit un livre sur la libération conditionnelle. Un livre inspiré, bien sûr, par la situation de son père, qui est en instance de libération.

— Je l'ignorais.

Pourquoi ne l'avait-on pas informée ? On l'aurait sans doute contactée si elle avait été plus facile à retrouver.

— Quelles sont les probabilités qu'il soit libéré ?

— Aucune idée. Je sais simplement qu'il *devrait* être libéré. Sa place n'est pas en prison.

— Il a tué quelqu'un.

— Il s'est complètement réhabilité ! déclara Christian avec une telle conviction que Faye évita d'insister.

Elle se pencha à nouveau sur l'album et sur le beau sourire de Freddy.

— Quand revient-il à Princeton?

— Il revient ici presque chaque semaine, mais il est là-bas pour tout l'été.

— Je voudrais le voir... Je vais aller en Caroline du Nord.

L'idée de retourner sur les lieux de son passé la contrariait, mais, à cet instant, elle ne représentait plus un obstacle insurmontable.

— Il sera si heureux de vous voir, Faye! fit Christian, en utilisant pour la première fois son prénom. Il a toujours regretté cette rupture brutale entre vous.

— Moi aussi.

— Allons-nous l'appeler pour lui annoncer votre visite?

— Je n'y tiens pas.

Faye redoutait toujours de parler à son fils au téléphone.

— Puisqu'il souhaite me voir, je préfère lui faire une surprise.

— Comme vous voudrez!

— Pouvez-vous m'indiquer son adresse?

Faye cherchait déjà ses clefs dans son sac. Elle appellerait Jim plus tard, pour lui raconter tout ce qu'elle avait appris.

— C'est un long trajet, objecta Christian. Vous pourriez passer la nuit ici et vous mettre en route demain.

Faye secoua la tête.

— Maintenant que je sais où il est, je n'attendrai pas une seconde de plus.

39

— Que dirais-tu d'une pizza ce soir ? fit Rick.

Ils flottaient sur des radeaux, à plat ventre, comme ils aimaient le faire parfois derrière son cottage. Ils s'étaient vaporisés d'insecticide, car au crépuscule, les moustiques étaient littéralement assoiffés de sang.

Lacey laissa reposer son menton sur ses mains pour observer son compagnon.

— Bonne idée ! On livre des pizzas jusqu'ici ?

— J'ai fait une tentative, mais le livreur s'est perdu, et la pizza était glaciale quand il a trouvé mon cottage.

Sa joue contre le radeau, il parlait d'une voix étouffée.

— Il vaudrait mieux que j'aille en chercher une moi-même dès que nous serons rentrés à la maison.

Les pieds pendants, de l'autre côté du radeau, Lacey donnait de légers coup dans l'eau, en pensant à tout ce qu'elle voulait lui dire. Ce matin-là, elle avait appelé Judith, sa psychologue, au calme dans sa chambre. Judith n'avait pas de rendez-vous à lui proposer, mais elle lui avait consacré une bonne demi-heure au téléphone. Quel apaisement de lui raconter tout ce qu'elle avait vécu depuis quelques mois ! Finalement, elle lui avait parlé de Bobby et de ce qui s'était passé la nuit précédente.

« Quelle épreuve pour vous, Lacey ! » avait dit Judith.

Elle avait failli fondre en larmes : Judith était la seule personne au monde à ne jamais porter un jugement sur elle.

« Il est l'incarnation de vos tendances autodestructrices, avait repris Judith. Ce mécanisme s'est déclenché avec lui, quand vous aviez quatorze ans. Alors, comment voudriez-vous ne plus être attirée ? Je regrette que vous ne m'ayez pas appelée à l'instant même où il est revenu à Kiss River.

— Je me croyais capable de l'affronter.

— Et vous avez fait du bon travail, constata Judith, rassurante. Vous pouvez vous sentir satisfaite... Bien sûr, vous avez couché avec lui et vous avez cédé à son charme ; mais vous avez eu une conscience claire de ce qui se passait, et vous lui avez dit que c'était sans lendemain. Enfin, vous m'avez appelée ce matin pour réfléchir avec moi à la conduite à tenir.

— Il me semble que c'était une épreuve décisive et que j'ai échoué.

— Disons plutôt que c'est comme un jeu-concours ! Avec tout ce qui vous est tombé dessus cet été, vous n'avez pas eu le temps de vous préparer à toutes les questions. »

Lacey rit un instant à travers ses larmes.

« J'organise un groupe auquel vous pourriez participer, reprit Judith. Il s'adresse à des femmes comme vous... des femmes qui ont vécu des histoires difficiles, éventuellement avec des blessures d'amour-propre. »

Lacey fronça le nez : son emploi du temps était déjà plein à craquer.

« Pourrait-on en reparler une autre fois ?

— Bien sûr ! Et l'autre homme dont vous m'aviez parlé, Lacey ?

— Rick ?

— Oui. Il semble avoir une attitude positive envers vous... Il vous est attaché... Cultivez cette relation ! »

Le soir même, Lacey était donc allée voir Rick avec une idée en tête : lui parler franchement. Elle lui expliquerait sans détour la raison de ses réticences à son égard, son problème avec les mauvais garçons, et son espoir de repartir à zéro avec lui. Elle lui dirait qu'elle souhaitait rencontrer un homme à son image : doué de son intelligence, bien élevé, et lui offrant équilibre et sécurité.

Ils flottaient maintenant sur des radeaux, détendus et en confiance. N'était-ce pas le moment idéal pour passer aux aveux ?

— Ne rentrons pas tout de suite à la maison, dit-elle. Je voudrais te parler.

Rick leva la tête, intrigué.

— Tu as l'air bien grave...

— Je voudrais t'expliquer pourquoi j'ai été si froide avec toi... physiquement...

— Tu ne me dois aucune explication ! Tes critères sont différents des miens en ce qui concerne...

— Je t'en prie, Rick ! C'est si difficile à dire... Laisse-moi parler !

Il rapprocha son radeau du sien et palpa affectueusement sa nuque.

— Vas-y ! dit-il, les mains jointes sous son menton pour se concentrer.

Elle opta pour une version abrégée. Inutile de s'attarder sur le fait qu'elle avait couché avec des individus qu'elle connaissait à peine ; inutile aussi de lui parler de sa mère.

— J'ai toujours été attirée par des hommes qui n'étaient pas très bien pour moi. Tu vois le genre ? Des durs... Habituellement, je couchais avec eux et c'était tout.

— Que veux-tu dire par « c'était tout » ?

— Il n'y avait pas de relation durable entre nous. Le sexe à l'état brut...

Rick émit un soupir.

— Lacey... A quoi bon me raconter cela ? Je préférerais que tu ne m'en dises pas plus.

Cette réaction la surprit. Depuis un mois, Rick avait écouté patiemment tout ce qu'elle lui racontait, mais ils n'avaient jamais parlé de sexe. Un sujet peut-être embarrassant pour lui...

— Tu es très différent de ces types qui m'attiraient, reprit-elle.

— En quoi ?

— Eh bien, tu es très... conservateur.

Elle espéra qu'il ne prendrait pas cette remarque pour une insulte.

— Tu n'as pas de tatouage, par exemple, n'est-ce pas ?

— C'est exact.

— Tu n'as probablement jamais touché à la drogue.

— J'ai pris de la marijuana quand j'étais adolescent, et je t'avoue que j'inhalais.

— Tu n'as aucun piercing...

Il leva la tête pour la regarder en face.

— Le genre de type que tu décris me rappelle étrangement Bobby.

Se sentant rougir, elle baissa les yeux.

— En effet... Et puis, il a été formidable avec Mackenzie, je dois l'admettre... Pourtant, je ne lui fais pas entièrement confiance. Je ne peux pas me fier à des types comme lui. Les léopards auront toujours des rayures...

— Les léopards sont tachetés.

— Ne rends pas les choses encore plus difficiles !

Il lui prit la main et la plongea dans l'eau.

— Tu n'as pas besoin de me faire toutes ces confidences, Lacey. Il s'agit de ton passé.

— Oui, mais hier soir...

Lacey tressaillit : elle n'avait pas prévu cette allusion à sa dernière soirée.

— Hier soir, j'ai couché avec Bobby.

Rick resta un moment silencieux. Lacey supposa qu'il allait lâcher sa main, mais il n'en fit rien.

— J'ai eu tort, Rick. Je ne veux plus jamais recommencer !

— Hier soir appartient aussi à ton passé, Lacey !

Elle lui sourit, émue.

— Tu es si tolérant... Si patient avec moi... Tu m'écoutes si gentiment. Je voudrais tant... Oui, je voudrais éprouver...

— En somme, je ne t'attire pas parce que je suis au-dessus de tout soupçon...

— Il faut que ça change ! Tu dois rester au-dessus de tout soupçon, bien sûr, mais je veux être attirée par toi.

— Ça ne se commande pas.

— Si ! dit-elle, en essayant de se persuader elle-même.

Son intonation fit sourire Rick.

— A mon avis, rien ne presse... Tu regrettes d'avoir fait l'amour hier soir avec Bobby ; je ne voudrais pas que tu regrettes de faire l'amour avec moi ce soir.

— Pas ce soir, mais bientôt peut-être. Je tenais à t'exposer honnêtement mes sentiments et à t'expliquer mon problème, pour que nous repartions à zéro. Maintenant, j'ai l'intention d'aller de l'avant, comprends-tu ?

Il rapprocha leurs radeaux pour l'embrasser.

— Eh bien ! dit-il, rentrons, et j'irai acheter une pizza.

Après avoir pagayé jusqu'au rivage, ils attendirent d'avoir

atteint la plage pour descendre de leurs radeaux : ils évitaient ainsi d'emmêler leurs jambes dans les longues herbes aquatiques. C'était peut-être le fruit de son imagination, mais Lacey sentait une certaine froideur de la part de Rick, malgré le baiser qu'ils avaient échangé. Elle ne savait comment s'y prendre pour arranger les choses, car il avait manifestement souhaité mettre fin à leur conversation. Après tout, elle venait de lui annoncer qu'elle avait fait l'amour avec un homme qui l'attirait et qu'elle n'éprouvait pas ce genre de désir pour lui. Pouvait-elle s'étonner qu'il n'ait pas accueilli cette nouvelle avec enthousiasme?

Elle le suivit donc jusqu'à la petite plate-forme — derrière son cottage — où ils se séchèrent à l'aide des serviettes de bain accrochées à la balustrade.

— Après la pizza, on pourrait travailler ce soir à ma déclaration de victime, proposa Lacey quand le silence se fit trop pesant entre eux.

Ils se dirigeaient vers le cottage; Rick, qui la précédait de quelques pas, se retourna.

— Je croyais que tu avais renoncé à écrire cette déclaration.

— *Je dois* l'écrire.

— Certainement pas! s'écria Rick, les poings sur les hanches.

Une contrariété évidente brillait dans ses yeux. Surprise, Lacey épongea les extrémités encore humides de ses cheveux.

— Je comprends que mes hésitations finissent par te lasser, fit-elle, mais je dois m'y mettre, Rick.

Son avocate l'avait appelée deux fois au cours de l'après-midi : elle allait donc s'acquitter de cette tâche, mais il lui fallait de l'aide.

— Certainement pas! répéta Rick.

Il prit son tee-shirt sur le dossier de l'une des chaises de cuisine, puis il passa une chemise en donnant pratiquement des coups de poing dans les manches.

— Sois lucide, Lacey! Tu es en pleine détresse... et ce témoignage contribue pour beaucoup à ton état. Ta haine à l'égard de Zacharie Pointer te dévore...

— Non, je ne le hais pas, mais je trouve qu'il ne mérite pas de...

Rick l'interrompit.

— Je compatis à tous tes malheurs... Je comprends tes problèmes avec les hommes et les épreuves que tu as traversées cet été avec Mackenzie... Mais ta réaction à ce sujet me stupéfie ! Manifestement, cet homme s'est réhabilité...

Rick criait presque, et sa voix résonnait dans le modeste cottage. Par chance, il n'y avait pas de voisins risquant de l'entendre !

— Il me paraît évident que cette tâche est au-dessus de tes forces, reprit-il. Je ne vois donc pas pourquoi tu t'acharnes !

Que lui répondre ? C'était la première fois que Lacey l'entendait élever la voix, et il semblait non seulement contrarié mais furieux. Elle lui avait parlé en confiance, et il s'était montré si attentif qu'elle le croyait prêt à l'écouter jusqu'à la fin des temps, mais elle s'était fourvoyée. Elle avait abusé de sa patience pendant tout l'été...

— Tu m'en veux à cause de Bobby, dit-elle. Je te comprends, car j'aurais réagi de la même manière à ta place. J'ai eu tort de te parler d'hier soir !

— Si tu ne m'en avais pas parlé, ça n'aurait rien changé. Maintenant, je vais acheter une pizza.

Sur ces mots, il se dirigea à grandes enjambées vers la porte écran, qu'il claqua derrière lui. Elle se mordit les lèvres. Si seulement rien ne s'était passé avec Bobby la nuit précédente ! Faire l'amour avec ce garçon avait été une erreur pour elle, pour lui et pour Mackenzie. Elle repensa aussi à la femme qu'elle avait surprise en sa compagnie. A son passé de drogué, son alcoolisme, ses revenus probablement encore plus minables que les siens...

Et pourtant, ses regrets la tenaillaient toujours.

40

Lacey se débarrassa de son maillot de bain humide dans la chambre qu'avait occupée récemment Bobby. Elle avait l'impression d'y retrouver son odeur — ce mélange particulier de shampoing doux et de fumée âcre — mais c'était sans doute un tour que lui jouait son imagination. Elle s'allongea sur le mince dessus-de-lit fané qui avait dû recouvrir, au fil des ans, le corps sablonneux et moite d'un trop grand nombre de locataires.

Rick serait-il plus calme quand il reviendrait avec la pizza? En attendant, elle n'avait absolument pas faim, tandis qu'elle se remémorait leur conversation. Pourquoi avait-elle été si stupide? On ne dit pas au prétendant Numéro 1 que l'on vient de coucher avec le prétendant Numéro 2 ! Elle souhaitait prendre un nouveau départ avec Rick, mais ce n'était pas raisonnable : elle n'avait pensé qu'à ses propres aspirations, sans tenir compte des siennes.

Elle avait dû s'assoupir, car elle entendit frapper comme dans un rêve. On frappa à nouveau, et, une fois réveillée, elle eut une légère frayeur à l'idée qu'elle était seule dans un cottage ouvert à tous vents, au milieu des bois. Pendant son sommeil, la nuit était tombée, et une profonde obscurité régnait à l'intérieur comme à l'extérieur.

Une voix féminine appelait de la plate-forme.

— Hello? Fred?

Elle sortit de la chambre à pas feutrés et traversa le lino crissant de sable de la salle de séjour. Une inconnue se tenait de l'autre côté de la porte écran ; à la lumière de la plate-forme, ses cheveux courts brillaient comme de l'or.

— Bonjour ! répondit-elle en approchant.

Elle alluma dans la cuisine avant de s'adresser à l'inconnue à travers l'écran.

— Vous avez dû vous tromper d'adresse. Il n'y a pas de Fred ici !

La femme scruta un instant le papier qu'elle avait en main.

— C'est possible, mais je suis complètement perdue... J'ai mis un temps fou à trouver cet endroit, et...

Lacey ouvrit la porte.

— Entrez, dit-elle. Je pourrai peut-être vous aider à trouver l'endroit que vous cherchez.

L'inconnue lui adressa un regard reconnaissant. Proche de la cinquantaine, elle aurait sans doute été jolie en temps normal, mais elle avait les yeux bouffis et le regard hébété de quelqu'un qui a perdu son chemin et s'épuise à le retrouver.

Après avoir allumé la lampe posée sur la table du living, Lacey lui fit signe de s'asseoir sur le vieux canapé.

— Voici les indications dont je dispose, fit la femme en lui tendant son papier.

Lacey s'assit à l'autre bout du canapé pour l'examiner en pleine lumière. Quelques lignes d'une écriture claire et nette, complétées d'un plan tracé à la main — avec des lignes ondulées pour les vagues du bras de mer, et de minuscules arbres figurant les bois.

— Eh bien, conclut-elle, vous avez manifestement trouvé le bon cottage. Mais... le propriétaire est absent pendant les vacances, et j'ignore son nom. C'est peut-être lui que vous cherchez.

La femme fronça les sourcils.

— Je ne pense pas. Je cherche mon fils, Fred Pointer.

— Pointer ?

Un frisson glacial traversa Lacey tandis qu'elle articulait ce nom. La femme acquiesça d'un signe de tête.

— Le connaissez-vous ? Ah, j'oubliais de vous dire qu'il se fait appeler Rick. Mais pour moi, il restera toujours Fred.

Une main sur la gorge, Lacey eut soudain la nausée. Le visage de cette femme lui devenait familier. Elle se revoyait en train de lui servir des haricots verts, à la table du foyer des femmes battues...

— Mon Dieu! fit-elle en se levant.

— Ça ne va pas?

— Il m'a bien manipulée!

«A quoi bon écrire cette déclaration, Lacey? Laisse-les se débrouiller sans toi.»

— Parlez-vous de Fred? Je veux dire de Rick?

Lacey n'eut pas la force de répondre. Elle avait peur, et sa tête tournait, tandis qu'elle essayait de mettre de l'ordre dans ses pensées.

La femme se leva et la prit par le bras.

— Je ne sais pas ce qui vous a émue à ce point, mais on dirait que vous allez tomber dans les pommes.

Lacey était raide comme un piquet; elle dut presque la forcer à s'asseoir.

— Je suis vraiment navrée de vous avoir effrayée, reprit-elle en s'asseyant à son tour.

— Me reconnaissez-vous? fit Lacey, son visage tourné vers elle.

La femme hocha la tête.

— Je... Vous me rappelez quelqu'un... Mais je pense que cette personne est morte depuis longtemps.

— Il s'agit de ma mère, Annie O'Neill.

La femme, éberluée, pâlit à son tour.

— Oh, mon petit... dit-elle en effleurant le bras de Lacey. Mon Dieu! Vous étiez là aussi; je m'en souviens, et j'ai pensé si souvent à vous... Mais...

Elle jeta un regard ahuri autour de la pièce.

— Je ne comprends pas... Pourquoi êtes-vous ici avec Fred? Est-ce une simple coïncidence?

— Absolument pas!

Lacey se releva. Son trouble et son dégoût avaient fait place à une colère noire. Elle se souvenait du livre sur le pardon, offert par Rick, et de son bouquet de fleurs. Elle se souvenait de toutes les fois où il avait orienté la conversation sur la libération conditionnelle de Zacharie Pointer. *Qu'il aille au diable!* Elle prit sur la table une chope vide, qu'elle projeta violemment contre le mur; la femme eut un mouvement de recul.

— Il m'a manipulée pendant tout l'été! reprit Lacey.

Elle dégagea ses cheveux d'un geste brusque en transperçant la visiteuse du regard.

— Etes-vous au courant ?

— De quoi ?

— Il est question de libérer votre mari.

— Mon ex-mari ! Oui, j'en ai été informée aujourd'hui.

Lacey s'assit sur une vieille chaise branlante, près de la fenêtre.

— Eh bien ! voici de quoi il s'agit. Votre fils s'est présenté un beau jour à mon atelier. Il m'a caché délibérément que Zacharie Pointer était son père. Il m'a dit qu'il s'appelait Rick Tenley, et...

— C'est le nom de famille de son compagnon. Christian Tenley...

— L'avocat avec qui il est associé ?

— Non, son compagnon dans la vie.

— Vous voulez dire qu'il est gay ?

La femme hocha la tête, et Lacey éclata de rire malgré sa fureur.

— Dans ce cas, beaucoup de choses s'expliquent !

— Mais... reprit la femme, est-il vraiment venu par hasard à votre atelier ?

— Bien sûr que non ! Il savait parfaitement ce qu'il faisait. Il a commencé par me courtiser. Il m'a envoyé des fleurs, puis il m'a proposé de sortir avec lui, et quand nous avons été assez intimes... Sans avoir de relations sexuelles ! s'empressa de préciser Lacey. Vous pourrez dire à ce Christian que Rick lui a été absolument fidèle...

Tout s'éclairait soudain. Leur conversation ce soir, sur les radeaux... Il ne lui en voulait pas d'avoir couché avec Bobby ; mais le fait qu'elle ait décidé de rédiger finalement sa déclaration le mettait en rage.

— Quand nous avons été assez intimes, reprit-elle, je lui ai raconté la mort de ma mère. Je lui ai appris que ma famille avait l'intention de s'opposer à la libération conditionnelle de son assassin. Il s'est mis à me parler de ce problème : il me conseillait d'apprendre à pardonner et de ne pas m'opposer à la libération de votre mari... ou plutôt de votre ex-mari. J'étais si émue par sa compassion, par la qualité de son écoute... Ma parole, il m'a bien eue !

Elle regarda la table en angle sur laquelle une pile de papiers reposait à côté de l'ordinateur.

— Il a prétendu qu'un ami lui avait prêté ce cottage, pour lui permettre d'écrire en paix un livre sur le droit fiscal.

— D'après ce que m'a dit Christian, il écrit effectivement un livre... sur la libération conditionnelle.

Lacey se leva et s'approcha de la table en deux enjambées. Après avoir empoigné quelques feuilles au sommet de la pile, elle les parcourut rapidement. « Liberté conditionnelle » apparaissait sur presque toutes.

— Le salaud !

Elle souleva la pile entière des deux mains, puis elle la lâcha dans les airs ; les feuilles se dispersèrent sur le sol. Incapable de se maîtriser, elle était en proie à une rage destructrice.

La femme l'observait, penchée en avant et le poing sur la bouche ; une ride profonde se creusait entre ses sourcils. Soudain, elle se redressa.

— Comment vous appelez-vous ? demanda-t-elle, une main posée sur ses genoux.

— Lacey O'Neill.

— Je suis Faye Collier. J'ai repris mon nom de jeune fille après mon divorce, et j'ai perdu mon fils de vue quand il était adolescent. Je n'ai plus aucun contact avec lui... Je suis venue ici pour essayer de renouer... Je vis en Californie, et j'ai découvert qu'il habite Princeton ; voilà pourquoi j'ai...

— Princeton ?

Lacey resta figée sur place, au milieu des papiers.

— Il est censé habiter Chapel Hill et enseigner le droit à Duke !

— Il enseigne le droit, mais à Princeton. Je me suis rendue à l'adresse que j'avais trouvée sur Internet et j'ai rencontré Christian, qui m'a appris qu'il était ici. Mais Fred ignore que je viens lui rendre visite. Nous n'avons pas échangé un seul mot depuis dix ans, Lacey... J'ai l'impression de ne plus le connaître...

Elle refoula ses larmes ; un profond chagrin se lisait dans ses yeux.

— Et pourtant, reprit-elle, je voudrais vous présenter des excuses en son nom.

Faye parlait d'une voix apaisante. Lacey se rassit sur le

canapé, de côté, remonta ses pieds et entoura ses jambes de ses deux bras.

— Ce n'est pas à vous de me présenter des excuses, madame.

Elles se retournèrent en entendant crisser la porte écran. Rick entra, chargé d'un carton à pizza. Quand il reconnut sa mère, au bout de quelques secondes, son visage blêmit, et le carton tomba à terre avec un bruit sourd.

— *Maman ?*

Malgré ce qu'elle venait d'apprendre, Faye était manifestement incapable d'en tenir rigueur à Rick. Poussée par son instinct maternel, elle se leva et bondit sur son fils. Celui-ci dut sentir qu'il avait perdu la partie, mais il lui ouvrit grand les bras, et ils s'embrassèrent avec une intensité insoutenable pour Lacey.

La tête posée sur ses genoux, elle avait l'impression d'être une intruse. Elle attendit en silence la fin de leur étreinte.

— Comment m'as-tu retrouvé ? demanda Rick à sa mère.

— Christian...

Rick se tut un moment, puis il sembla remarquer la présence de Lacey.

— Lacey... fit-il.

En levant la tête, elle vit qu'il pleurait et qu'il était écarlate.

— Je te demande pardon, Lacey...

Elle resta muette, plus peinée à cet instant que fâchée.

— C'est fichu, reprit-il. Je regrette... Je voulais simplement obtenir la libération de mon père. Il a tué ta mère dans un accès de folie. On aurait dû l'aider et non le jeter en prison. Il faut que je le sorte de là, et je...

— Pour l'instant, il faut surtout que tu passes un moment avec ta mère ! déclara sèchement Lacey en se levant. Quant à moi, je n'ai plus qu'à aller rédiger ma déclaration, et je t'assure que j'y mettrai le paquet.

Elle piétina sur son passage les pages dispersées du futur livre sur la liberté conditionnelle, et la porte écran claqua derrière elle. Son maillot de bain était resté dans la chambre d'amis — le second maillot qu'elle perdait en deux jours, mais elle s'en fichait.

Ce n'est qu'en s'asseyant dans sa voiture, au milieu des bois obscurs, qu'elle fondit en larmes. Les vitres était baissées, et elle entendait les stridulations des cigales. Elle resta un certain temps sans mettre le contact ni même essuyer les larmes qui ruisselaient sur son visage. Des hommes avaient abusé d'elle, en de nombreuses occasions, mais Rick — le seul homme qu'elle croyait incapable de lui faire du mal — l'avait blessée jusqu'à la moelle.

41

« Ne coupe jamais du verre quand tu te sens perturbée. »

Tom lui avait répété cela une bonne douzaine de fois, mais Lacey éprouvait le besoin de s'absorber dans quelque chose ; et travailler à un projet de vitrail avait toujours été pour elle un excellent exutoire. Pourtant, elle faisait un vrai gâchis, coupant des morceaux trop grands ou trop petits, et brisant l'un des verres les plus onéreux de son stock. Elle s'enfonça aussi un éclat dans l'avant-bras qu'elle avait appuyé sur la table.

Malgré son travail, elle ne parvenait pas à chasser le fâcheux événement de la veille de son esprit. A son retour, elle avait trouvé Gina, Clay et Bobby dans le séjour, en train de regarder un film sur le magnétoscope. Pour une fois, elle s'était félicitée que Mackenzie ait préféré la compagnie de son ordinateur à celle des adultes ; elle ne voulait surtout pas craquer en sa présence.

Finalement, elle avait été plus calme qu'elle n'aurait cru quand, assise sur le canapé, elle avait exposé les faits, en essayant de ne pas dramatiser en se laissant aller à ses émotions. Clay l'écoutait, livide.

« On le traitait comme un membre de la famille, alors qu'il nous manipulait tous ! s'était-il exclamé en marchant de long en large, comme son père dans ses accès de colère. Dis-moi où est son cottage, Lacey, j'y cours ! »

Gina et elle avaient eu un mal fou à le calmer.

« Il est avec sa mère pour l'instant, avait-elle conclu. Ce n'est pas le moment de les déranger.

— A-t-il couché avec toi ? »

Elle avait apprécié le ton outragé de son frère et la manière dont il formulait sa question : lui demander si «*elle* avait couché avec *lui*» aurait été beaucoup plus culpabilisant. Elle lui avait répondu par la négative et s'était abstenue de lui dire qu'il était gay.

Bobby l'avait écoutée en silence, et elle avait fui son regard, de peur de révéler à Gina et Clay l'évolution récente de leurs relations.

Peu après, il était venu la rejoindre dans la cuisine où elle se servait un verre de limonade, et il l'avait enlacée. Elle craignait qu'il ne se moquât d'elle gentiment. N'avait-elle pas affirmé, peu de temps avant, qu'elle avait peur de lui et non de Rick, car Rick ne pouvait lui faire que du bien ? Bobby était parfaitement en droit de la taquiner en reprenant ses paroles, mais il s'en abstint.

«Je suis navré», avait-il chuchoté en lui serrant l'épaule avant de quitter la pièce.

Elle avait senti qu'il lui parlait du fond du cœur. Après être passée dire bonsoir à Mackenzie dans sa chambre, elle s'était mise au lit avec son bloc-notes. Elle comptait dissiper sa fureur en rédigeant sa déclaration, mais les mots lui manquaient toujours. Si elle n'écrivait pas ce texte sous l'impact de la colère, jamais elle n'y parviendrait. Au bout de dix minutes, elle avait déclaré forfait et cherchait à dormir, mais sa soirée chez Rick occupait complètement son esprit.

Elle se leva finalement et alla frapper à la porte de Bobby, qui n'avait pas fermé l'œil lui non plus. Une curiosité évidente se lisait sur son visage.

«Pourrais-tu me donner quelque chose pour dormir?» s'empressa-t-elle de lui demander, afin qu'il ne se méprenne pas sur ses intentions.

Il secoua la tête.

«Je regrette, Lacey ; en fait de drogue, je n'ai plus que de l'aspirine...»

Il la retint quand elle fit mine de sortir de la pièce.

«Lacey? Veux-tu me parler?

— Non, merci, marmonna-t-elle. Pas maintenant.»

Parler à Bobby en pleine nuit, dans sa chambre, alors qu'elle se sentait si fragile, risquait d'être périlleux. En outre, elle souhaitait rester seule, car elle ne pouvait se fier qu'à elle-même — et encore, pas toujours...

Lacey parvint enfin à découper correctement un morceau de verre ; elle s'en réjouissait quand elle entendit la porte écran s'ouvrir et se refermer. Mackenzie apparut sur le seuil de la véranda, en compagnie de Sasha. Elle était sortie avec le chien pour obtenir une meilleure réception pour son téléphone portable, celle-ci n'étant pas bonne ce jour-là à l'intérieur de la maison.

— Ton téléphone fonctionne ? fit Lacey en faisant glisser ses lunettes protectrices sur le haut de son crâne.

— Oui, j'ai parlé à tout le monde !

— Ça a dû te faire plaisir.

Mackenzie s'assit à la seconde table de travail, dans le siège habituellement utilisé par Bobby, et se mit à pivoter sur elle-même.

— On dirait qu'ils m'oublient...

— Mais non ! fit Lacey, compatissante.

Sasha s'approcha de son siège, et elle passa une main sur son pelage noir et lustré.

— Ils ont peut-être des activités auxquelles tu ne participes pas, mais ils ne t'oublieront jamais.

Mackenzie soupira.

— Tes copines te manquent, hein ? reprit Lacey.

— C'est bizarre ! Elles *devraient* me manquer, mais il me semble qu'elles me manquent beaucoup moins qu'avant.

Mackenzie passa un doigt sur un petit bloc d'ivoire posé sur la table de travail.

— Par exemple, j'ai parlé à Sherry de Wolf et tout... Comme elle n'aime pas les chiens, ça ne l'a pas vraiment intéressée. Et Marissa est folle d'un garçon de son club de natation que je ne connais même pas ; elle se demande pourquoi j'ai envie de me cacher dans les bois pour qu'un chien me retrouve... Et puis elle m'énerve parce qu'elle dit tout le temps « tendance ».

— Tendance ?

— On dirait que c'est le nouveau mot branché. Le garçon qui lui plaît est *tendance* ! Le nouveau magasin du centre commercial est *tendance* ! Tu ne trouves pas ça idiot ?

Lacey rit malgré elle, émue par la véhémence de la fillette.
— Si tu savais comme tu es adorable !
Mackenzie hocha la tête en souriant.
— Ouais...
Elle jeta un coup d'œil par la fenêtre, penchée en avant, les coudes sur la table, la joue appuyée contre la vitre.
— On ne voit pas le chenil d'ici !
— Non.
— Je me demande à quelle heure Clay va rentrer.
Comme ils le faisaient souvent le week-end, Gina et Clay avaient emmené Rani au Shorty's Grill pour dîner avec Henry, Walter et d'autres habitués. Quant à Bobby, Lacey supposait qu'il assistait à une réunion.
— Tu devais travailler avec Clay aujourd'hui ? s'enquit-elle.
— Non, mais l'os de Wolf est coincé derrière sa niche, et il est furieux de ne pas arriver à l'attraper. Je suis passée près du chenil quand j'étais dehors, et j'ai eu l'impression qu'il pleurait vraiment. Ça m'a fait beaucoup de peine pour lui.
— Il va se calmer...
Lacey tapota la tête de Sasha, qui émit un profond soupir avant de s'allonger près de sa table de travail.
— Tu ne crois pas que je pourrais décoincer cet os et le donner à Wolf ? Il m'adore.
— Clay a dit que personne, à part lui, ne devait entrer dans le chenil !
— C'était il y a longtemps, protesta Mackenzie. Je te dis que Wolf m'adore maintenant.
— Certainement, fit Lacey en souriant, mais tu sais ce qu'a dit Clay.
Lacey se leva.
— Alors, je vais essayer de passer un bâton ou je ne sais quoi à travers la grille pour récupérer cet os.
— Bonne idée, mais sois prudente !
Le téléphone sonna à cet instant ; Mackenzie s'éclipsa et Lacey regarda le numéro d'appel qui s'affichait : il s'agissait de Rick, pour la troisième fois dans la matinée. Elle n'était pas prête à lui parler et doutait de l'être un jour. Après avoir fait glisser ses lunettes sur ses yeux, elle repensa au texte qu'elle devait rédiger. Pourquoi ne pas renoncer tout simplement à analyser la personnalité de sa mère ? Les autres

déclarations évoqueraient la générosité et les innombrables qualités de « sainte Annie », mais aucune ne pourrait donner une description du meurtre aussi détaillée que la sienne. Cette idée lui sembla si géniale qu'elle s'étonna de ne pas y avoir songé plus tôt. Elle ferait un compte rendu précis de l'événement auquel elle avait assisté ce soir-là, au foyer des femmes battues. A quoi bon porter un jugement sur la moralité de sa mère ?

Elle approchait son cutter d'un morceau de verre couleur cobalt quand un hurlement fit bondir Sasha.

Mackenzie !

Elle lâcha son outil et bondit hors de la véranda en retirant ses lunettes protectrices, qui lui échappèrent des mains. Les hurlements s'amplifiaient. Elle imagina Wolf poursuivant Mackenzie à travers le jardin, après avoir sauté pardessus la clôture de deux mètres. Mais un tout autre spectacle l'attendait quand elle ouvrit la porte écran et courut sous le porche.

Mackenzie gisait à l'intérieur du chenil, et le berger allemand, dressé au-dessus d'elle, grognait et grondait en lacérant ses vêtements ou — qui sait ? — sa chair. Le chien secouait la tête comme s'il se préparait à tuer la proie qu'il tenait dans sa gueule. Les cris de terreur de Mackenzie déchiraient le silence.

— J'arrive ! fit Lacey en dévalant les marches du perron pour foncer vers le chenil.

Le sable s'envolait dans son sillage. Sasha la précédait en aboyant lui aussi.

— Lâche-la ! Lâche-la immédiatement ! hurla Lacey, les bras au ciel.

Une jambe de Mackenzie était ensanglantée ; du sang avait coulé sur le sable. *Que Dieu protège cette petite !*

Arrivée au chenil, Lacey bourra la clôture de coups de poing.

— Lâche-la !

Le chien fit la sourde oreille. Une touffe des longs cheveux de Mackenzie dans la gueule, il souleva sa tête à quelques centimètres au-dessus du sol, et traîna sur le sable sa victime qui se débattait. Il n'en ferait qu'une bouchée, pensa Lacey ; mais elle ne le laisserait pas assouvir ses instincts sanguinaires.

Après avoir ouvert la porte grillagée de l'enclos, elle se dirigea vers l'extrémité opposée du chenil, persuadée que Wolf se retournerait d'un instant à l'autre. Sasha, brave chien paisible, la suivait et se contentait d'aboyer désespérément à côté d'elle. Comme de juste, Wolf lâcha les cheveux de Mackenzie et lui lança un regard menaçant. Babines retroussées, il lui faisait comprendre par chaque parcelle de son corps qu'elle serait sa prochaine victime.

— File, Mackenzie ! cria-t-elle, tandis que la fillette s'agenouillait non sans peine. File !

La jambe en sang, boitillant et rampant, Mackenzie atteignit la sortie du chenil. Wolf l'oublia aussitôt et courut vers Lacey, ses énormes crocs pareils à des poignards. Elle eut beau lever les bras au-dessus de sa tête pour l'impressionner et hurler dans l'espoir de l'éloigner, il n'hésita pas. Le dos contre le grillage, elle le vit ouvrir grand ses mâchoires et s'abattre sur sa cuisse. Une douleur foudroyante la traversa tandis qu'il plongeait ses crocs dans ses muscles en l'entraînant à terre. Elle pria le ciel que quelqu'un vienne promptement au secours de Mackenzie, car elle-même ne pouvait plus l'aider. Elle allait mourir...

42

Quelqu'un lui tenait la main et murmurait son nom. Lacey parvint à soulever ses paupières, qu'elle referma presque aussitôt : la lumière de la pièce l'éblouissait.

— C'est bien, Lacey, fit une voix masculine. Reviens à toi !

Elle rouvrit les yeux et vit Tom : son catogan blond, fileté d'argent, tombait sur son épaule, et son visage était proche du sien. Avait-elle fait une chute en travaillant à l'atelier ?

Il lui sourit.

— Tout va bien, mon ange.

Les larmes aux yeux, il lui caressait doucement les cheveux.

Elle revit alors la gueule béante de Wolf : une monstrueuse cavité emplie de crocs, dont le souvenir la fit tressaillir. Puis elle entendit un gémissement, et il lui fallut quelques secondes pour réaliser qu'elle l'avait émis.

— Je suis... dans ton atelier, Tom ?

— Mon atelier ? Non, ma chérie !

Il passa sa grosse main rugueuse sur sa tempe, puis à nouveau sur ses cheveux. Elle savait depuis plus de dix ans qu'il était son père biologique, mais elle n'avait jamais ressenti leur lien aussi intensément qu'à cet instant où il lui caressait les cheveux en refoulant ses larmes.

— Tu es à l'hôpital, Lace. Ce chien t'a mordue une ou deux fois.

Certainement plus de deux fois ! Son corps était douloureux

et brûlant, comme si quelqu'un vissait un écrou à travers ses membres, avec assez de force pour entamer sa peau.

— J'ai mal...

— J'appelle l'infirmière !

Tom allait se lever ; elle le retint par la manche de son tee-shirt.

— Ne t'en va pas ! dit-elle, effrayée à l'idée qu'il la quitte.

Elle avait la tête si lourde qu'elle risquait de replonger dans les étranges ténèbres dont elle venait à peine d'émerger.

— Bien, fit-il en se rasseyant.

Elle se souvint de Mackenzie et du sang sur le sable.

— Mackenzie ? fit-elle, incapable d'articuler plus d'un ou deux mots à la fois.

— Tu lui as sauvé la vie.

Tom ébaucha un sourire.

— Tu as été si courageuse, mon petit ! J'ai toujours su que tu étais une fille formidable, mais je ne te croyais pas capable de cela. A ta place, je ne l'aurais pas fait...

« Même pas pour moi ? » faillit-elle répliquer, mais elle n'en eut pas la force. En outre, elle connaissait déjà la réponse : pour *elle*, il l'aurait fait.

— Il y avait du sang... sur le sable.

Elle cherchait ses mots, peinant à faire coïncider sa pensée avec les mouvements de sa langue.

— Mackenzie...

— Elle a une sérieuse morsure à la jambe et quelques contusions, mais on ne l'a même pas gardée à l'hôpital pour la nuit.

— Et moi ?

— Tu es ici depuis deux jours, ma chérie. Nous restons à ton chevet à tour de rôle, Alec, Olivia, Gina, Clay, Bobby et moi... J'ai la chance d'assister à ton réveil !

— Deux jours ?

Comment ai-je pu perdre conscience deux journées entières ? se demanda Lacey.

— Les médecins supposent que ta tête a heurté un coin de la niche. Tu as perdu conscience. Heureusement, d'ailleurs, car tu n'as pas su ce que ce satané chien te faisait !

— Je suis encore en vie, constata Lacey, étonnée et vaguement euphorique.

— Il t'aurait achevée si Bobby n'était pas revenu à la maison au bon moment.

— Combien de blessures... franchement ?

Tom parut hésiter avant d'opter pour la vérité.

— Neuf. Neuf blessures vraiment sérieuses, et quelques-unes moins graves.

— Mes jambes ? fit Lacey, qui avait les jambes en feu.

— Tes jambes, ton postérieur, ton bras gauche... mais ton joli visage est intact.

— On va abattre ce chien ?

— C'est déjà fait. D'après l'autopsie, il avait... je ne sais pas exactement... une sorte d'épilepsie, ou quelque chose de ce genre. Ton père est désolé de ne pas avoir obtenu qu'on lui fasse cet examen neurologique plus tôt. Dans ce cas, il aurait peut-être été récupérable.

— Pauvre bête !

— J'ai quelque chose à te dire...

— Quoi ? fit Lacey, comprenant que Tom voulait changer de sujet, mais trop lasse pour le questionner davantage.

— Il me semble que Bobby a le béguin pour toi. Un sérieux béguin... Il vit pratiquement ici depuis ton arrivée...

Lacey ébaucha un sourire.

— Est-ce réciproque ? fit Tom.

— J'essaye...

Lacey humecta ses lèvres avec sa langue.

— J'essaye de résister !

— Pourquoi, mon ange ?

— Pour des tas de raisons !

Elle aurait voulu raconter à Tom qu'elle avait surpris Bobby dans le parking, en train de remettre une liasse de billets à une blonde décharnée, mais elle n'avait pas le courage d'assembler tant de mots.

— Salut ! fit une voix, dans un autre coin de la pièce.

Lacey tourna la tête et aperçut son père sur le seuil, un sourire aux lèvres.

— Salut, Alec, marmonna Tom en se levant.

Il recula de quelques pas pour faire place à l'homme qu'elle avait toujours considéré comme son père. Celui-ci se pencha pour l'embrasser sur la joue.

— Je suis si heureux que tu sois réveillée ! fit-il. Tu nous as donné beaucoup d'inquiétude...

Une main sur l'épaule d'Alec, Tom annonça qu'il devait partir. Il voulait les laisser en tête à tête, comprit Lacey.
Les deux hommes se serrèrent la main.
— Merci d'avoir été là, souffla Alec.
— Au revoir, Tom, murmura Lacey, touchée par la cordialité prudente qui régnait entre eux.
Elle savait combien la dernière décennie les avait éprouvés : chacun avait combattu ses propres démons, en s'efforçant de ne pas la prendre en otage. Elle savait aussi que l'un et l'autre avaient aimé sa mère d'un pur amour, bien que les sentiments d'Annie eussent été souillés par ses mensonges.
Son père ne s'assit pas tout de suite sur le siège libéré par Tom ; il préféra soulever le drap recouvrant ses jambes pour examiner ses bandages. Il fit ensuite de même pour son bras gauche. Elle ferma les yeux, car elle n'était pas encore prête à voir son corps.
— Tu auras quelques cicatrices, ma chérie, lui confia Alec, mais les médecins pensent que tu ne souffriras d'aucun problème fonctionnel, ce qui est une excellente nouvelle. Tu risquais gros ! L'une des morsures a frôlé ton artère fémorale... A propos, souffres-tu beaucoup ?
— Oh oui !
Alec examina la perfusion accrochée à l'un des montants du lit, de manière à lire ce qui était inscrit sur l'étiquette.
— Je vais aller parler à l'infirmière et voir ce qu'elle peut faire pour toi.
— Pas encore !
Lacey craignait que les drogues ne l'abrutissent : tant qu'elle souffrait, elle avait au moins conscience d'être vivante.
— C'est toi qui as abattu Wolf ? demanda-t-elle.
Alec s'assit finalement sur le siège à côté de son lit.
— Non, Bobby ne m'en a pas laissé le temps.
— Ah bon ?
— Tom ne t'a rien raconté ?
Lacey chercha à se souvenir de sa conversation avec Tom, mais tout redevint flou dans son esprit.
— Raconte-moi tout !
— Bobby s'est garé sur le parking de Kiss River au moment où Wolf t'attaquait. Il a couru jusqu'au chenil et

l'a empoigné par son collier. En le précipitant contre la niche, il lui a brisé l'échine. Il est mort sur le coup.

— Mon Dieu ! fit Lacey, une main sur la bouche. Sans Bobby, c'est moi qui serais morte.

— Je préfère ne pas y penser, mais je lui suis sincèrement reconnaissant, admit Alec. Cela dit, toi tu as sauvé la vie de Mackenzie. Tu es notre héroïne...

— Maman en aurait fait autant !

Alec prit un léger recul, les bras croisés sur sa poitrine.

— Ta mère n'était ni totalement bonne ni totalement mauvaise, Lacey. Tu as cherché à te libérer de ses grandes qualités comme de ses défauts majeurs. Depuis sa mort, tu as estimé chacun de tes faits et gestes à la lumière de ce qu'elle aurait fait. D'abord, tu as tenté de devenir sainte Lacey... Et quand tu as appris ses... transgressions, tu as tenté d'être aussi différente d'elle que possible.

— Je sais.

Alec se pencha vers sa fille, et ses yeux bleu pâle débordèrent d'amour.

— C'est ta seconde chance, Lace, dit-il. Oublie ce que ta mère aurait fait dans telle ou telle situation, et contente-toi d'être toi-même.

43

Les drogues la maintenaient dans un état second, empli d'images cauchemardesques de Wolf et d'hallucinations bizarres. En fin de soirée, lorsque les lumières de l'hôpital se tamisèrent et que sa douleur aiguë se mua en une souffrance affreusement lancinante, elle crut voir une nonne assise à son chevet. A travers ses yeux mi-clos, elle distinguait un vêtement noir et blanc, ondulant...
— Bonjour, ma belle.
Elle reconnut cette voix, qui n'était pas celle d'une nonne.
— Bobby ?
Il étouffa un rire.
— Tu me reconnais, même dans cet accoutrement ?
Elle ouvrit grand les yeux, en s'efforçant d'avoir les idées plus nettes. Il portait un smoking, une cravate noire et une ceinture rouge.
— Qu'est-ce que tu...
Lacey voulut lever la tête, mais tressaillit de douleur.
— Où vas-tu ? Pourquoi es-tu sur ton trente et un ?
— J'ai loué cette tenue. Sais-tu comme c'est difficile de louer un smoking dans les Outer Banks, au mois d'août ?
Lacey se demanda si elle était victime d'une hallucination.
— Explique-moi tout, dit-elle.
— Je me demandais si tu me préférerais dans ce style... Sans mon look de mauvais garçon...
Il tourna la tête en lui désignant le lobe de son oreille.
— Tu vois ? J'ai même retiré mon anneau.
Lacey rit pour la première fois de la journée, et son rire la fit souffrir jusqu'aux orteils.

— Pourrais-tu...

Peinant à trouver le mot juste, elle décrivit un mouvement circulaire avec la main.

— Pourrais-tu remonter mon dossier de lit pour que je te voie mieux?

Bobby tourna la manivelle, au pied du lit, jusqu'à ce que Lacey soit presque en position assise.

— Ça te va?

— Maintenant, allume, dit-elle en se déplaçant légèrement sur le lit.

Dans cette position, elle réalisa que Wolf avait transformé ses fesses en hachis.

— Il fait trop sombre ici. Je t'avais pris pour une nonne!

Bobby rit de bon cœur en allumant, puis s'assit près du lit pour lui permettre de l'observer de plus près. Les poings sur les hanches, il arborait son habituel sourire sarcastique. Superbe en jean, avec ses tatouages et son anneau à l'oreille, il ne l'était pas moins ainsi.

— En robe de mariée, tu aurais encore l'air d'un mauvais garçon!

— Cette remarque me semble fort déplaisante... Dois-je conclure que je me suis donné tant de peine pour rien?

— C'était gentil de ta part.

Bobby prit un air grave.

— Comment te sens-tu, Lace?

Elle hésita, en quête d'une position confortable, mais aussi des mots qui lui permettraient d'exprimer clairement sa pensée.

— Quelque chose me tracasse...

— Veux-tu que j'appelle l'infirmière?

— Non, il ne s'agit pas de cela.

Elle le regarda droit dans les yeux.

— Je t'ai vu avec cette femme un certain nombre de fois... et je voudrais savoir... tu lui as donné...

Une vague de douleur la fit tressaillir.

— On dirait que les analgésiques te brouillent les idées, déclara Bobby en s'asseyant à côté du lit.

— Je t'en prie! Ne fais pas semblant de ne pas savoir de qui je parle...

— Lacey, explique-toi un peu... Tu m'as vu lui donner quoi?

— Chut ! fit-elle, car la voix de Bobby résonnait dans sa tête comme un marteau-piqueur.

Il plaqua sa paume contre son front.

— Je te répète, mon petit, que cette femme n'est qu'une amie.

— Comment s'appelle-t-elle ?

Une profonde perplexité se peignit sur le visage de Bobby. Il avait une barbe d'un jour et les yeux rouges, signe qu'il venait de passer lui aussi quelques journées difficiles.

— Eh bien ! je...

Il s'interrompit.

— Je vais tout te raconter, Lace. C'est bien le moins, mais il faut absolument que cela reste entre nous !

Elle garda le silence, en espérant qu'il n'allait pas lui raconter une histoire à dormir debout.

— Elise, reprit-il, est ma cousine.

— Ta *cousine* ?

— Oui, ma cousine ! Il y a des années, je l'ai initiée au crack et à l'alcool. Ensuite elle a découvert l'héroïne toute seule... et elle s'est mise à faire des bêtises pour satisfaire ses besoins. Elle a eu de mauvaises... de très mauvaises fréquentations ! Je voulais l'aider à s'en sortir, mais son proxénète et ses dealers ne la lâchaient pas, et ce ne sont pas des escrocs à la petite semaine. La sentant en danger, je l'ai cachée chez des amis, car je savais qu'elle ne serait pas en sécurité chez moi ! Quand j'ai décidé de venir ici, à la suite de ton appel, c'était une aubaine... Elle a de vieux copains qui acceptent de l'héberger à Kitty Hawk, mais nous sommes toujours en contact, car elle est restée fragile... Elle pourrait déraper à chaque instant, et, pis encore, ces individus risquent de la retrouver. Je ne sais pas ce qu'ils lui feraient dans ce cas.

Lacey n'aurait su dire si son soulagement était dû aux explications qu'elle venait d'entendre ou aux médications qu'elle avait absorbées, mais, pour la seconde fois de la journée, un étrange sentiment d'euphorie la submergea.

— Tu me crois ? reprit Bobby.

— Oui, fit-elle en toute sincérité.

Il abaissa la rambarde métallique, au bord de son lit, et prit sa main entre les siennes.

— J'étais fou furieux quand j'ai vu ce chien te lacérer. Et tu ne bougeais plus... Je t'ai crue morte, Lacey.

— Papa m'a appris que tu as tué Wolf.
— Je l'ai tué et je ne regrette rien ! Ça te contrarie ?
— Non, dit-elle.

Au vu des circonstances, elle ne pouvait pas se permettre de s'apitoyer sur le sort de ce molosse.

— Mackenzie a besoin de te voir, tu sais... Elle souffre encore pas mal, et je lui ai dit de patienter jusqu'à demain ; mais j'ai beau lui répéter que tu vas t'en tirer, elle ne me croit pas.

— Oh ! fit Lacey.

Evidemment, ces mots sonnaient creux aux oreilles de Mackenzie : on lui avait raconté la même chose quand sa mère avait été blessée à mort...

Bobby pressa sa main.

— Te souviens-tu de la conversation que nous avons eue, lorsque je suis arrivé ici, au sujet de tes fréquentations ? Tu gardais cet espoir très romantique d'aimer un jour quelqu'un au point de lui sacrifier ta vie.

Elle ébaucha un signe de tête affirmatif ; Bobby lui sourit.

— Tes paroles me sont revenues à l'esprit ces jours-ci. Tu ne te doutais pas, je parie, que cette personne prendrait la forme d'un enfant !

— Oh non ! souffla-t-elle, les larmes aux yeux.

Il se leva pour l'embrasser sur le front, avant de donner un tour de manivelle pour abaisser le matelas.

— Dors bien, ma belle. A demain matin !

Il se dirigea vers la porte, dans son smoking et ses chaussures vernies. Lacey, qui le suivait des yeux, se sentit émue aux larmes par ce déguisement.

— Bobby ?

Il se retourna et la regarda.

— Tu sais, dit-elle, j'en aurais fait autant pour toi.

Le lendemain, la grande blonde se présenta en personne dans la chambre d'hôpital de Lacey. Elle s'assit à son chevet et, l'espace d'un instant, la blessée se demanda si c'était une nouvelle hallucination.

— Je m'appelle Elise, dit la blonde. Je suis désolée que ce chien vous ait mordue si férocement...

De près, Lacey remarqua ses orbites caverneuses et ses

cheveux décolorés, hérissés comme un balai-brosse. Son débardeur trop échancré dévoilait ses côtes sous sa peau.

— Merci, lui répondit-elle, faute d'inspiration, car ses douleurs étaient encore plus aiguës que la veille.

— Bobby m'a demandé de passer vous voir.

Elise avait une voix éraillée de grande fumeuse.

— Je dois vous expliquer qui je suis, et tout...

— Sa cousine ?

Elise hocha affirmativement la tête.

— Il dit qu'il vous a rendue dépendante de la drogue, fit Lacey.

Elise sourit, et son visage dévasté eut soudain une certaine beauté.

— Il culpabilise, mais je n'avais pas besoin de lui pour tomber dans ce piège.

— Vous êtes *clean*, d'après ce qu'il m'a dit. C'est bien.

— Oui, ricana Elise. Rien ne dit que ça va durer ! Ça serait tellement plus simple de replonger... Je parie qu'on me tabasserait, mais qu'ensuite je pourrais encore planer.

Elle prit un air absent, comme si elle était en manque, et Lacey remarqua alors les bleus sur ses bras décharnés.

— Bobby pense que je menais une vie de merde, ajouta Elise, pourtant ce n'était pas si mal que ça !

Lacey aurait voulu la féliciter de ses efforts pour rentrer dans le droit chemin, mais articuler tant de mots était au-dessus de ses forces. Il lui fallut toute son énergie pour trouver dans son lit une position qui pourrait soulager ses jambes douloureuses.

— A propos, dit alors Elise, je vous signale qu'il est amoureux de vous. Chaque fois que je le vois, j'ai droit à : « Ça va, Elise ? Tu es toujours *clean* ? As-tu besoin de quelque chose ? », et il se met tout de suite à me parler de vous.

Lacey ébaucha un sourire.

— Merci de m'avoir avertie, et merci pour votre visite.

Comme Lacey hochait la tête avec peine, Elise lui indiqua d'un signe de tête la perfusion dont le liquide se déversait lentement dans ses veines.

— On vous en donnera plus si vous le demandez... Vous devriez en profiter au maximum ! Vous savez, j'échangerais ma place contre la vôtre sans hésiter une seconde...

44

Rick envoya un énorme bouquet de fleurs à l'hôpital : il avait l'art d'offrir des fleurs quand il était dans l'embarras. En l'occurrence, il se doutait que cela ne suffirait pas ; mais il aurait envoyé des fleurs à Lacey même si elle n'avait pas été attaquée par ce chien. Il devrait peut-être lui en envoyer chaque jour, tant que Dieu lui prêterait vie. C'était bien le moins...

Il avait appris la nouvelle par Clay, alors qu'il appelait la maison de gardien pour la quatrième ou la cinquième fois, afin de présenter ses excuses à Lacey si elle finissait par lui répondre. Après avoir décroché, Clay lui avait annoncé la catastrophe. Bien qu'il ne pût en aucun cas être tenu pour responsable, il s'était senti vaguement coupable.

« C'est une fille exceptionnelle, avait-il murmuré. Elle ne méritait pas ça ; pas plus que ce que je lui ai fait !

— J'espère que ton père restera en prison jusqu'à la fin de ses jours », avait rétorqué Clay avant de raccrocher.

Rick avait rappelé deux jours après, espérant parler à Gina, mais, une fois de plus, Clay était au bout du fil. « Tu es la dernière personne dont elle souhaiterait recevoir la visite », avait riposté celui-ci quand il avait demandé l'autorisation de passer voir Lacey ; et il lui avait raccroché au nez si violemment cette fois que son oreille avait tinté un moment.

— Elle refuse de me voir, confia-t-il alors à sa mère, auprès de lui depuis quatre jours.

— Ne l'en blâme pas, répliqua Faye. Tu as traumatisé toute cette famille en essayant de sauver la tienne.

— Je m'en veux terriblement au sujet de Lacey... Au début, elle n'éprouvait aucun sentiment à mon égard, ce qui m'a bien facilité la tâche. Je n'avais pas prévu de... Tu sais, je me demandais ce que je ferais si elle s'attachait à moi... Ce soir-là, j'ai compris que ça devenait sérieux... Il vaut sans doute mieux qu'elle ait appris la vérité... bien que ça ne soit pas dans l'intérêt de papa.

Il y avait tant d'autres moyens de favoriser la libération de son père ; mais quand on ne maîtrise plus ses émotions, on commet parfois des actes insensés. En apprenant que Zach était libérable, il avait tout de suite pensé aux témoignages de la famille d'Annie O'Neill. Il savait que celui de Lacey serait le plus important. Lacey qu'il avait vue au cours de cette effroyable soirée de Noël au foyer des femmes battues !

Il se souvenait qu'elle avait à peu près son âge. Il pouvait donc la rencontrer, se lier avec elle sans révéler son identité, et user de son pouvoir de séduction pour l'influencer. Il avait toujours attiré les femmes, même si elles ne l'intéressaient guère. Voilà pourquoi, malgré son honnêteté foncière, il avait cru bon de ruser. Mais Lacey n'était pas le genre de personne qu'il avait imaginée ! Il aurait pu faire appel à sa raison, car elle était bonne et équitable. Quand il avait pris conscience de ses précieuses qualités, il était malheureusement trop tard pour reculer.

Et maintenant, sa ruse se retournait contre lui : Lacey rédigerait sa déclaration sous l'empire de la colère. Il avait fait du tort à son père en croyant l'aider.

Cette semaine avait pourtant du bon puisqu'il l'avait passée en compagnie de sa mère. Mais quelle déconvenue pour elle d'apprendre dès son arrivée que son fils était un fieffé manipulateur ! Après le départ de Lacey, ils avaient parlé la nuit entière, en évitant toute allusion à son père. Ils avaient préféré « faire le point », et il avait été impressionné d'apprendre que sa mère était l'auteur d'un livre important sur la prise en charge de la douleur. Elle avait beaucoup étudié, et elle était encore très belle ! Son père, conclut-il à regret, l'avait sans doute brimée sans le vouloir. Il souhaitait vivre à Manteo, un lieu où elle avait peu de chance de s'épanouir, et elle s'était beaucoup mieux débrouillée seule qu'avec lui.

Zacharie, un homme simple, se contentait de vendre des planches de surf dans une boutique pour touristes, et il se sentait plus à l'aise dans un petit village dont il connaissait pratiquement tous les habitants. Ce mode de vie paisible lui permettait de garder sa maladie mentale sous contrôle. Rick avait toujours eu l'intuition que la fugue de sa mère au foyer des femmes battues avait porté un coup fatal à son équilibre précaire.

Son père n'avait pas un caractère expansif. Il ne lui disait jamais « je t'aime » (alors qu'il le disait tout le temps maintenant), mais cela n'avait pas grande importance. Il l'emmenait à la pêche et n'avait jamais manqué un seul match de la Little League. Enfant, il s'était senti aimé.

Il parla à sa mère de ses études de droit et de son goût pour l'enseignement. Il lui apprit qu'il avait découvert ses penchants homosexuels dès l'école primaire, puis il fut question de Christian.

— Sait-il exactement ce que tu es venu faire ici ? demanda-t-elle.

Cette question réveilla la culpabilité de Rick.

— Non, il m'en aurait dissuadé, admit-il. Il aurait trouvé mon idée déraisonnable, ce que je ne supportais pas d'entendre...

Quels que soient les sentiments de sa mère au sujet de sa conduite envers Lacey, elle s'était abstenue de tout commentaire ce soir-là, comme si elle voulait éviter dans un premier temps tous les sujets litigieux.

Au cours de leur deuxième soirée ensemble, tandis qu'ils préparaient le dîner dans la minuscule cuisine du cottage, ils abordèrent un sujet particulièrement délicat : son père.

— Comment est-il ? demanda Faye, sans préciser de qui elle parlait.

Rick, qui lavait la salade dans l'évier, garda les yeux baissés.

— Il a honte... Il a honte depuis des années... Il était malade, m'man.

Rick tourna les yeux vers sa mère, qui hachait des oignons pour le chili.

— Il ferait n'importe quoi pour que ça ne soit jamais arrivé. Il donnerait sa vie si c'était possible...

Faye resta silencieuse. On n'entendait, dans la cuisine, que le bruit de l'eau en train de couler et le cliquetis du hachoir.

— Je pense qu'il avait besoin de vivre à Manteo, reprit Rick. Il sentait qu'il ne tournait pas rond. Une fois, il m'a dit qu'il lui suffisait du moindre changement dans ses habitudes ou d'un simple voyage, même à Elizabeth City, pour se sentir inquiet et déstabilisé.

— Je ne savais pas... Enfin, je savais que c'était difficile de le faire sortir de Manteo, mais je le croyais entêté...

Rick attendit un moment avant de reprendre la parole.

— Souhaites-tu le voir, m'man ?

— Certainement pas ! Qu'il se soit amendé ou non n'est plus mon problème. Il appartient à mon passé, Fred.

Les mains de Faye s'immobilisèrent sur le hachoir.

— Je comprends pourtant qu'il représente ton présent... et ton avenir, mais je ne veux plus avoir affaire à lui.

Sans être surpris, Rick se sentit déçu. Si elle voyait son ex-mari, sa mère réaliserait combien il avait changé. Mais c'était trop exiger d'elle, de même qu'on ne pouvait pas demander à Lacey d'accorder son pardon à l'homme qui avait causé de tels ravages dans sa vie.

— M'en veux-tu encore de m'être enfuie au foyer des femmes battues ce soir-là ?

Après avoir essoré les feuilles de salade, Rick les cisela au-dessus du saladier.

— Tu croyais faire au mieux, et je sais que des voisins t'avaient mise en garde. Mais aurait-il déraillé de cette manière si nous ne l'avions pas quitté ?

Faye fit glisser les oignons hachés dans la marmite.

— Je suppose que nous n'aurons jamais la réponse à cette question.

Quand vint le jour de reconduire sa mère à l'aéroport de Norfolk, Rick se sentait presque en paix. Il avait peut-être compromis les chances de libération de son père, et Lacey ne lui permettrait sans doute jamais de lui demander pardon, mais il avait au moins la certitude de ne plus jamais perdre sa mère, quoi qu'il arrive.

45

— Alors, comment c'était ? fit Bobby, tandis que Mackenzie montait dans sa Volkswagen garée devant l'école.
— Super !
Mackenzie serra son sac à dos contre sa poitrine. Une lueur inhabituelle brillait dans ses yeux. Elle adressa un signe à quelques gamines, bizarrement vêtues elles aussi d'un short trop bas et d'un haut trop court. Ces gamines lui rendirent son salut.
— Appelle-moi ! lui cria l'une d'elles.
Bobby démarra.
— On dirait que tu t'es fait des amies.
— Je pourrai les inviter ? demanda Mackenzie en agitant toujours la main, le cou tendu pour regarder en arrière.
— Bien sûr !
Bobby sourit à Mackenzie : la maison du gardien de phare devenait soudain un atout.
— Il y a des garçons drôlement mignons ici... J'en ai entendu un parler de moi. Il disait à un autre : « La nouvelle est sexy. »
Déjà... se dit Bobby. Lacey devrait songer à l'éducation sexuelle de Mackenzie d'ici peu.
— Et puis, reprit-elle, je ne leur ai pas dit une seule fois que c'était beaucoup mieux à Phoenix. Mais on m'a posé des questions, et il y a une autre fille qui a vécu là-bas.
— Comment sont tes cours ?
— Terribles ! J'ai des profs vraiment sympas.
Mackenzie fronça le nez.

— Sauf un, qui est une vraie catastrophe.
— Il y en a toujours un comme ça. C'est inévitable.

En tendant la main vers son téléphone portable, Mackenzie se souvint qu'il n'était plus attaché à sa ceinture. Elle émit un grognement sinistre.

— Mais je suis furieuse qu'on nous interdise de garder nos téléphones en classe.
— Assez normal, non?
— Imagine qu'il y ait une catastrophe et que j'aie besoin de vous appeler, Lacey ou toi!

Bobby comprit que c'était l'argument utilisé par les élèves pour inciter les autorités à modifier le règlement.

— Ça se passerait comme au bon vieux temps, je suppose. Nous n'aurions plus qu'à nous inquiéter à ton sujet, en attendant de te savoir saine et sauve.
— La moitié des garçons ont un anneau à l'oreille!

Sur ces mots, Mackenzie jeta un coup d'œil à sa montre.

— Clay attend une nouvelle chienne à quatre heures. Un border collie de huit mois! J'ai hâte de la voir.

Des garçons aux chiens, dans un même souffle. Les fillettes de onze ans étaient des créatures bien complexes...

— As-tu des devoirs? demanda Bobby, stupéfait de s'entendre parler comme ses propres parents. Ton sac à dos me paraît plein à craquer.
— J'en ai un peu... mais je les ferai après le dîner. Je veux d'abord raconter ma journée à Lacey. Ensuite, je verrai le chien, nous dînerons, je commencerai mes devoirs, et puis je lirai une histoire à Rani pour l'endormir. Je finirai mes devoirs plus tard.

Elle paraissait si enthousiaste que Bobby faillit arrêter la voiture pour la serrer dans ses bras.

— Ma pauvre, quand arriveras-tu à caser tous tes coups de fil?

Mackenzie écarquilla les yeux.

— Tu deviens un vrai papa à l'humour grinçant!

N'ayant jamais eu de père, que savait-elle de l'humour paternel grinçant? se demanda Bobby.

— Inutile de me conduire demain, ajouta Mackenzie. Tout le monde prend le car; c'est cool.

Inquiète à l'idée de prendre l'autocar scolaire, elle avait insisté, le matin même, pour qu'il la conduise en voiture.

Elle bavarda pendant tout le trajet, puis sauta de la Volkswagen dès que Bobby se gara et courut vers la maison, son sac à dos sur l'épaule, impatiente de raconter sa journée à Lacey !

Il récupéra sur la banquette arrière les deux sacs de provisions achetés en route. Puis il dépassa le chenil (vide pour une fois !), en se demandant s'il pourrait un jour emprunter ce chemin sans se remémorer les événements de la semaine précédente. Il avait trouvé l'enfant qu'il adorait en sang et la femme qu'il aimait quasi morte. Jamais il n'oublierait tout ce sang sur le sable, la force qu'il avait sentie en lui lorsqu'il avait soulevé Wolf dans les airs, et ce craquement sinistre à l'instant où l'échine du chien avait heurté le chenil. Au mieux, il parviendrait peut-être un jour à passer par là sans avoir un haut-le-cœur. Ce serait un progrès...

Mackenzie était déjà dans le séjour. Elle avait rejoint Lacey, allongée sur la chaise longue qu'ils avaient achetée pour lui permettre de surélever ses jambes bandées. Elle avait subi une intervention chirurgicale deux jours plus tôt ; il en faudrait peut-être une autre par la suite, mais elle se rétablissait assez rapidement, tout compte fait.

Il déposa ses provisions dans la cuisine, en écoutant Mackenzie faire le compte rendu de sa journée. Très douée pour ce genre de conversation, Lacey posait une multitude de questions à la fillette, en émettant des sons admiratifs ou étonnés selon ses réponses, comme si elle avait affaire à la huitième merveille du monde.

Quand Mackenzie eut regagné sa chambre, Bobby apporta un verre de limonade à Lacey, avant de s'asseoir sur le canapé.

— On dirait que ce premier jour de classe a été un succès, fit-il.

— Une bonne surprise pour moi !

Lacey était si pâle... Elle souffrait encore beaucoup, malgré ses médicaments, ou plutôt parce qu'elle en prenait des doses insuffisantes pour calmer ses douleurs. On aurait dit qu'elle tenait à être constamment en éveil, de peur de rater quelque chose si elle somnolait.

Tout le monde la dorlotait et s'était mis à son service, ce qu'elle méritait bien ; mais une profonde culpabilité régnait dans la maison. Clay se reprochait d'avoir accueilli Wolf ; et

Mackenzie avait pleuré au moins deux ou trois soirs de suite avant de s'endormir, car elle avait désobéi en entrant dans le chenil. Seule Lacey ne semblait éprouver aucun regret. « Je suis si heureuse d'être en vie ! », disait-elle fréquemment, avec une telle ferveur que Bobby se demandait si ses médicaments, même sous-dosés, ne lui tournaient pas un peu la tête.

— Il faudra bientôt faire son éducation sexuelle, déclara-t-il soudain.

— Déjà ?

— Les garçons sont « drôlement mignons », ils portent des anneaux à l'oreille, et ils la trouvent sexy.

Lacey pouffa de rire.

— On dirait qu'elle fait des ravages, reprit-il.

— Serait-ce de l'orgueil paternel ?

— Je suis fier d'elle et je l'aime, articula posément Bobby, mais elle n'est pas ma fille, Lace.

Il secoua la tête.

— Pourtant, j'aurais bien aimé qu'elle le soit !

Lacey souleva la tête du dossier.

— Tu penses encore cela ?

A quoi bon lui cacher plus longtemps la vérité ? se demanda Bobby. Le moment était venu de lui parler.

— Regarde ses yeux, dit-il, et regarde ensuite les miens.

Lacey fronça les sourcils.

— Vous avez tous les deux les yeux bleus.

— Eh bien...

Le cœur de Bobby s'emballa soudain.

— Maintenant, regarde les yeux de ton frère !

46

Lacey faillit répondre à Bobby qu'il tenait des propos stupides : Clay ne pouvait pas être le père de Mackenzie. Mais avant même qu'elle ouvrît la bouche, les preuves commencèrent à affluer dans son esprit. Il n'y avait pas que les yeux, bien que Mackenzie ait certainement les mêmes yeux translucides qu'Alec et que Clay — alors que ceux de Bobby étaient d'un bleu plus profond et que ceux de Jessica tiraient sur le vert. Il y avait aussi cette silhouette dégingandée, caractéristique des O'Neill, que ne possédaient ni Jessica ni Bobby. Et enfin la forme de ses dents et de ses arcades sourcilières.

Cette idée la choquait pourtant.

— Clay n'a sûrement pas couché avec Jessica ! lança-t-elle. Il ne pouvait pas la supporter, ni moi d'ailleurs, cet été-là. Il nous considérait comme de petites chipies. Et il avait une copine... Terri, qu'il a épousée après la fac.

Bobby se mordit les lèvres : il hésitait à en dire plus.

— Pourquoi en es-tu sûr ? reprit Lacey.

Les coudes sur les genoux, il se pencha vers elle.

— La première fois que j'ai vu Clay ici, à la maison de gardien, son visage m'a paru familier, mais je ne savais plus où je l'avais rencontré. J'ai supposé que nous nous étions croisés autrefois, puisque nous traînions tous dans les mêmes lieux... Mais, il y a quelques semaines, nous parlions dans le jardin, Mackenzie et moi, à la propriétaire de Wolf et à Clay... Wolf venait d'arriver.

Bobby regretta aussitôt d'avoir prononcé ce nom.

— Le soleil brillait, et Clay s'est retourné tout à coup vers la maison. Il a eu le soleil dans les yeux, et ils paraissaient si...

— Je vois ce que tu veux dire ! Au soleil, ils ont l'air translucides...

— Exactement. Ils ont quelque chose de particulier, n'est-ce pas ? Je me suis souvenu que je les avais déjà vus.

— Où ?

— A l'une de ces soirées où nous allions cet été-là. Te souviens-tu de ces soirées ?

Lacey en gardait un souvenir mitigé. Drogue, sexe, rock'n'roll ; la musique comptait fort peu. Son dévergondage et les énormes quantités d'alcool qu'elle absorbait avaient torturé sa conscience. Parfois son frère était là ! Furieux, il lui criait que Jessica et elle n'avaient rien à faire dans ces soirées pour « grands » ; mais elle l'envoyait promener. Sa présence l'exaspérait, et elle devait se méfier, car il risquait de tout raconter à leurs parents.

— Jessica se trouvait dans l'une des chambres, précisa Bobby. Nous avions dû nous disputer... Je ne me rappelle plus très bien, mais nous avions cessé de nous fréquenter depuis quelque temps. Je savais qu'il y avait quelqu'un avec elle...

Lacey serra de toutes ses forces son verre de limonade, en attendant la suite du récit.

— Il faisait assez sombre dans la maison, mais une lampe était allumée dans le séjour... Quand j'ai entendu la porte de la chambre s'ouvrir... Je traînais d'un air désinvolte, mais je voulais absolument voir le garçon avec lequel elle avait couché. Il est sorti, et la lumière du séjour l'a ébloui. Juste avant qu'il cligne des yeux, j'ai remarqué comme ils étaient étranges. Il m'a regardé en face ; pourtant, il ne savait sans doute pas que Jessica était ma copine.

Lacey resta un moment sidérée. Toutes ses douleurs semblaient s'être envolées.

— Es-tu sûr que c'était Clay ?

— Oui, à quatre-vingt-dix-huit pour cent.

Lacey exhala un soupir, la tête appuyée au dossier de sa chaise longue. Clay aurait couché avec Jessica. Incroyable ! Jessica avait à peine quinze ans et lui dix-sept. Rétrospectivement, cette différence d'âge ne lui semblait pas si grande, mais elle l'aurait trouvée rédhibitoire quand elle était plus jeune. Et Terri? Clay lui aurait été infidèle? A l'époque, elle considérait son frère comme un garçon sérieux et plein de principes. Elle avait dû se tromper.

— S'il a réellement couché avec elle...

L'esprit de Lacey s'emballait.

— Peut-il se douter que Mackenzie est sa fille?

— A mon avis, il n'en a pas la moindre idée. Jessica a prétendu dès le début que j'étais le père de Mackenzie; cette pensée n'a sans doute jamais effleuré Clay... Mais c'est vraisemblablement la raison pour laquelle Jessica voulait tellement que tu te charges de sa fille.

Bobby se redressa et fendit l'air de ses deux mains, pour donner du poids à ses paroles.

— Elle savait que Mackenzie était une O'Neill. Si elle venait à mourir, elle voulait que sa fille soit élevée dans *ta* famille... la famille de Clay. Elle a donc trouvé cette solution...

— Tout s'explique! Je comprends pourquoi elle refusait de te dire que tu étais le père de Mackenzie.

— Et aussi pourquoi elle ne pouvait pas te dire la vérité, Lace. Elle n'osait pas t'avouer qu'elle avait couché avec ton frère!

— Mon Dieu, il est devenu si proche de Mackenzie ces dernières semaines...

— J'en suis ravi. Ils s'entendent vraiment très bien...

— Il faut leur parler.

— Déjà? s'étonna Bobby. Tu ne préfères pas attendre de te sentir mieux?

— Je ne pourrai pas me sentir en paix tant que je n'aurai pas eu une explication avec mon frère. En y mettant la forme, bien sûr... car on peut toujours se tromper; mais il faut tirer cela au clair.

Lacey ferma soudain les yeux.

— Oh, Bobby! Si Mackenzie est la fille de Clay, je t'ai entraîné dans une histoire qui ne te concerne en rien.

Il se pencha vers elle pour lui prendre la main.

— Tu ne t'imagines tout de même pas que j'ai des regrets? dit-il en souriant.

47

Afin de mieux peser leurs paroles, ils prirent la décision d'attendre quelques jours avant d'avertir Clay de leurs soupçons. Il leur fallait aussi trouver un moment où ni Gina ni Mackenzie ne risqueraient de les entendre ; mais les projets les mieux préparés réservent parfois des surprises... Ce soir-là, Gina avait emmené Rani voir Henry et Mackenzie faisait ses devoirs au premier étage, quand Clay entra dans le séjour et s'assit sur le canapé, devant les actualités télévisées.

— Que devenez-vous ? demanda-t-il, tourné vers Lacey et Bobby, pour entamer la conversation.

Tous deux échangèrent un regard. Devaient-ils ou non sauter sur l'occasion ? Lacey se décida la première, en espérant ne pas contrarier Bobby.

— On aimerait te parler, dit-elle.

Son intonation alarma Clay.

— Ça vous ennuie que Mackenzie travaille avec les chiens pendant l'année scolaire ?

— Plus grave que ça, fit Lacey.

Clay éteignit aussitôt la télévision à l'aide de la télécommande.

— Non, laisse-la, suggéra Bobby en quêtant des yeux l'approbation de Lacey. Le bruit de fond pourra nous être utile.

Il craignait que Mackenzie ne les entendît...

Clay remit le poste en marche : le présentateur parlait de la rentrée scolaire en Caroline du Nord, tandis que les images montraient des enfants grognons que leur mère laissait pour la première fois dans leur classe de maternelle.

— Alors, fit Clay, que se passe-t-il ?

Comme Bobby gardait le silence, Lacey entra directement dans le vif du sujet.

— Nous pensons, Bobby et moi, que tu pourrais être le père de Mackenzie...

Elle vit son frère blêmir et se prépara à des protestations de sa part.

— Je me posais cette question, répondit-il posément, à sa grande stupéfaction. Elle a mes yeux !

Il savait donc déjà... Mi-surprise, mi-soulagée, Lacey put se dispenser d'évoquer cette lointaine soirée où Bobby l'avait vu sortir d'une chambre.

Clay se retournait justement vers lui.

— Tu es le candidat le plus probable : tu as été tout l'été avec Jessica, alors que je n'ai passé qu'une soirée avec elle.

— Je peux me vanter d'avoir un sperme fort paresseux, répliqua Bobby. Je n'ai jamais fécondé une femme, même quand j'ai essayé. Malgré mon amour pour Mackenzie, je doute depuis le début d'être son père.

Clay, dont les joues reprenaient leur couleur et se teintaient même de rose vif, s'adressa à sa sœur.

— Jessica t'avait dit que nous avions... couché ensemble ?

Comment Clay avait-il pu faire l'amour avec une gamine de quinze ans ? Lacey refoula sa curiosité ; ce qui s'était passé douze ans plus tôt ne comptait plus. Seul importait maintenant le fruit probable de cette nuit-là : Mackenzie.

— Non, elle ne m'avait rien dit, mais je suppose que c'est la raison pour laquelle elle a souhaité me confier Mackenzie. Quel meilleur moyen de la rapprocher de toi ?

Clay tripota la télécommande posée sur l'accoudoir du canapé ; ses doigts tremblaient légèrement.

— Mackenzie est une gamine formidable. Qu'elle soit ma fille ou celle de Bobby, elle fait partie de notre famille !

— Faisons un test ADN, dit Bobby en regardant tour à tour Clay et Lacey. Je sais que nous sommes deux à l'aimer, mais il nous faut une certitude absolue.

Clay hocha la tête.

— Si je suis son père, que lui dirons-nous ?

Lacey réalisa brusquement pourquoi son propre père

avait attendu son seizième anniversaire pour lui annoncer que Tom était son père biologique. A quatorze ans, elle n'aurait pas supporté d'apprendre cette nouvelle.

— Nous lui dirons la vérité, mais pas tout de suite. Elle a été trop secouée ces derniers mois !

Lacey tourna la tête sur sa chaise longue, de manière à regarder Bobby en face.

— Du moins, si tu supportes de jouer le rôle de père encore quelque temps.

— Je pourrais le jouer jusqu'à ma mort, Lace.

48

— Ces douces soirées d'été m'ont manqué pendant mon séjour en Caroline du Nord, dit Faye.

Jim et elle étaient assis face à face dans le jacuzzi ; des bulles chaudes caressaient leurs épaules, et les lourds nuages de la côte flottaient si bas dans le ciel qu'ils semblaient en suspens au-dessus de la maison.

— Le cottage de Fred n'avait pas l'air conditionné ? s'enquit Jim.

Faye rit de bon cœur.

— C'est tout juste s'il avait l'eau courante. Et tous ces insectes ! Mes piqûres de moustique me démangent encore.

Elle avait passé cinq jours avec son fils ; cinq bonnes journées, dans l'ensemble, au cours desquelles elle avait découvert l'étranger qu'était devenu son Fred. Depuis son retour, un jour et demi plus tôt, elle ne parlait que de sa visite ; et Jim n'avait pas protesté une seule fois. Sachant que c'était plus fort qu'elle, il l'avait écoutée patiemment, sans songer à l'interrompre.

— C'est étrange, Jim, dit-elle. Si j'avais rencontré Fred à Princeton, avec son train de vie, sa brillante carrière, ses diplômes de droit, j'aurais été impressionnée par sa réussite. Or, je l'ai surpris en plein mensonge, au pire moment... J'espère qu'il n'a pas hérité de certains problèmes psychologiques de son père.

— En as-tu discuté avec lui ?

— Ça ne tardera pas, mais nous avions besoin de refaire connaissance.

Jim glissa un pied le long de la jambe de Faye, sous l'eau bouillonnante.

— Moi aussi j'aimerais «refaire connaissance» avec toi.
— Bientôt, c'est promis! murmura Faye en souriant.
— Eh bien! j'attendrai... J'ai toujours été fasciné par ta ténacité; ce n'est donc pas le moment de m'en plaindre.
— Merci de ta patience, Jim. Merci de m'écouter pendant des heures.
— Tu peux continuer. Dis-moi encore à quoi tu penses!
— Eh bien! tu sais que les jeunes gens que je rencontre dans mon service me font souvent penser à Fred... Ce matin nous avons reçu un nouveau patient. Un garçon de dix-huit ans...
— Tu as pensé à Fred?
— Justement...

Faye effleura l'eau du bout des doigts.

— Je n'ai pas du tout pensé à lui! On dirait que le sortilège est rompu depuis que j'ai revu mon fils en chair et en os. C'est à cette jeune femme, Lacey O'Neill, que j'ai pensé.
— Pourquoi?
— Notre nouveau patient a été mordu à l'épaule par un chien, l'année dernière. La cicatrisation s'est faite normalement, mais sa blessure lui a laissé une grave douleur chronique. Bizarre, non? Je n'ai pas le souvenir de la moindre morsure de chien dans mon service, et il m'en arrive une brusquement. Je me suis demandé alors comment Lacey se remettait de ses morsures... et de la manipulation de Fred.

Faye pensait souvent à cette jeune femme et à la colère qu'elle avait lue sur son visage le soir où elle était sortie en trombe du cottage de Fred. La colère... Son service débordait de gens qui nourrissaient leur souffrance de leur colère. Colère contre la maladie, contre le conducteur responsable de leurs douleurs dorsales, contre Dieu qui les faisait souffrir... Cette colère ne servait qu'à perpétuer leurs souffrances. Un des éléments essentiels de son protocole — difficile à admettre par ses patients tant qu'ils n'avaient pas compris son objectif — était de leur apprendre à surmonter ce sentiment.

— Je ne la connais pas réellement, reprit Faye, mais j'imagine ce que je ressentirais à sa place. Elle était dans une telle rage ce soir-là que...

— Peut-on la blâmer?

— Certainement pas, mais elle était prête à témoigner sous l'empire de la colère au sujet du meurtre de sa mère, afin que Zach reste incarcéré jusqu'à la fin de ses jours. Elle se préparait à envoyer un texte impitoyable à la commission de libération conditionnelle! C'est alors que ce chien l'a attaquée et que...

Jim se rapprocha et enlaça Faye.

— Que me dis-tu là, ma chérie? Tu penses que Zach devrait être libéré?

— Non, dit-elle en secouant la tête.

Elle avait du mal à s'exprimer clairement, tant ses pensées étaient confuses.

— Mais je voudrais que Lacey se sente bien dans sa peau. Elle a tant souffert par la faute de ma famille que je ne supporterais pas que mon fils la fasse souffrir davantage. Lacey a de bonnes raisons d'être en colère, comme tous mes patients; mais ce sentiment ne peut que lui nuire, en définitive.

— Sais-tu ce que je pense de toi, Faye?

Jim effleura sa tempe d'un mouvement circulaire.

— Tu es le genre de personne qui ne peut pas vivre en paix avant d'avoir réalisé tout ce qui lui tient à cœur.

Jim avait vu juste, se dit-elle. C'était grâce à cette disposition d'esprit qu'elle avait réalisé son programme de prise en charge des douleurs chroniques et qu'elle était allée voir son fils. Pour la même raison, elle allait appeler Lacey O'Neill.

49

— Ça se passe comment, à ton avis ?

Assis sur le lit de Lacey, le soir de leur conversation avec Clay, Bobby frictionnait doucement ses jambes avec un onguent à la vitamine E. Ils savaient que Clay annonçait à Gina, dans leur chambre, que Mackenzie était peut-être sa fille.

— Je pense que Clay a de la chance que Gina soit follement amoureuse de lui. Ça va s'arranger, supposa Bobby.

Lacey grimaça de douleur. Ces massages favorisaient la cicatrisation de ses blessures et empêchaient la formation d'adhérences ; ils n'en étaient pas moins pénibles. Allongée sur le dos, en slip et tee-shirt, elle avait conscience que ses jambes meurtries n'étaient guère sexy.

— Que c'est romantique ! dit-elle en pouffant de rire. Tu masses mes misérables jambes...

— Très romantique, en fait. Ça le serait encore plus si tu me laissais masser le reste de ton corps.

Il se déplaça sur le lit pour soulever de quelques centimètres le bord de son tee-shirt, et il glissa sa main luisante sur son estomac, entre le bas de ses côtes et le haut de son slip. Rien de plus merveilleux que cette caresse à l'un des rares endroits où un contact était encore source de plaisir ! Bobby avait été adorable depuis son accident, mais il ne l'embrassait plus jamais, comme s'il la trouvait trop fragile pour l'effleurer.

— Lacey ! fit-il soudain.

Elle ouvrit les paupières au son alarmé de sa voix.

— Qu'y a-t-il ?
— Espèce de démon ! Tu as un piercing au nombril.
— Une surprise, dit-elle en jetant un regard amusé au minuscule œil de tigre, au-dessus de son nombril.
— Et tu me reprochais mon anneau à l'oreille !
Elle leva une main et toucha l'anneau en or.
— J'aime cet anneau.
Elle fut tentée d'ajouter qu'elle l'aimait lui aussi, mais ils n'étaient pas encore tout à fait prêts à prononcer ces mots-là. Ce jour viendrait, et elle pouvait attendre.
Son téléphone sonna ; Bobby lui tendit le combiné.
— Bonjour, dit-elle en refermant les yeux tandis qu'il continuait à lui frictionner l'estomac.
— Etes-vous Lacey ? fit une voix féminine.
— Oui.
— Ici Faye Collier, la mère de Fred... ou plutôt de Rick.
Pourquoi la mère de Rick l'appelait-elle ? Après tout ce qui s'était passé depuis leur rencontre, Lacey n'en gardait qu'un vague souvenir. Ses souvenirs de Rick s'effaçaient aussi de jour en jour, ce dont elle se réjouissait. Ces dernières semaines présentaient au moins un avantage : elles lui avaient révélé lequel des deux hommes de sa vie était de loin le meilleur.
— Vous m'appelez pour quoi ? répondit-elle, en espérant ne pas la froisser.
— Je voulais simplement prendre de vos nouvelles. Je pense à vous chaque jour, et j'espère que vos blessures cicatrisent bien. Souffrez-vous beaucoup ?
— Qu'entendez-vous par *beaucoup* ?
Lacey se reprocha aussitôt sa brusquerie.
— Pardonnez-moi, reprit-elle, mais j'arrive tout juste à oublier l'existence de Rick. Je me demande vraiment pourquoi vous tenez à me parler. Et, oui, je souffre beaucoup !
— Qui est-ce ? chuchota Bobby, soucieux.
— La mère de Rick, répondit-elle du bout des lèvres.
Un long silence plana au bout du fil, puis Faye reprit la parole :
— Je n'ai pas l'intention de défendre Rick. Sa conduite est inadmissible. Je sais que vous avez terriblement souffert à cause de ma famille, c'est pourquoi je vous appelle. Je voudrais être rassurée sur votre sort...

Lacey hésita à son tour. Des réponses agressives lui venaient à l'esprit, mais cette femme ne pouvait être tenue pour responsable des malheurs qui l'avaient frappée.

— Ça va, dit-elle. Mon médecin pense que la cicatrisation est normale, mais que ça prendra du temps.

— Quels analgésiques prenez-vous ?

Lacey lui détailla son traitement.

— Bon ! Je ne voudrais pas être indiscrète, mais je dirige l'unité de prise en charge des douleurs chroniques d'un hôpital de San Diego ; je suis donc au courant de ce qui marche ou non. Quelle dose prenez-vous de chaque médicament ?

— J'essaye d'en prendre le moins possible pour ne pas devenir dépendante.

— Il faut absolument se préserver de la douleur. N'attendez pas qu'elle vous réduise à sa merci ! On conseillait autrefois aux gens de se montrer endurants — ce qui est votre cas, si je ne me trompe —, mais cela entraînait les pires conséquences. Le stress rend finalement la douleur plus difficile à traiter.

— Je tiendrai compte de vos conseils.

Le médecin de Lacey partageait ce point de vue, mais elle n'avait pas voulu l'entendre. Faye, qui en savait sans doute plus qu'elle à ce sujet, revint à la charge.

— Et où en êtes-vous avec votre colère ?

Franchement irritée, Lacey retint la main de Bobby : même son contact commençait à lui être pénible.

— Je ne vois pas ce que vous voulez dire.

— Quand vous êtes partie de chez Fred, vous aviez de bonnes raisons d'être furieuse. Vous avez dit que vous alliez écrire un témoignage impitoyable... Je me demandais si...

— Je n'ai pas pu l'écrire, car un chien de cinquante kilos a mis ma vie en péril... mais j'en ai toujours l'intention !

Faye hésita un instant.

— J'ignore ce qu'est devenu Zach.

Elle semblait soudain très lasse.

— Autrefois, il a été un homme convenable, et je crois qu'il a eu une très grave dépression... J'ignore s'il doit ou non sortir de prison. Je n'ai pas mon mot à dire ; ce n'est pas de mon ressort... mais je pense que vous ne devez pas écrire votre témoignage en vous laissant aveugler par votre colère contre Fred... contre Rick. Ne soyez surtout pas injuste !

Lacey sentit sa colère gronder en elle.

— Faye... Ça m'est bien égal d'être juste ou non avec votre ex-mari.

— Je ne pense pas à lui, mais à vous !

— Qu'entendez-vous par là ?

— La colère à laquelle vous vous accrochez, votre soif de vengeance... c'est comme si vous avaliez un poison en souhaitant la mort d'une autre personne. Comprenez-vous ?

— Je comprends ; mais pourquoi me dites-vous cela ?

— Parce que c'est vous, Lacey, que ce poison finira par détruire. Il vous faut la paix de l'esprit pour guérir, à la fois sur le plan physique et affectif.

— Vous parlez comme Rick. Pardonner et oublier...

— Non, jamais vous n'oublierez ! Rick avait d'autres motifs que moi, comme vous savez.

— Désolée, Faye, je suis très fatiguée. Je dois absolument raccrocher maintenant.

— Une seconde, s'il vous plaît ! Je ne suis pas allée voir Zacharie. Je n'ai pas eu le courage de lui rendre visite ; je ne peux donc pas vous dire s'il s'est « réhabilité » comme l'affirme Fred. Mais je pense que vous avez besoin de certaines informations avant d'écrire votre témoignage. Ne cédez pas à votre colère, Lacey. Restez objective, et assurez-vous que vous n'écoutez que votre raison.

Lacey tendit le combiné à Bobby, qui raccrocha.

— De quoi parliez-vous, Lace ? fit-il, curieux.

— Crois-tu qu'un être humain puisse réellement se réhabiliter ?

Il fit la grimace.

— Hé, mon ange, tu n'as qu'à me regarder !

Le lendemain matin, Lacey se trouva seule en compagnie de Gina et Rani quand elle entra dans la cuisine. Elle eut beau scruter le visage de sa belle-sœur pour y déceler un indice de sa réaction à ce que lui avait dit son mari, elle n'obtint qu'un sourire de celle-ci.

— Comment te sens-tu ce matin ? fit Gina, en posant un bol de céréales sur le plateau de la chaise haute.

— Mieux.

Lacey s'assit à table.

— Vraiment beaucoup mieux!

Pour la première fois depuis longtemps, elle n'avait pas l'impression d'avoir le corps réduit en charpie et recollé ensuite. Allait-elle mieux parce qu'elle avait suivi les conseils de Faye et pris ses médicaments — de la nuit et du matin — sans attendre d'y être forcée par la douleur? A moins que cette amélioration ne s'expliquât par la présence de Bobby, qui avait passé la nuit allongé à côté d'elle, pour lui tenir compagnie sans rien attendre de plus.

— Clay est déjà parti au travail? demanda-t-elle.

— Oui.

Gina versa du café dans une tasse qu'elle lui tendit.

— Et Bobby conduit Mackenzie à l'arrêt du car.

Il allait ensuite rendre visite à Elise. Lacey savait qu'il s'inquiétait, car la jeune femme n'avait pas tenu sa promesse de rester en contact avec lui.

— Je vais nager aujourd'hui, dit Rani.

— Ah bon? fit Lacey. Tu vas devenir une bonne nageuse?

Rani opina du chef et prit dans son bol de céréales un morceau de banane qu'elle fourra dans sa bouche.

— Elle a fait de grands progrès, déclara Gina. Tu aimes l'eau maintenant; n'est-ce pas, Rani?

Rani hocha à nouveau la tête, car la banane l'empêchait de parler.

— Et toi, Gina, comment te sens-tu ce matin? fit Lacey.

Gina s'assit à côté de la chaise haute de sa fille et baissa les yeux, en passant le bout du doigt sur l'anse de sa tasse.

— Je suis navré pour Clay.

Elle croisa le regard de Lacey.

— Toutes ses erreurs sont en train de lui retomber sur le dos.

Lacey acquiesça d'un signe de tête. Effectivement, Clay s'en voulait d'avoir accueilli Wolf malgré l'opposition de Gina; et il devait maintenant assumer ce péché de jeunesse, commis avec Jessica Dillard.

— As-tu été choquée, Gina?

Un sourire flotta sur les lèvres de la jeune femme.

— Il m'avait déjà parlé de Jessica... Quand elle est morte,

il était plus ému que tu ne l'as cru. Non qu'il ait eu une relation durable avec elle... mais je pense que, devenu adulte, il s'est rendu compte rétrospectivement qu'il s'était servi d'elle. La nuit qui a suivi sa mort, il m'a tout raconté : il a couché avec elle lors d'une soirée ; il avait dix-sept ans. C'était une gentille fille, assez paumée, et il en a profité... Il a conclu qu'il s'était mal conduit, au cas où je ne l'aurais pas compris moi-même.

— Je suis contente que vous ayez une relation de cette qualité, fit Lacey, surprise que son frère se soit confié aussi franchement à Gina.

— Je suis contente moi aussi, fit Gina.

— Et moi aussi ! s'écria Rani, déclenchant l'hilarité de sa mère et de Lacey.

— Bois ton jus d'orange, Rani !

Gina rapprocha le verre du bol de céréales, posé sur le plateau, et se tourna vers Lacey.

— Sais-tu que Clay et ton père ont encore rendez-vous avec votre avocate demain ? Ils veulent se passer de ta déclaration, pour te faciliter la tâche.

— Oh ! fit Lacey, en se demandant pourquoi cette nouvelle ne lui procurait aucun apaisement.

— Cela devrait te tranquilliser, insista Gina. Ce pensum te rendait malade, non ?

— J'ai l'impression d'avoir compris quelque chose...

Lacey s'interrompit pour avaler une grande gorgée de café.

— Je n'ai pas pu rédiger ce texte parce que je me braquais sur ma mère et ma famille, au lieu de penser au meurtrier. Ma mère est morte depuis longtemps, ma famille panse ses plaies, mais Zacharie restera en prison ou retrouvera la liberté en fonction de notre témoignage. C'est de lui qu'il est réellement question...

— Que dis-tu, Lacey ? fit Gina, troublée.

Lacey se leva, sa tasse de café à la main.

— Je dis que je tiens à écrire ma déclaration, mais j'ai quelque chose d'autre à faire en priorité !

50

Lacey s'attendait à communiquer avec Zacharie Pointer à travers une paroi de Plexiglas, comme dans les films, mais quand elle arriva dans le secteur de la prison où il était incarcéré, on la mena directement au bureau de l'aumônier.

— Le révérend McConnell est absent aujourd'hui, lui déclara un gardien en uniforme, une main sur la porte du bureau ; il m'a dit que vous pouviez rencontrer Zach ici. Il est déjà à l'intérieur.

Lacey sentit monter en elle une angoisse inattendue. Ce tête-à-tête avec l'assassin de sa mère lui rappelait le moment où elle avait été piégée dans le chenil avec un chien méchant. Mais on ne l'aurait certainement pas laissée rencontrer cet homme si sa sécurité n'était pas assurée. Elle hésita pourtant sur le seuil.

— Allez-y ! fit le gardien. Vous n'aurez qu'à venir signer en partant.

Après avoir ouvert la porte, elle entra dans une petite pièce aux murs nus, meublée de cinq chaises recouvertes de vinyle turquoise. Quand le gardien referma la porte derrière lui, elle eut l'impression qu'il emmenait tout l'air de la pièce dans son sillage.

— Bonjour ? lança-t-elle.

Elle entendit une chaise crisser sur le plancher, et l'homme qui ne lui avait inspiré pendant longtemps que de la haine apparut sur le pas de la porte entre les deux pièces, vêtu d'un uniforme bleu. Elle recula involontairement d'un pas, tandis que le prisonnier, blême, lui lançait un regard paniqué.

— *Annie ?*

Lacey resta muette. Pourquoi l'appelait-il Annie ? Sa mère aurait dû n'être pour lui qu'un simple obstacle qui s'était interposé lorsqu'il avait tenté de tuer sa femme. Elle le revoyait dans son imperméable kaki, trempé de pluie, à la porte du foyer des femmes battues. Il avait brandi son revolver en hurlant « pute ! » et « salope ! ». Elle comprit alors que ces mots ne s'étaient pas adressés à Faye Collier.

— Vous aussi... dit-elle avec un calme trompeur. Vous avez été l'amant de ma mère !

Il parut se ratatiner dans son uniforme bleu. Son visage était creusé de rides et de sillons qui semblaient se multiplier au fur et à mesure de ses paroles.

— Vous êtes sa fille... Lacey ?

Chancelante, elle s'adossa à la porte.

— C'était ma mère que vous vouliez tuer quand vous avez fait irruption au foyer ? C'était *elle*, n'est-ce pas ?

Il passa sa langue sur ses lèvres, le regard dans le vague, comme s'il cherchait ses mots.

— Entrez, dit-il, et nous allons parler.

— Je préfère m'asseoir ici.

Elle choisit le siège le plus proche de la porte. Le vinyle émit, sous son poids, un son pareil à celui d'un pneu qui se dégonfle.

Il s'assit à l'autre bout de la pièce, et elle l'observa. Il était méconnaissable ! Ses cheveux sombres avaient blanchi au cours des douze dernières années, et il semblait moins imposant — peut-être une impression due au fait qu'il ne portait plus ni son lourd manteau ni son revolver.

— Je ne m'attendais pas...

Il fixa ses mains d'un air perplexe.

— On m'a annoncé votre visite.

Elle détourna les yeux quand il lui adressa un sourire étonnamment chaleureux : elle ne se laisserait pas séduire...

— Je m'étais imaginé que nous aurions une conversation, reprit-il, et que je vous dirais combien je regrette que votre mère ait cherché à protéger ma femme. Mais je crois que la vérité se lit sur mon visage.

Le souffle court et au bord du vertige, elle faillit se pencher en avant, la tête entre les genoux. Allait-elle rester assise et l'écouter raconter des choses qui risquaient de la perturber encore plus ou bien se sauver en lui disant qu'elle regrettait d'être venue ?

— Pardon, fit-il. Je n'ai pas l'intention de dire du mal de votre mère.

— Parlez-moi !

Lacey devait avoir *maintenant* cette conversation avec lui, sinon elle se reprocherait toute sa vie de ne pas avoir écouté ses confidences.

— Je sais déjà qu'elle était une épouse infidèle...

Il l'observa en passant à nouveau sa langue sur ses lèvres.

— Nous nous sommes rencontrés à la boutique où je travaillais, dit-il enfin. Un petit bazar à Kill Devil Hills, près de... peu importe l'endroit. Je ne sais même pas s'il existe encore. Elle est entrée par hasard acheter des chaussures qu'elle avait vues en vitrine, et nous avons bavardé. Ensuite, elle est revenue presque chaque jour, simplement pour parler, et j'ai fini par tomber amoureux d'elle... J'avais un syndrome maniaco-dépressif, ce que j'ignorais à l'époque. Je savais seulement que j'étais enclin à des crises d'excitation et d'euphorie, auxquelles succédaient des périodes de profonde dépression... Mais je parvenais à me dominer si je menais une vie absolument calme.

Les mains sur les genoux, le détenu tournait nerveusement ses pouces.

— J'étais dans une période d'excitation quand j'ai rencontré votre mère. Une longue période... et ça a d'abord été formidable.

— Elle vous a emmené à la maison du gardien de phare ?

— Vous êtes au courant ?

Lacey acquiesça d'un signe de tête.

— C'est là que nous nous retrouvions... mais je ne tiens pas à en parler...

– Continuez !

Lacey eut une pensée pour son père : il travaillait dur à la clinique vétérinaire, pour gagner leur pain, tandis que sa femme emmenait des hommes à la maison de gardien, sans un remords à l'idée du mal qu'elle lui faisait.

— J'avais mauvaise conscience, reprit Zach, mais j'étais sous le charme... Elle avait un effet irrésistible sur moi !

— Elle produisait le même effet sur beaucoup d'hommes, répliqua Lacey, histoire de lui rabattre son caquet.

— Oui, je sais... Mais à l'époque je ne m'en doutais pas. Je m'imaginais que notre amour légitimait son infidélité et que je n'avais rien à me reprocher.

Il scruta ses mains ; seul le mouvement de ses pouces trahissait sa nervosité.

— Comme je vous l'ai dit, le stress n'était pas bon pour moi. J'ai commencé à perdre le nord. Elle s'est détachée, puis elle a voulu rompre ; mais je ne pouvais plus me passer d'elle, et j'allais si mal que je l'ai menacée de la tuer et de me tuer ensuite si elle me quittait. Puisqu'elle m'échappait, elle ne devait appartenir à personne d'autre... J'étais follement égocentrique et voilà, selon moi, ce qui s'est passé... Annie — votre mère — a craint que j'agresse ma femme et mon fils. Elle a donc inventé une histoire à dormir debout : un appel de quelqu'un... un ami ou un voisin... à la suite duquel elle a fait venir ma femme et mon fils au foyer de femmes battues où elle travaillait. Je connaissais l'endroit, car elle m'en avait parlé à l'époque où tout allait bien entre nous. Quand je m'y suis présenté, j'avais totalement perdu la tête ; j'avais décidé de les tuer tous les trois, avant de me supprimer moi-même. Mais vous avez raison, la première balle était destinée à votre mère.

— Et elle le savait, conclut Lacey. Elle se doutait que si elle s'interposait, vous alliez la tuer.

Zacharie soupira profondément.

— Elle a sans doute pensé que si je la tuais la première, ma femme et mon fils auraient la possibilité de s'enfuir ; j'en aurai la conviction jusqu'à la fin de mes jours. Tout le monde s'est imaginé qu'elle avait voulu leur sauver la vie en s'interposant... C'est exact, mais ils ne savaient pas, contrairement à Annie, que j'étais venu pour la tuer elle aussi, quoi qu'il arrive. Après le premier coup de feu, un déclic s'est produit en moi, et j'ai réalisé que j'avais commis un acte insensé. Voilà pourquoi j'ai cessé de tirer !

Il leva la tête, les larmes aux yeux.

— Lacey, dit-il, je vous demande pardon. J'ai mûri depuis... J'ai l'esprit plus sain et je suis meilleur... Ici...

Il agita une main dans les airs.

— Les médecins et l'aumônier... Je ne sais pas ce que je

serais devenu sans eux... Et je donnerais n'importe quoi pour que votre mère soit en vie, pour effacer ce qui s'est passé entre nous, et la rendre indemne à vous et votre famille.

Lacey aurait pu douter de sa sincérité — après tout, il était le père de Rick ! —, mais elle lut dans ses yeux qu'il disait vrai et qu'il n'avait que faire des mensonges.

— Il m'a fallu du temps pour changer, ajouta Zach. Des tas de psychiatres m'ont prescrit toutes sortes de médicaments, jusqu'à ce qu'ils découvrent le bon. Alors, j'ai vraiment compris à quel point j'étais coupable. J'étais un criminel, j'avais tué une femme et fait le malheur de sa famille... J'ai souhaité mourir, j'ai cherché à mettre fin à mes jours ; mais on ne se suicide pas facilement en prison.

Il ébaucha un piteux sourire.

— C'est grâce au révérend O'Connell que je m'en suis tiré. Je m'en suis tiré, et ma vie a repris son cours, alors que votre mère nous a quittés pour toujours. Ça doit vous paraître terriblement injuste !

— Que ferez-vous si vous obtenez votre libération conditionnelle ?

— Je souhaiterais entrer au séminaire. Vous ne me croyez pas ?

Lacey détourna son regard. Elle ne l'aurait pas cru si son fils ne lui avait pas tenu des propos semblables.

— Je n'en sais rien...

— Je voudrais devenir aumônier en milieu carcéral ; si je reste sous les verrous, ça ne changera pas grand-chose, car je travaille déjà ici. J'ai peut-être même plus de crédibilité en prison que si j'étais dehors. De nombreux détenus ont besoin d'un guide spirituel. Mon fils tient absolument à obtenir ma libération : il s'imagine que je n'arriverai à faire ce que je veux que si je sors du trou, mais il se trompe.

— Pourquoi ?

— A vrai dire, je me sens aussi libre ici que hors de ces murs. Mon cœur sera en paix, où que j'aille. Et vous, Lacey, reprit Zach en se penchant vers elle, vous sentez-vous en paix ces temps-ci ?

A bout de nerfs, Lacey baissa la tête et fondit en larmes.

51

Déclaration de Lacey O'Neill

Les gens appelaient ma mère « sainte Annie ». Elle était probablement la personne la plus populaire de la région. Elle aimait les animaux, les enfants et la nature. Extrêmement généreuse avec ses amis et ses voisins, elle était si aimante qu'elle aurait voulu rendre le monde meilleur par toutes sortes de moyens — dont vous avez certainement entendu parler dans les autres déclarations que vous avez reçues. Mais on ne vous a sans doute pas dit que ma mère avait le sens du pardon. Elle ne gardait rancune à personne. Si je disais du mal de quelqu'un, elle prenait sa défense. Elle s'adressait avec une immense douceur aux gens qui s'étaient mis dans leur tort. Je l'ai vue arrêter dans la rue un gamin qui avait proféré une insulte raciale. Au lieu de se fâcher, elle lui a expliqué posément que la peur et l'ignorance peuvent mener à la haine.

Un autre jour, une mère de famille s'énervait en sa présence contre son fils en bas âge. Elle lui a dit que c'était difficile de s'occuper de petits enfants exigeants, et elle lui a donné son numéro de téléphone, en lui suggérant de l'appeler quand elle perdrait patience. Une autre fois encore, un enfant avait jeté par terre son emballage de bonbon ; elle lui a parlé du vieux commerçant qui devait tous les soirs balayer le trottoir devant sa boutique.

Je ne vous raconte pas tout cela pour vous persuader que ma mère était une sainte, car elle n'en était pas une. Elle était simplement un être humain, comprenant que nous sommes tous faillibles, et prête à pardonner.

Si je pouvais demander maintenant à ma mère ce qu'elle pense de la libération conditionnelle de Zacharie Pointer, je sais comment elle réagirait. Elle me dirait qu'il est un être humain et qu'il allait mal quand il l'a tuée. Elle me dirait qu'il a payé pour son crime et qu'il s'est réhabilité. Elle me dirait que s'il n'est plus dangereux, on doit le libérer pour lui permettre de s'intégrer à notre société.

Je vous suggère donc d'accorder à M. Pointer sa libération conditionnelle. Donnez-lui, s'il vous plaît, l'occasion de poursuivre les bonnes actions que ma mère ne peut plus accomplir.

ÉPILOGUE

Le soir de Noël, à dix heures, Lacey, Bobby, Clay, Gina et Mackenzie, debout dans la cuisine de la maison de gardien, disaient adieu à leurs invités. Ils avaient passé une soirée excellente, fabuleuse même.

Dîner-buffet à quinze, tous plus ou moins de la famille. De Nola Dillard à Tom Nestor et Paul Macelli — premier mari d'Olivia et père de Jack, venu de Washington leur rendre visite. Lacey était ravie de les voir ensemble et en bonne harmonie. Rani, un adorable petit bout de chou de deux ans et demi, leur avait fourni la principale source de divertissement; Jack, Maggie et Mackenzie avaient dû chanter des cantiques de Noël en famille, avant de filer au premier étage devant l'ordinateur de Mackenzie.

Seule manquait à la fête Elise, la cousine de Bobby. Au moment de Halloween, Elise avait disparu : les amis qui l'hébergeaient avaient averti Bobby qu'elle n'était pas revenue un soir. Il craignait que ses « contacts » à Richmond ne l'aient retrouvée et emmenée de force — ou pis encore. Pour sa part, Lacey avait tendance à penser qu'elle avait repris ses anciennes habitudes de son plein gré. La disparition d'Elise restait néanmoins une énigme, qu'elle aiderait Bobby à élucider.

C'était la première fois, depuis des années, que Lacey acceptait d'avoir un véritable sapin de Noël. Après le meurtre de sa mère au foyer des femmes battues, imprégné d'une senteur de pin, elle n'était plus jamais passée devant un étalage de sapins de Noël sans un haut-le-cœur. Mais elle voulait faire plaisir à Mackenzie, qui n'avait jamais eu de véritable arbre de Noël en Arizona. Une fois le sapin dressé dans le séjour de la maison de gardien, elle avait réellement apprécié son odeur fraîche et revigorante. Une odeur qu'elle regretterait quand viendrait le moment de l'enlever.

De l'autre côté du séjour trônait un énorme poinsettia, cadeau de Rick, envoyé une semaine avant Noël. Tous les prétextes étaient bons pour la combler de fleurs. Elle lui avait écrit pour lui faire part de son pardon ; il l'avait remerciée par retour du courrier, mais ses cadeaux avaient continué à pleuvoir. Elle en recevrait peut-être jusqu'à la fin de ses jours..

Deux semaines après, elle quitterait pour toujours la maison de gardien, où un musée ouvrirait à la fin du printemps. Elle figurerait parmi les conservateurs, mais ce ne serait plus pareil. L'histoire qu'elle connaissait n'avait rien à voir avec celle que les touristes payeraient pour entendre. Elle ne raconterait à personne que ses parents s'étaient rencontrés sur la plage à côté du phare ; que la vieille gardienne, Mary Poor, avait abrité chez elle les amours coupables de sa mère ; et que les cendres de celle-ci avaient été dispersées dans l'océan depuis la jetée voisine. Elle ne leur dirait pas non plus que le phare était devenu l'idée fixe de son père, qu'il en avait probablement des milliers de photos dans des boîtes entassées quelque part, et qu'elle-même s'y était réfugiée pendant deux ans, dans l'espoir de recoller les morceaux de sa vie en miettes.

Quand les invités furent partis, les habitants de la maison se mirent à ranger, jetant les papiers d'emballage dans des sacs à ordures et rapportant dans la cuisine les assiettes et les verres dispersés un peu partout.

— On aura finalement un lave-vaisselle dans la nouvelle maison ? demanda Mackenzie en essuyant une assiette lavée par Lacey.

— Oui, nous en aurons un.

— Clay et moi aussi, fit Gina. Et toi, Bobby ?

— Non, pas de lave-vaisselle chez moi, sauf quand Mackenzie viendra me voir.

— L'humour paternel, plus que jamais ! marmonna celle-ci.

Lacey sourit à Bobby par-dessus la tête de la fillette. Il y aurait toujours des secrets dans cette famille. Peut-être des secrets dont elle-même ne se doutait pas, mais elle était la dépositaire d'au moins deux d'entre eux. A part Clay, Bobby, Gina et elle, personne ne savait que Clay était le père de Mackenzie Le test ADN n'avait laissé aucun doute ; l'enthousiasme de Clay, en apprenant la nouvelle, n'avait eu d'égal que le chagrin de Bobby. Mackenzie était proche de l'un et de l'autre, et Lacey ferait en sorte que rien ne change pour l'instant. Ils révéleraient un jour à Mackenzie l'identité de son géniteur, en espérant qu'elle serait assez attachée à ses deux pères pour que son équilibre ne soit pas compromis.

Un dernier secret demeurerait éternellement entre Zacharie Pointer et elle. A quoi bon faire du mal en révélant la relation de cet homme avec sa mère ?

Zacharie l'avait appelée vers neuf heures, quand tout le monde débordait de joie après l'ouverture des cadeaux. Elle lui avait parlé depuis la véranda, loin du vacarme de la fête.

« Je voulais vous remercier pour ce merveilleux kaléidoscope, Lacey. »

Elle avait été contente d'entendre sa voix, qui lui avait semblé plus ferme.

« J'ai pensé à vous et prié pour vous toute la journée, avait repris Zach. Le soir de Noël doit être une dure épreuve... »

Il faisait allusion à cette lointaine soirée qui avait irrémédiablement changé le cours de leur vie.

« Vos prières ont été exaucées. Je n'avais pas passé depuis longtemps un aussi bon Noël.

— Avez-vous trouvé un nouveau logement ?

— J'ai trouvé une charmante maisonnette à louer. Mackenzie pourra rester dans la même école, ce qui est essentiel.

— Parfait. Et Bobby ?

— Il habitera... la porte à côté, littéralement. »

Deux maisons identiques. Minuscules, très anciennes, mais abordables. Une différence, cependant : elle disposerait d'un lave-vaisselle, alors que Bobby n'en aurait pas.

« Clay et Gina sont sur le point d'acheter une maison à Pine Island, reprit Lacey.

— Génial !

— Et vous, Zacharie, quand entrez-vous au séminaire ?

— Le cinq janvier. Une manière extraordinaire de commencer une nouvelle année et une nouvelle vie... Merci, Lacey.

— Je vous en prie !

— Etes-vous prête à quitter Kiss River ? reprit Zach, après un bref silence.

— Ça sera dur. Kiss River a été mon refuge alors que j'apprenais à ne pas suivre les traces de ma mère.

— Vous lui en voulez toujours ?

— Pas vraiment, marmonna Lacey tout en sachant qu'elle mentait.

— Si vous avez pu m'accorder votre pardon, vous pouvez sûrement lui pardonner, Lacey.

— Vous étiez atteint d'une anomalie psychique !

— Elle aussi, mon petit. Elle aussi... »

Maintenant, ils n'étaient plus que cinq, dans la chaleur de la cuisine, après le départ des invités. La conversation suivait son cours, tandis que la vaisselle était lavée, séchée et rangée, mais Lacey n'entendait pratiquement rien. Un sentiment de nostalgie la transperça soudain à l'idée de quitter cette maison. Elle recula d'un pas, et bien que l'évier débordât encore d'assiettes, elle s'essuya les mains avec une serviette en papier.

— Je veux aller au phare, dit-elle.

— Au phare ? fit Clay, incrédule. Tu vas te geler.

— Je vais chercher ma veste, fit Bobby, une main sur son bras.

— Je préfère y aller seule.

— Bien sûr...

Elle prit sa doudoune et ses gants dans le placard de l'entrée, puis enfila ses cuissardes sur son pantalon. En se dirigeant vers la porte, elle traversa la cuisine silencieuse, où l'on n'entendait plus que le cliquetis des assiettes : Bobby l'avait remplacée devant l'évier.

— Je ne pars pas pour longtemps, lança-t-elle.

Du porche, elle entendit Mackenzie chuchoter « Lacey a un problème ? », et Bobby lui répondre que les gens avaient parfois besoin de solitude.

Comme l'avait dit Clay, il faisait très froid dehors. Elle sortit son bonnet de laine de sa poche et l'enfonça sur ses oreilles, avant de marcher vers l'océan, face au vent. On construirait dans quelques semaines une clôture autour du phare — une clôture qui laisserait passer l'eau mais tiendrait les touristes à distance. Elle avait imaginé un système pour monter dans la tour malgré cet obstacle, mais il y aurait, paraît-il, une porte cadenassée pour bloquer l'entrée. Il était temps qu'elle se détache de ce lieu!

L'océan déchaîné atteignait presque le haut de ses cuissardes, tandis qu'elle s'avançait vers les marches. A l'intérieur de la pièce octogonale, il faisait aussi froid, mais les murs de briques amortissaient le grondement des vagues. Au niveau des dernières marches, en plein vent, une rafale faillit la renverser; elle se retint de toutes ses forces à la rampe en s'asseyant.

Dieu, qu'il faisait sombre! Le vent charriait de minuscules cristaux de glace qui lui brûlaient les joues. Pourtant, le ciel scintillait d'étoiles. Elle devrait graver dans sa mémoire que les étoiles existent, hiver comme été. On a tendance à l'oublier quand on ne sort de chez soi que pour courir à sa voiture.

En contemplant le dôme étoilé, la tête en arrière, elle ressentit plus profondément que jamais la présence de sa mère. Elle songea alors à redescendre pour retrouver la chaleur rassurante de la maison, mais quelque chose l'en empêchait.

La tête toujours tournée vers le ciel, elle s'agrippa à la rampe de ses mains gantées.

— Maman, dit-elle à haute voix, je vais bientôt partir...

Le vent lui vola ses paroles; il fut moins prompt à tarir ses larmes. Elle redoutait d'abandonner sa mère quand elle quitterait Kiss River. C'était pourtant ce qu'elle avait souhaité toute l'année. Une tâche impossible...

— Je veux te garder avec moi pour toujours, lança-t-elle.

Elle ébaucha un sourire.

— Mais, je t'en prie... laisse ton petit grain de folie derrière toi!

Après avoir séché de sa main gantée son visage humide de larmes, elle descendit une marche; puis elle se tourna à nouveau vers le ciel, pour regarder les minuscules diamants scintiller dans la nuit.

— Au revoir, m'man, dit-elle. Je t'aime...

Remerciements

Tant de gens ont participé à mes recherches lorsque j'écrivais *La Fin des secrets*! Je voudrais remercier de leurs diverses contributions Rodney Cash, Kimberly Certa, Steve Cook, Paul Holland et mes amis d'ASA, qui trouvent toujours réponse à mes questions, si insolites soient-elles. Je suis reconnaissante à mes collègues écrivains, Emilie Richards et Patricia McLinn, pour nos séances de réflexion en commun. L'idée de faire de Bobby Asher un graveur sur ivoire m'a été suggérée par Cathy Guss, qui excelle dans ce domaine, et dont j'ai découvert les œuvres admirables il y a déjà plusieurs années.

Je suis particulièrement reconnaissante à Sharon Van Epps, qui m'a fait part des difficultés qu'elle rencontre dans sa démarche d'adoption d'un enfant en Inde; au moment où j'écris, elle se bat encore, et je souhaite de tout mon cœur qu'elle parvienne à ses fins.

Je tiens à citer Betsy Reitz, qui a gagné un prix de rédaction sur mon site Internet. Son essai traduisait de façon évidente sa passion pour *Que la lumière soit*. C'est grâce à des lectrices comme elle que j'ai envie d'écrire.

Comme toujours, je remercie mon agent Ginger Barber et mon éditeur Amy Moore-Benson. J'ai beaucoup de chance de travailler avec elles.

Achevé d'imprimer sur les presses de

BUSSIÈRE
GROUPE CPI

*à Saint-Amand-Montrond (Cher)
en avril 2006*

Mise en pages : Bussière

N° d'édition : 7358. — N° d'impression : 60427-060841/1.
Dépôt légal : avril 2006.

Imprimé en France